Fuego

Fuego

Kristin Cashore

Traducción de Mila López Díaz-Guerra

Rocaeditorial

Un día Larch sorprendió al niño, que a la sazón tenía diez años, cortando a tiras la piel de la barriga de un conejo tan azul como el cielo.

Al observar detenidamente al animal, le pareció precioso a pesar de que sangraba, temblaba y tenía desorbitados los ojos, y se le olvidó el motivo por el que había ido a buscar a su hijo. Qué triste ver que se dañaba por placer a una criatura tan pequeña y tan indefensa, a un ser tan bonito. El conejo emitía horribles chillidos de terror, y el propio Larch se echó a llorar.

—No le duele, padre —comentó Immiker.

El hombre se sosegó al saber que el pequeño monstruo no sufría; en éstas, el conejo soltó un débil quejido de desesperación, y Larch se sintió confuso. Miró a su hijo; el chico sostenía una daga de la que goteaba sangre ante los ojos de la temblorosa criatura; le sonrió a su padre.

En lo más recóndito de la mente de Larch alentó un atisbo de sospecha; acababa de recordar por qué había ido a buscar a Immiker.

—Tengo una idea sobre la naturaleza de tu gracia, hijo mío —anunció.

—¿Ah, sí? —El chico lo contempló pausadamente, con cautela.

—Verás, tú dijiste que los monstruos me controlaban la mente con su belleza —prosiguió su razonamiento el ex guardabosque.

Immiker bajó el cuchillo y ladeó la cabeza para observar a su padre con mayor atención aún; su expresión era rara, y Larch creyó identificarla como un gesto de incredulidad, pero también sonreía de forma extraña, divertida, como si jugara a un juego que estaba acostumbrado a ganar y en el que, por una vez, había perdido.

—A veces pienso que me controlas la mente al hablarme —concluyó Larch.

Immiker sonrió más abiertamente y después se echó a reír. El sonido de aquella risa produjo tal contento a Larch que no pudo por menos de hacerse eco de las risas de su hijo. Cuánto le quería; el amor le salía a borbotones, como las carcajadas, y cuando Immiker se dirigió hacia él, el padre abrió los brazos de par en

Título original: *Fire*
© Kristin Cashore, 2009

Primera edición: abril de 2010

© de la traducción: Mila López Díaz-Guerra
© Ilustración de portada de Kelly Eisman, 2009.
Diseño de cubierta reproducido con permiso de Dial Books for Young Readers,
un sello de Penguin Young Readers, parte de Penguin Group (USA) Inc.
© de esta edición: Roca Editorial de Libros, S. L.
Marquès de la Argentera, 17, Pral.
08003 Barcelona
info@rocajuvenil.com
www.rocajuvenil.net

Impreso por Brosmac, S.L.
Carretera de Villaviciosa — Móstoles, km 1
Villaviciosa de Odón (Madrid)

ISBN: 978-84-9918-101-1
Depósito legal: M. 7.528-2010

Para mi hermana pequeña,
Catherine, el pilar (corintio)
de mi corazón

Elegía valense

Se apagó tu fuego cuando miraba a otro lado,
sólo me dejó cenizas que dispersar en el polvo.
Del milagro que eras, qué gran despilfarro.

En mi fuego vivo guardaré tu escarnio con el mío.
En mi fuego vivo guardaré tu quebranto con el mío,
por la afrenta de una vida desperdiciada sin motivo.

Prólogo

*L*arch pensaba con frecuencia que, de no ser por aquel hijo recién nacido, habría sido incapaz de superar la muerte de Mikra, su esposa. En parte se debía a que la criatura necesitaba un padre vivo y activo, que se levantara por las mañanas y trabajara como una bestia de carga todo el día, y en parte, por la manera de ser del propio niño, pues era una criatura tan buena, tan tranquila, cuyos gorjeos y arrullos tenían un sonido tan musical… Por no hablar de los ojos, de un color castaño oscuro, iguales que los de su madre muerta.

Larch, que era guardabosque en el predio ribereño de un noble de escasa categoría, en el reino sudoriental de Monmar, cabalgó sin descanso todo un día para regresar a su casa, y al llegar, dominado por los celos, arrebató al niño de los brazos de la nodriza. Aunque estaba sucio y apestaba a sudor y a caballo, el hombre acunó a la criatura contra su pecho, se acomodó en la vieja mecedora de su esposa, y cerró los ojos. Lloraba de vez en cuando, y las lágrimas, al deslizarse por el mugriento rostro, le dejaban unos surcos muy bien definidos en la piel, pero era un llanto silencioso a fin de escuchar los sonidos que emitía la criatura. Ésta lo observaba, y su mirada era un lenitivo para el padre. Pero la nodriza comentó que no era habitual que un bebé tan pequeño enfocara ya la vista.

—No es motivo de alegría que un recién nacido tenga los ojos raros —le previno la mujer.

Larch no veía razón para preocuparse por ello porque la nodriza ya lo hacía por los dos, puesto que, conforme a la costumbre que seguían de forma tácita las parejas de los siete reinos que acababan de tener un hijo, examinaba los ojos del bebé a diario, con las primeras luces, y todas las mañanas respiraba aliviada después de comprobar que no habían cambiado de tonalidad. Y es que, si un niño se dormía una noche con los ojos del mismo color pero, al despertar, tenía los iris de color diferente, era un graceling; y en Monmar, como en casi todos los otros reinos, los bebés graceling pasaban de inmediato a ser propiedad del rey, y las familias rara vez volvían a verlos.

Se cumplió un año del nacimiento del hijo de Larch sin que se produjeran cambios en los iris del pequeño, pero la nodriza no dejaba de rezongar entre dientes. Por historias que había oído, sabía que los ojos de algunos graceling tardaban más de un año en manifestar su condición; además, fuera graceling o no, el pequeño no era normal. Sólo hacía un año que Immiker había abandonado el vientre materno y ya pronunciaba su propio nombre; a los quince meses construía frases simples y al año y medio ya había relegado la pronunciación infantil. Al principio, cuando aceptó ocuparse del pequeño, la mujer albergaba la esperanza de que sus cuidados y su buen hacer le proporcionarían un esposo y un hijo sano y fuerte; pero con el tiempo, ese niño que conversaba como un adulto enano mientras mamaba, o avisaba con elocuencia cada vez que había que cambiarle los pañales, le resultó en verdad horripilante. En consecuencia, dejó su puesto de trabajo.

Larch se alegró de que la rancia mujer se marchara, y armó una mochila para llevar al pequeño colgado sobre el pecho mientras trabajaba; rehusaba salir a caballo los días que llovía o hacía frío, y se negaba a cabalgar a galope; trabajaba menos horas y descansaba a ratos para darle de comer, para acostarlo y que durmiera la siesta, para asearlo… El niño parloteaba sin cesar, preguntaba los nombres de plantas y animales e inventaba poemas absurdos que Larch se esforzaba en escuchar porque esos versos siempre le hacían reír.

—A los pajaritos les gusta volar muy deprisa entre las copas de los árboles, porque dentro de sus cabezas son pájaros —chachareó el niño con aire ausente mientras daba palmaditas a su padre en el brazo, a quien poco después le dijo—. Oye, padre.

—¿Qué quieres, hijo mío?

—A ti te gusta hacer las cosas que a mí me gusta que hagas, porque dentro de tu cabeza están mis palabras.

Larch era muy feliz; no recordaba por qué lo había entristecido tanto la muerte de su esposa, y se decía que era mejor estar como ahora: el niño y él, solos. Rehuyó, pues, de forma gradual a la gente del predio porque su tediosa compañía lo aburría y porque nadie merecía compartir con él la deliciosa compañía de su hijo.

Al despertarse una mañana, Larch se percató de que el pequeño Immiker —de tres años—, acostado a su lado, lo miraba con fijeza; el ojo derecho del niño era de color gris, y el iris del izquierdo había cambiado a una tonalidad rojiza. Aterrado y desolado, el hombre se incorporó de un salto.

—¡Te llevarán con ellos, te apartarán de mi lado! —le dijo.

—No, no lo harán. —Immiker parpadeó con calma, y añadió—: Porque a ti se te ocurrirá un plan para impedírselo.

Ocultar un graceling al rey suponía un hurto de bienes realengos y estaba penado con el encarcelamiento y multas que Larch jamás podría saldar, pero aun así, el hombre se sintió impulsado a llevar a cabo lo que el niño le indicaba. Tendrían que cabalgar hacia el este, donde se hallaba la escarpada cordillera fronteriza casi deshabitada, y encontrar una oquedad en las rocas o entre la maleza que les sirviera de escondrijo. Puesto que él era guardabosque, sabría rastrear, cazar, encender lumbre y preparar un cobijo para Immiker que nadie sería capaz de descubrir.

El niño aceptaba con una extraordinaria tranquilidad el hecho de tener que huir; sabía qué era un graceling. Larch suponía que la nodriza se lo habría contado; o tal vez se lo explicó él mismo, aunque ahora no recordara haberlo hecho. La memoria le fallaba cada vez más, como si se le cerrara por partes y clausurara recuerdos detrás de puertas que se veía incapaz de volver a abrir; lo achacaba a la edad, ya que ni su esposa ni él eran jóvenes cuando Mikra murió al dar a luz.

—A veces me pregunto si tu gracia estará relacionada con el habla —reflexionó el hombre mientras se adentraban en las estribaciones orientales y dejaban atrás el río y la comarca que fuera su hogar.

—No, no lo está —replicó Immiker.

—No, por supuesto que no —convino su padre, sin explicarse por qué se le había ocurrido semejante idea—. Está bien, hijo,

15

todavía eres muy pequeño; estaremos atentos a las señales. Confiemos en que sea un don útil.

El niño no contestó y Larch comprobó los cierres de las correas con que lo sujetaba a la silla de montar, delante de él; se inclinó para besar la rubia cabeza del pequeño y azuzó al caballo con los talones para que se pusiera en marcha.

Poseer una gracia era tener una habilidad particular que superaba, con mucho, las capacidades de un ser humano normal, y se manifestaba de cualquier forma imaginable. Casi todos los reyes disponían, al menos, de un graceling en las cocinas de palacio —un panadero o un viticultor con dotes sobrehumanas—, pero los monarcas más afortunados contaban con soldados dotados de un arte excepcional en el manejo de la espada. Un graceling tenía, por ejemplo, una capacidad auditiva muy desarrollada, la velocidad de un puma, la agilidad necesaria para realizar mentalmente largas sumas o incluso la pericia de detectar si los alimentos estaban envenenados. Asimismo, también había gracias sin utilidad, como girarse del todo por la cintura o ingerir piedras sin enfermar. Pero existían gracias inquietantes, pues algunos graceling veían sucesos antes de que ocurrieran, y otros tenían el don de adentrarse en la mente ajena y descubrir cosas que no eran de su incumbencia. Se rumoreaba que el rey norgando poseía un graceling con el don de saber, por el mero hecho de mirar a una persona a la cara, si ésta había cometido algún delito.

Tanto en Monmar como en casi todos los otros seis reinos, los graceling eran instrumentos en manos de los monarcas, nada más; pero no se los consideraba personas normales, y la gente los evitaba si era posible. Nadie deseaba su compañía.

En el pasado, Larch mostró esa misma actitud hacia la gente tocada por la gracia, pero ahora comprendía que se trataba de una postura cruel e injusta, producto de la ignorancia, ya que su hijo era un niño normal que daba la casualidad de ser superior en muchas cosas, no sólo en lo relativo a su gracia, fuera cual fuera ésta cuando por fin se revelara. Razón de más para que lo apartara de la sociedad. De modo que no lo enviaría a la corte y así evitaría que se sintiera rechazado y fuera objeto de bromas pesadas, o se viera obligado a prestar servicio al rey en lo que a éste le placiera.

No llevaban mucho tiempo en las montañas cuando el guardabosque tuvo que aceptar con amargura que las cumbres no eran un lugar apropiado para esconderse. El impedimento no era el frío, precisamente, si bien el otoño allí era tan crudo como el pleno invierno en el predio de su antiguo señor; tampoco se debía a la clase de terreno, aunque la maleza era áspera y lacerante, y dormían sobre rocas todas las noches, ni a que no hubiera el mínimo espacio en el que plantearse siquiera la posibilidad de cultivar vegetales o cereales. El problema lo constituían los depredadores, pues no pasaba ni una semana sin que Larch tuviera que defenderse de algún ataque: pumas, osos, lobos o enormes aves de presa, de una envergadura que duplicaba la estatura de un hombre... Algunos de estos animales eran propios de la zona, y todos ellos, feroces; y a medida que el invierno se avecinaba y envolvía con su inhóspito manto a Larch e Immiker, el hambre volvía más audaces a las alimañas. Un día, por ejemplo, perdieron al caballo en las garras de dos pumas.

Por la noche, guarecidos en el refugio espinoso construido con palos y maleza, Larch utilizaba su chaqueta para abrigar al niño mientras escuchaba los aullidos, el desprendimiento de rocas rodando ladera abajo y los chillidos de algún animal que indicaban que los había olfateado. Al primer sonido delatador, metía a su hijo dormido en la mochila que se colgaba al pecho, prendía toda la leña de la que disponía como si fuera una potente antorcha, salía del refugio y rechazaba el ataque a fuego y espada; a veces pasaba horas así y apenas dormía.

Tampoco comía mucho.

—Te pondrás enfermo si sigues comiendo tanto —lo reconvino Immiker una noche mientras tomaban la parva cena, consistente en fibrosa carne de lobo y agua.

Larch dejó de masticar de inmediato; si enfermaba, sería mucho más penoso defender al niño, así que le pasó la mayor parte de su ración.

17

—Gracias por advertírmelo, hijo.

Comieron en silencio un rato; a todo esto, Immiker, que devoraba la comida de su padre, propuso:

—¿Y si subimos un poco más por las montañas y las cruzamos?

—¿Crees que deberíamos hacerlo?

Immiker se encogió de hombros e inquirió a su vez:

—¿Sobreviviríamos a la travesía?

—¿Tú crees que lo lograríamos? —Al plantear esta pregunta, el propio Larch tuvo un estremecimiento; el niño sólo contaba tres años y no sabía nada sobre cruzar montañas. Que él sondeara la opinión de su hijo de forma tan desesperada y con tanta frecuencia era la prueba de hasta qué punto lo atenazaba su gran fatiga.

—No sobreviviríamos —fue la rotunda contestación que dio el guardabosque—. No sé de nadie —ya sea de aquí, de Elestia o de Nordicia— que haya conseguido cruzar la cordillera hacia el este, y tampoco conozco las tierras que hay más allá de los siete reinos, excepto las fábulas que las gentes del este de Monmar relatan sobre monstruos de los colores del arco iris y de laberintos subterráneos.

—Entonces, padre, tendrás que llevarme de regreso a las colinas y buscar un lugar donde ocultarme, porque debes protegerme.

Larch se sentía confuso, cansado, hambriento... Un único propósito atravesaba como un rayo cegador la bruma que le enturbiaba la mente: la determinación de hacer lo que decía Immiker.

Nevaba mientras Larch descendía con cuidado una pendiente escarpada, llevando al niño atado al cuerpo, bajo la chaqueta, y cargando a la espalda la espada, el arco y las flechas, unas mantas y un paquete con sobras de carne. Cuando la gran ave rapaz de color pardo sobrevoló una lejana cresta, el hombre intentó asir el arco con una torpeza nacida del cansancio, pero el ave se zambulló con tal rapidez que, en un visto y no visto, ya era demasiado tarde para dispararle. Larch se apartó a trompicones del trayecto de la rapaz, perdió el equilibrio y se precipitó ladera abajo; braceó, frenético, para resguardar a su hijo, que gritaba con tanta fuerza que apagaba los chillidos del ave:

—¡Protégeme, padre! ¡Tienes que protegerme!

La pendiente por la que se deslizaba Larch desapareció de repente bajo su cuerpo, y los dos, padre e hijo, se precipitaron al vacío, envueltos en la oscuridad.

«Un alud», pensó Larch, embotado, aunque cada centímetro de su cuerpo seguía centrado en proteger al chiquillo que llevaba bajo la chaqueta. A todo esto, algo afilado le rozó un hombro y notó un desgarro en la carne, seguido de un goteo húmedo y caliente. Qué extraño precipitarse así al vacío; era una caída embriagadora, vertiginosa, vertical… Una caída libre. Un momento antes de perder el sentido, Larch pensó si estarían cayendo a través de la montaña hasta las profundidades del mundo.

El guardabosque despertó con un sobresalto, acuciado por una única preocupación: Immiker. No notaba el cuerpo del niño contra el suyo, y las correas que llevaba sujetas al pecho colgaban sueltas; envuelto en la oscuridad, tanteó a su alrededor al tiempo que gimoteaba. Yacía sobre una superficie dura y resbaladiza, como hielo viscoso; extendió los brazos para tantear más lejos y gritó de forma incoherente, pero lo asaltó un dolor desgarrador desde el hombro hasta la cabeza. La náusea le subió a la garganta aunque la contuvo con un esfuerzo; desvalido, sacudido por los sollozos, se quedó inmóvil y llamó a su hijo con voz quejumbrosa.

—Está bien, está bien, padre —sonó la voz de Immiker, muy cerca de él—. Deja de llorar y ponte de pie.

Los sollozos angustiados del hombre dieron paso a otros de consuelo.

—Levántate, padre, tenemos que irnos —lo apremió el pequeño—. He explorado este lugar y hay un túnel.

—¿Estás herido?

—Tengo frío y hambre. Ponte de pie.

Larch intentó levantar la cabeza del suelo, pero gritó de dolor y estuvo a punto de perder el sentido.

—Es inútil, me duele demasiado.

—No es un dolor tan fuerte que te impida levantarte —lo contradijo Immiker; Larch lo intentó de nuevo y comprobó que el niño tenía razón. Aunque atroz, y a pesar de que vomitó un par de veces, el dolor no le impidió incorporarse y apoyarse en las rodillas y en el brazo herido para arrastrarse por la helada superficie y seguir a su hijo.

—¿Dónde…? —Dio un respingo y renunció a hacer la pregunta por representarle un esfuerzo excesivo formularla.

—Caímos a través de una grieta de la montaña y nos deslizamos por ella —explicó Immiker.

Larch no lo entendía; además, caminar le exigía una gran concentración y no quería detenerse para intentar comprenderlo. La superficie que recorrían era resbaladiza y cuesta abajo, y el lugar hacia donde se dirigían era un poco más oscuro que el que abandonaban; Immiker descendía a buen paso delante de su padre.

—Hay una caída a plomo —anunció el niño, pero el sentido de la advertencia llegó con demasiada lentitud al cerebro del hombre para que reaccionara a tiempo, y se precipitó de cabeza desde un saliente no muy alto. Cayó sobre el hombro herido y perdió el sentido unos instantes; cuando volvió en sí, notó una fría corriente de aire y un olor a moho que le resultó molesto. Aprisionados en un espacio estrecho, encajado entre paredes, el guardabosque trató de preguntar al niño si se había hecho daño en la caída, pero de sus labios sólo salió un gemido.

—¿Hacia dónde? —inquirió Immiker.

Larch no sabía a qué se refería y gimió de nuevo. Cuando el niño habló de nuevo, lo hizo en un tono entre cansado e impaciente:

—Te lo dije antes: estamos en un túnel, y he tanteado las paredes en ambas direcciones, así que debes elegir cuál tomamos. Sácame de este sitio, padre.

Para el hombre no había diferencia entre una dirección u otra; la oscuridad reinaba a ambos lados, que olían a humedad y a verdín por igual, pero debía tomar una decisión porque era lo que el niño consideraba más adecuado. De modo que se movió con cuidado; la cabeza le dolía menos si se situaba de cara a la corriente de aire que cuando se ponía de espaldas a ella, y eso lo ayudó a decidirse: se encaminarían hacia el origen de la corriente.

Y fue así como —después de cuatro días de sangrar, de avanzar a trompicones y de pasar hambre, después de cuatro días de oír cómo su hijo le recordaba una y otra vez que se encontraba lo bastante bien para seguir adelante— Larch e Immiker salieron del túnel, aunque no a la luz de las estribaciones monmardas, sino a la de un territorio desconocido que había al otro lado de la cordillera de Monmar; a un territorio oriental del que ninguno de los dos sabía nada, excepto los absurdos cuentos que se relataban en su reino mientras se cenaba, cuentos de monstruos de los colores del arco iris y de laberintos subterráneos.

Larch se preguntaba de vez en cuando si el día en que cayeron por la grieta de la montaña se habría dado un golpe en la cabeza que le hubiera dañado el cerebro, porque cuanto más tiempo pasaba en aquellas tierras desconocidas, más se veía obligado a luchar contra la bruma siempre cernida al filo de su raciocinio. La gente hablaba de forma diferente en ese lugar, y le resultaba difícil comprender las extrañas palabras y los aun más insólitos sonidos. Por ello, dependía de lo que Immiker le traducía, y a medida que pasaba el tiempo, esa dependencia fue cada vez mayor porque el niño tenía que explicarle muchísimas cosas.

Se hallaban en un territorio montañoso y agreste en el que menudeaban las tormentas, un reino al que llamaban Los Vals, unos valles recogidos, donde habitaban animales semejantes a los que Larch había visto en Monmar; criaturas normales, de apariencia y comportamiento comprensibles para él porque le resultaban familiares. Pero allí vivían también animales increíbles, de colores muy vivos, a los que los valesanos denominaban monstruos. El colorido inusitado era la característica que los identificaba como tales, porque en las demás particularidades físicas guardaban similitud con los otros animales normales de esos valles. Tenían, por lo tanto, forma de caballo, tortuga, puma, ave rapaz, libélula u oso, pero los colores pertenecían a la gama de los fucsias, turquesas, bronces, verdes iridiscentes… En Los Vals, por ejemplo, a un caballo tordo rodado se le consideraba un

21

caballo corriente, mientras que otro que tuviera la capa de un intenso color anaranjado, era un monstruo.

Larch no comprendía a esos seres; los monstruos ratón, mosca, ardilla, pez o gorrión resultaban inofensivos, pero los monstruos grandes, los devoradores de hombres, eran muy peligrosos, más que los animales equivalentes que habitaban en los siete reinos. Les entusiasmaba la carne humana, y la de otros monstruos les gustaba con locura; la de Immiker parecía volverlos locos también, por lo que éste, tan pronto como creció lo suficiente para tensar la cuerda de un arco, aprendió a disparar. Larch no sabía con seguridad quién le había enseñado; le daba la impresión de que su hijo tenía siempre a su lado a alguien —ya fuera un hombre o un muchacho— que lo protegía y lo ayudaba en diversos menesteres, pero nunca era la misma persona. Larch apenas había aprendido el nombre de los que auxiliaban a Immiker cuando éstos desaparecían, y otros ocupaban su lugar.

Ni siquiera sabía de dónde provenía esa gente. Al principio, Immiker y él vivían en una casita; después, en otra más grande; y luego, en otra aún mayor situada en un claro rocoso, a las afueras de una ciudad. Algunas de las personas que atendían a Immiker venían de esa población, pero parecía que otros salían de las grietas de las montañas o de las fisuras del suelo. Esas personas raras, de tez pálida, que procedían de debajo de la tierra, le proporcionaron medicinas y se ocuparon de curarle el hombro.

Oyó comentarios de que en Los Vals había un par de monstruos de hechuras humanas, cuyo cabello era de color muy intenso, pero no llegó a verlos jamás; tanto mejor así, ya que era incapaz de recordar si los humanos monstruo eran amistosos o no, y porque contra los monstruos en general no tenía defensa posible porque eran tan bellos que, cada vez que se encontraba frente a uno de ellos, la mente se le quedaba en blanco y el cuerpo se le paralizaba; en consecuencia, Immiker y sus amigos tenían que defenderlo.

—Eso es lo que hacen, padre —le explicaba su hijo una y otra vez—. Parte del poder que poseen esos monstruos consiste en dejarte pasmado con su hermosura, y después se apoderan de tu mente y te vuelven tonto, así que debes aprender a protegértela contra ellos, igual que he hecho yo.

Larch estaba por completo convencido de que su hijo tenía razón, pero, pese a ello, seguía sin entender nada.

—Qué idea tan horrible —comentó el hombre—. Aterra imaginar que existen criaturas con el poder de dominar la mente de las personas.

Immiker rió con complacencia y abrazó a su padre por los hombros, pero Larch seguía sin entender; no obstante, las muestras de afecto de su hijo eran tan escasas que, cuando se daban, le sobrevenía una oleada de felicidad tan apabullante que acallaba la desazón provocada por el aturdimiento.

En los contados momentos de lucidez, Larch se convencía de que, a medida que Immiker se hacía mayor, él se volvía más estúpido y desmemoriado. El chico le explicaba sin cesar la inestabilidad política del país en el que vivían ahora, le hablaba de las facciones militares que lo dividían, del mercado negro que prosperaba en las galerías subterráneas que conectaban las regiones entre sí, y de dos señores valesanos —lord Mydogg en el norte, y lord Gentian en el sur— que buscaban labrar sus propios imperios y arrebatarle el poder al rey. Asimismo le indicaba que, en el lejano norte, había otro país de lagos y cadenas montañosas, llamado Pikkia.

El antiguo guardabosque no conseguía encontrarle sentido a ese galimatías, pero sabía que en esas tierras no existían los graceling, y por lo tanto, nadie le arrebataría a su hijo.

El hecho de tener los iris de diferente color significaba que Immiker era un graceling; por ello, cuando Larch estaba lúcido, a veces pensaba en esa cuestión y le hubiera gustado saber en qué momento se revelaría la gracia de su hijo.

Y en esos lapsos en que razonaba con mayor claridad, que únicamente se daban cuando Immiker lo dejaba solo un rato, el hombre se preguntaba si no se habría revelado ya.

Immiker desarrolló ciertas aficiones: le gustaba jugar con monstruos pequeños; los ataba y les arrancaba las garras, las escamas de vivos colores, matas de pelambre o puñados de plumas.

par. El chico le clavó en el vientre el cuchillo que empuñaba, y el hombre se desplomó como una piedra en el suelo.

—Tu compañía ha sido una delicia, y echaré de menos tu devoción —dijo el muchacho, inclinándose sobre su padre—. Ojalá fuera tan fácil controlar a todos los demás como controlarte a ti. Ojalá todos fueran tan estúpidos como tú, padre.

La sensación de estar muriéndose resultaba extraña; Larch tenía frío y se mareaba, igual que cuando se precipitó por la cordillera monmarda, pero sabía que ahora no caía a través de una grieta de la montaña. En la hora de la muerte, por primera vez desde hacía años, fue consciente de dónde se hallaba y de lo que sucedía. Y su último pensamiento fue decirse que no se debía a su estupidez que las palabras de su hijo lo cautivaran con tanta facilidad, sino que la causa había sido el amor. Sí, porque su amor por él le impidió reconocer la gracia que poseía, pues aun antes de nacer, cuando no era más que una promesa en el vientre de Mikra, ya se había rendido a su embrujo.

25

Quince minutos más tarde, el cadáver y la casa del antiguo guardabosque eran pasto de las llamas, e Immiker, montado en su poni, se abría camino hacia el norte a través de las cuevas. Para él fue un alivio emprender viaje porque, de un tiempo a esta parte, el entorno y sus habitantes le resultaban aburridos, cosa que lo incomodaba; y es que ya estaba preparado para algo más importante.

A continuación decidió señalar esa nueva etapa de su vida con un cambio del absurdo y sensiblero nombre que le dieron al nacer; y como siempre le había gustado cómo sonaba la manera un tanto extraña que tenía la gente de esa tierra de pronunciar el nombre de su padre, se lo cambió por el de Leck.

Y transcurrió un año.

Primera parte

Monstruos

Capítulo 1

*L*o que sorprendió a Fuego no fue que el hombre que merodeaba por el bosque le disparara, sino que acertara a darle sin querer.

La flecha se le clavó en el brazo, y el impacto la desplazó de lado con tanta fuerza que chocó contra un peñasco, dejándola sin respiración. La intensidad del dolor hacía imposible ignorarlo, pero pese a ello, enfocó la mente sobrepasando el sufrimiento y lo transformó en algo frío y refulgente, como una estrella solitaria en un oscuro cielo invernal. Si ese hombre tenía temple, si sabía bien lo que hacía, estaría prevenido contra ella y contra su poder, pero Fuego rara vez topaba con alguien así. Lo más frecuente era que los hombres que querían dañarla se mostraran furiosos, arrogantes o asustados, hasta el punto de que no le costaba mucho esfuerzo hallar una fisura en las barreras defensivas tras las que ocultaban sus pensamientos, y colarse por ellas con facilidad.

Dio con la mente del hombre de inmediato y la halló tan abierta, incluso tan bien dispuesta, que se planteó si no sería un pobre simplón contratado por otro; entonces buscó a tientas el cuchillo que llevaba metido en la bota. Primero oyó las pisadas del individuo entre los árboles, y enseguida, la respiración; no tenía tiempo que perder, porque volvería a dispararle en cuanto la viera.

No quieres matarme. Has cambiado de idea.

El hombre asomó por detrás de un árbol y, en efecto, la vio; los ojos, de color azul, se le desorbitaron a causa de la estupefacción y el horror.

—¡Oh, no, una muchacha, no! —gritó.

La exclamación del desconocido la desconcertó. ¿Acaso no tenía intención de matarla? ¿Es que no sabía quién era? ¿O tal vez pretendía matar a Arquero?

—¿Quién era tu blanco? —inquirió Fuego, haciendo un esfuerzo para que su voz le sonara sosegada.

—Quién, no. Más bien dirás, qué —contestó él—. Llevas una capa de pelaje marrón, y tu vestido es del mismo color. ¡Cielos benditos, muchacha! —maldijo en un arranque de exasperación. Se le acercó y examinó la flecha clavada en la parte superior del brazo, así como la sangre que le empapaba la capa, la manga y el pañuelo de la cabeza—. Se diría que tu intención era que un cazador te disparara.

Un cazador furtivo sería un término más acertado, pues Arquero había prohibido cazar en el bosque a esa hora del día porque ella acostumbraba a recorrer la fronda vestida de tal guisa. Además, nunca había visto a ese hombre de ojos claros, cabello castaño rojizo y más bien bajo de estatura. Por si fuera poco, no sólo era un cazador furtivo, sino que le había disparado por equivocación mientras cazaba de forma ilegal, motivos por los cuales no le apetecería nada entregarse a Arquero, conocido por su mal genio. Sin embargo, eso era lo que ella debía procurar que hiciera, porque perdía mucha sangre y se mareaba; necesitaría, por lo tanto, la ayuda de aquel hombre para llegar a casa.

—Ahora tendré que matarte —rezongó él, abatido. Pero antes de que la joven tuviera tiempo de asimilar tan absurda conclusión, añadió—: Eh, un momento, ¿quién eres? Dime que no eres ella.

—¿A quién te refieres? —preguntó Fuego a su vez, elusiva, para ganar tiempo y buscar acceso a la mente del individuo; de nuevo la encontró en blanco, como si sus intenciones se hallaran perdidas en un manto de niebla.

—Llevas el pelo tapado. Y esos ojos y la cara… ¡Maldita sea mi estampa! —imprecó el cazador al tiempo que retrocedía—. Esos ojos tan verdes… Soy hombre muerto.

Era un tipo raro: primero llegaba a la conclusión de que tenía que matarla, después afirmaba que moriría él, sin olvidar su extraño estado de conciencia, como si tuviera la mente enturbiada, y en aquel momento daba la impresión de que estaba a punto de darse a la fuga, algo que Fuego no debía permitir que sucediera.

30

De modo que se apoderó de los pensamientos del hombre y los guió como le convenía.

Ni mis ojos ni mi cara te parecen tan fuera de lo normal.

El hombre la escudriñó, desconcertado.

Cuanto más me miras, más constatas que soy una persona corriente. En el bosque has encontrado herida a una chica normal, y vas a rescatarla. Debes llevarme ante lord Arquero.

Fue en ese punto donde Fuego encontró cierta resistencia debido a que el hombre tenía miedo. Ejerció una presión mayor en la mente del desconocido al tiempo que le dedicaba la sonrisa más encantadora que fue capaz de esbozar, habida cuenta del dolor espantoso que la atenazaba y el hecho de correr el riesgo de morir desangrada.

Lord Arquero te recompensará y te protegerá, y serás honrado y aclamado como un héroe.

Las dudas del hombre se despejaron; liberó a Fuego de la aljaba y del estuche del arco que llevaba a la espalda y se los colgó al hombro, junto con su propio carcaj. A continuación cogió con una mano los dos arcos —el de ella y el suyo— y apoyó el brazo derecho de la muchacha, el ileso, encima de los hombros.

—Vamos, señorita. —Y la sostuvo para ayudarla a caminar entre los árboles, hacia la mansión de Arquero.

La muchacha comprendió que el cazador furtivo conocía el camino, pero después, agotada, desechó ese pensamiento. Qué más daba quién era o de dónde venía; lo único importante era seguir consciente sin perder el control de la mente del hombre hasta que llegaran a casa, y la gente de Arquero lo prendiera. Aguzó oído, vista y mente, alerta a la posible aparición de monstruos, porque ni el pañuelo de la cabeza ni su propia protección mental contra esas criaturas la ocultarían de ellas si olfateaban la sangre.

Por lo menos contaba con la baza a su favor de que el cazador furtivo era bueno tirando con el arco.

Arquero abatió un ave rapaz monstruo en el mismo momento en que Fuego y el cazador furtivo salían de entre los árboles caminando a trompicones; fue un disparo bonito, a larga distancia, efectuado desde la terraza más alta, pero ella no estaba en condiciones de apreciarlo; por su parte, el cazador masculló entre dientes algo sobre lo apropiado del apodo del joven señor. El monstruo cayó a plomo desde el cielo y se estrelló en el camino que conducía a la entrada principal; las plumas de la criatura eran de un color entre dorado y anaranjado, semejante al de los girasoles.

Sosteniendo el arco en la mano con ligereza, Arquero, erguido y airoso en la terraza de piedra, escudriñó el cielo; tanteó la aljaba que llevaba a la espalda, encajó otra flecha en la cuerda y recorrió con la vista las copas de los árboles. En esto, los vio salir del bosque a los dos, al hombre que sostenía a la muchacha y a ésta, ensangrentada y casi incapaz de caminar; Arquero giró sobre sus talones y entró corriendo en la casa. A pesar de encontrarse lejos y de los muros de piedra que los separaban, Fuego oyó que gritaba, y le dirigió palabras y sensaciones a la mente, que no tenían nada que ver con el control mental, sino como un simple mensaje:

No te preocupes. Aprésalo y desármalo, pero no le hagas daño, por favor —pidió, y por si servía de algo, añadió—: *Es un buen hombre y he tenido que engañarlo.*

Arquero salió con precipitación por la gran puerta principal seguido por su capitán, Palla, un sanador y cinco guardias. Salvó de un salto al ave rapaz abatida en el camino y echó a correr hacia Fuego.

—¡La encontré en el bosque! —gritó el cazador furtivo—. ¡La encontré! ¡Le he salvado la vida!

Después de que los guardias apresaran al cazador, Fuego le liberó la mente; el alivio que sintió fue tan grande que se le doblaron las rodillas y se desplomó contra el pecho de Arquero.

—Fuego, ¿cómo te encuentras? —oyó que le preguntaba su amigo—. ¿Dónde más estás herida?

Al ver que era incapaz de sostenerse en pie, Arquero la sujetó para que no se cayera y la bajó al suelo, despacio. Fuego negó con la cabeza.

—En ningún otro sitio —contestó con un hilo de voz.

—Que se siente, o mejor, ayúdela a tumbarse —instruyó el sanador—. He de cortar la hemorragia.

—¿Se pondrá bien? —inquirió Arquero, fuera de sí.

—Por supuesto —replicó el sanador con sequedad—. Sobre todo si usted se quita de en medio y me deja que restañe la herida.

Arquero soltó un resoplido y besó a Fuego en la frente; se apartó de ella y se puso en cuclillas mientras abría y apretaba los puños. Luego se giró un poco para mirar al cazador furtivo que sus guardias tenían reducido; Fuego sabía que su amigo, sin haber liberado la ansiedad, daría rienda suelta a la rabia, y le dirigió un pensamiento admonitorio:

Arquero...

—Un buen hombre al que, no obstante, hay que apresar —masculló él mientras se incorporaba, sin apartar la vista del cazador—. Veo que la flecha que la señora tiene clavada en el brazo proviene de tu aljaba, de modo que, dime: ¿quién eres y quién te envía?

El hombre apenas prestó atención a lo que decía Arquero, pues miraba a Fuego alelado, con los ojos saliéndosele de las órbitas.

—Vuelve a ser hermosa —musitó quedamente—. Y yo soy hombre muerto.

—No te matará —lo tranquilizó la muchacha—. A los cazadores furtivos no los mata y, además, me has salvado.

—Si fuiste tú quien disparó la flecha, será un placer para mí acabar contigo —amenazó Arquero.

—Lo que haga usted da lo mismo —afirmó el cazador.

—Pero si tu intención era rescatarla —le espetó Arquero, asestándole una mirada iracunda—, explícame por qué no le quitaste la flecha y le vendaste la herida antes de traerla a rastras a través de medio mundo.

—Arquero... —La muchacha enmudeció de golpe y ahogó un grito a duras penas cuando el sanador rasgó la manga ensangrentada—. Lo tenía controlado y no se me ocurrió pedírselo; déjalo en paz.

—¿Por qué no se te ocurrió? ¿Es que no tienes sentido común?

—Lord Arquero —lo interrumpió el sanador, enojado—, en lugar de gritarle a una persona que está a punto de desmayarse por la pérdida de sangre, más vale que haga algo útil, así que, por favor, ¿le importaría sujetarla mientras le extraigo la flecha? Y lo mejor que puede hacer después es otear el cielo, por si acaso.

El joven se arrodilló junto a la muchacha y la inmovilizó por los hombros; estaba inexpresivo, pero cuando habló, le tembló la voz de emoción:

—Perdóname, Fuego. —Después le dijo al sanador—: Estamos locos por hacer esto en el exterior. Huelen la sangre.

En éstas, un dolor repentino, cegador como un relámpago, asaltó a la joven, que agitó la cabeza y forcejeó para librarse del sanador y del peso y la fuerza de Arquero. A causa de las sacudidas se le cayó el pañuelo y le quedó a la vista la mata de cabello, brillante como un prisma de colores: bermejo, amapola, cobrizo, fucsia, flamígero... Un color rojo más intenso que la sangre que empapaba el camino.

Fuego cenó en su casa de piedra, construida detrás de la de Arquero y protegida por la guardia de éste, quien había mandado llevar el ave rapaz muerta a la cocina de su amiga. Él era una de las pocas personas que no la avergonzaban porque le gustara mucho el sabor de la carne de monstruo.

Comió en la cama, y Arquero se sentó con ella, le cortó la carne y la animó a comer... Y es que hasta masticar le dolía; a decir verdad, le dolía todo.

Habían encerrado al cazador furtivo en una de las jaulas de monstruos instaladas en el exterior, jaulas que el padre de la joven, lord Cansrel, mandó construir en la colina que se alzaba detrás de la casa.

—Así se desate una gran tormenta con rayos y truenos, o llueva a mares y haya una inundación —deseó Arquero—. Me gustaría que se abriera el suelo debajo de tu cazador furtivo y se lo tragara.

Fuego no le hizo caso; le constaba que era pura palabrería.

—Me he cruzado con Donal al entrar, en el recibidor —continuó Arquero—. Pero se ha escabullido; iba cargado con un montón de mantas y almohadas, por lo que supongo que has ordenado preparar una cama a tu asesino ahí fuera, ¿verdad?, y que también lo alimenten tan bien como a ti misma.

—No es un asesino, sino un cazador furtivo con poca vista.

—Eso no te lo crees ni tú.

—Está bien, está bien, pero estoy convencida de que cuando me hirió creía que disparaba a un venado.

—Tal vez. —Arquero se recostó y se cruzó de brazos—. Hablaremos con él mañana y le sonsacaremos.

—Preferiría no colaborar.

—Y yo preferiría no tener que pedírtelo, querida, pero he de saber quién es ese hombre y quién lo ha enviado. Es el segundo desconocido al que se ha visto en mis tierras en las dos últimas semanas.

Fuego se reclinó en los almohadones, cerró los ojos e hizo un esfuerzo para masticar. En las colinas, los desconocidos salían hasta de debajo de las piedras, y era imposible saber la verdad de todo el mundo. Ella no quería conocerla, y tampoco quería utilizar sus poderes para averiguarla; una cosa era dominar la mente de un hombre para evitar que la matara, y otra muy distinta despojarlo de sus secretos.

Cuando miró de nuevo a Arquero, éste la observaba en silencio. Ella le contempló el cabello, tan rubio que parecía blanco, los ojos de color castaño oscuro, la boca de trazo orgulloso... Los rasgos familiares que conocía de siempre, desde que era una niña que daba los primeros pasos, y él, un chiquillo algo mayor que iba siempre cargado con un arco de su misma altura. Fue ella la primera que modificó su nombre real, Arklin, por Arquero, y él le enseñó a disparar. Al mirarlo ahora a la cara —la de un hombre adulto, responsable de un predio norteño, de su fortuna, de sus granjas, de su gente— se dio cuenta de la ansiedad que reflejaba. No corrían buenos tiempos en Los Vals, y en Burgo del Rey, Nash, el joven monarca, se aferraba al trono con un asomo de desesperanza mientras algunos nobles rebeldes, como lord Mydogg en el norte y lord Gentian en el sur, levantaban ejércitos y planeaban la forma de derrocarlo.

Se avecinaba una guerra, y tanto en las montañas como en los bosques, además de forajidos, pululaban espías a montones, de ahí que los desconocidos fueran siempre causa de alarma.

—No podrás salir sola por el bosque hasta que te recuperes y seas capaz de disparar otra vez —anunció Arquero con sua-

35

vidad—. Las aves rapaces están enardecidas, Fuego. Lo siento mucho.

Ella tragó saliva con esfuerzo; ni siquiera se le había pasado por la cabeza esa perspectiva desoladora.

—Qué más da. Tampoco puedo tocar el violín, ni el arpa, ni la flauta, ni cualquiera de mis instrumentos musicales, así que no es menester que salga de casa.

—Avisaremos a tus alumnos, y veré a quién puedo mandar a sus casas para sustituirte. —El hombre suspiró y se frotó la nuca—. Sin la ayuda de tu percepción, no tendremos más remedio que fiarnos de los vecinos hasta que estés curada.

Dada la inestabilidad de la época, se había perdido la confianza incluso entre vecinos de antiguo, y una de las tareas de Fuego mientras impartía clases de música era estar atenta a lo que veía y oía. De vez en cuando captaba algún detalle —una información, una conversación, la sensación de que algo iba mal— que les era de ayuda a Arquero y a su padre, Brocker, ambos leales aliados del rey.

36 La joven cerró los ojos otra vez y respiró despacio; se le iba a hacer muy cuesta arriba la espera sin el consuelo de la música; las peores heridas eran siempre ésas, las que la incapacitaban para tocar el violín.

Tarareó entre dientes una cancioncilla del norte de Los Vals que se sabían los dos, una canción que al padre de su amigo le gustaba que tocara siempre que compartían una velada.

Arquero le cogió la mano del brazo ileso y se la besó, empezando por los dedos, hasta llegar a la muñeca, y a continuación le rozó el antebrazo con los labios.

Fuego dejó de tararear, y al abrir de nuevo los ojos, se encontró con la mirada traviesa y alegre de Arquero.

Estás de broma, imagino —le transmitió con el pensamiento.

Él le acarició el cabello, radiante en contraste con las mantas.

—Pareces triste —contestó él.

Arquero, cualquier movimiento me causa dolor.

—Tú no tienes que moverte, y yo podría aliviarte el sufrimiento.

—Seguro que sí —dijo en voz alta Fuego, que sonrió a su pesar—, pero dormir tendrá el mismo efecto. Vete a casa, anda. Encontrarás otra persona a la que aliviarle el sufrimiento; no me cabe ninguna duda.

—Qué cruel, sabiendo como sabes lo preocupado que he estado por ti hoy —le reprochó él con guasa.

De eso estaba segura; sin embargo, no creía que la preocupación cambiara el modo de ser de su amigo.

Ni que decir tiene que no durmió después de que él se marchara; lo intentó, sí, pero las pesadillas la despertaban una y otra vez; pesadillas que eran peores si había pasado cierto tiempo entre las jaulas, porque era allí donde su padre murió.

Cansrel, su hermoso padre monstruo... Estas criaturas de Los Vals descendían de monstruos, aunque podían engendrar vástagos uniéndose a alguien de su especie que no fuera monstruo —como en el caso de su madre—, pero la prole de esas uniones mixtas siempre lo eran. El cabello de Cansrel era de un resplandeciente tono plateado con reflejos azulados, los ojos, de un profundo color azul oscuro, y el cuerpo y el rostro —de pasmosa belleza, rasgos refinados y bien perfilados—, como un cristal que reflectara la luz e irradiara aquel algo intangible que todos los monstruos poseían. En vida fue el hombre más hermoso de todos los seres existentes o, al menos, así lo consideraba Fuego. Además, la superaba en el control de la mente de los humanos; tenía muchísima más práctica.

Acostada en la cama, la joven rechazó el recuerdo del reluciente leopardo monstruo —un bello felino de pelaje azul medianoche y ocelos dorados— a horcajadas sobre su padre, así como el del olor de la sangre de éste, prendidos los maravillosos ojos en ella, incrédulos, agonizantes...

No debería haber ordenado a Arquero que se marchara; él comprendía sus pesadillas y era apasionado y vital. Necesitaba su compañía, su vitalidad.

Cada vez estaba más inquieta, y al fin puso en práctica una idea que habría hecho empalidecer a su amigo. Se levantó del lecho, fue con lentitud hacia el armario y se puso un pantalón y una chaqueta de tonos negros y pardos oscuros, a juego con la noche; lo hizo muy despacio, porque cada movimiento era un

37

suplicio. Fue tal el dolor que experimentó al cubrirse el cabello con un pañuelo, porque tuvo que usar las dos manos y alzar el brazo izquierdo, que por poco regresa a la cama. Pero de algún modo se las ingenió, si bien renunció a comprobar ante el espejo que no le asomara ningún mechón. Tenía por costumbre no contemplar su imagen, pues le daba vergüenza que se le cortara la respiración al verse.

Luego se metió un cuchillo en el cinturón, cogió una lanza e hizo caso omiso de las llamadas y los gritos de su propia conciencia advirtiéndole de que esa noche era incapaz de defenderse ni de un puercoespín, cuanto menos de una rapaz monstruo o de un lobo monstruo.

Con un brazo inutilizado, el siguiente paso era el más duro de todos: tenía que salir de casa, a hurtadillas, por el árbol que daba a la ventana de su cuarto, ya que había guardias de Arquero apostados en todas las puertas y no le permitirían deambular por las colinas sola y herida como estaba. A no ser, claro está, que utilizara su poder para controlarles la mente, pero no pensaba hacer semejante cosa; los hombres de Arquero confiaban en ella.

Fue su amigo el que reparó en cómo se ceñía a la casa el viejo árbol, y lo fácil que le sería a él trepar en la oscuridad; de eso hacía dos años, cuando Cansrel aún vivía. Arquero tenía entonces dieciocho años y ella, quince, y su amistad evolucionó en ciertos aspectos que los guardias de Cansrel no tenían por qué saber, una evolución dulce e inesperada para Fuego que incrementó su breve inventario de vivencias felices. Lo que su amigo ignoraba era que ella había utilizado esa ruta casi de inmediato, primero para eludir a los hombres de su padre, y después, tras la muerte de éste, a los guardias del propio Arquero. No la usaba porque hiciera nada prohibido o escandaloso, sino que salía a caminar sola de noche, sin que todo el mundo lo supiera.

Sacó la lanza por la ventana, pero lo que siguió fue un sufrimiento acompañado de angustias, ropas desgarradas y uñas rotas. Ya en el suelo, empapada de sudor, temblorosa y muy consciente de que su idea había sido una estupidez, utilizó la lanza como bastón y se alejó de la casa, renqueando; no tenía intención de ir muy lejos, tan sólo quería dejar atrás los árboles para ver las estrellas.

El mero hecho de contemplarlas le aliviaría la soledad que sentía, porque las veía como criaturas hermosas, llameantes y frías; todas ellas solitarias, desoladas, silenciosas como ella…

Esa noche relucían claras y perfectas en el cielo.

Llegó a lo alto de un afloramiento rocoso, que se alzaba detrás de las jaulas destinadas a los monstruos de su padre, y se bañó en la luz de las estrellas intentando absorber parte de su serenidad; respiró hondo mientras se friccionó la cadera, donde tenía la cicatriz de un flechazo recibido meses atrás y que todavía le dolía de vez en cuando. Ése era otro de los inconvenientes que acompañaban a una herida nueva: las viejas se rebelaban y volvían a dolerle.

Nunca la habían herido de forma accidental, y no era fácil clasificar el último ataque recibido; casi resultaba cómico. Tenía en un antebrazo la cicatriz ocasionada por una daga, otra, en el vientre y un orificio en la espalda que le había quedado hacía años al sacarle una punta de flecha. Ese tipo de accidentes sucedían de vez en cuando, pues aunque existían hombres pacíficos, había otros que querían perjudicarla, o incluso matarla, porque era algo precioso que no podían poseer o porque despreciaban a su padre. Y si bien alguna agresión le causó una cicatriz, consiguió frustrar otras cinco o seis.

Además, en una muñeca tenía marcas de dientes, producidas por un lobo monstruo, y más marcas de garras en un hombro, que le había dejado una rapaz monstruo. Pero había otro tipo de heridas, las pequeñas, las invisibles, como las provocadas esa misma mañana, en la ciudad, cuando los calenturientos ojos de un hombre se le clavaron en el cuerpo, mientras que la esposa, a su lado, la miraba con un odio abrasador nacido de los celos; o bien las ocasionadas por la humillación mensual de necesitar una escolta durante la regla para que la protegiera de los monstruos, que olfateaban la sangre.

—No tendrías que avergonzarte por ser el centro de atención, sino que debería ser para ti motivo de complacencia —le reprochaba Cansrel—. ¿Es que no experimentas el gozo de saberte el desencadenante de una respuesta en todos y en todo por el mero hecho de existir?

Al contrario que ella, su padre no veía que en esas circunstancias hubiera nada humillante.

39

Cansrel cuidaba y alimentaba crías de monstruos depredadores: una rapaz con las plumas de color lavanda y brillos plateados; un puma de color rojo púrpura; un oso de pelaje verde como la hierba con destellos dorados; el leopardo color azul medianoche con ocelos también dorados... No les daba suficiente comida a propósito y se metía entre las jaulas, suelto el cabello y la piel arañada con un cuchillo para que salieran unas gotitas de sangre. Una de las cosas que más le gustaba era provocar que sus monstruos chillaran, rugieran y arañaran con los dientes los barrotes, enloquecidos por el ansia de devorar su carne de monstruo.

Fuego no lograba imaginar lo que sería sentirse así, sin expermentar miedo ni vergüenza.

El aire se tornó húmedo y frío, y ella distaba mucho de alcanzar la paz esa noche.

Regresó despacio hasta el árbol e intentó asirse al tronco para trepar, pero por mucho empeño que puso, enseguida comprendió que, bajo ningún concepto, sería capaz de entrar en su dormitorio por donde había salido.

Dolorida y agotada, se recostó en el árbol y maldijo para sus adentros su estúpida ocurrencia; ahora sólo tenía dos opciones: presentarse ante los guardias apostados en alguna de las puertas de la casa y al día siguiente librar una batalla con Arquero para conservar su libertad, o meterse en la mente de uno de esos soldados para ofuscarlo y controlarlo. Pero ninguna de las dos era aceptable.

En primer lugar procedió a tantear mentalmente quién estaba más cerca: la mente del cazador furtivo, dormido en una jaula, se alteró al entrar en contacto con la suya, y por otra parte, había varios guardias en su casa cuyas mentes reconoció. En la puerta lateral vigilaba un soldado entrado en años, llamado Krell, que podría decirse que era amigo suyo, o lo sería si no tuviera tanta inclinación a admirarla en exceso; era músico también, probablemente tan dotado como ella, y con más experiencia. A veces tocaban juntos: Fuego, el violín, y Krell, la flauta o el caramillo. Convencido como estaba de que era perfecta, el soldado nunca sospecharía de la muchacha; sería una presa fácil.

No le quedaba más remedio que hacerlo, concluyó la joven con un suspiro; Arquero era un buen amigo, pero lo era aún mejor cuando no sabía al dedillo todo lo que ella hacía o pensaba.

Así que se encaminó con cautela hacia la puerta lateral de la casa, entre los árboles; la sensación del sondeo de un monstruo en la mente de una persona era sutil, pero alguien mentalmente fuerte y experto en esas tareas, llegaría a identificar la intrusión y cerraría el acceso a cal y canto, con brusquedad. Esa noche, no obstante, el cerebro de Krell estaba alerta a la aparición de posibles intrusos, pero no preveía ese otro tipo de intromisión; Fuego lo percibió aburrido y accesible, y se le aproximó despacio, sigilosa. El guardia notó un cambio y centró la atención con cierto sobresalto, pero ella se apresuró a distraerle:

Has oído un ruido. Se ha repetido, ¿lo oyes? Son gritos y suenan cerca de la entrada principal. Aléjate de la puerta en la que estás y ve a echar un vistazo.

Al momento el soldado se alejó de la entrada, quedándose de espaldas a Fuego, quien salió de entre los árboles en silencio y se dirigió hacia la puerta.

No oyes nada detrás de ti, sólo al frente; la puerta que tienes a la espalda está cerrada.

El guardia no se volvió para comprobarlo; ni siquiera receló de las ideas que ella le implantaba en la mente. Fuego abrió la puerta, entró y cerró tras de sí; después, sintiéndose un tanto deprimida por lo fácil que había resultado, permaneció apoyada en la pared del vestíbulo un momento; en su opinión, no debería ser tan fácil manipular a alguien como si fuera un pelele.

Abatida y asqueada de sí misma, subió la escalera con desánimo hacia su cuarto mientras mentalmente se repetía una y otra y otra vez, sin saber por qué, un cántico concreto; era una elegía que se entonaba en Los Vals para llorar la pérdida inútil de una vida.

Suponía que la había recordado al evocar a su padre, aunque nunca entonó esa elegía por él, ni la tocó al violín; el dolor y el desconcierto fueron tan abrumadores tras la muerte de Cansrel que la incapacitaron para interpretar ésa o cualquier otra música. Quemaron el cadáver en una pira, pero ella no fue a verlo.

El violín era un regalo de su padre; uno de sus contados ges-

41

tos amables, porque nunca había sido paciente con la música de su hija. Fuego estaba sola; era la última humana monstruo que sobrevivía en Los Vals, y su violín, una de las pocas cosas que le traían recuerdos felices cuando lo evocaba.

¿Recuerdos felices?

En fin, quizás en la evocación residía cierta felicidad, pero sólo algunas veces. Aunque eso no cambiaba las cosas; de una forma u otra, si se seguía el rastro de todo aquello que no funcionaba como era debido en Los Vals, siempre remitía a Cansrel.

No era éste un pensamiento que le proporcionara tranquilidad a la muchacha, pero, delirante por el agotamiento, se quedó profundamente dormida con la elegía valense como música de fondo de sus sueños.

Capítulo 2

Cuando Fuego se despertó al día siguiente, lo primero de lo que tuvo conciencia fue del dolor, y después notó que en la casa reinaba más agitación de lo normal; asimismo percibió un revuelo de guardias en la planta baja, y supo que Arquero se encontraba con ellos.

A todo esto, al pasar una criada por delante de la habitación, le tocó la mente y la llamó. Ceñuda, la sirvienta entró en el cuarto, y en lugar de mirar a Fuego, no alzó la vista del plumero que llevaba en la mano. Bueno, por lo menos ésta había entrado, porque otras, fingiendo no oír la llamada, se habían escabullido.

—¿Qué desea, señora? —inquirió en actitud ceremoniosa.

—Sofie, ¿por qué hay tantos hombres abajo?

—Esta mañana han hallado muerto al cazador furtivo que estaba encerrado en las jaulas, señora; tenía una flecha clavada en el cuello.

Dejando a Fuego desolada, la sirvienta se marchó, cerrando la puerta tras ella con un golpe seco.

La joven se dijo que lo ocurrido era de algún modo culpa suya por llevar ropas que la hacían parecer un venado.

Fuego se vistió y bajó la escalera para reunirse con el mayordomo, Donal, un hombre canoso y testarudo que estaba a su servicio desde que era una niña. El hombre enarcó una ceja, y señalando con la cabeza hacia la terraza trasera, le comentó:

—Me parece que hoy es capaz de tirar a dar a cualquiera.

La joven sabía que se refería a Arquero, cuya exasperación era perceptible, aunque hubiera una pared por medio entre ella y el grupo con el que estaba su amigo. Por sus palabras acaloradas, se deducía que no le gustaba nada que muriera alguien que estuviera bajo su custodia.

—Donal, ayúdame a taparme el cabello, por favor.

Poco después, con el pelo envuelto en un pañuelo marrón, Fuego salió a la terraza para acompañar a Arquero en aquel momento conflictivo; en el exterior el ambiente estaba cargado de humedad, como si fuera a llover de un momento a otro. Abrigado con una chaqueta larga también de color marrón, el aspecto de Arquero irradiaba por completo una sensación incisiva: el arco que sostenía en la mano, las flechas colgadas a la espalda, los movimientos repentinos, la expresión con que oteaba las colinas… La joven se apoyó en la baranda, a su lado.

—Tendría que haberlo previsto —le dijo a Fuego sin mirarla—. Puede decirse que él mismo nos adelantó que esto ocurriría.

—No habrías podido hacer nada para evitarlo. Bastante desperdigada tienes ya a tu guardia.

—Debería haber ordenado que lo encerraran dentro.

—¿Y cuántos guardias habrían hecho falta para ello? Vivimos en casas, Arquero, no en palacios, y no disponemos de mazmorras.

—Estamos locos, ¿sabes? —Él agitó la mano en el aire—. Locos por creer que podemos vivir aquí, tan lejos de Burgo del Rey, y protegernos de los pikkianos, de los saqueadores y de los espías de los señores rebeldes.

—Ni su fisonomía ni su modo de hablar eran característicos de un pikkiano. Era valense, como nosotros. Además, iba limpio y su comportamiento era civilizado, no como el de los saqueadores que acostumbramos a ver.

Era cierto que los pikkianos, pueblo marinero que habitaba el territorio vecino al norte de Los Vals, en ocasiones cruzaban la frontera para robar madera o incluso raptar a trabajadores de la comarca septentrional valense; pero, aunque no todos eran iguales, solían ser corpulentos y de piel más clara que sus vecinos de Los Vals. En cualquier caso, ninguno era de estatura baja y tez oscura, como el fallecido cazador furtivo de ojos azules; además, hablaban con un acento gutural muy marcado.

—De acuerdo, de acuerdo, pero entonces era un espía —rebatió Arquero, que no deseaba que lo apaciguara—. Lord Mydogg y lord Gentian tienen confidentes repartidos por todo el reino que espían al rey, espían al príncipe, se espían entre ellos y, visto lo visto, también te espían a ti —refunfuñó—. ¿Nunca se te ha ocurrido pensar que los enemigos del rey Nash y del príncipe Brigan tal vez quieran raptarte y utilizarte como un instrumento para derrocar a la familia real?

—Y tú crees que todo el mundo quiere raptarme —respondió la joven en tono apacible—. Si tu propio padre me atara y me vendiera a un zoológico de monstruos por unas cuantas monedas sueltas, dirías que desde el principio sospechaste que pensaba hacerlo.

—Y tú deberías sospechar de tus amigos, de cualquiera de ellos, aparte de mi padre y de mí —barbotó, acalorado—. Deberías llevar escolta cada vez que sales por esa puerta y deberías reaccionar con más rapidez para controlar a la gente con la que te encuentras. De esa forma yo tendría menos preocupaciones.

Arquero repetía los argumentos de siempre y, por ende, se sabía de memoria las respuestas de ella, así que Fuego hizo como si no hubiera oído el último comentario, y en cambio, dijo sin alterarse:

—Nuestro cazador furtivo no era un espía de lord Mydogg ni de lord Gentian.

—Mydogg ha reunido un ejército bastante grande en el nordeste, y si en algún momento decidiera «tomar prestado» nuestro predio como plaza fuerte y punto de apoyo en la guerra contra el rey por ser más céntrico, nos sería imposible impedírselo.

—Arquero, sé razonable. La Mesnada Real no nos dejaría desamparados para que nos defendiéramos solos. E independientemente de eso, el cazador furtivo no fue enviado por ningún señor rebelde; era demasiado simplón para encomendarle una tarea así. Mydogg jamás utilizaría un explorador tan cándido, y si bien Gentian dista mucho de ser tan inteligente como Mydogg, su necedad no llega al punto de ordenarle a un bobalicón que espíe.

—Bueno, de acuerdo —bramó él, exasperado—. Entonces habré de retomar la teoría de que se trata de algo relacionado contigo. En el instante en que te reconoció, dijo que era hombre muerto, lo que deja muy claro que estaba bien informado en cuanto a ese punto. Así que, explícamelo, ¿quieres? ¿Quién era ese hombre y por qué diantres lo han matado?

Fuego creía que estaba muerto por haberla herido, o tal vez porque lo había visto y le había hablado. No es que tuviera mucho sentido, pero la conclusión de su razonamiento tenía gracia, y los habría hecho reír si Arquero hubiera estado de humor para bromas, que no era el caso; el asesino del cazador furtivo era un hombre cortado por el mismo patrón que Arquero en el sentido de que a éste tampoco le gustaba que nadie le hiciera daño o trabara amistad con ella.

—Y con buena puntería —agregó la muchacha en voz alta.

Arquero continuaba oteando el horizonte con gesto iracundo, como si esperase que el asesino apareciera de pronto detrás de una piedra para saludarlo con la mano.

—¿Qué quieres decir?

—Que te habrías llevado bien con ese asesino, Arquero, porque ha tenido que disparar a través de los barrotes de la verja exterior y de los de la jaula donde estaba encerrado el cazador furtivo, ¿no es cierto? Tiene que ser un buen arquero.

—Más que bueno —convino él, que pareció animarse un poco al hablar con admiración de la buena puntería de alguien—. A juzgar por la posición y la profundidad de la herida, creo que fue un disparo a larga distancia, realizado probablemente desde los árboles que hay tras esa elevación. —Señaló el espacio pelado y rocoso al que se encaramó Fuego la noche anterior—. Disparar a través de dos hileras de barrotes es en verdad impresionante, sobre todo si aciertas a dar a un hombre en la garganta. Al menos tenemos la certeza de que no han sido nuestros vecinos los responsables, porque ninguno de ellos habría sido capaz de lograr semejante proeza.

—¿Y tú?

La pregunta tenía como propósito regalarle el oído a su amigo, ya que no había buen disparo que Arquero no fuera capaz de igualar; él la miró y sonrió, aunque enseguida la observó con mayor atención y se le suavizó el semblante.

—Soy un bruto. Mira que no haberte preguntado aún cómo te encuentras hoy…

A la joven se le habían contraído los músculos de la espalda, como si fueran cuerdas repletas de nudos, y el brazo vendado le dolía; todo el cuerpo estaba pagando su exceso de la escapada nocturna.

—Estoy bien.

—¿No vas poco abrigada? Ten, ponte mi chaqueta.

Fuego se arrebujó en ella, y se sentaron un rato en los peldaños de la terraza. Hablaron sobre los planes que tenía él para empezar las labores en los campos de labranza, puesto que dentro de poco llegaría la época de la siembra de primavera, y era sabido que la tierra septentrional, pedregosa y fría, siempre se resistía al comienzo de una nueva estación de cultivo.

De vez en cuando, Fuego percibía los movimientos de rapaces monstruo que sobrevolaban su posición, y les mantenía cerrada la mente para que no la identificaran como la presa monstruo que era, aunque si no disponían de ninguna víctima de ese tipo, comían cualquier criatura viva que se pusiera a su alcance. Una de las rapaces, de una hermosura intangible, divisó a Fuego y a Arquero y, exhibiéndose con absoluto descaro, descendió un trecho y voló en círculos para tantearles las mentes; irradiaba una sensación de voracidad primitiva que, cosa curiosa, resultaba asimismo tranquilizadora. Arquero se puso de pie y le disparó y, acto seguido, realizó un segundo disparo contra otra ave que había hecho la misma maniobra; la primera tenía el plumaje de un matiz malva semejante al del amanecer, mientras que la segunda era de un color dorado tan pálido que, al precipitarse al suelo, dio la impresión de que la luna caía del cielo.

Quedaron destrozadas a causa del impacto, y Fuego pensó que, al menos, proporcionaban un poco de color al paisaje. En la zona septentrional de Los Vals había poco colorido a principios de primavera, porque los árboles mantenían un tono grisáceo y los matojos de hierba que se aferraban a las grietas de las piedras conservaban aún el color pardo del invierno. En realidad, ni siquiera en pleno verano, la zona norteña era lo que uno calificaría de colorida, pero al menos, en esa estación, el paisaje gris con manchas pardas se convertía en un paisaje gris con manchas verdes.

—Por cierto, ¿quién encontró muerto al cazador furtivo? —preguntó la muchacha con aire perezoso.

47

—Fue Tovat, uno de los guardias recién incorporados. Todavía no lo conoces.

—¡Ah, sí! Es el chico que tiene el pelo de ese color castaño anaranjado que la gente dice que es rojo. Me cae bien. Es resuelto y se protege la mente.

—¿Lo conoces? Y admiras su cabello, ¿eh? —inquirió Arquero en un tono cortante, que a ella le resultaba familiar.

—¡Venga ya, Arquero! No he dicho nada de que me guste el pelo de ese guardia. Y aunque sólo sea por simple cortesía, sé los nombres y conozco las caras de todos los hombres que apostas en mi casa.

—Pues ya no lo apostaré más aquí. —La voz de Arquero tenía un ribete desagradable, y ella guardó silencio un momento para no replicar de mala manera al discutible (y asaz hipócrita) derecho a estar celoso. Ponía en evidencia un sentimiento que a la joven le traía sin cuidado en ese momento, así que contuvo un suspiro de irritación, y cuando le contestó, eligió con cuidado las palabras para no perjudicar a Tovat:

—Espero que cambies de parecer, porque es uno de los pocos guardias que me respeta, tanto en el aspecto físico como mentalmente.

—Cásate conmigo y vive en mi casa. Así yo seré tu guardián.

En esta ocasión Fuego ya no consiguió contener la irritación.

—Sabes que no aceptaré, y me gustaría que dejaras de proponérmelo. —Una gota grande de lluvia le cayó en la manga—. Creo que iré a visitar a tu padre.

Gimiendo de dolor, se puso de pie y dejó la chaqueta en el regazo del hombre; al marcharse le acarició en el hombro porque, si bien Arquero no le gustaba, lo quería.

Mientras entraba en la casa, se puso a llover.

Lord Brocker vivía en casa de su hijo, y Fuego le pidió a un guardia, que no era Tovat, que la acompañara bajo la lluvia porque, a pesar de ir armada con una lanza, se sentía desprotegida sin el arco y la aljaba.

El padre de Arquero se encontraba en la armería de la casa dando instrucciones con voz atronadora a un hombretón al que

Fuego reconoció como el ayudante del herrero de la villa. Lord Brocker la vio llegar, pero no por ello dejó de vocear, aunque el herrero dejó de prestarle atención unos instantes porque se quedó contemplando con fijeza a la muchacha; en los ojos y en la sonrisa bobalicona del hombre había un algo de grosero, repulsivo.

Ese tipo la conocía desde hacía tiempo más que suficiente para saber que debía guardarse contra el poder de su extraña belleza de monstruo, de modo que, si no se protegía, significaba que no quería hacerlo. La decisión de rendir la mente a cambio del placer de sucumbir a su hermosura era prerrogativa del herrero, pero ella no lo animaría, de modo que no se quitó el pañuelo marrón. Asimismo rechazó el contacto con la mente del hombre y, pasando junto a él, se dirigió a un cuartito anexo para que no la pudiera ver; en realidad se trataba de un armario, una especie de tabuco oscuro equipado con estanterías en las que se amontonaban aceites, pulimentos y herramientas viejas y oxidadas que nadie usaba nunca.

Era humillante tener que recluirse en un viejo armario maloliente; debería ser el ayudante del herrero el que se sintiera abochornado por ser un zopenco que renunciaba de buena gana al control sobre sí mismo. ¿Y si mientras la contemplaba embobado e imaginaba cualquier cosa que su miserable mente osara representarse, ella lo convencía para que desenvainara el cuchillo y se sacara un ojo? Hacer algo así sería lo que le habría gustado a Cansrel; él jamás se batía en retirada.

Las voces de los hombres dejaron de oírse, y la mente del herrero se alejó de la armería; las grandes ruedas de la silla de lord Brocker chirriaron cuando el noble las hizo girar en dirección al armario; al llegar a la puerta, se detuvo.

—Sal de ahí, pequeña, ya se ha marchado. Ese botarate… Si un ratón monstruo le robara la comida delante de sus narices, el muy idiota se rascaría la cabeza, confuso, porque no recordaría si se la había comido o no. Por tu aspecto diría que necesitas sentarte, así que vayamos a mis aposentos.

La casa de Arquero perteneció a Brocker hasta que éste le transfirió a su hijo la administración de la propiedad. Pero como el noble ya iba en silla de ruedas antes incluso de que Arquero naciera, la casa estaba organizada de forma que todo —a excepción de los aposentos del muchacho y los cuartos de los criados— se encontraba ubicado en la primera planta para que le resultara accesible.

Fuego caminó al lado del noble a través de un vestíbulo de piedra, apenas alumbrado por la luz grisácea que entraba por las altas ventanas, y dejaron atrás la cocina, el comedor, la escalera y el cuarto de la guardia. La casa estaba llena de gente, criados y guardias que entraban del exterior o bajaban del piso superior. Las criadas que se cruzaban con ellos saludaban a Brocker, pero ponían buen cuidado en hacer caso omiso de ella, distantes y con la mente protegida, como siempre. Aunque Fuego, por su condición de monstruo y de ser hija de Cansrel, no provocaba ningún resentimiento en las mujeres que estaban al servicio de Arquero, sí lo hacía porque todas estaban enamoradas de él.

En cuanto llegaron a la biblioteca, ella se sentó con gusto en una silla mullida y bebió la copa de vino que una criada antipática le puso en la mano con brusquedad; Brocker situó su silla rodante frente a ella y le escrutó el rostro.

—Si quieres echar un sueño, querida, te dejaré sola —le ofreció.

—Quizás un poco más tarde.

—¿Cuánto hace que no duermes toda una noche seguida?

—No me acuerdo. —El padre de Arquero era una persona ante la que no le importaba admitir dolor o cansancio—. No es algo que ocurra con frecuencia.

—Sabes bien dónde hay medicamentos que te ayudarían a dormir.

—Sí, pero me dejan atontada.

—Acabo de escribir una historia de estrategia militar en Los Vals; puedes llevártela si quieres. Te ayudará a dormir a la vez que aumentará tu inteligencia y tu imbatibilidad.

Fuego sonrió y dio un sorbo del amargo vino valense; dudaba que le entrara sueño al leer esa historia. Todo lo que ella sabía sobre ejércitos y guerras lo había aprendido de aquel hombre, y él nunca la aburría. Hacía unos veintitantos años, en pleno auge del anterior monarca —el rey Nax—, Brocker fue el comandante más brillante que jamás tuvo el ejército de Los Vals; hasta el día en que el rey lo capturó y le machacó las piernas (no se las rompió, sino que ordenó a ocho hombres que se las aplastaran manejando un mazo por turnos), y después lo envió medio muerto de vuelta a casa con su esposa, Aliss, al norte de Los Vals.

Ignoraba qué falta tan terrible cometió Brocker para justificar semejante trato por parte de su rey; Arquero tampoco lo sabía. Aquel episodio tuvo lugar antes de que ellos dos nacieran, y el noble no hablaba nunca de ello. Además, las lesiones sólo fueron el principio del drama, porque un par de años más tarde, cuando el padre de Arquero se había recuperado del daño sufrido hasta donde era posible dadas las circunstancias, Nax seguía furioso con su comandante, así que escogió con sumo cuidado a un malhechor encarcelado en las mazmorras —un tipo canallesco y salvaje—, y lo envió al norte para que castigara a Brocker haciendo sufrir a su esposa. De ahí que Arquero fuera apuesto y alto, de ojos castaños y cabello claro, mientras que Brocker tenía los iris grises, el cabello oscuro y una apariencia corriente. No era, pues, el verdadero padre de Arquero.

En ciertos lugares y en otros tiempos, la historia de este hombre habría sido impactante, pero no así en Burgo del Rey ni en la época en que el rey Nax gobernaba al arbitrio de su valido: Cansrel.

La voz de Brocker sacó a Fuego de tan horribles pensamientos:

—Si no me han informado mal, parecer ser que has tenido el raro placer de ser herida por la flecha disparada por un hombre, cuya intención no era matarte. ¿Sentiste algo diferente?

—En mi vida había recibido un disparo tan placentero —rio Fuego, coreada por la risita divertida del noble.

—Es gratificante hacerte reír —aseguró el inválido mientras la observaba con expresión bondadosa—. El dolor se te borra del semblante.

Brocker siempre conseguía arrancarle una sonrisa y, sobre todo en los días en que Arquero estaba intratable, para Fuego era un alivio el indefectible talante cordial que utilizaba con ella; considerando que el dolor no lo dejaba nunca en paz, su actitud era digna de admiración.

—Brocker, ¿cree que habría cabido la posibilidad de que las cosas hubieran sucedido de otra manera? —Él puso cara de perplejidad—. Me refiero a la relación entre Cansrel y el rey Nax —aclaró Fuego—. ¿Cree que la asociación entre ambos podría haber sido distinta? Y por otra parte, ¿habrían logrado Los Vals sobrevivir a esa asociación?

Serio, aunque sosegado, ante la simple mención del nombre de Cansrel, el noble la observó en silencio y, al cabo de un momento, contestó:

—El padre de Nax fue un rey respetable que tuvo en el padre de Cansrel un valioso consejero monstruo. Pero, querida mía, Nax y Cansrel eran dos seres completamente distintos. El primero no heredó la fortaleza de su padre, y sabes tan bien como el que más, que el segundo no heredó ni una pizca de la empatía de su progenitor. Además, como crecieron juntos, cuando Nax subió al trono, llevaba ya toda la vida siendo dominado por Cansrel. ¡Oh, sí, el rey tenía buen corazón, no me cabe duda! En realidad lo demostró algunas veces, pero daba igual porque también era un poco perezoso y un mucho propenso a que otra persona pensara por él. Esa manera de ser era todo cuanto Cansrel necesitaba, y aprovechó la oportunidad; Nax no tenía ninguna posibilidad. —Hizo un gesto de pesadumbre, afectado por los recuerdos—. Desde el principio, Cansrel utilizó a Nax para conseguir lo que deseaba, y lo único que deseó siempre fue su propia satisfacción. Era inevitable, querida niña —añadió al tiempo que centraba de nuevo la atención en el semblante de la muchacha—. Mientras vivieron, Cansrel y Nax no hicieron otra cosa que conducir el reino a la perdición.

A la perdición… Brocker le había explicado a Fuego los pasos que habían abocado al reino en esa dirección desde el momento en que el joven Nax ocupó el trono. El rey empezó a frecuentar a muchas mujeres y celebrar numerosas fiestas, lo que no resultó tan desastroso porque se enamoró de una dama de cabello negro, procedente del norte de Los Vals, llamada Roen, y se casó con ella. La unión tuvo como fruto un hijo, un chico apuesto y moreno llamado Nash, e incluso con las riendas en manos de un monarca un tanto negligente, el reino gozó de cierta estabilidad.

Pero ocurrió que Cansrel se aburría; siempre necesitó del exceso para sentirse satisfecho, de modo que requirió más fiestas, más vino, más mujeres… y luego, púberes de la corte que aliviaran la monotonía de sus relaciones con mujeres… Y estupefacientes. Nax accedió a todo; era como una cáscara hueca que albergaba la mente de Cansrel, un pelele que asentía, aceptando todo cuanto el consejero monstruo le decía que era lo mejor.

—No obstante, usted me contó que, a la larga, fueron las drogas las que destruyeron a Nax —apuntó Fuego—. ¿Cree que habría aguantado de no ser por su adicción?

—Quizá. Cansrel nunca perdió el control de sí mismo a pesar de tener ese veneno en la sangre, el muy maldito, pero no ocurrió lo mismo con Nax; él se convirtió en un ser sobreexcitado, paranoico, descontrolado, y más vengativo que nunca.

Calló al llegar a ese punto, clavada la vista en sus piernas destrozadas, el gesto desolado. La muchacha aisló sus emociones con firmeza para evitar que la curiosidad invadiera la mente del hombre como un torrente, y, menos aún, la compasión. Eso no debía ocurrir nunca.

Al cabo de un momento, el noble alzó la vista y le sostuvo la mirada de nuevo; incluso esbozó una sonrisa.

—Tal vez sería justo decir que, de no ser por las drogas, Nax no se habría vuelto un maniaco, pero, en mi opinión, que cayera en tal estado era tan inevitable como todo lo demás, porque Cansrel influía en su mente como una auténtica droga. La gente se daba cuenta de lo que estaba pasando: el rey castigaba a hombres observantes de la ley y acordaba alianzas con delincuentes que despilfarraban el dinero de los cofres reales. Los que fueran aliados de su padre le retiraron el apoyo, como no podía ser de otra forma, y tipos ambiciosos, como Mydogg y Gentian, empezaron a maquinar y a entrenar escuadrones de soldados con la excusa de hacerlo en defensa propia, porque ¿quién reprocharía a un señor montañés que actuara así estando las cosas tan revueltas? Ya no imperaba la ley (al menos, fuera de la ciudad), porque a Nax no se lo podía molestar para que se ocupara de hacerla cumplir, las calzadas dejaron de ser seguras, y uno tenía que estar loco o al borde del suicidio para viajar por las rutas subterráneas, plagadas de saqueadores, asaltantes y traficantes del mercado negro que proliferaban por doquier. Hasta los pikkianos, que durante siglos se habían contentado con pelearse entre ellos, decidieron aprovecharse de la anarquía en la que estaba sumido nuestro reino.

53

Fuego sabía todo eso; conocía su propia historia. Finalmente, un reino conectado por túneles, acribillado de cuevas y atestado de predios montañeses recónditos no resistió semejante inestabilidad; había sitios de sobra donde ocultar cosas nefastas.

Los conflictos armados estallaron en Los Vals; no eran guerras propiamente dichas entre adversarios políticos bien definidos, sino contiendas chapuceras entre diferentes grupos en conflicto: un vecino contra otro, un grupo de invasores de las cavernas contra el feudo de algún pobre noble, una alianza de señores feudales valenses contra el rey... A Brocker se le encomendó que sofocara todas las sublevaciones del reino; era un cabecilla militar mucho mejor de lo que Nax merecía tener y, durante varios años, realizó un trabajo impresionante, pero el ejército y él estaban solos, abandonados a su suerte. En Burgo del Rey, Cansrel y Nax se hallaban muy ocupados, dedicados en cuerpo y alma a las mujeres y a las drogas.

El monarca engendró gemelos con una lavandera de palacio; fue entonces cuando Brocker incurrió en el misterioso agravio, y Nax tomó represalias. Y el día en que el monarca destruyó a su comandante, asestó un golpe de muerte a cualquier esperanza de gobernar su reino, pues las contiendas proliferaron como las malas hierbas. En aquella misma época, Roen dio otro hijo a Nax, un niño de cabello oscuro llamado Brigan; el reino de Los Vals entró en una etapa difícil.

Cansrel disfrutó mucho al saberse rodeado de desesperación; le divertía destrozar cosas gracias al poderío que ostentaba y, para él, la diversión era un deseo insaciable.

A las contadas mujeres que no lograba seducir con su belleza o con la mente, las violaba, y a las pocas que se quedaban preñadas, las mataba; no quería bebés monstruo que se desarrollaran como niños monstruo y llegaran a adultos que a lo mejor minaban su poder.

Brocker nunca supo explicarle a Fuego por qué razón Cansrel no mató a su madre; era un misterio, pero la muchacha sabía a qué atenerse y no creía que hubiera una explicación romántica. Ella fue concebida en un tiempo de depravado pandemónium y, probablemente, su padre olvidó que había llevado a Jessa a su lecho o quizá no reparó en su preñez; al fin y al cabo, sólo era una criada de palacio. Tal vez ni siquiera pensó que era responsable del embarazo hasta que la criatura nació con un pelo tan asombroso que Jessa le puso el nombre de Fuego.

Así pues, ¿por qué permitió Cansrel que su hija viviera? La joven tampoco tenía respuesta a tal pregunta. Movido por la curiosidad, su padre fue a visitarla con la intención más que probable de asfixiarla. Pero al verle la cara, al oír los gorjeos que emitía, al tocarle la piel y captarle la diminuta, intangible y perfecta naturaleza de monstruo, decidió —a saber por qué razón— que no quería aniquilar a esa criatura.

Cuando aún era una niña de pecho, Cansrel se la arrebató a su madre; una humana monstruo tenía demasiados enemigos, y él quería que la niña creciera en un lugar aislado en el que se encontrara a salvo, lejos de Burgo del Rey. De modo que la llevó al predio que poseía al norte del reino, una propiedad que frecuentaba en muy raras ocasiones, y la dejó al cuidado de su estupefacto mayordomo, Donal, y de unos pocos cocineros y criados.

—Criadla —ordenó.

Lo demás lo recordaba Fuego por sí misma; su vecino, Brocker, se interesó por la pequeña monstruo huérfana y se ocupó de que recibiera enseñanza en historia, escritura y matemáticas. Cuando la niña mostró interés por la música, le buscó un maestro; y Arquero se convirtió en su compañero de juegos y, con el tiempo, en su amigo de confianza. La madre de éste, Aliss, murió de una enfermedad crónica que se le declaró después de dar a luz, y por su parte, Fuego supo de la muerte de Jessa a través de las noticias que recibía Brocker.

Cansrel pasaba por el predio con frecuencia, y sus visitas confundían a la niña porque le recordaban que tenía dos padres que nunca se encontraban si podían evitarlo, ni intercambiaban más palabras que las imprescindibles para no incurrir en la descortesía, pero siempre discrepaban.

Uno de ellos era poco dado a hablar, un hombre serio, de cuerpo contrahecho, que se desplazaba en silla de ruedas.

—Niña —le decía con afecto—, del mismo modo que nosotros te respetamos protegiendo nuestras mentes de la tuya y nos comportamos contigo como es debido, asimismo tú debes respetar a tus amigos y no utilizar nunca tus poderes contra nosotros a propósito. ¿Te parece razonable? ¿Lo entiendes? No quiero que hagas algo que no comprendas.

Su otro padre era radiante, esplendoroso y, en aquellos primeros años, alegre casi siempre; la besaba, la alzaba en el aire y la hacía girar como un tiovivo, la subía a acostar... Parecía irradiar calor y electricidad, y si ella le rozaba el cabello tenía la impresión de acariciar satén por su calidez al tacto.

—Dime, ¿qué te ha enseñado Brocker? —le preguntaba con un timbre de voz suave y dulce como el chocolate—. ¿Has practicado el uso de tu poder mental con los sirvientes y los vecinos, o con los caballos y los perros? No hay nada malo en que lo hagas,¿sabes?, estás en tu derecho porque eres mi niña preciosa, y la belleza disfruta de unos derechos que la fealdad jamás tendrá.

Fuego estaba enterada de cuál de los dos era su verdadero progenitor, al que llamaba «padre», en vez de «Brocker», y a quien quería con locura porque siempre era el recién llegado o el que estaba a punto de marcharse, y porque en los cortos períodos que pasaban juntos no se sentía como un fenómeno de la naturaleza. La gente que la despreciaba o la amaba en demasía experimentaba los mismos sentimientos por Cansrel, aunque el comportamiento con él era diferente; por ejemplo, la clase de comida que ella devoraba con ansia —una preferencia que era motivo de mofa por parte de sus propios cocineros— era la misma por la que Cansrel sentía debilidad, pero cuando él estaba en casa los cocineros la preparaban y no se burlaban. Durante esas visitas, Cansrel se sentaba con su hija y hacía una cosa prohibida a los demás: le daba lecciones para mejorar su capacidad mental. Se comunicaban sin pronunciar palabra y eran capaces de tocarse aunque cada uno se encontrara en puntos alejados de la casa. El verdadero padre de Fuego era como ella; en realidad la única persona del mundo igual que ella.

Él le hacía siempre la misma pregunta nada más llegar:

—Mi querida hija monstruo, ¿alguien ha sido malo contigo mientras he estado ausente?

¿Malo? Los niños le arrojaban piedras en la calzada, y a veces le ponían la zancadilla o la abofeteaban o la insultaban. La gente a la que caía bien, la abrazaba, pero lo hacía con demasiada fuerza y se tomaban muchas libertades con las manos.

No obstante, Fuego aprendió desde muy pequeña a responder que no a esa pregunta, a mentirle y a protegerse la mente para que él no se diera cuenta de que le mentía. Ésa era otra de las cosas que la confundía porque, a pesar de anhelar tanto las visitas de su padre, caía de nuevo en la mentira en el mismo momento en que aparecía.

Tenía cuatro años cuando acogió a un cachorro de una camada que nació en los establos de Brocker; eligió al perrito, y Brocker le permitió quedárselo porque, como el animal tenía tres patas que le funcionaban bien pero arrastraba la cuarta, nunca serviría para llevar a cabo ninguna tarea. El cachorro era de color gris oscuro y de ojos muy brillantes; Fuego le puso de nombre *Bor*, abreviatura de «albor».

Bor era alegre, un animalillo algo alocado que no tenía ni idea de que le faltaba algo que los otros perros tenían. Era nervioso, brincaba mucho y a veces tenía propensión a mordisquear a las personas por las que sentía predilección. Y no había nada que lo pusiera más frenético de excitación, ansiedad, gozo y terror —todo simultáneamente—, que la presencia de Cansrel.

Un día en el jardín, éste se acercó de forma repentina a Fuego y a *Bor*. Pillado por sorpresa, el animal saltó sobre la niña, y al morderla más fuerte que de costumbre, ella gritó.

Cansrel corrió hacia su hija, se arrodilló y la cogió en brazos, de forma que la camisa se le manchó con la sangre que la pequeña tenía en los dedos.

—¡Fuego! ¿Estás bien? —La niña se le aferró porque, aunque sólo momentáneamente, *Bor* la había asustado. Sin embargo, cuando se recobró del susto, vio y sintió que el perro se golpeaba contra el extremo afilado de una piedra una y otra vez.

—¡Déjalo, padre! ¡Para ya!

Él sacó un cuchillo que llevaba al cinto y se dirigió hacia *Bor*; La niña chilló y lo agarró.

—¡No le hagas daño, padre, por favor! ¿Es que no te das cuenta de que no tenía intención de morderme?

Le tanteó la mente, pero el hombre era demasiado fuerte

57

para ella; aferrada a los pantalones de su padre, le golpeó con los puñitos y rompió a llorar.

Entonces, Cansrel se detuvo, metió el cuchillo en el cinturón y se puso en jarras, furioso, mientras Bor se alejaba renqueante y con la cola entre las patas. Entonces pareció cambiar de humor y se agachó de nuevo delante de Fuego; la abrazó, la besó y le susurró palabras de consuelo hasta que cesó el llanto de la pequeña. Después le limpió la sangre de los dedos, se los vendó y la invitó a que se sentara para impartirle una lección sobre el control de la mente de los animales. Cuando por fin la dejó marchar, ella corrió en busca de Bor, que se había refugiado en un rincón de su dormitorio, acurrucado, aturdido y avergonzado. La pequeña lo acomodó en su regazo y practicó un ejercicio para relajarle la mente, y así ser capaz de protegerlo la próxima vez.

A la mañana siguiente, se despertó en medio de un profundo silencio, en lugar del habitual ruido de las fuertes pisadas de Bor de aquí para allá, al otro lado de la puerta. Lo buscó todo el día, tanto en el recinto de su finca como en el de la casa de Brocker, pero no lo encontró. El perro había desaparecido.

—Supongo que ha huido. Los perros se escapan, ¿sabes? Pobrecita mía —dijo Cansrel con melosa compasión.

Y así fue como Fuego aprendió a mentir a su padre cuando le preguntaba si alguien le había hecho daño.

A medida que pasaban los años Cansrel espació las visitas, si bien las estancias se prolongaron, ya que los caminos eran cada vez más peligrosos. A veces se presentaba en la casa después de haber permanecido ausente durante meses; lo acompañaban mujeres o tratantes que comerciaban con animales y con drogas, o que le traían nuevos monstruos para meterlos en las jaulas. En ocasiones se pasaba todo el tiempo, desde que llegaba hasta que se iba, enganchado al veneno de alguna planta; o si estaba sobrio del todo, sufría extraños arrebatos, ataques de ira arbitrarios en los que la tomaba con todo el mundo, excepto con Fuego; otras veces se hallaba en un estado tan lúcido y encantador como las notas agudas que la muchacha tocaba con su flauta. Ella llegó a temer las llegadas de su padre, esas invasiones estridentes, arrolladoras, maravillosas y disolutas que irrumpían en su sosegada vida, aunque cuando se marchaba, se sentía tan sola que la música era lo único que la consolaba, por lo que se metía de lleno en las clases sin importarle que hubiera ratos en los que su maestro resultara odioso o mostrara resentimiento por su creciente pericia.

Brocker nunca le ocultó la verdad sobre Cansrel.

No quiero creerte —pensó, dirigiéndose al hombre, después de que le relatara otro de los actos reprochables de su padre monstruo—. *Pero sé que es cierto porque él mismo me cuenta esas cosas sin avergonzarse, y lo explica como si fueran lecciones, una guía para mi comportamiento. Le preocupa que no utilice mi poder como un arma.*

—¿Es que no se da cuenta de lo diferentes que sois tú y él? —Era la pregunta que Brocker repetía—. ¿Es que no ve que estás hecha de un molde por completo distinto al suyo?

Fuego era incapaz de describir la soledad que sentía cuando Brocker hablaba de ese modo. A veces habría querido con toda su alma que el hombre bueno, apacible y sencillo que tenía por vecino fuera su verdadero padre; habría querido ser como él, estar hecha a su imagen y semejanza, pero era consciente de quién era y de lo que era capaz. Incluso después de deshacerse de los espejos, lo veía reflejado en los ojos de la gente y comprendía lo fácil que le resultaría montarse la vida un poco más fácil, un poco más agradable, de la misma forma que Cansrel lo hacía de continuo. Nunca le confesó a nadie, ni siquiera a Arquero, lo mucho que se avergonzaba de tener esa tentación.

Fuego contaba trece años cuando las drogas acabaron con Nax; su hijo, Nash, se convirtió a los veintitrés años en monarca de un reino sumido en el caos. Los ataques de ira de Cansrel se hicieron más frecuentes, igual que los períodos de melancolía.

La muchacha tenía quince años cuando Cansrel abrió la puerta de la jaula que retenía cautivo al leopardo monstruo de color azul medianoche con ocelos dorados, y la abandonó para siempre.

59

Capítulo 3

*F*uego no se percató de que se había quedado dormida en la biblioteca de lord Brocker hasta que se despertó allí. Fue el gatito monstruo del noble el que la despertó al columpiársele del repulgo del vestido, como se habría balanceado un hombre del extremo de una cuerda. Ella parpadeó para adaptar la vista a la luz desvaída, y el gesto absorbió la conciencia del animalito. Seguía lloviendo, y se hallaba sola en la estancia. Se dio un masaje en el hombro del brazo herido y se desperezó en la silla; notaba el cuerpo agarrotado y dolorido, pero se encontraba mejor tras el descanso.

Hincándole las uñas en la rodilla, el gatito trepó por la falda y se la quedó mirando con fijeza, colgado de la tela, muy consciente de la naturaleza de la muchacha porque el pañuelo se le había resbalado hacia atrás un par de dedos (los monstruos se sondeaban unos a otros para evaluarse). El mino, de pelaje de un color verde intenso en el cuerpo y dorado en las patitas, le tanteó la mente.

Ni que decir tiene que ningún animal monstruo era capaz de controlar mentalmente a Fuego, lo cual no era óbice para que algunas de las especies más simples lo intentaran. Aquel gato era demasiado pequeño y demasiado tonto para pensar en comérsela, pero quería jugar, mordisquearle los dedos, lamerle un poco de sangre. Sin embargo, a la joven no le apetecía aguantar los mordiscos juguetones de un gatito monstruo, de modo que lo cogió, se lo colocó en el regazo, le acarició las orejas por detrás, le murmuró tonterías referentes a lo fuerte, guapo e inteligente que era y, por si acaso, le lanzó un eco mental de somnolencia. El animalillo dio una vuelta en el regazo de la joven y se durmió de golpe.

Debe tenerse en cuenta que los gatos domésticos monstruo eran muy apreciados porque controlaban la población de ratones monstruo, y también la de ratones normales. Ese minino se haría grande y gordo, disfrutaría de una vida larga y satisfactoria y, casi con toda seguridad, engendraría gatitos monstruo a montones.

Los humanos monstruo, por otra parte, no solían vivir mucho tiempo; en su contra tenían muchos depredadores y demasiados enemigos. Más valía que sólo quedase ella; por ese motivo, hacía mucho tiempo que había decidido que sería la última de su especie, incluso antes de haber metido en su lecho a Arquero. No habría otros Cansrel.

Percibió la presencia de su amigo y de Brocker en el pasillo, tras la puerta de la biblioteca, y a continuación oyó las voces, soliviantadas y destempladas… ¿Era víctima Arquero de otro de sus arrebatos de mal humor, o es que había ocurrido algo malo mientras ella dormía? Les rozó la mente para que supieran que estaba despierta.

Al momento Arquero abría de par en par la puerta de la biblioteca y la sujetaba para que pasara su padre; entraron juntos, sin dejar de hablar entre ellos, mientras el chico agitaba el arco en el aire, colérico.

61

—¡Maldito sea el guardia de Trilling por intentar capturar a ese hombre él solo!

—Quizá no tuvo otra opción —argumentó Brocker.

—Los hombres de Trilling son demasiado impulsivos.

—Qué acusación tan interesante viniendo de ti, muchacho —bromeó Brocker con un destello divertido en los ojos.

—Yo soy impulsivo a la hora de soltar la lengua, padre, no para empuñar la espada. —Echó un vistazo a Fuego y al gatito dormido en su regazo—. ¿Cómo estás, cariño?

—Mejor.

—¿Qué opinión tienes de nuestro vecino, Trilling? ¿Confías en él?

Trilling era uno de los hombres más sensatos con los que ella tenía trato de forma habitual; su esposa no sólo la había contratado para que diera clases de música a sus hijos, sino para que les enseñara a protegerse la mente contra el poder de los monstruos.

—Nunca me ha dado motivo para desconfiar de él. ¿Qué ha ocurrido?

—Ha encontrado a dos hombres muertos en su bosque, uno de los cuales era su propio guardia, y lamento tener que decirte que el segundo individuo era un desconocido. A los dos se les aprecian cuchilladas y contusiones, como si hubieran luchado entre sí, pero lo que acabó con la vida de ambos fueron un par de flechas. Al guardia le alcanzaron en la espalda desde lejos, y al desconocido le acertaron en la cabeza, a corta distancia; las dos flechas están hechas de la misma madera que la que mató a tu cazador furtivo.

Fuego intentó con rapidez encontrar sentido al incidente, y especuló:

—El arquero los divisó mientras peleaban, disparó al guardia de Trilling desde lejos y a continuación se aproximó al desconocido y lo ejecutó.

—Una ejecución muy personal, diría yo —intervino lord Brocker, carraspeando—. Eso, si damos por sentado que el arquero y el desconocido eran compañeros, y parece bastante probable que entre estos forasteros tan violentos que han aparecido últimamente por nuestros bosques haya alguna relación, ¿no os parece? El desconocido asesinado hoy sufría heridas graves en las piernas por las cuchilladas, heridas que no lo habrían matado, pero que sin duda le habrían dificultado mucho al arquero sacarlo de allí después de que el guardia de Trilling cayera muerto. Es posible que el arquero disparara al guardia para proteger a su compañero, pero después, dándose cuenta de que éste tenía heridas demasiado graves para intentar salvarlo, decidió eliminarlo también a él.

Fuego enarcó las cejas al escuchar el planteamiento del noble; abstraída, acarició al gatito monstruo y se dijo que si el arquero, el cazador furtivo y el último forastero asesinado pertenecían a un mismo grupo, parecía que la responsabilidad del arquero consistía en no dejar atrás a nadie que pudiera responder a preguntas respecto a por qué motivo se encontraban en esos parajes. Y, en vista de los resultados, cumplía muy bien con su trabajo.

Sumido en sus reflexiones, Arquero miraba con fijeza el suelo mientras le daba golpecitos con el extremo del arco.

—Voy a visitar la fortaleza de la reina —anunció.

—¿Por qué? —inquirió Fuego.

—No me queda más remedio que pedirle que me proporcione más soldados, y quiero información de lo que han descubierto sus espías. Es posible que tenga algún indicio de que exista una relación entre esos desconocidos y Mydogg o Gentian. Quiero estar enterado de lo que pasa en mis bosques, Fuego, y quiero a ese arquero.

—Iré contigo —dijo la joven.

—No —fue la tajante respuesta de Arquero.

—Iré.

—He dicho que no. No podrías defenderte por ti misma, ni siquiera estás en condiciones de cabalgar.

—Sólo es un día de viaje. Espera una semana, déjame que repose y te acompañaré.

Arquero levantó una mano para interrumpirla y rechazó su propuesta.

—No malgastes saliva. ¿Por qué iba a permitir semejante cosa?

«Porque Roen se muestra amable conmigo hasta lo inaudito cuando visito su fortaleza del norte —habría querido responderle—; porque conocía a mi madre y porque es una mujer de carácter firme; porque la estima de una mujer tiene algo de lenitivo; porque ella nunca me desea, o si lo hace alguna vez, no es lo mismo.»

—Porque —contestó en voz alta, en cambio—, Roen y sus espías querrán hacerme preguntas sobre lo ocurrido cuando el cazador furtivo me disparó, y lo poco que conseguí percibir en su mente. Además, no eres ni mi esposo ni mi padre —agregó, para anticiparse a las objeciones de su amigo—. Soy una mujer de diecisiete años, dispongo de mis propios caballos, cuento con mi propio dinero y soy yo la que decide adónde voy y cuándo. Prohibirme que vaya no es prerrogativa tuya.

Arquero golpeó el suelo con el extremo del arco, pero lord Brocker se echó a reír.

—No discutas con ella, muchacho. Si es información lo que realmente buscas, serías un necio si no llevaras contigo al monstruo que tienes a tu disposición.

63

—Las calzadas son peligrosas —le espetó su hijo.

—Y este predio lo es también —replicó Brocker—. ¿No crees que se sentirá más segura si estás a su lado para defenderla con tu arco?

—Está más segura aquí, en casa, con los cerrojos corridos.

El hombre giró su silla de inválido hacía la puerta y afirmó:

—Tiene poquísimos amigos, Arquero; sería cruel por tu parte marcharte de inmediato a ver a Roen y dejarla aquí.

Fuego cayó en la cuenta de que tenía al gatito entre los brazos y lo estrechaba contra el pecho, como si lo protegiera de algún peligro. Era una reacción instintiva al darse cuenta de que sus propios actos, incluso sus sentimientos, eran tema de debate entre dos hombres quisquillosos; y la asaltó el deseo repentino de que aquella criatura que sostenía fuera su bebé para cuidarlo y mimarlo, y la librara de la gente que no la entendía.

«Estúpida —se recriminó, furiosa—. Que no se te pase siquiera por la cabeza. ¿Qué necesidad tiene el mundo de otro pequeño ladrón de mentes?»

Lord Brocker asió la mano de su hijo y lo miró a los ojos para sosegarlo y hacerle entrar en razón; a continuación, salió al pasillo y cerró la puerta, dejando tras de sí el altercado.

Dubitativo, Arquero escudriñó el semblante de la joven, y ésta, suspirando, acabó por perdonar a su testarudo amigo y al testarudo padre que lo había adoptado. Sus peleas, por mucho que la apabullaran, brotaban del manantial de dos grandísimos corazones; además, todo quedaba en palabras.

Soltó al gatito en el suelo, se levantó y le cogió una mano a Arquero, como había hecho su padre. El joven contempló con serenidad las manos enlazadas de ambos; después se llevó los dedos de Fuego a los labios, le besó los nudillos e hizo toda una exhibición de examinarle la mano, como si nunca se la hubiera visto.

—Prepararé mi equipaje —dijo la joven—. Avísame cuando sea la hora de partir.

Se puso de puntillas para besarle la mejilla, pero él la interceptó y la besó en la boca con suavidad; Fuego se lo permitió unos instantes, después se zafó del abrazo y abandonó la biblioteca.

Capítulo 4

*E*l caballo de Fuego se llamaba *Corto*, y era otro de los regalos de Cansrel; ella lo escogió entre numerosos caballos por tener la capa de color pardo, tan poco vistosa, y por la forma sosegada de seguirla de un lado a otro, con la cerca del prado de por medio, el día que asistió a una de las exhibiciones de Tajador para elegir una montura.

Los otros caballos no le hicieron caso alguno, o bien, al tenerla cerca, reaccionaron con nerviosismo, espantadizos, y se empujaron unos a otros dando bocados. *Corto* se apartó del grupo, a salvo de los empellones, y trotó a lo largo de la cerca, detrás de Fuego; se paraba cuando ella se detenía, y la miraba, esperanzado; cada vez que la chica se alejaba de la cerca, el caballo se quedaba esperándola hasta que regresaba.

—Se llama *Corto* porque tiene el cerebro del tamaño de un guisante. No consigo enseñarle nada —dijo Tajador—. Y tampoco es una belleza.

El hombre era el tratante de caballos que proveía a Cansrel, así como su contrabandista de monstruos preferido. Vivía en los Grandes Gríseos occidentales y, una vez al año, organizaba grandes caravanas y recorría el reino con sus existencias para mostrarlas y venderlas. A Fuego no le caía bien porque trataba mal a los animales; por otra parte, tenía la boca grande y laxa, y siempre la miraba de una forma tan desagradable que se sentía como una más de sus mercancías, dándole ganas de hacerse un ovillo y ocultarse.

Tajador se equivocaba de medio a medio con *Corto*, porque Fuego distinguía una mirada estúpida y percibía una mente fatua, tanto en animales como en hombres, y no había notado nada de eso en el caballo. De lo que sí se daba cuenta era de la forma en que el castrado temblaba y se encabritaba cada vez que Tajador se le acercaba, pero los temblores cesaban cuando ella lo tocaba y le susurraba palabras agradables. Estaba acostumbrada a ser deseada por su belleza, pero no sabía qué significaba que la necesitaran por su afabilidad.

Cuando el comerciante y Cansrel se alejaron un momento, *Corto* estiró el cuello por encima de la cerca y apoyó la cabeza en el hombro de Fuego; ésta le rascó detrás de las orejas y el caballo emitió ligeros relinchos de gozo y le salpicó el pelo con saliva al resoplar con agrado. Ella se echó a reír y, en ese momento, se le abrió una puerta en el corazón; por lo visto existía eso que llamaban amor a primera vista, o amor al primer salivazo, en cualquier caso.

Tajador le dijo que era boba, y Cansrel intentó convencerla para que eligiera una impresionante yegua negra, acorde con su propia belleza tan llamativa; pero ella quería a *Corto*, y Tajador se lo llevó a casa tres días después. Se lo entregó tembloroso y aterrorizado, porque el cruel mercader transportó en la misma carreta al caballo y a un puma monstruo que Cansrel le había comprado, sin más barreras que unas tablas montadas de mala manera para separarlos. *Corto* salió de la carreta encabritado y relinchando, y Tajador lo azotó con el látigo mientras lo llamaba cobarde.

Sofocada de indignación, Fuego se acercó corriendo al animal y volcó toda la sensación de calma de la que fue capaz para tranquilizar mentalmente al animal; después, furiosa, con palabras que jamás utilizaba, le dejó muy explícito a Tajador lo que pensaba de su forma de tratar la mercancía que vendía.

El hombre se rió y le comentó que era doblemente atractiva cuando se enfadaba; huelga decir que fue un grave error por su parte decir tal cosa, ya que cualquier persona medianamente inteligente habría sabido que no era aconsejable faltarle al respeto a lady Fuego en presencia de su padre. La muchacha apartó con rapidez a *Corto*, porque sabía lo que se avecinaba. En primer lugar, Cansrel obligó al mercader a que se humillara, se disculpara y llorara; a continuación, lo indujo a creer que sufría unos dolores espantosos a causa de unas heridas imaginarias; y por último, fue a lo efectivo y directo, y sin alterarse, le propinó varias patadas en la entrepierna hasta quedar convencido de que el tipo le había entendido.

Entretanto, *Corto* se calmó a la primera caricia de Fuego, y a partir de aquel primer contacto, el animal hacía todo cuanto ella le pedía.

Ahora, con las primeras luces del alba, la joven se encontraba al lado del caballo, bien abrigada para resguardarse del relente; Arquero se le aproximó y le ofreció ayuda para montar, pero ella negó con la cabeza, se agarró a la perilla con una mano y, conteniendo la respiración para aguantar el dolor, subió a la silla.

Sólo había reposado siete días y si ahora sentía molestias en el brazo, le dolería bastante más cuando acabara la jornada a caballo; con todo, no estaba dispuesta a consentir que la trataran como si estuviera inválida. Dirigió una oleada de serenidad a *Corto* y una dulce petición de que cabalgara con mesura, sin movimientos bruscos, para que le hiciera más fácil el viaje. Ésa era otra de las razones de que *Corto* y ella se complementaran bien, pues el animal poseía una mente afectuosa y receptiva.

—Transmitid mi respetuoso saludo a la reina —les encargó lord Brocker desde su silla de ruedas, en mitad del camino—. Decidle que si llega el día en que disponga de un momento de tranquilidad, que haga una visita a un viejo amigo.

—Así lo haremos —contestó Arquero mientras se ponía los guantes; después palpó el emplumado de las flechas metidas en la aljaba que llevaba a la espalda, una comprobación que hacía siempre que montaba a caballo (¡como si alguna vez se le olvidara coger el arco o las saetas!), y montó a caballo. Acto seguido, hizo un gesto con la mano a los guardias para que se pusieran en marcha, seguidos por Fuego; él se situó detrás de la muchacha, y emprendieron viaje.

Los acompañaba una escolta de ocho guardias, lo que significaba un número de soldados superior, aunque no muchos más, al que Arquero habría llevado de hacer la expedición solo. En Los Vals nadie viajaba con menos de seis acompañantes a no ser que fuera presa de la desesperanza, o tuviera tendencias suicidas o alguna razón malsana que lo moviera a desear ser atacado por salteadores de caminos. En cuanto a la desventaja que representaba la presencia de Fuego —una amazona herida, además de ser un blanco muy evidente—, quedaba casi invalidada por su capacidad de percibir la proximidad y la actitud de las mentes de desconocidos que se hallaran en las inmediaciones.

Estando lejos de casa, Fuego no se permitía el lujo de evitar el uso de sus poderes mentales; por lo general, las mentes de otros seres no captaban por igual su atención a menos que estuviera alerta a que aparecieran. La perceptibilidad de una mente dependía de la fuerza, el propósito, la familiaridad, la cercanía, la apertura, la conciencia de la presencia de la joven y muchos otros factores. Pero en este viaje no debía permitir que se le pasara por alto la proximidad de nadie, de manera que sondearía el entorno de forma constante y, si le era posible, se haría con el control de todas las mentes que percibiera hasta saber con certeza sus intenciones. Asimismo, ocultaría la suya propia con mucho más cuidado que de costumbre para evitar que los monstruos depredadores la localizaran. Por lo demás, las calzadas eran demasiado peligrosas para cualquier viajero.

La fortaleza de la reina Roen se hallaba a un día de camino a caballo, así que los guardias marcaron un paso vivo y dieron un rodeo a la cercana villa, pasando lo bastante cerca para oír el canto de los gallos, pero lo suficientemente apartados para no ser vistos. Lo peor que podía hacer un viajero (si no quería que lo asaltaran o incluso que lo asesinaran) era dar a conocer su intención de viajar.

Existían túneles debajo de las montañas que los habrían conducido más deprisa hasta la fortaleza de Roen, pero era aconsejable evitar esas vías; al menos en el norte, los caminos escarpados de la superficie eran más seguros que afrontar lo que pudiera acechar en la oscuridad.

Como era de suponer, Fuego llevaba el cabello tapado con un pañuelo bien prieto, y las ropas de montar que vestía eran discretas; a pesar de todo, albergaba la esperanza de no cruzarse con nadie. Los monstruos depredadores solían pasar por alto la belleza de un rostro y el atractivo de un cuerpo si no veían un cabello interesante, pero no ocurría lo mismo con los hombres. Si se topaban con alguien, la escrutarían con mucha atención y, una vez observada con todo detalle, la identificarían; la mirada de un extraño siempre resultaba incómoda.

Y

La ruta por la superficie hacia los bosques de la reina Roen discurría por el desarbolado terreno de una estribación de la cadena montañosa llamada Gríseos Chicos, que actuaba como divisoria entre las tierras de la reina y las propiedades de Fuego y sus vecinos. Estos picos recibían el nombre de «Chicos» porque era factible cruzarlos a pie, y porque reunían condiciones para hacer más fácil la vida en ellos que en los Grandes Gríseos, que conformaban las fronteras occidental y meridional de Los Vals con las tierras desconocidas.

En los Gríseos Chicos, existían aldeas encaramadas en lo alto de riscos que se asomaban al borde de precipicios, mientras que otras se agazapaban al abrigo de los valles y cerca de las bocas de los túneles, unos accesos —fríos, oscuros y lúgubres— labrados con tosquedad. Fuego contemplaba esas aldehuelas lejanas con curiosidad siempre que visitaba a Roen; ese día reparó en que faltaba una de ellas.

—Antes había un pueblo pequeño en lo alto de aquel risco —señaló, y nada más hacer el comentario comprendió lo ocurrido al ver que los rocosos cimientos de los viejos edificios sobresalían de entre la nieve, y que un montón de piedras, maderas y cascotes yacían al pie del peñasco sobre el que se construyó la aldea. Arrastrándose entre la montonera de escombros, pululaban lobos monstruo, y en el cielo, sobrevolando el área en círculos, acechaban rapaces monstruo.

Un nuevo e ingenioso truco de los saqueadores: despeñar un pueblo entero, piedra a piedra. Arquero desmontó.

—Fuego, ¿queda alguna mente humana viva en ese cúmulo de desperdicios? —inquirió, prietos los dientes y con aspecto sombrío.

Había muchas mentes vivas, pero ninguna era humana; entre ellas, un montón de ratas de ambos tipos, corrientes y monstruos. De modo que la joven negó con la cabeza.

Arquero se ocupó de realizar los disparos, ya que no les sobraban flechas para desperdiciarlas. En primer lugar derribó a las aves rapaces y, a continuación, envolvió una flecha en un trozo de tela, prendió el trapo y disparó al revoltijo de monstruos y

69

cuerpos en descomposición. Disparó una flecha encendida tras otra contra los escombros, hasta que todo fue pasto de las llamas.

En Los Vals, el fuego era el medio utilizado para enviar los cuerpos de los muertos al lugar donde los precedían sus almas, a la nada, como señal de respeto a la idea de que todo tenía fin, excepto el mundo.

El grupo reanudó la marcha a buen paso porque en el ambiente flotaba un hedor terrible.

Habían recorrido más de la mitad del trayecto cuando divisaron algo que les levantó el ánimo: de un agujero en la base del risco por el que cabalgaban, la Mesnada Real salía a todo galope y se disponía a atravesar una llanura rocosa con gran estruendo. Arquero y su grupo se detuvieron en el encumbrado camino para observar, y él señaló hacia la primera línea de la columna.

—El rey Nash va con ellos ¿lo ves? —le indicó a Fuego—. Es el que monta un ruano, cerca del portaestandarte. Y a su lado va el príncipe Brigan, su hermano y comandante del ejército; lleva el arco en la mano y monta una yegua negra. ¿Lo ves? Viste ropas de color marrón. ¡Por Los Vals, que magnífico espectáculo!

Fuego no conocía a los hijos de Nax y nunca había visto una tropa tan numerosa como la Mesnada Real; había millares de hombres —cinco mil en esa división, contestó Arquero cuando ella se lo preguntó—; algunos soldados portaban una reluciente cota de malla, y otros, el uniforme gris del ejército; los caballos eran fuertes y rápidos y fluían como un río a través de la planicie. El hombre que llevaba el arco en la mano —el príncipe y comandante— se desplazó hacia la derecha, retrocedió para hablar con un par de jinetes situados en el centro de la columna y, acto seguido, se reincorporó a todo galope al frente de la expedición. Se hallaban tan lejos que parecían pequeños como ratones, pero Fuego oía a la perfección la trápala de los cascos de los cinco mil caballos y sentía la apabullante presencia de, aproximadamente, diez mil conciencias. También distinguía los distintivos de la insignia —un valle arbolado, verdegrisáceo, y un sol rojo como la sangre sobre un cielo anaranjado— que sostenía el portaestandarte, quien se mantenía siempre junto al príncipe dondequiera que éste estuviera.

De repente, Brigan se giró en la silla y alzó la vista hacia un punto en las nubes; en ese mismo instante Fuego percibió las aves rapaces. El príncipe hizo volver grupas a la yegua negra y alzó la mano; a su señal, cierto número de hombres salieron de la formación y sacaron flechas de las aljabas. Atraídas por el ruido o por el olor de los caballos, tres rapaces —dos de ellas de plumaje con tonalidades fucsia y violeta, y la tercera de color verde manzana— sobrevolaban en círculos el río de soldados.

Arquero y sus guardias también aprestaron los arcos; Fuego sujetó las riendas con una mano, firmemente, y tranquilizó a *Corto* mientras trataba de decidir si someter el brazo herido al intenso dolor que le reportaría utilizar el arco.

Mas no fue necesario, porque los hombres del príncipe eran diestros con esa arma y sólo necesitaron cuatro flechas para derribar a las aves de tonos fucsia; la de color verde era más lista, porque realizaba un trazado irregular en su recorrido, aparte de que volaba a mayor o menor velocidad, descendiendo cada vez más, de manera que se mantenía más y más próxima a la columna de jinetes. La flecha que al fin acabó con ella fue la de Arquero, cuyo rápido disparo voló hacia abajo, por encima de las cabezas de los jinetes lanzados al galope.

El ave monstruo se estrelló contra la rocosa llanura; el príncipe guio a su montura para que se girara y escudriñó los senderos de montaña en busca del origen de la flecha sin aflojar la cuerda tensada de su propio arco, por si acaso no le gustaba el aspecto del artífice del disparo; al divisar a Arquero y a los guardias, bajó el arma y alzó el otro brazo como saludo, tras lo cual señaló al ave rapaz verde, que yacía en la llanura, y a continuación señaló a Arquero. Fuego entendió la mímica del príncipe: la presa abatida por su amigo era una carne que le pertenecía.

Éste respondió con otro gesto que venía a decir: «Quédesela usted.» Brigan alzó los brazos en señal de agradecimiento, y sus soldados echaron el cuerpo del monstruo sobre el lomo de un corcel sin jinete. Al fijarse, Fuego descubrió que había un número indeterminado de caballos cargados con bolsas, pertrechos y cuerpos de otros animales abatidos, algunos de ellos, monstruos,

71

pero sin que nadie los montara. Ella tenía noticia de que cuando el ejército no se encontraba en Burgo del Rey, se abastecía por sí mismo, tanto de víveres como de alojamiento; alimentar a tantos soldados hambrientos debía de ser muy costoso.

Enseguida se autocorrigió porque debería haberse referido a «tantos hombres y mujeres hambrientos», puesto que cualquier persona capaz de cabalgar, luchar y cazar era bienvenida a unirse al ejército actual del reino; el rey Nash no ponía como condición que esa persona fuera varón, o para ser más preciso, el príncipe Brigan no ponía tal condición. Porque, aunque llamaban Mesnada Real a ese cuerpo militar, en realidad lo había creado el príncipe; la gente decía que a sus veintisiete años Nash era regio, pero en lo tocante a machacar cabezas, a su hermano menor —de veintitrés años— se le atribuía dicha habilidad.

A lo lejos, el río de jinetes desapareció de forma paulatina a través de una grieta abierta en la base de otro risco.

—Ahora resulta que viajar hoy por los túneles habría sido seguro como consecuencia del paso de las tropas —comentó Arquero—. Ojalá hubiera sabido que estaban tan cerca, pero mis últimas noticias eran que el rey se hallaba en su palacio de la capital, y que el príncipe andaba por el lejano norte para frenar los desmanes de los pikkianos.

A todo esto, en la planicie, el príncipe retrocedió para reunirse con la retaguardia de sus huestes, pero se quedó mirando atentamente la silueta de Fuego. Era imposible que le apreciara los rasgos desde esa distancia, y menos dándole el sol de cara; lo máximo que distinguiría es que se trataba de una amiga de Arquero, vestida como un chico para cabalgar más a gusto, y que llevaba tapado el cabello. A pesar de todo, ella se ruborizó; Brigan sabía quién era, de eso no le cabía duda. La mirada feroz que el príncipe le dirigió mientras se daba la vuelta fue más que fehaciente, como también lo fue la ferocidad con que espoleó a su montura y la que le invadía la mente, gélida y cerrada a cal y canto para ella.

Por esa razón Fuego había evitado conocer en persona a Nash y a Brigan; era lógico que los hijos del rey Nax la despreciaran. La vergüenza por el legado de su padre provocó que se ruborizara todavía más.

Capítulo 5

*F*uego se decía que era mucho suponer que el rey y el comandante pasaran tan cerca de la residencia de su madre sin hacer un alto para visitarla. Por ese motivo, el último tramo del trayecto condujo al pequeño grupo de viajeros a través de colinas rocosas atestadas de soldados del rey que descansaban.

Éstos no habían montado ningún campamento, así que dormían, cocinaban carne en las lumbres y jugaban a las cartas en medio de la naturaleza; el sol ya estaba bajo, aunque debido al cansancio mental que experimentaba, Fuego no recordaba si el ejército viajaba de noche, y esperaba que éste no se quedara en las colinas hasta el día siguiente.

Arquero y sus guardias formaron un muro alrededor de la joven mientras cabalgaban entre los soldados; él la llevaba a su derecha e iba tan pegado al brazo herido de ella que los muslos de ambos se tocaban. La muchacha mantenía la cabeza gacha, pero notaba cómo los ojos de los soldados se le clavaban en el cuerpo. A pesar de estar exhausta y muy dolorida, mantuvo alerta la mente, rozando levemente las que había en derredor para percibir a tiempo un posible incidente, así como al rey o a su hermano, si bien deseaba con todas sus fuerzas no encontrarlos.

Aunque no había muchas mujeres, menudeaban entre la tropa; a veces Fuego oía algún silbido aislado, gruñidos esporádicos o ciertos epítetos, de manera que, a su paso, se desató más de una pelea entre los hombres, pero nadie la amenazó.

Mientras se acercaban a la rampa que conducía al puente levadizo de la fortaleza de Roen, la asaltó un estremecimiento y, al mirar hacia arriba, agradeció la presencia de los soldados. Estaba al corriente de que al sur de los Gríseos Chicos las rapaces monstruo se desplazaban de vez en cuando en bandadas, buscaban zonas con gran densidad de población y se dedicaban a volar en círculos, aguardando, pero Fuego no había visto nada igual en su vida. Debían de ser unas doscientas aves de resplandecientes colores en contraste con los tonos rosáceos y dorados del cielo, y se hallaban a tal altura que sólo un disparo muy afortunado las alcanzaría. Los chillidos de los monstruos le produjeron escalofríos, y se tocó a toda velocidad con la mano derecha el borde del pañuelo para comprobar si se le había escapado algún mechón, porque si las rapaces le identificaban la naturaleza, ni siquiera las frenaría la presencia del ejército humano, y las doscientas en pleno se lanzarían sobre ella.

—Lo llevas bien puesto, cariño —susurró Arquero—. Apresúrate; casi estamos a cubierto.

Dentro ya del patio techado de la fortaleza de la reina Roen, Arquero la ayudó cuando, más que desmontar, se desplomó al bajar de *Corto*. Procuró recuperar el equilibrio entre su amigo y el caballo, y recobró el aliento.

—Ahora estás a salvo —la animó él, abrazándola—. Y aún queda tiempo para descansar antes de la cena.

Fuego asintió con la cabeza, con gesto ausente, y cuando un mozo se acercó a coger las riendas de *Corto*, le advirtió:

—Hay que tratarlo con afabilidad.

Casi no reparó en la chica que la condujo a su cuarto; Arquero estaba allí y apostó a sus hombres en la puerta; antes de marcharse, le pidió a la doncella que se ocupara del brazo herido de la dama monstruo.

Una vez impartidas las instrucciones correspondientes, él se fue y la criada condujo a Fuego hasta la cama para que se sentara, la ayudó a desnudarse y a desanudar el pañuelo, tras lo cual, la joven se derrumbó en el lecho. Y si la criada la miró boquiabierta y le tocó el reluciente cabello con una expresión maravillada, a ella no le importó ni poco ni mucho porque ya se había quedado dormida.

Y

Cuando despertó, las velas titilaban en la habitación; una mujer menuda y baja de estatura, ataviada con un vestido marrón, se encargaba de encenderlas. Fuego identificó la mente de Roen, diligente y cariñosa; la dama se volvió hacia la joven, y ésta reconoció los oscuros ojos de la reina, la boca de hermoso trazo y aquel mechón blanco que le nacía en el centro de la cabellera, desde su inicio en la frente, y se prolongaba a lo largo de la negra melena.

Roen depositó la vela encendida y tomó asiento a un lado de la cama, sonriendo al reparar en la expresión aturdida de la joven.

—Sea bienvenida, lady Fuego —la saludó.

—Bien hallada, majestad.

—Ya he hablado con Arquero… ¿Le duele el brazo? ¿Tiene apetito? Le propongo que cenemos ahora, antes de que vengan mis hijos.

¡Sus hijos!

—¿Todavía no han llegado?

—Siguen fuera, con la División Cuarta. Brigan va a ceder el mando de la Cuarta a uno de sus capitanes a fin de que partan esta misma noche hacia el este, cosa que, al parecer, conlleva serios preparativos. Los soldados de la División Tercera llegarán aquí dentro de un par de días, y Brigan irá con ellos a Burgo del Rey para acompañar a Nash hasta palacio; después proseguirán viaje hacia el sur.

Burgo del Rey. La capital se hallaba en una tierra de verdegales y frondas por la que corría el río Alígero hasta desembocar en el mar Hibernal, y, sobresaliendo de las aguas, se alzaba el palacio del rey, construido con reluciente piedra negra. La gente decía que la urbe era maravillosa, un lugar en el que florecían el arte, la medicina y la ciencia, pero como Fuego no la había vuelto a ver desde la infancia, no guardaba ningún recuerdo de ella. Mientras se hacía estas reflexiones se había quedado absorta, y salió de su ensimismamiento con una sacudida.

—¿Irá con ellos? —repitió, todavía un poco aturdida por el sueño—. ¿Quiénes son ellos?

—Brigan pasa periodos iguales con cada División del ejército —le explicó la reina, y le dio unas palmaditas en el regazo—. Vamos, querida, cene conmigo. Quiero saber lo que ocurre al otro lado de los Gríseos Chicos. Aprovechemos ahora, que tenemos ocasión de hablar. —Se puso de pie y cogió con un movimiento rápido la vela que había en la mesa—. Enviaré a alguien para que la ayude.

Roen salió y cerró la puerta tras de sí. Fuego se esforzó en sacar las piernas de debajo de las mantas y gimió; fantaseó con la idea de despertarse un día y descubrir que era capaz de mover el brazo sin sentir ese dolor constante.

Fuego y Arquero cenaron con Roen en la mesa pequeña que había en la sala de estar de la reina. Años atrás, la fortaleza fue el hogar de Roen, antes de casarse con el monarca de Los Vals, y ahora que Nax había muerto, volvía a ser su hogar. Era un castillo modesto, rodeado por altas murallas, pero disponía de enormes establos, torres vigía y patios que conectaban el sector comercial con el sector dedicado a residencia; y lo bastante amplio para que, en caso de asedio, la gente que vivía en las villas que lo circundaban —algunas de ellas a una distancia considerable—, pudiera refugiarse tras las murallas de la fortaleza. Roen dirigía su dominio con mano firme y, desde él, enviaba ayuda a los señores y señoras feudales del norte del reino que demostraban desear la paz, suministrándoles todo cuanto necesitaran: soldados, vituallas, armas, espías…

—Mientras descansabas he subido al adarve de la muralla exterior a esperar que alguna de las aves rapaces monstruo descendiera lo suficiente para tenerla a tiro —le contó Arquero a la joven—. Sólo he matado dos. ¿Las percibes? Yo noto su avidez por nuestra carne incluso desde esta estancia.

—Malditas bestias feroces —murmuró Roen—. Nos sobrevolarán a gran altura hasta que el ejército se marche, y entonces descenderán esperando a que alguien salga de la torre de guardia. Cuando van en bandadas, son más listas y también más bellas; asimismo, la atracción mental que irradian es más fuerte. La presencia de esos monstruos ejerce una mala influencia en el estado de ánimo y en el humor de los míos, eso se lo aseguro. Por si fuera poco, tengo dos o tres criadas a las que hay que vigilar porque, de otro modo, saldrían del castillo para dejarse comer por los monstruos. Llevan dos días al acecho, y sentí un gran descanso al ver llegar hoy a la División Cuarta, pues ha sido la primera vez en dos días que me ha sido posible enviar fuera de las murallas a alguien. Así pues, no debemos permitir que esas bestias la vean, querida. Oh, pero tome un poco de sopa...

Fuego agradeció la sopa que la sirvienta le sirvió en el cuenco porque era una comida que no hacía falta cortar, así que descansó el brazo izquierdo en el regazo en tanto que echaba cuentas para sus adentros: una bandada de rapaces perdía pronto la paciencia; por ello, la actual se quedaría una semana como mucho y después se marcharía, pero mientras continuara allí, Arquero y ella no podrían moverse del castillo. A no ser que partieran dentro de uno o dos días cuando la siguiente tropa de jinetes llegara para recoger a su comandante y a su rey.

La joven perdió el apetito, aunque sólo fue un momento.

—Aparte del inconveniente de tener que estar recluidos aquí dentro, es que detesto cerrar los techos —continuó diciendo la reina—. Bastante oscuro es ya de por sí este cielo nuestro, de modo que con las cubiertas resulta deprimente.

Efectivamente, los patios y el paso a los establos de la fortaleza de Roen estaban a cielo abierto la mayor parte del año, pero casi todos los otoños caían lluvias torrenciales, y la aparición de las bandadas de rapaces era impredecible. Por consiguiente, la fortaleza contaba con techos de lona —preparados para desplegarlos o recogerlos— sujetos a estructuras articuladas de madera, provistas de bisagras, que se extendían en el espacio al descubierto de los patios, y encajaban, dando un chasquido, las articulaciones de una en una, hasta extenderse del todo; de esta forma ofrecían protección, si bien impedían el paso de la luz por todas partes, excepto por las ventanas.

—Mi padre habla de los techos de cristal del palacio del rey como si fueran una extravagancia, pero he pasado tiempo de sobra bajo techos como los de usted para apreciar en lo que valen los de cristal —comentó Arquero.

—Más o menos una vez cada tres años, a Nax se le ocurría una buena idea —sonrió Roen, pero cambió de tema con brusquedad—. Esta visita de ustedes dos será un poco como un ejer-

77

cicio de malabarismo, y quizá mañana tengamos ocasión de sentarnos con los míos para discutir los acontecimientos de sus predios. Después de que la División Tercera llegue y haya partido de nuevo, dispondremos de más tiempo.

Evitaba mencionar aquello que todos tenían en mente, pero Arquero no se anduvo con rodeos y lo planteó:

—¿Representarán el rey o el príncipe un peligro para Fuego?

—Hablaré con Nash y con Brigan, y yo misma se la presentaré a ambos —respondió Roen, que no se molestó en fingir que no le había entendido.

—Pero ¿representarán un peligro para ella? —insistió Arquero sin aplacarse.

Roen lo observó en silencio unos instantes y a continuación desvió la mirada hacia la muchacha, quien apreció en sus ojos una expresión de lástima, puede que incluso de disculpa.

—Conozco a mis hijos y conozco a Fuego —dijo Roen—. A Brigan no le caerá bien, pero a Nash le gustará en exceso. Sin embargo, a ella no le resultará difícil manejarlos, ni a uno ni al otro.

Arquero inhaló con brusquedad, soltó el tenedor en la mesa y se recostó en la silla, apretando los labios con ira. Fuego sabía que la presencia de la reina era lo único que le impedía decirle lo que estaba leyendo en la mirada de su amigo: no tendría que haber ido.

Una incipiente determinación alentó en el pecho de la joven, que decidió adoptar la actitud de Roen en ese asunto: ni el rey ni el comandante le supondrían una dificultad.

Por desgracia, las circunstancias casi nunca concuerdan con las intenciones humanas, y era imposible que Roen estuviera presente en todas partes a la vez. Después de cenar, Fuego cruzaba con Arquero el patio principal, de camino a sus aposentos, cuando ocurrió lo que tenía que ocurrir. En cuanto ella percibió las mentes que se acercaban, las puertas de la fortaleza se abrieron de par en par, de golpe, y dos hombres a caballo entraron en el patio produciendo un gran estruendo; la hoguera que ardía en el exterior alumbró las siluetas. Y dio la impresión de que aquel espacio quedaba saturado con su presencia y el consiguiente alboroto. Arquero y todos los que se hallaban en el patio hincaron una rodilla en tierra, a excepción de Fuego, que se quedó petrificada de la impresión. El hombre que había entrado en primer lugar tenía el mismo aspecto que cualquiera de los cuadros del rey Nax que ella conocía, y el hombre que iba en segundo lugar era el padre de la muchacha.

Ella notó como si la mente le ardiera. Cansrel... A la luz de la enorme hoguera, el cabello le resplandecía plateado y azul y los ojos eran azules y hermosísimos; contempló de hito en hito aquellos ojos y vio que le sostenían la mirada con odio y cólera, porque era Cansrel, salido de la tumba, quien la miraba, y ella no tenía dónde esconderse de él.

—Arrodíllate —la instó Arquero a su lado, aunque no era necesario porque ella ya se había postrado con las dos rodillas en tierra.

En éstas, las puertas se cerraron y el intenso fulgor blanquecino de la gran hoguera se disipó, de forma que todo adquirió un tono dorado, por la luz de las antorchas del patio. El hombre que la miraba con odio continuaba observándola fijamente, pero a medida que las sombras se instalaban en el patio dejó de ser el odio de Cansrel, y ella se dio cuenta de que ese jinete era una persona corriente, de cabello oscuro y ojos claros.

Arrodillada en el helado suelo, la joven temblaba; a todo esto reconoció la yegua negra del hombre, así como el ruano que era la montura de su apuesto hermano. No se trataba, pues, de Nax ni de Cansrel, sino de Nash y Brigan; los dos hombres desmontaron y se quedaron discutiendo junto a los caballos. A pesar de los temblores, las palabras de los hermanos llegaron de forma paulatina hasta la mente de Fuego. Brigan decía que habría que arrojar a alguien a la bandada de rapaces, pero Nash le replicaba que él era el rey; por lo tanto, la decisión sólo le correspondía a él, y no estaba dispuesto a arrojar a una mujer tan hermosa a los monstruos.

Arquero se hallaba inclinado frente a Fuego y, sosteniéndole la cara entre las manos, repetía su nombre; después dijo algo con firmeza a los hermanos, que aún discutían, y a continuación la levantó, la cogió en brazos y se la llevó del patio.

Υ

Fuego era muy consciente de su punto flaco: a veces la mente le jugaba malas pasadas, pero lo que en verdad la traicionaba era el cuerpo.

Arquero la depositó en la cama, se sentó a su lado y le frotó una y otra vez las manos heladas; poco a poco, la joven dejó de tiritar.

La voz de su amigo le sonó como un eco en la mente, y de forma gradual reconstruyó la frase que Arquero les había dirigido al rey y al príncipe antes de cogerla en brazos y llevársela: «Si la arrojan a las rapaces, tendrán que arrojarme a mí también».

Ella le cogió las manos y se las apretó.

—¿Qué te pasó ahí fuera? —inquirió Arquero en voz queda.

¿Qué le había pasado?

Ella se percató de la preocupación reflejada en los ojos de su amigo.

Se lo explicaría más tarde, porque en ese momento sólo pensaba en algo que deseaba expresarle, algo que quería con urgencia de su amigo vivo. Tiró de las manos del hombre y lo atrajo hacia sí.

Arquero, que siempre captaba con rapidez su estado de ánimo, se inclinó sobre ella y la besó, pero cuando Fuego trató de desabrocharle la camisa, se lo impidió y le dijo que descansara el brazo y le dejara a él hacer el trabajo.

Y ella se rindió a su generosidad.

Después, tendidos juntos en el lecho cara a cara, sostuvieron una conversación en susurros:

—Cuando él entró en el patio, creí que era mi padre que había resucitado —le explicó ella.

Fugazmente, Arquero se quedó atónito, pero enseguida lo comprendió y arguyó:

—Oh, cariño, no es de extrañar tu reacción, pero Nash no se parece a Cansrel en nada.

—No, no me refería a Nash, sino a Brigan.

—Brigan guarda aún menos parecido con él.

—Fue un efecto de la luz, así como el odio que irradiaban sus ojos.

—Cansrel está muerto. —Arquero le acarició la cara y el hombro con suavidad, siempre cuidadoso con la herida de la muchacha, y a continuación la besó—. No puede hacerte daño.

Las palabras se le atragantaron a Fuego, porque era incapaz de pronunciarlas, pero se las transmitió con la mente:

Era mi propio padre.

Arquero la abrazó, ciñéndola con firmeza; ella cerró los ojos y enterró aquellos pensamientos para que sólo quedaran el olor y el contacto del hombre contra el rostro, los senos, el vientre… Contra todo el cuerpo. Y Arquero consiguió alejarle los recuerdos.

—Quédate aquí conmigo —le dijo él un poco más tarde, aún estrechándola contra sí, adormecido—. No estás segura a solas.

Qué extraño resultaba que el cuerpo de Arquero la entendiera tan bien, que el corazón la comprendiera con tanto acierto en lo tocante a Cansrel, y que, sin embargo, los conceptos más sencillos no calaran en él. Porque no habría podido decir nada mejor de haber querido que se marchara.

Para ser sincera y casi con toda seguridad, de cualquier modo se habría ido.

Por cariño a su amigo, esperó hasta que estuvo durmiendo.

La muchacha no quería ocasionar problemas, sino que deseaba contemplar las estrellas, cansarse para después dormir sin tener pesadillas, pero tendría que buscar una ventana para verlas, así que decidió intentarlo en las cuadras porque allí no habría muchas probabilidades de toparse con reyes ni príncipes a esas horas de la noche. Además, si allí no había ventanas desde las que mirar al cielo, al menos tendría la compañía de *Corto*.

Se cubrió el cabello y se vistió con ropas oscuras antes de salir. Dejó lejos guardias y criados; ni que decir tiene que algunos la miraron con intensidad, pero, como siempre ocurría en ese castillo, nadie la molestó. Roen se encargaba de que todos los que se hallaban bajo su techo se protegieran la mente lo mejor posible, pues sabía la importancia que tenía.

El corredor techado que conducía a los establos se encontraba desierto, desprendiendo un agradable olor a heno fresco y a caballos limpios, y como sólo había un farol encendido al inicio de las cuadras, éstas estaban casi a oscuras. La mayoría de los caballos dormían, incluido *Corto*, que dormitaba recostado de lado, ofreciendo el mismo aspecto que cuando estaba despierto, es decir, tranquilo y desgarbado; parecía un edificio a punto de venirse abajo, y la muchacha se habría preocupado por él de no ser porque siempre dormía en esa postura, ya fuera apoyándose en un costado o en el otro.

Había una ventana al fondo de los establos desde la que se veía el cielo, pero cuando Fuego llegó hasta ella no logró contemplar ninguna estrella porque estaba nublado. Regresó a lo largo de la hilera de caballos, se detuvo otra vez delante de *Corto* y sonrió por la postura que adoptaba para dormir.

Abrió la puerta y entró en la cuadra; se sentaría un rato al lado del animal mientras él dormía y ella se arrullaba para coger el sueño. Ni siquiera Arquero tendría nada que objetar porque nadie la encontraría; estando como estaba acurrucada contra la puerta de la cuadra de *Corto*, aunque alguien entrara en las caballerizas, no la vería, y su montura no la delataría puesto que estaba acostumbrada a que actuara de esa forma por las noches.

Se acomodó en el suelo y canturreó en voz baja una canción sobre un caballo recostado.

Corto la despertó al darle hocicadas, y ella detectó al instante que no se hallaba sola, pues oyó una voz masculina de barítono, muy cerca, muy queda.

—Combato a estos saqueadores y contrabandistas porque se oponen a la autoridad del rey, mas ¿qué derecho a gobernar tenemos en realidad?

—Me asustas cuando hablas así. —Era Roen la que hablaba ahora, y Fuego se pegó contra la puerta de la cuadra de *Corto*.

—¿Qué hizo el rey en treinta años para merecer lealtad?

—Brigan...

—Comprendo mejor las motivaciones de algunos de nuestros enemigos que las mías propias.

—Brigan, es el cansancio lo que te hace hablar así. Sabes que tu hermano es justo e imparcial, y gracias a tu influencia, lo está haciendo bien.

—Pero manifiesta algunas de las tendencias de nuestro padre.

—Bien, pues, ¿qué piensas hacer? ¿Permitir que asaltantes y contrabandistas se salgan con la suya? ¿O tal vez dejar el reino en manos de lord Mydogg y de su pendenciera hermana, o en manos de lord Gentian? Preservar el reinado de Nash es la mejor esperanza para Los Vals. Por otro lado, si rompes con él provocarás una guerra civil a cuatro bandas: tú, Nash, Mydogg y Gentian. Me aterra pensar quién saldría vencedor, porque no serías tú, teniendo en cuenta que la lealtad de la Mesnada Real estaría dividida entre tu hermano y tú.

Fuego no tendría que estar escuchando aquella conversación bajo ningún concepto, por nada del mundo; lo comprendió perfectamente, pero era imposible evitarlo porque dar a conocer su presencia habría sido desastroso. De modo que se quedó muy quieta, casi sin respirar, y a su pesar escuchó con atención, pues el hecho de que la duda alentara en el corazón del comandante del rey era sorprendente.

Brigan habló entonces en tono apacible, suave, contemporizador:

—Exageras, madre. Jamás rompería con mi hermano, tú lo sabes. Y también sabes que no deseo la corona.

—A vueltas con lo mismo, aunque esa posición tuya no me tranquiliza nada, porque si mataran a Nash, tendrías que ser rey.

—Los gemelos son mayores que yo.

—Esta noche te muestras obtuso de forma deliberada, ¿verdad? Garan está enfermo, Clara es mujer, y ambos son ilegítimos. En los tiempos en que vivimos, Los Vals no superarían las dificultades sin un soberano apropiado para el cargo.

—Yo no lo soy.

—Con veintidós años estás al mando de la Mesnada Real y lo haces tan bien como Brocker. Tus soldados se arrojarían sobre su propia espada por ti. Eres más que apropiado.

—De acuerdo, pero quiera el cielo que nunca me llamen rey.

—Hubo un tiempo en que esperabas no tener que ser soldado nunca.

—No me lo recuerdes —dijo, hastiado—. Mi vida es una continua disculpa a causa de la vida que llevó mi padre.

Hubo un largo silencio en el que Fuego contuvo la respiración: una vida que era una disculpa a causa de la vida que llevó su padre... Qué bien entendía ese planteamiento, más allá de las palabras y del razonamiento; lo captaba igual que la música.

A todo esto, *Corto* se rebulló y asomó la cabeza por encima de la puertecilla de la cuadra para examinar a los visitantes que hablaban en voz baja.

—Prométeme que cumplirás con tu deber, Briganval —exigió Roen, que utilizó a propósito el nombre principesco de su hijo.

En la voz del comandante hubo un cambio; se notaba que se reía entre dientes:

—Me he convertido en un guerrero tan sensacional que crees que recorro las montañas ensartando a la gente con mi espada porque disfruto haciéndolo.

—Cuando hablas así, no sé por qué te extraña que me preocupe.

—Cumpliré con mi deber, madre, como lo he hecho toda mi vida.

—Nash y tú haréis de Los Vals un reino merecedor de ser defendido. Tú restablecerás el orden y la justicia que Nax y Cansrel destruyeron con su negligencia.

—No me gusta esa monstruo —manifestó él de pronto, de cuya voz había desaparecido todo rastro de humor.

—Nashval no es Naxval, y Fuego tampoco es su padre —argumentó Roen, enternecida.

—No, es peor, porque se trata de una mujer. Y no creo que Nash sea capaz de resistírsele.

—Brigan —le espetó su madre con firmeza—, Fuego no tiene interés alguno en Nash, ella no seduce hombres para subyugarlos.

—Confío en que tengas razón, madre, porque, por muy buena opinión que tengas de ella, le partiré el cuello si es como Cansrel.

Fuego se incrustó en el rincón de la cuadra; estaba acostumbrada a ser odiada, pero a pesar de todo era una sensación que siempre la dejaba fría y cansada. El simple pensamiento acerca de las defensas que tendría que levantar contra ese hombre la agotaba.

A todo esto, tuvo lugar algo incongruente: Brigan alargó la mano y acarició el hocico de *Corto*.

—Pobre animal, te hemos despertado —dijo mientras lo acariciaba—. Anda, vuelve a dormirte.

—Es su caballo —informó Roen—. El caballo de la monstruo a la que amenazas.

—Qué se le va a hacer —le dijo Brigan a *Corto* quitándole importancia—. Pero tú eres una preciosidad y no es culpa tuya tener esa dueña.

Corto hociqueó la mano de su nuevo amigo, y cuando él y la reina se hubieron marchado, Fuego apuñó los vuelos de la falda con todas sus fuerzas, tragándose un indignante sentimiento de afecto porque era inconciliable con lo demás.

Si al final decidía hacerle daño a ella, por lo menos tendría la seguridad de que no se lo haría a su caballo.

85

Capítulo 6

*L*a larga noche no había terminado todavía porque, al parecer, ningún miembro de la familia real dormía. Fuego acababa de cruzar de nuevo el patio y recorría con sigilo los pasillos del área de los dormitorios cuando se topó con el rey, apuesto y de aspecto fiero a la luz de las antorchas, que andaba por allí al acecho; los ojos se le pusieron vidriosos al monarca cuando la miró. A la joven le dio la sensación de que el aliento le olía a vino, y cuando se le acercó precipitadamente, la aplastó contra la pared e intentó besarla, ya no le cupo duda.

La había pillado por sorpresa, pero el vino le embarullaba la mente y eso le facilitó las cosas a la muchacha.

No desea besarme.

Nash abandonó el intento de besarla, pero siguió apretándose contra ella mientras le manoseaba los senos y la espalda, aparte de hacerle daño en el brazo herido.

—Me he enamorado de ti —manifestó el rey; una vaharada acre llegó al rostro de Fuego—. Quiero casarme contigo.

No quiere casarse conmigo. Ni siquiera desea tocarme. Quiere soltarme.

Nash se apartó de ella, y la muchacha retrocedió e inhaló aire mientras se alisaba las ropas, tras lo cual se dio la vuelta para huir.

Pero, de pronto, giró de nuevo sobre sí misma e hizo algo que jamás había hecho.

Pídame disculpas —exigió mentalmente con fiereza—. *Estoy harta de aguantar esto. Discúlpese.*

Al instante, el monarca se arrodillaba a sus pies en actitud galante y caballerosa; los negros ojos rebosaban arrepentimiento.

—Perdón, señora, por mi insulto a su persona. Vaya en buena hora a su lecho.

La joven se alejó deprisa, antes de que alguien presenciara el absurdo espectáculo del rey arrodillado ante ella; estaba avergonzada de sí misma e inquieta, presa de un desasosiego recién descubierto por la situación de Los Vals, desde que había conocido a su soberano.

Casi había llegado a su dormitorio cuando Brigan surgió de entre las sombras, imponente, en un momento en que Fuego estaba a punto de perder la paciencia.

Ni siquiera tuvo que intentar llegar a la mente del príncipe para percibir que se hallaba cerrada a su control como una fortaleza amurallada, sin el menor resquicio; contra él sólo disponía de su fuerza limitada y de sus palabras.

Brigan la empujó contra la pared, igual que había hecho Nash, la asió por las muñecas con una mano y tiró hacia arriba para subirle los brazos por encima de la cabeza; la violencia del gesto hizo que los ojos se le humedecieran a Fuego a causa del dolor que sintió en el brazo herido. También la aplastó con el cuerpo para impedir que se moviera; el rostro del hombre era una amenazadora máscara de odio.

—Muestre el más ligero interés en trabar amistad con el rey, y la mataré —gruñó.

El despliegue de la superioridad física del príncipe resultaba humillante, aparte de que le estaba haciendo más daño de lo que él creía; de hecho, Fuego no tenía siquiera resuello para hablar.

Cuán parecido a su hermano —pensó con vehemencia, encarándosele—. *Aunque menos romántico.*

—Embustera comedora de monstruos. —Brigan le apretó más las muñecas y ella ahogó un grito de dolor.

Sería una decepción para quienes tienen tan buena opinión de usted si lo vieran ahora, ¿no cree? La gente habla del comandante como si fuera una persona excepcional, pero no hay nada de especial en un hombre que atropella a una mujer indefensa y la insulta. Es de lo más rastrero.

87

—No esperará que crea que está indefensa, ¿verdad? —la increpó.

Estoy en su contra.

—Pero no en contra de este reino.

Mi postura no es la de oposición al reino. Al menos, no más que usted, Briganval.

Fue como si lo hubiera abofeteado a juzgar por la reacción del príncipe; se borró la mueca agresiva de su semblante y la mirada se le tornó cautelosa, desconcertada. Le soltó las muñecas y se echó atrás un poco, lo suficiente para que la joven se apartara de él y de la pared y le diera la espalda antes de sujetarse el brazo herido con la mano derecha. Estaba temblando, y advirtió que la tela del vestido estaba pegajosa por encima del hombro. El príncipe había provocado que se le abriera la herida, le había hecho daño, y ella estaba furiosa, mucho, más que en toda su vida.

No supo de dónde sacó aliento para hablar, pero soltó las palabras tal como le vinieron a la boca:

88

—Ya veo que ha estudiado detenidamente el ejemplo de su padre antes de decidir la clase de hombre que quería llegar a ser —le espetó en un murmullo rabioso—. ¡Los Vals están en excelentes manos, ya lo creo! Usted y su hermano, los dos, pueden irse a paseo y ser pasto de las rapaces.

—Su padre fue la perdición del mío y de Los Vals —barbotó Brigan a su vez—. Lo único que lamento es que Cansrel no muriera atravesado por mi espada. Lo desprecio por acabar con su propia vida y privarme de ese placer, y envidio al monstruo que le desgarró la garganta.

Al escuchar estas palabras, la joven se volvió hacia él y, por primera vez, lo miró, pero de verdad. El príncipe abría y apretaba los puños mientras la respiración se le aceleraba. Fuego vio que tenía los ojos límpidos, de un color gris muy claro, impregnados de un sentimiento que sobrepasaba la ira y destellantes de desesperanza. Superaba ligeramente la media de estatura y de constitución; tenía la boca proporcionada y bonita de su madre, pero aparte de eso y de los ojos cristalinos, no era apuesto. Él la contemplaba con intensidad, tan tenso que daba la impresión de que se partiría en cualquier momento; de pronto le pareció muy joven, agobiado por el peso de la responsabilidad y al mismísimo borde de la extenuación.

—Ignoraba que estaba herida —añadió Brigan al advertir la sangre que le manchaba el vestido; y lo dijo de un modo que la desconcertó porque parecía lamentarlo, pero ella no quería sus disculpas; ansiaba odiarlo, porque era odioso.

—Es usted inhumano. Hacer daño a la gente es su única ocupación, no sabe hacer otra cosa. —Fue lo peor que se le ocurrió decirle—. Usted es el monstruo, no yo.

Dicho esto, se dio media vuelta y se marchó.

Primero entró en el dormitorio de Arquero para cortar el flujo de sangre y vendarse el brazo otra vez; después se escabulló hasta su propia habitación y una vez allí comprobó que su amigo aún dormía. Se desnudó y se puso la camisa de él, que encontró tirada en el suelo; le gustaría que la llevara puesta y ni se le pasaría por la cabeza que si la había elegido era para que le tapara las muñecas, porque las tenía azuladas y con moretones que él no debía ver.

Fuego no se sentía con fuerzas para afrontar las preguntas del hombre ni su cólera vengativa.

Rebuscó en las bolsas de viaje y encontró las hierbas que prevenían los embarazos. Se las tragó en seco, se acostó al lado de Arquero y se quedó profundamente dormida, sin soñar.

Por la mañana, despertar fue como si se ahogara; oyó a Arquero hacer mucho ruido por el dormitorio, de modo que se esforzó en recobrar la conciencia e incorporarse en la cama, aunque se detuvo con brusquedad, gimiendo a causa del ya habitual dolor del brazo y del nuevo dolor en las muñecas.

—Estás preciosa por la mañana —dijo Arquero, plantado delante de ella; la besó en la nariz—. Estás increíblemente adorable con mi camisa.

Tal vez fuera así, pero ella se sentía fatal; sería una bendición que las cosas fueran al revés: sentirse increíblemente encantadora y tener un aspecto fatal.

Arquero ya se había vestido, aparte de la camisa, y se dirigía hacia la puerta.

—¿A qué viene tanta prisa?

—Se ha encendido una almenara.

Las poblaciones montañesas encendían fuego en las torres de almenara cuando eran atacadas para que acudieran en su ayuda las villas vecinas.

—¿En qué ciudad?

—Se trata de Refugio Gris, al norte. Nash y Brigan parten a caballo de inmediato, pero están seguros de que perderán hombres en las garras de las rapaces antes de que hayan llegado a los túneles. Yo dispararé desde la muralla, así como cualquiera que esté capacitado para hacerlo.

Fuego se despejó tan de golpe como si se hubiera zambullido en agua helada.

—¿Quieres decir que la División Cuarta se ha marchado ya? ¿Con cuántos soldados cuentan Nash y Brigan?

—Con mis ocho hombres, además otros cuarenta de la fortaleza de los que Roen puede prescindir.

—¡Sólo cuarenta hombres!

—La reina envió gran parte de su tropa con la Cuarta. Los soldados de la Tercera los reemplazarán, pero aún no han llegado.

—Pero ¿qué pretenden conseguir cincuenta hombres en total habiendo doscientas rapaces? ¿Es que se han vuelto locos?

—La otra opción era hacer caso omiso a la llamada de ayuda.

—¿Y tú no los acompañas?

—El comandante cree que mi arco será más efectivo desde la muralla.

El comandante… Se quedó petrificada.

—¿Estuvo él aquí? —logró preguntar al cabo de un momento.

—Pues claro que no. —Arquero la miró de soslayo—. Cuando sus hombres no lograron localizarme, la propia Roen vino en persona.

Qué más daba; Fuego ya había olvidado el asunto y ahora le daba vueltas en la cabeza al otro dato: la locura de que cincuenta hombres intentaran pasar a través de una bandada de doscientas rapaces monstruo. Saltó de la cama, buscó su ropa y se dirigió al cuarto de baño para que Arquero no le viera las muñecas mientras se vestía. Cuando salió, él ya se había ido.

A continuación se cubrió el cabello y se ajustó el protector del antebrazo; después cogió el arco y la aljaba y echó a correr tras él.

En situaciones peligrosas como la que vivían en aquel momento, Arquero no descartaba recurrir a la intimidación; en las caballerizas, rodeados de hombres que gritaban y de azogados caballos, le dijo a Fuego que si era preciso la ataría a la puerta de la cuadra de *Corto* para que no saliera a la muralla.

No era más que una bravuconada, así que la joven no le hizo caso y reflexionó con detenimiento sobre la situación: era una arquera bastante buena y se hallaba en condiciones aceptables para disparar mientras aguantara el dolor del brazo. Por consiguiente, en el tiempo que los soldados emplearían en recorrer a galope tendido la distancia que había hasta los túneles, ella estaría en disposición de acabar con dos o, tal vez, tres monstruos, lo que significaba que habría dos o tres rapaces menos para atacar a los jinetes.

Se ha de tener en cuenta que una rapaz era capaz de matar a un hombre, de modo que algunos de esos cincuenta soldados iban a morir antes de llegar siquiera a la batalla que se libraría en Refugio Gris.

Y al hacerse esta reflexión, el pánico la invadió y todo su razonamiento saltó en pedazos. Ojalá los hombres no se fueran, ni corrieran un riesgo tan grande para salvar a una población montañesa. Hasta ese momento no había comprendido por qué la gente decía que el rey y el príncipe eran muy valientes. ¿Por qué tenían que serlo tanto?

Intentó localizar a los hermanos. Ahí estaban: Nash montado ya a caballo, exaltado, impaciente por ponerse en marcha, transformado, de forma que el borracho disparatado de la noche anterior se había convertido en una figura que, al menos por el porte, parecía regia; Brigan, por su parte, alentaba a los soldados yendo a pie entre ellos, y también intercambió unas palabras con su madre. Se mostraba tranquilo, animoso; incluso rio una ocurrencia de uno de los guardias de Arquero.

Y en ese instante, a través del ruidoso mar de armaduras y crujidos del cuero de las sillas de montar, el príncipe la vio y la alegría se borró de su semblante varonil; la mirada se le tornó gélida, el rictus de la boca, duro, y recobró el aspecto con el que Fuego lo recordaba.

El mero hecho de verla había acabado con su jovialidad.

Bien, pues, él no era el único que tenía derecho a arriesgar la vida, ni el único que era valeroso.

Todo pareció cobrar sentido para ella mientras se volvía hacia Arquero y le aclaraba que no tenía ninguna intención de disparar a las rapaces desde la muralla; acto seguido, se encaminó hacia la cuadra de *Corto* para hacer algo que carecía de toda lógica; o, al menos, que no tenía lógica aparente.

Estaba segura de que el episodio duraría sólo unos cuantos minutos, pues las rapaces se zambullirían tan pronto como se percataran de su superioridad numérica. El mayor peligro lo correrían los hombres situados al final de la columna, porque tendrían que aflojar el paso conforme los caballos llegaran al cuello de botella que era la boca del túnel más próximo. Los soldados que entraran en el túnel estarían a salvo, ya que a las rapaces no les gustaban los espacios reducidos y oscuros; nunca perseguían a los hombres si se metían en cuevas.

Por lo que había oído decir en las caballerizas, Brigan había ordenado que el rey marchara al frente de la columna, y que los mejores lanceros y espadachines se situaran detrás porque, en el momento de mayor peligro, no se podría disparar con los arcos contra las rapaces dada su cercanía; sería el propio príncipe quien cerraría la marcha.

Los caballos salían en fila de los establos y se congregaban cerca de las puertas de la muralla, al tiempo que Fuego terminaba de preparar y ensillar a *Corto*, y enganchaba el arco y una lanza a la silla. Sacó al animal al patio sin que nadie le prestara mucha atención, en parte porque controlaba las mentes para que la ignoraran y las desviaba cuando alguna de éstas la detectaba.

Condujo, pues, a *Corto* a la parte trasera del patio, lo más lejos posible de las puertas, e intentó transmitir al caballo lo importante que era para ella la misión que se proponía, cuánto lo lamentaba y lo mucho que lo quería; en respuesta, *Corto* le babeó el cuello.

A todo esto, Brigan dio la orden, los criados abrieron las puertas, subieron el rastrillo y los hombres salieron de sopetón a la luz del día. Fuego montó a *Corto* y lo taloneó en pos de la columna; las puertas se cerraban de nuevo cuando caballo y amazona la cruzaron a galope y cabalgaron solos en dirección opuesta a los soldados, hacia el desierto roquedal que se extendía al este de la fortaleza de Roen.

Como los soldados tenían puesta la atención en el cielo y al frente, no le prestaron atención; en cambio, algunas de las rapaces sí la divisaron y, llevadas por la curiosidad, se apartaron de la bandada, que se lanzaba ya en picado sobre los soldados. Apretando los dientes para aguantar el dolor, Fuego les disparó desde la silla. Los arqueros situados en las murallas también la vieron, y ella lo detectó merced a la oleada de pánico y conmoción que le llegó a través de la mente de Arquero.

Es muy probable que sobreviva a este enfrentamiento si te quedas en la muralla y no dejas de disparar —le transmitió ferozmente, con la esperanza de que con ese pensamiento bastara para hacerle cambiar de idea y no saliera en pos de ella.

Situada a bastante distancia de las puertas, mientras que los primeros soldados llegaban al túnel, Fuego comprobó que la escaramuza entre monstruos y hombres había dado comienzo en la retaguardia de la columna. Era el momento oportuno; frenó a su valeroso caballo y lo obligó a volver grupas, tras lo cual se quitó el pañuelo de un tirón y el cabello le cayó en ondas sobre los hombros, como una cascada llameante.

Durante unos instantes no ocurrió nada, y la asaltó el pánico porque su plan no funcionaba; en consecuencia, bajó la guardia mental que prevenía que las rapaces la identificaran por lo que era. Pero tampoco hubo ninguna reacción. Así las cosas, proyectó la mente hacia los monstruos a fin de llamarles la atención.

Entonces una rapaz que volaba muy alto la percibió y, un instante después, la divisó; el espantoso chillido que lanzó sonó como el chirrido de un choque entre piezas de metal. Fuego sabía lo que significaba aquel chillido, como también lo sabían las otras rapaces que, a semejanza de una nube de mosquitos, se elevaron por encima de los soldados, ascendieron a toda velocidad, realizando giros y piruetas frenéticas, en busca de la presa monstruo; y la localizaron. Olvidados los soldados por completo, todas las rapaces se lanzaron en picado sobre ella.

Fuego tenía ahora dos misiones: regresar a caballo hasta las puertas de la fortaleza, si era posible, e impedir que los soldados cometieran una estúpida heroicidad al percatarse de lo que había hecho. Taloneó a *Corto* para ponerlo a galope tendido y dirigió el pensamiento hacia Brigan con toda la contundencia de que era capaz; no había manipulación en la idea que le quería transmitir, porque sabía que no serviría de nada, sino sólo un mensaje:

Si usted no sigue adelante ahora mismo hacia Refugio Gris, lo que he hecho no servirá de nada.

Notó la vacilación del hombre; no lo veía ni percibía sus pensamientos, pero sí notaba que la mente del príncipe seguía allí; Brigan continuaba montado a caballo, sin moverse. La muchacha supuso que, si no quedaba más remedio, podría manipular la mente del animal.

Déjeme que haga esto —insistió—. *Mi vida me pertenece, y estoy en mi derecho de ponerla en peligro, igual que arriesga usted la suya.*

La actividad mental del comandante desapareció en el interior del túnel.

Bien, pues ahora le llegaba el turno a la velocidad de Fuego y de *Corto* para librarse de la bandada que descendía sobre ambos desde el norte. El caballo corría a la desesperada, con un maravilloso comportamiento; jamás había cabalgado tan veloz.

Ella, por su parte, se agachó en la silla todo lo posible; cuando la primera rapaz se cernió con las garras extendidas sobre el hombro de la muchacha, ésta le arrojó el arco, que a esas alturas sólo era un trozo de madera inútil que le estorbaba; por el contrario, la aljaba podría hacer las veces de una especie de armadura. Asió la lanza, pues, y la sostuvo con la punta hacia atrás, de forma que sería otro obstáculo más que las aves tendrían que sortear; empuñó el cuchillo con la otra mano para arremeter con él cada vez que notaba el golpe seco de una garra o de un pico en los hombros o en el cuero cabelludo. Ya no sentía dolor, sólo ruido; un ruido que tal vez eran gritos en el interior de su mente, y un esplendor, fruto del brillo del cabello y de la sangre, y un viento, consecuencia de la impetuosa cabalgada de *Corto*. En éstas, sintió cómo unas flechas le pasaban silbando muy cerca de la cabeza.

Una garra la asió del cuello y tiró con tanta fuerza que la alzó en la silla; se le pasó por la mente la idea de que estaba a punto de morir, pero en ese momento una flecha alcanzó a la rapaz que tiraba de ella; a esa flecha la siguieron otras. Miró hacia delante y vio una rendija abierta en las cercanas puertas de la muralla, y a Arquero quien, desde la estrecha abertura, disparaba más deprisa de lo que ella lo creía capaz.

Entonces él se apartó a un lado y *Corto* entró en tromba por la rendija; los monstruos se precipitaron hacia ésta, pero chocaron contra las puertas que se cerraban a toda prisa y las arañaron chillando como locas. Fuego dejó que *Corto* decidiera adónde ir y cuándo detenerse. A todo esto, la rodeó un montón de gente, mientras Roen se ocupaba de aferrar las riendas del caballo. La muchacha notó que su montura cojeaba, y al observarlo, descubrió que tenía la grupa y las patas desgarradas, embadurnadas de sangre; gritó con angustia al verlo y vomitó.

Alguien la cogió por debajo de los brazos y la bajó de la silla; era Arquero quien, tenso y temblando como un azogado, tenía el semblante crispado y una expresión de querer matarla; en ese instante le pareció que la imagen de su amigo resplandecía, y a continuación todo se oscureció.

95

Capítulo 7

*A*l despertar, Fuego experimentó un dolor punzante y la sensación de una mente hostil, una mente desconocida, que recorría el pasillo tras la puerta del dormitorio. Intentó sentarse y ahogó un grito de dolor.

—Debería reposar —le aconsejó una mujer, sentada en una silla apoyada contra la pared; era la sanadora de Roen.

Ella no hizo caso de la advertencia y se incorporó despacio, con precaución.

—¿Y mi caballo?

—Su caballo se encuentra más o menos en el mismo estado que usted —contestó la mujer—. Pero sobrevivirá.

—¿Y los soldados? ¿Murió alguno de ellos?

—Todos los hombres entraron en el túnel, vivos. Y bastantes monstruos fueron abatidos.

Esperando que cesara el martilleo que notaba en la cabeza para levantarse e investigar la mente extraña que estaba en el pasillo, Fuego siguió sentada, sin moverse.

—¿Mis heridas son de consideración?

—Le quedarán cicatrices de por vida en la espalda, los hombros y el cuero cabelludo, pero aquí tenemos todas las medicinas que hay en Burgo del Rey, y se curarán bien, sin infectarse.

—¿Puedo levantarme y caminar?

—No se lo recomendaría, pero si no hay más remedio, hágalo.

—Sólo quiero comprobar una cosa —dijo, falta de aliento por el esfuerzo de incorporarse—. ¿Querría ayudarme a ponerme la bata? —En ese momento se dio cuenta de que llevaba una prenda tan escasa que no podía ni llamarse camisola—. Dígame, ¿lord Arquero me vio las muñecas?

—Lord Arquero no ha estado aquí —respondió a su pregunta la sanadora, que se le acercó llevando una bata blanca de suave tela, y la ayudó a echársela por encima de los hombros, martirizados por un dolor lacerante.

Decidió enfocar la mente en el tormento que suponía meter los brazos en las mangas, en lugar de imaginar lo furioso que debía de estar su amigo para no haber ido ni siquiera a verla.

La mente que percibía estaba cerca, desprotegida y volcada en algún propósito encubierto, todo lo cual era más que suficiente para despertarle el interés; aun así, no sabía muy bien qué esperaba conseguir renqueando pasillo adelante, en pos de quienquiera que fuera, dispuesta a captar cualquier sentimiento que se filtrara de forma accidental de aquella mente, pero reacia a apresarla, controlarla o sondearla para descubrir sus verdaderas intenciones.

Era una mente culpable y furtiva, y Fuego no podía ignorarla.

«La seguiré y veré hacia dónde se dirige», pensó.

Poco después se sorprendió cuando una criada que observaba cómo caminaba por el pasillo, se detuvo y le ofreció el brazo.

—Mi esposo iba en la retaguardia de esa columna, lady Fuego —dijo la sirvienta—. Usted le ha salvado la vida.

Cojeando, continuó pasillo adelante, del brazo de la chica, contenta de haber salvado a alguien si ello significaba que ahora contaba con una persona que evitaría que se fuera de bruces al suelo. Cada paso la acercaba un poco más a su desconocida presa.

—Espera un momento —susurró por fin al tiempo que se recostaba en la pared—. ¿De quién son los aposentos que hay tras este muro?

—Son los del rey, señora.

Entonces tuvo la absoluta convicción de que el hombre que se hallaba en la cámara del monarca no debería encontrarse allí. Apremio, temor a ser descubierta, pánico; todo la asaltó a la vez.

Una confrontación quedaba descartada es su estado actual de debilidad; a todo esto, percibió la presencia de Arquero al final del pasillo, en su habitación, de modo que asió con fuerza el brazo de la criada y le dijo urgiéndola:

—¿Por qué ha venido aquí? —le preguntó a Tovat, todavía con el violín y el arco apretados contra sí y sin retirar la frente de la piedra—. ¿Qué quiere?

—Me he marchado enseguida y no me he enterado de nada —contestó el soldado—. ¿Quiere que volvamos? ¿Necesita ayuda, señora? ¿Quiere que venga la sanadora?

La muchacha no creía que Brigan fuera de los que hacen visitas de cortesía, aparte de que raras veces viajaba solo; cerró los ojos, pues, y proyectó la mente hacia las colinas, pero no captó la presencia del ejército, aunque sí percibió un grupo de unos veinte soldados no muy lejos, precisamente en la puerta de su casa, y no en la de Arquero.

Suspiró mientras se erguía, comprobó cómo llevaba el pañuelo de la cabeza y se colocó el violín y el arco debajo del brazo antes de dar media vuelta para dirigirse hacia su casa.

—Vamos, Tovat, no tardaremos mucho en enterarnos, porque ha venido a por mí.

Los soldados estacionados ante la puerta de la casa de Fuego no eran como los hombres de Roen ni como los de Arquero, que la admiraban y tenían razones para confiar en ella; en cambio, éstos eran normales y corrientes, y cuando Tovat y Fuego estuvieron al alcance de la vista, la muchacha percibió en ellos una serie de reacciones habituales: deseo, estupefacción, recelo... Y también prevención, puesto que esos hombres se habían parapetado la mente más de lo que cabría esperar en un encuentro circunstancial; sin duda, Brigan los había seleccionado por su capacidad para protegerse mentalmente, o bien les había advertido que no olvidaran hacerlo.

Fuego rectificó interiormente, ya que no todos eran varones; entre los soldados, había tres de ellos de cabello largo, atado hacia atrás; por sus rasgos y por lo que ella percibía de esas tres personas, se deducía su condición femenina. Aguzó su poder mental para obtener más datos: había otros cinco soldados varones que no la evaluaban con un interés determinado, y se preguntó, esperanzada, si serían hombres que no deseaban a las mujeres.

—Ve corriendo en busca de la reina y dile que en los aposentos del rey hay un hombre que no debería estar en ellos.

—Sí, señora. Gracias, señora. —La chica salió disparada, y Fuego siguió caminando por el pasillo, sola.

Al llegar al cuarto de Arquero se apoyó en el umbral; asomado al patio cubierto, su amigo estaba junto a la ventana de espaldas a ella.

Le rozó la mente y vio que los hombros se le ponían en tensión; a continuación, Arquero se dio la vuelta y se encaminó hacia donde se hallaba ella, sin mirarla para nada. Pasó por su lado y, furioso, echó a andar pasillo adelante; tal reacción la pilló tan de sorpresa que le produjo una sensación de mareo.

Mejor así. No se encontraba en condiciones de enfrentársele si estaba tan enfadado.

Entró en el cuarto y se sentó en una silla para descansar un momento, y esperar a que se le pasara un poco el dolor palpitante de la cabeza.

98

Tardó siglos en llegar a las caballerizas a pesar de las muchas manos dispuestas a ayudarla, y cuando vio a *Corto*, rompió a llorar sin poder contenerse.

—Vamos, vamos, lady Fuego, no se aflija —dijo el albéitar de Roen—. Todas las heridas son superficiales, así que dentro de una semana se encontrará bien y estará tan flamante como un arco iris.

Conque tan radiante como un arco iris, sí, sí… El animal tenía todo el lomo cosido y vendado y mantenía la cabeza gacha; se alegró al verla aunque era la culpable de que ambos se encontraran en tan mal estado. El caballo se pegó a la puerta de la cuadra, y cuando ella entró en el cubículo, se le arrimó cuanto pudo.

—Creo que estaba preocupado por usted —comentó el albéitar—. Se ha animado al verla.

Lo siento —se disculpó la joven, dirigiendo el pensamiento al caballo mientras le rodeaba el cuello con los brazos hasta donde le era posible dado su estado—. *Lo siento, lo siento.*

La muchacha suponía que los cincuenta hombres se quedarían en Gríseos Chicos hasta que la División Tercera llegara y, con su presencia, forzara a las rapaces a ascender a mayor altura; hasta entonces las caballerizas permanecerían tranquilas.

Por lo tanto, se quedó con *Corto*, recostada en él, acumulando saliva del animal en el cabello y utilizando su poder mental para calmar la sensación de lacerante dolor que sufría el caballo.

Mientras Fuego reposaba hecha un ovillo sobre un montón de heno fresco, en un rincón de la cuadra de *Corto*, Roen se presentó en las caballerizas.

—Señora… —saludó la reina, de pie junto a la puerta de la cuadra, con una mirada de ternura—. No se mueva —le rogó al ver que intentaba incorporarse—. La sanadora me dijo que debe reposar, e imagino que descansar aquí es cuanto podemos esperar que haga. ¿Necesita que le traiga algo?

—Un poco de comida, por favor.

—Muy bien. ¿Algo más?

—A Arquero.

Roen carraspeó antes de contestar:

—Le diré que venga a verla una vez que tenga la seguridad de que no le dirá algo intolerable.

—Nunca lo había visto tan enfadado conmigo. —Fuego tragó saliva para contener las lágrimas.

Roen agachó la cabeza y se miró las manos, apoyadas en el borde de la puertecilla; un instante después empujaba la hoja, entraba y se acuclillaba junto a Fuego. Alargó la mano para alisarle el cabello y sostuvo un fino mechón entre los dedos mientras lo contemplaba con atención, inmóvil, de rodillas en el heno, como si intentara discernir el significado de alguna cosa.

—Mi preciosa joven —dijo—, hoy ha hecho algo magnífico, piense lo que piense Arquero. Sin embargo, la próxima vez cuénteselo a alguien a tiempo para que estemos mejor preparados.

—Arquero no me lo habría permitido.

—No, él no. Pero yo, sí.

Las miradas de ambas mujeres se cruzaron un instante, y Fuego comprendió que la reina lo decía en serio.

—¿Hay noticias de Refugio Gris? —preguntó Fuego con un nudo en la garganta.

—No, pero la División Tercera ha sido avistada por el vigía, de modo que es posible que tengamos aquí de vuelta a nuestros cincuenta hombres al final del día. —Roen se puso de pie y se sacudió la falda; volvía a ser la reina de porte serio, directo y resuelto de siempre—. A propósito, no encontramos a nadie en la cámara del rey. Por otro lado, si insiste en seguir mimando a su caballo, supongo que lo menos que podemos hacer es traerle almohadas y mantas. Y duerma un poco, ¿de acuerdo? Mejor dicho, duerman los dos. Confío en que algún día me cuente, querida, por qué ha hecho lo que ha hecho.

Roen salió de la cuadra con un revuelo de faldas, y corrió el pestillo con un golpe seco. Mientras consideraba la pregunta planteada por la reina, la joven cerró los ojos.

Lo había hecho porque era su deber, como compensación a los actos reprobables de su padre, que creó un mundo sin leyes ni orden, en el que ciudades como Refugio Gris sufrían ataques de salteadores. Y lo había hecho para demostrar al hijo de Roen —al príncipe— que estaba de su parte, y también para que siguiera vivo.

100

Esa noche, mientras Fuego dormía en su cuarto, los cincuenta hombres entraron con estrépito en el patio, de regreso de Refugio Gris; el príncipe y el rey no perdieron tiempo y partieron de inmediato hacia el sur, con la División Tercera, y cuando ella se despertó a la mañana siguiente, ya se habían marchado.

Capítulo 8

Cansrel siempre le permitió a Fuego entrar en su mente para que practicara el ejercicio destinado a cambiarle las ideas; en realidad fomentó esa práctica como parte integrante del entrenamiento de su hija. Y ella cumplía con la obligación, pero no hubo ni una sola vez que no supusiera adentrarse en una pesadilla estando despierta.

Como Fuego había oído contar historias sobre pescadores que luchaban contra monstruos en el mar Hibernal para salvar la vida, la mente de Cansrel le recordaba a una anguila monstruo: fría, escurridiza y voraz; siempre que penetraba en ella, notaba como si unos húmedos zarcillos se le enroscaran y trataran de arrastrarla hacia el abismo. Al principio luchaba con frenesí para asir esa mente resbaladiza, sin más, y después para conferirle suavidad y calidez, como si se tratara de un gatito o de un bebé.

Dar calidez a la mente de Cansrel le consumía una enorme cantidad de energía; a continuación, tenía que infundirle sosiego para aplacar sus ansias insaciables, y por último, forzaba la naturaleza de esa mente con todo su empuje a fin de formar pensamientos que Cansrel jamás desarrollaría por sí mismo, como por ejemplo, compadecerse de un animal aprisionado en una trampa, sentir respeto por una mujer o darse por satisfecho. Lograr semejante hazaña requería de toda la fortaleza de la muchacha, porque una mente escurridiza y cruel se resiste siempre al cambio.

Cansrel no lo confesó nunca, pero Fuego creía que la droga favorita de su padre era tenerla a ella en la mente y que lo manejara a su gusto para lograr que se sintiera satisfecho. Estaba acostumbrado a las emociones fuertes, pero la satisfacción era una novedad para él, un estado que parecía incapaz de alcanzar salvo con la ayuda de su hija, mientras que esa sensación de calidez, producto de la efusión y la ternura, era un sentimiento que rara vez experimentaba. Nunca, ni una sola vez, rehusó a Fuego cuando ésta le pedía permiso para entrar en su mente, porque confiaba en ella, pues sabía que utilizaba su poder con buenas intenciones y no para dañarlo.

Sin embargo, olvidó tener en cuenta la inestable línea quebradiza que separaba el bien del mal.

Ese día no había acceso a la mente de Arquero, que rechazaba sin contemplaciones los intentos de Fuego de comunicarse con él; tampoco es que importara mucho, ya que no entraba jamás en la mente de su amigo para cambiarla, sino sólo para tantear el terreno, y hoy no tenía el menor interés en rastrearlo. No estaba dispuesta a disculparse ni iba a capitular ante la pelea que él deseaba provocar. Y no sería porque tuviera que esforzarse mucho para encontrar defectos que echarle en cara: prepotencia, despotismo, obcecación…

Se sentaron en torno a una mesa cuadrada con Roen y varios espías de ésta para hablar sobre el cazador furtivo que le disparó a Fuego, del arquero que lo había matado, y del tipo que la muchacha percibió en la cámara del rey el día anterior.

—Pululan espías y arqueros a montones —comentó el jefe del servicio de espionaje de Roen—. Aunque imagino que serán pocos los que tengan la destreza que ese misterioso arquero parece tener. No obstante, Lord Gentian y lord Mydogg han creado escuadrones enteros de tiradores con arco, y algunos de los mejores del reino trabajan para los contrabandistas de animales.

Fuego se acordaba de esa particularidad; sin ir más lejos, Tajador, el contrabandista, alardeaba de sus arqueros; así era cómo obtenía su mercancía, a base de disparar dardos impregnados con sustancias sedantes.

—Los pikkianos también cuentan con buenos tiradores —intervino otro de los hombres de Roen—. Sé que preferimos pensar que esas gentes son un pueblo de cortos alcances que se agrupa en clanes y que sólo está interesado en la construcción de embarcaciones, en la pesca en alta mar y en realizar alguna que otra incursión en nuestras villas fronterizas, pero la realidad es que son víctimas de nuestra política. Ni son obtusos ni están de parte del rey; son nuestros impuestos y nuestras normas comerciales las que los mantienen en la pobreza desde hace treinta años.

—La hermana de Mydogg, Murgda, acaba de contraer matrimonio con un pikkiano, un navegante explorador de los mares orientales —informó Roen—. Tenemos razones para creer que Mydogg está reclutando pikkianos para su ejército valense, y con éxito, al parecer.

Fuego estaba estupefacta; eso sí que era una noticia, y nada buena, por cierto, así que preguntó:

—¿Es muy numeroso actualmente el ejército de Mydogg?

—Aún no lo es tanto como la Mesnada Real —aseguró Roen con firmeza—. Mydogg me dijo cara a cara que cuenta con veinticinco mil soldados, pero los espías que tenemos en su feudo del nordeste calculan que son unos veinte mil. Brigan tiene veinte mil entre las cuatro divisiones que patrullan, y otros cinco mil en tropas auxiliares de reserva.

—¿Y Gentian?

—No estamos seguros. Creemos que unos diez mil, todos ellos instalados en cuevas, bajo el río Alígero, cerca de su feudo.

—Números aparte —dijo el jefe de espionaje—, todo el mundo dispone de arqueros y espías, así que el que le disparó a usted, señora, podría estar a sueldo de cualquiera. Si nos permite examinar la flecha, tal vez podamos eliminar probabilidades o, al menos, determinar su procedencia. No obstante, para ser sincero con usted, no albergo muchas esperanzas de conseguir gran cosa, puesto que no nos ha proporcionado muchos datos con los que poder trabajar.

—Y ese hombre, al que mataron en las jaulas y a quien usted llama cazador furtivo, ¿no le dio ni siquiera a usted alguna pista de cuál era su propósito, Fuego? —preguntó Roen.

—Tenía la mente en blanco —contestó la joven—. Ni mala fe, ni buena intención. Daba la impresión de ser un simplón, un mero instrumento de alguien.

—¿Y el hombre que estaba ayer en la cámara del rey daba esa misma sensación? —inquirió Roen.

—No, no. Es posible que trabajara para alguien, por supuesto, pero la mente le rebosaba determinación, así como sentimiento de culpabilidad. Tenía sus propias ideas.

—Nash dijo que hurgaron en sus pertenencias, pero no se llevaron nada —informó la reina—. Quizás ese hombre buscaba ciertas cartas que, por suerte, dio la casualidad de que las llevaba yo encima durante la ausencia del rey. Seguro que era un espía, pero ¿de quién? Fuego, ¿reconocería usted a ese hombre si volviera a cruzarse con él?

—Desde luego, pero no creo que se halle en el castillo. Quizá se marchó con la División Tercera, para ponerse a cubierto.

—Hemos perdido un día —arguyó el jefe de espías—. Debimos haberla utilizado a usted ayer para dar con él e interrogarle.

Fue entonces cuando Fuego constató que, aunque ni siquiera la mirara a la cara, Arquero seguía siendo su amigo, porque espetó con sequedad al jefe de espionaje:

—Ayer lady Fuego tenía que guardar reposo y, a fin de cuentas, la dama no es una herramienta que esté a su disposición.

Roen tamborileó los dedos en el tablero de la mesa, absorta en sus pensamientos, sin prestar atención a lo que se hablaba en su presencia. Al fin, manifestó con crudeza:

—En todos y en todo late un enemigo: Mydogg, Gentian, el mercado negro, Pikkia… Tienen gente que trabaja bajo cuerda para descubrir los planes de Brigan con respecto a las tropas, para quitarnos aliados o averiguar un buen lugar y un buen momento para deshacerse de Nash, del príncipe, de uno de los gemelos o incluso de mí. Y entretanto, nosotros intentamos descubrir el número de sus tropas, localizar quiénes son sus aliados y de cuántos soldados disponen, desentrañar sus planes de ataque, robarles los espías y convertirlos a nuestra causa, algo que, a buen seguro, ellos también intentan hacer con los nuestros. De entre nuestra propia gente, sólo el cielo sabe de quién deberíamos fiarnos. Un día de éstos llegará un mensajero que llamará a mi puerta para comunicarme que mis hijos han muerto.

La reina hablaba con serenidad, y no lo hacía para despertar compasión o para que la contradijeran; solamente exponía un hecho.

—La necesitamos, Fuego —añadió Roen—. Y no ponga ese gesto de pánico, porque no es para dominar la mente de la gente u obligarla a pensar de forma diferente, sino para aprovechar el sentido aguzado que tiene usted para percibir a las personas.

Resultaba evidente que la reina hablaba en serio, pero con la inestabilidad que imperaba en el reino, las expectativas de menor importancia acabarían dando paso a las de mayor importancia, cosa que no tardaría mucho en ocurrir. A Fuego le dolía la cabeza tanto, que creyó que no sería capaz de soportarlo; entonces miró a Arquero, quien, en respuesta, le eludió la mirada y contempló la mesa con el entrecejo fruncido.

—¿Puede prescindir de más soldados para prestármelos, majestad? —preguntó Arquero, cambiando de tema con brusquedad.

—Supongo que no estoy en situación de negarme a lo que me pide cuando Fuego les salvó la vida ayer —contestó Roen—. Brigan me lo ha facilitado al dejarme diez docenas de hombres de la División Tercera, de modo que puede reclutar a ocho de los soldados de mi propia guardia que fueron a Refugio Gris.

—Preferiría que fueran ocho hombres de esas diez docenas de la Tercera —sugirió él.

—Todos pertenecen a la Mesnada Real y han sido entrenados por el personal de Brigan; todos son igual de competentes —razonó Roen—. Además, en los que fueron a Refugio Gris ya existe una disposición de lealtad hacia su dama, Arquero.

En realidad el término «lealtad» no era exactamente lo que describía esa disposición; los soldados que habían ido a Refugio Gris miraban ahora a Fuego con una especie de adoración, lo cual era, claro está, el motivo por el que Arquero no los quería. Varios de esos soldados se habían presentado ante la joven por la mañana y, arrodillados a sus pies, le habían besado la mano al tiempo que juraban protegerla.

—Bien, bien —accedió de mala gana el hombre, aunque un tanto aplacado por el hecho, sospechaba Fuego, de que la reina se hubiera referido a ella como «su dama». La joven añadió «inmadurez» a la lista de fallos que podría reprochar a su amigo en la pelea que no iban a mantener.

—Bien, repasemos de nuevo todos los acontecimientos, de uno en uno, con la mayor minuciosidad posible —propuso el jefe de espías—. Lady Fuego, empiece otra vez con lo ocurrido en el bosque, por favor.

Arquero habló por fin con ella al cabo de una semana, cuando las rapaces ya se habían marchado, gran parte de los dolores se le habían pasado a Fuego y la partida de su grupo era inminente. Se hallaban sentados a la mesa, en la sala de Roen, esperando a que la reina se reuniera con ellos para cenar.

—No puedo soportar más tu silencio —le espetó Arquero.

Ella tuvo que hacer un esfuerzo para no reírse por la ironía de la situación. Observó a las dos criadas que, de pie junto a la puerta, mantenían el gesto inexpresivo mientras que las mentes les trabajaban a toda velocidad con los comadreos que sin duda propagarían nada más volver a las cocinas.

—Arquero, eres tú el que te has comportado como si yo no existiera.

Él se encogió de hombros, se recostó en el respaldo de la silla y se la quedó mirando con una expresión de desafío en los ojos.

—¿Crees que podré fiarme de ti de ahora en adelante, o tendré que estar preparado para este nuevo estilo de locuras heroicas?

Fuego tenía respuesta para esa pregunta, pero no podía expresarla en voz alta, de modo que se inclinó hacia él y, sosteniéndole la mirada, le transmitió:

No es la primera locura que he realizado por este reino, y quizá tú, que sabes la verdad, no tendrías que haberte sorprendido. Del mismo modo que Brocker no se sorprenderá cuando le contemos lo que he hecho.

Arquero bajó la vista al cabo de unos segundos y se puso a recolocar, innecesariamente, los cubiertos que había en la mesa.

—Sería mucho mejor que no fueras tan valiente —susurró un poco después.

A eso, Fuego no tenía respuesta; a veces la ausencia de esperanza la llevaba a actuar como si estuviera un poco chiflada, pero no era valiente.

—¿Te has propuesto dejarme en este mundo para que viva en él sin corazón? —le preguntó Arquero—. Porque eso es lo que estuviste a punto de lograr.

La joven lo observó; él, eludiendo su mirada, jugueteaba con los flecos del mantel y se esforzaba en usar un tono ligero, como si se refiriera a algo sin importancia —de una cita que a ella se le hubiera olvidado—, y el despiste le hubiera ocasionado inconvenientes.

—Haz las paces conmigo, Arquero —le pidió al tiempo que le tendía la mano.

En ese momento Roen entró en la sala y se sentó en una silla que había entre ambos, se volvió hacia el muchacho, lo escrutó muy seria con los ojos entrecerrados, y lo reconvino:

—Arquero ¿queda alguna criada de mi fortaleza a la que no haya metido en su cama? Anuncié su próxima partida y, en cuestión de minutos, dos de ellas andaban a la greña, mientras que una tercera está en el fregadero llorando a mares desde entonces. Lleva usted aquí nueve días en total, ¡por favor! —A todo esto, se fijó en la mano extendida de Fuego—. ¿He interrumpido algo?

Arquero siguió contemplando la mesa unos segundos más al tiempo que pasaba con suavidad las yemas de los dedos por el borde de su copa; saltaba a la vista que tenía la mente en otra parte; suspiró.

—¿Hacemos las paces? —insistió Fuego.

Al fin él alzó la vista y le cogió la mano.

—Está bien —aceptó de mala gana—. Hagamos las paces, pero sólo porque es insoportable estar en guerra contigo.

—Ustedes dos sostienen la relación más rara que pueda haber en todo el territorio de Los Vals —comentó la reina.

—Ella no acepta que convirtamos esa relación en matrimonio —contestó Arquero con un atisbo de sonrisa.

—No se me ocurre qué razón tendrá para negarse —dijo Roen con sorna—. Supongo que no se habrá planteado usted ser menos munificente con sus afectos.

—¿Querrás casarte conmigo, cariño, si no duermo en otro lecho que no sea el tuyo?

Él ya conocía la respuesta a su pregunta, pero Fuego creía que no le vendría mal recordársela.

—No, no me gustaría dormir apretujada en mi cama entre tanta gente.

Arquero rio y le besó la mano antes de soltársela de forma ceremoniosa. Sonriente, ella cogió el cuchillo y el tenedor, en tanto que Roen movía la cabeza con aire de incredulidad y se volvía hacia un lado para coger la nota que le traía una criada.

—¡Vaya! —exclamó tras leerla con el entrecejo fruncido—. Por suerte, regresan ustedes a su casa, porque lord Mydogg y lady Murgda vienen de camino.

—¿Cómo? ¿Quiere usted decir que vienen aquí?

—De visita, nada más.

—¡De visita! Pero ¿es que acaso se visitan ustedes?

—Oh, es obvio que se trata de una farsa. —La reina agitó la mano, demostrando cansancio—. Es su modo de demostrar que la familia real no los intimida, y es nuestro modo de demostrar que estamos abiertos al diálogo. Ellos nos visitan y a mí me toca recibirlos, porque si me niego, lo interpretarán como un gesto hostil y tendrán un pretexto para volver con su ejército. Una vez instalados aquí, nos sentamos a la misma mesa frente a frente, bebemos vino, me hacen preguntas impertinentes sobre Nash, Brigan y los gemelos, y yo no les contesto; me cuentan secretos de Gentian que sus espías, supuestamente, descubren; una información que ya sé o que ellos se han inventado; defienden que Nash debería aliarse con Mydogg contra Gentian, porque simulan que éste es el verdadero enemigo del rey; yo finjo que es una buena idea y sugiero que Mydogg ponga su ejército a las órdenes de Brigan, como muestra de buena fe. Pero Mydogg lo rechaza; convenimos que hemos llegado a un punto muerto, y entonces Mydogg y Murgda se despiden y, de camino a la salida, fisgonean en todas las habitaciones que pueden.

—¿Y actuar así no es demasiado peligroso para que merezca la pena lo que se consigue a cambio? Peligroso para todos —argumentó Arquero, denotando escepticismo.

—Llegan en un buen momento, puesto que Brigan acaba de dejarme tantos soldados. Además, cuando vienen, estamos tan protegidos a todas horas que dudo que ninguno de los dos bandos trate de hacer nada por miedo a acabar muertos. Estoy tan a salvo como pueda estarlo siempre, pero —añadió observándolos a los dos con expresión grave— sugiero que se marchen ustedes mañana con las primeras luces, porque no quiero que se encuentren con ellos… No hay por qué involucrarlos ni a Brocker ni a usted en los enredos de Mydogg, Arquero. Y tampoco quiero que vean a Fuego.

Pero casi lo consiguieron. Fuego, Arquero y sus guardias habían recorrido cierta distancia desde la fortaleza de Roen y estaban a punto de girar para tomar un camino diferente cuando el grupo procedente del norte, se les acercó: veinte soldados corpulentos, de tez pálida —quizá pikkianos—, de aspecto bastante temible —¿tal vez elegidos por su apariencia de piratas, por las cicatrices y los dientes rotos?—, que escoltaban a un hombre de aspecto tosco y a una mujer que superaba el helor de un viento invernal. Hermanos, sin lugar a dudas; ambos rechonchos, de labios finos y expresión gélida, hasta que (en su minucioso repaso al grupo de Fuego) posaron los ojos, con genuino e impremeditado asombro, en la propia joven.

Los hermanos intercambiaron una mirada, y se produjo un entendimiento entre ellos sin necesidad de palabras.

—Vamos —murmuró Arquero, que apuró a los guardias y a Fuego para que siguieran la marcha. Los dos grupos se cruzaron en el camino sin intercambiar siquiera un saludo.

Nerviosa sin saber por qué, la joven palmeó el cuello de *Corto* y le acarició la áspera crin; hasta ese momento, aquellos dos nobles no eran más que unos nombres, procedentes de cierto punto del mapa valense, y señores de un número de soldados que nadie conocía con certeza, pero ahora eran seres reales, de carne y hueso; y fríos, muy fríos.

A Fuego no le gustó la mirada que Mydogg y Murgda habían intercambiado al verla, ni la sensación de notar dos pares de ojos clavados con dureza en la espalda mientras *Corto* la alejaba de ellos.

109

Capítulo 9

Y ocurrió de nuevo; habían pasado unos pocos días desde que Fuego y Arquero regresaron a sus tierras cuando se descubrió a otro hombre desconocido en el bosque del predio. Los soldados lo condujeron a la casa, y Fuego le detectó la misma bruma mental que notó en el cazador furtivo. Y antes de que se planteara si era adecuado usar su poder y cómo utilizarlo para sacarle información, una flecha entró por la ventana abierta, voló derecha al centro de la sala de guardia de Arquero y se hincó entre los omóplatos del extraño. El propio Arquero saltó sobre Fuego y la tiró al suelo; el desconocido se desplomó también, a su lado, al tiempo que un hilillo de sangre le resbalaba por la comisura de los labios y la mente vacía se le deshacía en la nada. Desde su posición en el suelo, sufriendo los pisotones de los soldados en el pelo y mientras Arquero impartía órdenes a voz en cuello casi aplastándola con el cuerpo, Fuego proyectó la mente hacia el hombre que había disparado.

Se hallaba a bastante distancia, pero lo encontró; intentó controlarlo, pero alguien le pisó un dedo y el repentino e intenso dolor la distrajo. Cuando quiso localizarlo otra vez, el asesino ya no estaba.

Se dirige hacia el oeste, hacia los bosques de Trilling —le comunicó a Arquero con el pensamiento, porque le faltaba resuello para hablar—. *Y tiene la mente tan en blanco como los demás.*

No le habían roto el dedo, pero lo tenía muy magullado y le dolía al moverlo; era el anular de la mano izquierda, así que tuvo que dejar de tocar el arpa y la flauta durante un par de días, pero se negó a dejar el violín. Llevaba mucho tiempo sin disfrutar de su instrumento preferido y no hubo forma de disuadirla, de modo que procuró no pensar en el dolor, porque ahora cada pinchazo iba acompañado de un aguijonazo de exasperación; estaba harta de recibir heridas.

Un día, sentada en su habitación, se puso a interpretar una alegre melodía, una canción para bailar, pero su estado de ánimo la indujo a lentificar el tempo y a descubrir fragmentos tristes en la pieza, hasta el punto de transformarla en una canción distinta por completo, claramente melancólica, y el violín sonó emocionado.

Paró de tocar y soltó el instrumento sobre su regazo; lo miró con intensidad y después lo estrechó contra sí, como si acunara a un bebé —una criatura muy triste— mientras se preguntaba qué le ocurría.

No lograba apartar de la cabeza la imagen de Cansrel en el momento en que le entregó ese violín.

«Me han dicho que éste suena bien, cariño», le dijo su padre mientras se lo entregaba sin cuidado alguno, casi como si se tratara de un trasto insignificante por el que había pagado una pequeña fortuna. Ella lo cogió, complacida por su belleza, pero sabedora de que el verdadero valor del instrumento dependería del tono y del sentimiento, aunque Cansrel era incapaz de juzgar ninguna de esas dos cualidades. Entonces probó a pasar el arco por las cuerdas, experimentando, y el violín respondió de inmediato, deseoso de sentir el tacto de su propietaria, y le habló con una voz emocionante que ella comprendió y reconoció.

Y así un nuevo amigo entró en su vida.

Le fue imposible ocultar a Cansrel su complacencia, y la satisfacción de su padre se desbordó.

—Me asombras, hija mía —le dijo él—. Eres una fuente inagotable de sorpresas para mí, y nunca me siento tan feliz como cuando consigo hacerte feliz. Qué extraño, ¿verdad? —rió con ganas—. ¿De verdad te gusta, cariño?

Todavía sentada en la silla de su habitación, Fuego se obligó a mirar alrededor para ver las ventanas y las paredes, y volver al presente. Arquero regresaría pronto de los campos, donde ayu-

111

daba en las labores de labranza, pues empezaba a oscurecer; a lo mejor tenía noticias sobre la búsqueda del fugitivo, o quizá Brocker había recibido alguna misiva de Roen con novedades sobre Mydogg y Murgda, o sobre Brigan o Nash.

Recogió el arco largo y la aljaba y, apartando de un manotazo los recuerdos como si se sacudiera los cabellos sueltos pegados a la ropa, salió de casa al encuentro de Arquero y Brocker.

No había noticias ni misivas.

Fuego tuvo el sangrado menstrual, con las molestias y el bochorno concurrentes porque todo el mundo —en su casa, en la de Arquero y en la villa— sabía el significado de que saliera acompañada de una escolta de guardias. Tuvo otro menstruo, que transcurrió como el anterior; el verano estaba próximo y los granjeros cruzaban los dedos para que las patatas y las zanahorias plantadas en el pedregoso suelo arraigaran y medraran.

Por otra parte, las clases que impartía progresaban tanto (o tan poco) como de costumbre.

—Parad, os lo imploro —exclamó un día en la mansión de los Trilling, interrumpiendo así un ensordecedor clamor de flautas y trompas—. Empecemos de nuevo, al principio de la página, ¿de acuerdo? Trotter, procura no soplar con tanta fuerza, por favor —le pidió al chico mayor—. Te garantizo que ese ruido estridente se debe a que soplas demasiado fuerte, ¿entiendes? Va, ¿preparados?

La entusiasta escabechina se reanudó. Fuego quería a esos críos; para ella, los niños encarnaban una de las pequeñas alegrías de su vida, incluso cuando se portaban mal entre ellos, o cuando creían que conseguían ocultarle cosas, como que habían sido holgazanes o, en algunos casos, al hacerse pasar por tontos. Los niños eran listos y maleables; el tiempo y la paciencia los fortalecía, impidiendo así que le tuvieran miedo o la adoraran en exceso. Además, las frustraciones de los pequeños le eran conocidas, y muy queridas.

«Sin embargo —pensó—, al final del día tengo que renunciar a ellos, porque no son mis hijos, y otras personas los alimentan y les relatan cuentos. Yo nunca tendré hijos y estoy atrapada en esta villa en la que nunca sucede nada ni sucederá nada, y adonde jamás llegan noticias. Estoy tan inquieta que sería capaz de quitarle a Renner esa horrible flauta y rompérsela en la cabeza.»

Se llevó la mano a la frente, hizo una inspiración profunda y se aseguró de que el segundo hijo de Trilling no captara cómo se sentía.

«He de recobrar la calma —pensó—. A fin de cuentas, ¿qué espero? ¿Que aparezca otro asesino en el bosque? ¿Una visita de Mydogg y Murgda con sus piratas, o una emboscada de lobos monstruo? Tengo que dejar de desear que pasen cosas, porque al fin acabará ocurriendo algo y, cuando suceda, desearé que no hubiera acontecido.»

Al día siguiente, Fuego caminaba por el sendero que iba de su casa a la de Arquero, con la aljaba colgada a la espalda y el arco en la mano, cuando uno de los guardias la llamó desde la terraza trasera de la casa de su amigo:

—¿Le apetece una giga, lady Fuego?

Era Krell, el guardia al que embaucó la noche que no pudo trepar por el árbol hasta la ventana de su habitación; sabía tocar bien la flauta y, ahí estaba, ofreciéndose a rescatarla de su desazón.

—¡Ya lo creo, sí! —aceptó—. Dame un minuto para ir a buscar mi violín.

Una giga con Krell siempre suponía un juego; tocaban por turnos —ella, el violín, y el guardia, la flauta o el caramillo—, cada cual improvisando un pasaje que era un auténtico desafío para que el otro lo pillara y se incorporara, siempre guardando el compás, aunque incrementando el tempo de forma gradual, de manera que la interpretación requería de toda la concentración y la destreza de ambos para ir parejos. Sus actuaciones merecían un público, y el de ese día lo formaban Brocker y varios guardias que se acercaron a la terraza trasera, porque no querían perderse el espectáculo.

Fue una suerte que Fuego estuviera bien dispuesta para realizar arpegios muy técnicos, porque Krell tocó como si su propósito fuera conseguir que ella rompiera una cuerda del violín. Los dedos de la muchacha volaban, el violín era una orquesta completa, y todas y cada una de las notas que cobraban vida de forma maravillosa pulsaban una cuerda de satisfacción en su interior. Le sorprendió sentir una ligereza desconocida en el pecho, y entonces cayó en la cuenta de que se reía.

Era tal su concentración que tardó un poco en advertir la extraña expresión de Brocker, el cual tamborileaba en el reposabrazos de la silla de ruedas; sin embargo, el inválido tenía la vista fija en un punto detrás de ella y hacia la derecha, en dirección a la puerta trasera de la casa de Arquero, y comprendió que debía de haber alguien en la entrada, alguien a quien el noble contemplaba con sobresalto.

Entonces todo ocurrió a gran velocidad: Fuego identificó la mente de la persona que estaba en el umbral, se dio la vuelta con tanta precipitación que el arco y el violín se separaron con un chirrido, y miró fijamente al príncipe Brigan, que estaba apoyado en el marco de la puerta.

Acto seguido, Krell interrumpió la rápida sucesión de notas que interpretaba con la flauta, los soldados apostados en la terraza carraspearon, dieron media vuelta y se cuadraron al reconocer a su comandante. Los ojos de Brigan no expresaban nada; se apartó de la puerta y se enderezó, y Fuego, presintiendo que iba a decir algo, giró sobre sus talones y bajó a todo correr los peldaños de la terraza que conducían al camino.

Una vez que los perdió de vista, Fuego aflojó el paso y se detuvo; se apoyó en una roca, falta de aliento, golpeando el violín contra la piedra, y el instrumento emitió un grito de protesta disonante y agudo. Tovat, el guardia de pelo anaranjado y mente muy fuerte, llegó corriendo en pos de ella y se detuvo a su lado.

—Perdone la intrusión, señora, pero se ha marchado desarmada —le dijo—. ¿Se encuentra mal?

La joven apoyó la frente en el peñasco, avergonzada porque el soldado tenía razón; además de huir como una gallina espantada a causa del revuelo de la falda de una mujer, se había ido sin armas.

114

Se detuvo delante de ellos, y todos se la quedaron mirando con fijeza.

—Bien hallados, soldados —saludó—. ¿Quieren entrar y reposar?

Una de las mujeres, alta, de ojos color avellana y voz potente, respondió:

—Tenemos orden de esperar fuera hasta que nuestro comandante vuelva de la casa de lord Arquero, señora.

—Bien, de acuerdo —aceptó Fuego, un tanto aliviada de que los soldados no estuvieran allí con órdenes de apresarla y meterla en un saco de arpillera, y pasó entre ellos hacia la puerta de su hogar, seguida de Tovat. A todo esto, se le ocurrió una cosa y, deteniéndose, se dio la vuelta y le preguntó a la soldado—. Entonces, ¿está usted al mando?

—Sí, señora, en ausencia del comandante.

Tanteó de nuevo las mentes del grupo en busca de alguna reacción como, por ejemplo, resentimiento, celos o indignación, por el hecho de que Brigan hubiera elegido a una oficial femenina para ostentar el mando... Pero no encontró nada.

Tendría que cambiar de opinión y reconocer que no se trataba de soldados corrientes; la joven no sabía por qué el príncipe había actuado de esa manera, pero algún motivo habría para inducirlo a tomar tal decisión.

Por fin entró en la casa con Tovat, que cerró la puerta tras ellos.

Mientras Fuego y Krell interpretaban sus melodías en la terraza, Arquero se encontraba en la villa, pero debió de llegar a la casa poco después de que el concierto acabara de forma tan repentina; no había pasado mucho rato de su regreso cuando, acompañando a Brigan y a Brocker, se personó en la vivienda de la muchacha.

Donal los condujo a la sala de estar, y Fuego, en un intento de disimular su turbación y para que tuvieran la seguridad de que no iba a salir corriendo otra vez hacia las colinas, se apresuró a decir:

—Alteza, si sus soldados desean descansar o beber algo, serán bienvenidos en mi casa.

—Gracias, señora, pero no me quedaré mucho tiempo —respondió él.

Arquero estaba inquieto, y a Fuego no le hacía falta recurrir a su poder mental para percibirlo; invitó con un ademán a Brigan y a su amigo a que se sentaran, pero los dos hombres permanecieron de pie.

—Señora, vengo en nombre del rey —anunció el príncipe.

No la miraba a la cara mientras hablaba, sino que dirigía la vista al vacío, evitando en todo momento posarla en ella, así que Fuego se lo tomó como una invitación a observarlo físicamente, ya que él tenía la mente protegida con tanta intensidad que era imposible atisbarla.

Pulcramente afeitado, Brigan iba armado con arco y espada, pero no vestía armadura sobre la oscura ropa de montar. Era más bajo que Arquero, aunque de mayor estatura de lo que ella recordaba; todo en su aspecto —cabello oscuro, entrecejo fruncido y semblante severo— contribuía a mostrar una actitud muy distante, aparte del empeño que ponía en no mirarla, Fuego no percibía qué sentimientos despertaba en él aquel encuentro. Sí reparó, no obstante, en una pequeña cicatriz, fina y curvada, que le partía la ceja derecha; era muy parecida a las que ella tenía en el cuello y en los hombros; es decir, que una rapaz monstruo había estado a punto de sacarle el ojo. Tenía otra cicatriz en la barbilla, pero ésta era recta, lo que indicaba que se la habían hecho con un cuchillo o una espada. Suponía que el comandante de la Mesnada Real debía de tener muchas cicatrices, tantas como un humano monstruo.

—Hace tres semanas se encontró a un extraño en los aposentos del rey, en el palacio real —explicó Brigan—. Su majestad le pide que acuda a Burgo del Rey para que vea al prisionero, señora, y diga si es el mismo hombre que estaba en su cámara, en la fortaleza de mi madre.

Burgo del Rey… La ciudad que la vio nacer, donde su madre vivió y murió; la esplendorosa urbe que se alzaba sobre el mar y que se perdería o se salvaría como consecuencia de la guerra que se avecinaba. No la conocía; nunca la había visto, salvo en su imaginación, ni nadie le había sugerido jamás que la visitara para conocerla de verdad.

Hizo un esfuerzo para considerar la propuesta con seriedad a pesar de que su corazón ya había decidido por ella; en Burgo del Rey tendría muchos enemigos y también habría muchos hombres a los que les gustaría en exceso; las miradas escrutadoras la seguirían siempre, sufriría acoso y nunca tendría la opción de bajar la guardia ni descansar la mente… El soberano del reino la desearía; él y sus consejeros querrían utilizar sus poderes para obtener beneficios sobre prisioneros, enemigos o sobre la totalidad del millón de personas en las que no confiaban.

Y, además, tendría que viajar con ese hombre hosco al que no le caía bien.

—¿Es una petición del rey o es una orden? —preguntó la joven.

—La transmitió como una orden, señora —contestó el príncipe, que en ese momento fijaba la fría mirada en el suelo—. Sin embargo, no la obligaré a venir.

De modo que, al menos en apariencia, el comandante tenía posibilidades de desobedecer las órdenes del monarca; o quizás era un indicativo de lo poco que deseaba llevarla junto a su mentecato hermano, y de que estaba dispuesto a contravenir la orden.

—Si el rey confía en que utilice mi poder para interrogar a sus prisioneros, se sentirá defraudado —advirtió Fuego.

Brigan abrió y cerró una vez la mano con la que manejaba la espada, indicio tal vez de impaciencia o de ira. Después, por fin, la miró fugazmente a los ojos, aunque apartó la vista de inmediato.

—No me imagino al rey obligándola a hacer nada que usted no quiera.

Ese comentario le bastó a Fuego para comprender que el príncipe estaba convencido de que ella no sólo era capaz de controlar al rey, sino que su intención era hacerlo. Por consiguiente, se ruborizó, pero alzando la barbilla con gesto resuelto, anunció:

—Iré.

Arquero resopló, a punto de estallar de rabia, aunque antes de que tuviera tiempo de pronunciar ni una palabra, la joven se volvió hacia él y le transmitió mentalmente:

No peleemos delante del hermano del rey y no estropees estos dos últimos meses de paz.

—No soy yo quien los estropea —respondió él en voz baja.

Brocker estaba acostumbrado a esas escenas, pero ¿qué pensaría Brigan al verlos enfrentados y sosteniendo una discusión unilateral?

No voy a darte cuerda. Puedes ponerte en evidencia si quieres, pero no me avergüences a mí.

Arquero respiró hondo, y el aire vibró al inhalarlo; salió de la sala hecho una furia, cerró la puerta de golpe y dejó tras de sí un silencio embarazoso.

Fuego se llevó una mano al pañuelo que le cubría la cabeza y le dijo a Brigan:

—Le pido disculpas por nuestra falta de consideración.

—Bien —contestó él, impasible, sin parpadear siquiera.

—¿Cómo garantizará la seguridad de la dama durante el viaje, comandante? —inquirió Brocker con tranquilidad.

Brigan se encaró a Brocker y se sentó en una silla, apoyando los codos en las rodillas; su actitud pareció cambiar por completo, y de súbito, demostró que se sentía cómodo y tranquilo con el inválido, como un militar joven que habla respetuosamente con un hombre que podría ser su mentor.

119

—Señor, cabalgaremos hasta Burgo del Rey en compañía de la División Primera al completo. La columna se encuentra apostada cerca de aquí, al oeste.

—No me ha entendido, hijo —sonrió Brocker—. ¿Cómo va a asegurarse de que ella esté a salvo de la División Primera?

—He seleccionado una guardia de veinte soldados, en cuyas manos puede confiarse la seguridad de la señora.

—No hace falta que nadie se ocupe de mi seguridad —dijo ella, cortante, cruzada de brazos—. Sé defenderme sola.

—No lo pongo en duda, señora —convino Brigan en voz queda—. No obstante, si va a cabalgar con nosotros, tendrá una escolta. No puedo llevar a una mujer, que no sea soldado, en una columna de cinco mil hombres durante un viaje de casi tres semanas sin proporcionarle una guardia personal. Confío en que sepa apreciar lo atinado de esta medida.

Hacía alusión de manera sutil al hecho de que ella era una humana monstruo que provocaba que las personas sacaran a relucir lo peor de sí mismas. A decir verdad, jamás se las había tenido que ver con cinco mil hombres.

—Está bien, de acuerdo —accedió la joven, y se sentó.

—Cuánto desearía que estuviera presente Arquero para que constatara el poder que tiene un razonamiento coherente —rio Brocker.

Fuego resopló con sorna; Arquero no se habría planteado en absoluto que si ella había accedido a tener una escolta era porque demostraba el poder de un razonamiento de ese tipo, sino que lo habría tomado como prueba de que estaba dispuesta a enamorarse del guardia de dicha escolta que fuera más atractivo. Se puso en pie, y Brigan se levantó al mismo tiempo; el semblante del príncipe volvía a ser impasible.

—Iré a preparar mis cosas y a pedirle a Donal que ensille a *Corto* —anunció la joven.

—Muy bien, señora.

—¿Quiere esperar aquí conmigo, comandante? —propuso Brocker—. Tengo que comentarle un par de cosas.

Fuego dirigió una mirada escrutadora al inválido.

¡Vaya! ¿Qué es eso que tiene que comentarle? —le preguntó con el pensamiento.

Brocker tenía demasiada clase para entrar en una discusión unilateral; también poseía una mente tan clara y fuerte que era capaz de transmitirle a la joven un sentimiento con absoluta precisión, de manera que casi le llegó como si él hubiera pronunciado la frase: «Quiero aconsejarle en el terreno militar», pensó Brocker.

Un poco más tranquila, Fuego salió de salón y los dejó solos.

Cuando llegó a su habitación, encontró a Arquero sentado en una silla pegada a la pared; su presencia allí era una libertad que se había tomado, porque no se debía entrar en su cuarto sin ser invitado, pero Fuego se lo perdonó. Como Arquero no podía abandonar las responsabilidades de su predio tan de repente para acompañarla, tendría que quedarse. Estarían separados mucho tiempo, ya que se tardaba seis semanas en ir a Burgo del Rey y volver; a lo que, había que añadir el tiempo que pasara ella en la corte.

En su decimocuarto cumpleaños, Brocker le preguntó cuánto

poder tenía realmente cuando estaba dentro de la mente de Cansrel, y Arquero fue quien salió en su defensa:

—¿Es que no te da pena, padre? Es su progenitor. No hagas su relación con él más difícil de lo que ya es.

—Sólo he hecho una pregunta —respondió Brocker—. ¿Tiene poder para hacerle cambiar de actitud, o sería capaz de modificar sus ambiciones de manera permanente?

—Cualquiera se daría cuenta de que tus preguntas no son pertinentes.

—Te equivocas; son preguntas necesarias —replicó Brocker—. Aunque preferiría que no lo fueran.

—Me da igual. ¡Déjala estar! —exclamó Arquero con tanta pasión que su padre no insistió; al menos, de momento.

Fuego suponía que echaría de menos la presencia de su amigo para defenderla durante el viaje, y no porque deseara especialmente dicha defensa, sino por la sencilla razón de que era así cómo él se comportaba cuando la acompañaba.

Sacó las alforjas de entre el montón de cosas apiladas en el fondo del armario, y fue metiendo en ellas ropa interior y prendas apropiadas para montar a medida que las doblaba; no tenía sentido llevarse vestidos, porque nadie se fijaba nunca en lo que llevaba puesto. Además, después de ir apretujados en las alforjas tres semanas no estarían en condiciones de ser utilizados.

—¿Vas a abandonar a tus alumnos? —preguntó por fin Arquero, acodado en las rodillas y sin perder detalle de los preparativos de Fuego—. ¿Así, por las buenas?

Ella le dio la espalda con el pretexto de buscar su violín, y sonrió; era la primera vez que Arquero mostraba tanto interés por sus alumnos.

—No has tardado mucho en decidirte —añadió él.

—No he visto nunca Burgo del Rey —se limitó a exponer lo que para ella era obvio.

—Pues no es para tanto.

Eso era lo que Fuego quería constatar por sí misma; rebuscó entre los montones que tenía encima de la cama y no replicó.

—Correrás más peligro en esa ciudad que en cualquiera de los sitios en los que has estado hasta ahora. Tu padre te sacó de allí porque no estabas a salvo.

La joven dejó el estuche del violín al lado de las alforjas, y replicó:

—Entonces, Arquero, ¿he de elegir una vida triste, aislada, para seguir viva? No pienso esconderme en una habitación con las puertas y las ventanas cerradas, porque eso no es vivir.

Él pasó un dedo por las plumas de una flecha de la aljaba que tenía al lado y, apoyado el mentón en el puño, contempló ceñudo el suelo.

—Te enamorarás del rey —rezongó entre dientes.

Fuego se sentó al borde de la cama, frente a él, y le aseguró con una sonrisa:

—Es imposible que me enamore del rey; es un mentecato y bebe demasiado vino.

—¿Y qué? Yo soy muy celoso, pero a pesar de ello me acuesto con muchas mujeres.

—Por suerte para ti, ya te quería mucho antes de que ocurrieran ambas cosas —contestó ella, más sonriente.

—Pero no me quieres tanto como yo a ti, esa es la razón de que me comporte así.

Semejante afirmación, viniendo de un amigo por el que daría la vida, era muy dura; y la hacía más dura el hecho de que la manifestara en ese momento, en que ella estaba a punto de irse para mucho tiempo. Fuego se levantó y le dio la espalda.

El amor no se mide de esa forma —le transmitió mentalmente—. *Y quizás estés en tu derecho de responsabilizarme por lo que sientes, pero no es justo que me culpes por tu comportamiento.*

—Lo siento —se disculpó Arquero—. Tienes razón, perdóname.

Y de nuevo lo perdonó, sin otra condición, porque sabía que la ira de Arquero se disipaba casi siempre con la misma rapidez con que estallaba, y que, tras ese estallido de rabia, su corazón rebosaba cariño. Sin embargo, no fue más allá del perdón; estaban en su habitación, y no era difícil deducir lo que él deseaba antes de su marcha, algo que no estaba dispuesta a darle.

Hubo un tiempo en que era sencillo aceptar a Arquero en su lecho; no hacía tanto que resultaba muy fácil, pero, no sabía bien cómo, el equilibrio entre ambos se desniveló y empezaron las propuestas de matrimonio y el enamoramiento enfermizo, de modo que cada vez se hizo más y más fácil decir «no».

Se lo diría con delicadeza. Le tendió la mano, y él se levantó para acercársele.

—Tengo que ponerme la ropa de montar y sacar unas cuantas cosas más, así que nos despediremos ahora. Vuelve a la sala y dile al príncipe que bajaré enseguida.

Comprendiendo el significado de sus palabras, Arquero se miró los zapatos un instante y después alzó la vista hacia ella; le tiró del pañuelo que llevaba en la cabeza hasta que la tela se desprendió, y la melena le cayó en cascada sobre los hombros. Luego le recogió el cabello con una mano, se inclinó y lo besó; a continuación la atrajo hacia sí y le besó el cuello y los labios de un modo que la hizo desear no tener una mente tan picajosa. Entonces la soltó, se apartó y se dirigió hacia la puerta; su semblante era la viva imagen de la desdicha.

123

Capítulo 10

*F*uego temía que el ejército marchara demasiado deprisa y no pudiera seguirlo, o bien que, a causa de su lentitud, los cinco mil soldados se vieran obligados a aflojar el paso. Y, en efecto, la columna cabalgaba con rapidez en campo abierto, sobre todo cuando atravesaba zonas de terreno lo bastante llano para facilitarle el avance, pero casi siempre llevaba una marcha moderada, en parte por las limitaciones impuestas por el escaso espacio de los túneles o por lo abrupto de algunos parajes, y en parte por las exigencias de una fuerza armada que, por su propia naturaleza, se topaba con obstáculos que otros grupos de viajeros procuraban evitar.

La organización de la División Primera era una maravilla; consistía en un cuerpo básico fraccionado en secciones que, a su vez, se subdividían en pequeñas unidades, las cuales se alejaban de vez en cuando del grueso de la columna y, partiendo al galope, se internaban en las cuevas o recorrían los empinados caminos montañosos, y reaparecían al cabo de cierto tiempo. Las unidades exploradoras cabalgaban más deprisa en vanguardia, y otras patrullas, en los flancos, lo hacían al paso; a veces enviaban subunidades para informar o, en caso de topar con dificultades, para pedir refuerzos. De vez en cuando, los soldados regresaban ensangrentados y contusionados, y Fuego aprendió a identificar las túnicas verdes de las unidades de sanadores, que salían presurosas a curarlos.

La División Primera también contaba con las unidades de caza, que se desplazaban por turno y reaparecían de tanto en tanto con las piezas abatidas, así como las unidades de suministros responsables de los animales de carga y de inventariarlos.

Por otra parte, las unidades de mando distribuían los mensajes de Brigan al resto de la tropa, y las de los arqueros no cesaban de vigilar ante la posible aparición de animales o monstruos depredadores tan tontos que se atrevieran a atacar al grueso de la columna de jinetes. La propia escolta de Fuego formaba también una unidad, creando una barrera entre ella y los miles de soldados mientras durara el viaje; asimismo la ayudaban en cualquier cosa que precisara, lo que al principio consistió tan sólo en responderle a sus preguntas respecto a por qué daba la sensación de que el ejército se dedicaba a ir y venir constantemente.

—¿Existe una unidad que controle lo que hacen todas las demás? —preguntó la joven a una de sus escoltas, la oficial de ojos de color avellana, llamada Musa.

La mujer rió; casi todas las preguntas que le formulaba Fuego le provocaban esa reacción.

—El comandante no necesita una unidad para eso, señora, lo controla él mismo, de memoria. Fíjese qué trajín hay en torno al portaestandarte; se debe a que cada unidad que se marcha o regresa informa en primer lugar al comandante.

Fuego ya se había fijado en el portaestandarte y en su caballo con no poca lástima, porque daba la impresión de que cabalgaran el doble de trayecto que la mayor parte del ejército. Su misión consistía en permanecer cerca del comandante para que se lo localizara con facilidad, pero resultaba que Brigan estaba en continuo movimiento, pues o bien retrocedía hasta la retaguardia, o se separaba del cuerpo principal del ejército, o partía a galope hacia la vanguardia, dependiendo, según suponía Fuego, de asuntos de gran importancia militar, en función de lo que se considerara importante en Los Vals. De tal modo, el portaestandarte, que, en opinión de la muchacha, habría sido elegido por ser un magnífico jinete, seguía al príncipe en todo momento, como si fuera su propia sombra.

A todo esto, Brigan y el portaestandarte se aproximaron hacia donde se hallaba Fuego, y ella tuvo que rectificar de nuevo: la portaestandarte había sido elegida por tratarse de una magnífica amazona.

—Musa, ¿cuántas mujeres hay en la División Primera? —le preguntó a la oficial.

125

—Unas quinientas, señora, y unas dos mil quinientas en total entre las cuatro divisiones y las unidades auxiliares de reserva.

—¿Dónde están esas unidades auxiliares cuando el resto del ejército patrulla?

—En las fortalezas y en las torres de almenara que hay repartidas por todo el reino, señora. Entre los soldados de las dotaciones de esos puestos, militan muchas mujeres.

Dos mil quinientas mujeres que habían elegido por voluntad propia vivir a lomos de un caballo, luchar, comer y dormir entre una multitud de hombres. ¿Por qué razón escogía una mujer una vida así? ¿Acaso eran salvajes y violentas por naturaleza, tanto como algunos soldados varones ya habían demostrado?

Cuando ella y su séquito abandonaron el bosque de Trilling y salieron a las llanuras rocosas donde se encontraba estacionado el ejército, se produjo una pelea a causa de Fuego que fue corta y brutal: dos hombres, fuera de sí al verla y en desacuerdo por un motivo u otro (el honor de la joven o sus respectivas posibilidades con ella), se enzarzaron y hubo empujones, puñetazos, narices rotas, sangre… Entonces Brigan, acompañado por tres escoltas de Fuego, desmontó y, en un abrir y cerrar de ojos y antes de que ella entendiera del todo qué ocurría, pronunció una única palabra que puso fin a la riña:

—¡Basta!

Evitando mirar a los contendientes, Fuego mantuvo la vista fija en la cruz de *Corto* y le atusó la crin con los dedos hasta que percibió un sentimiento de contrición en los dos antagonistas. Sorprendida, echó una rápida ojeada y observó que mantenían la cabeza gacha, dirigían pesarosas miradas a Brigan y cómo la sangre les goteaba de la nariz y de los labios partidos. Pero se habían olvidado de ella. Captó con toda claridad que aquellos hombres, a causa de la vergüenza que experimentaban por haber dado semejante espectáculo ante su comandante, la habían olvidado por completo.

Era algo inusitado; entonces Fuego echó un vistazo fugaz a Brigan que mantenía el semblante impasible y la mente inaccesible a su escrutinio. Acto seguido, el príncipe habló en voz baja con los dos soldados, sin mirarla a ella ni una sola vez.

De nuevo en marcha y poco después de tener lugar el incidente, se hizo correr la voz, desde las unidades de mando, de que a cualquier soldado que peleara por alguna cuestión relacionada con lady Fuego lo expulsarían del ejército; sería desarmado, licenciado y devuelto a su casa. A juzgar por los quedos silbidos y la expresión de sorpresa entre los miembros de su escolta, la joven dedujo que se trataba de un castigo muy riguroso por una reyerta.

No sabía lo suficiente sobre las normas de los ejércitos para contrastar criterios, así que las preguntas se le agolparon: ¿Imponer un castigo riguroso convertía a Brigan en un comandante severo? ¿Era lo mismo severidad que crueldad, o no? ¿Acaso el poder que Brigan ejercía sobre sus soldados provenía de la crueldad?

Por otro lado, también se planteaba si ser licenciado de una fuerza de combate en puertas de una guerra inminente, suponía en realidad una sanción. Parecía más bien un indulto.

Entonces se imaginó a Arquero cabalgando por sus tierras al final del día, deteniéndose para hablar con los granjeros, riendo, maldiciendo el terreno rocoso del norte, como hacía siempre; y con Brocker, sentándose a cenar sin ella.

Cuando el ejército se detuvo por fin para pasar la noche, Fuego insistió en almohazar personalmente a su caballo; se apoyó en *Corto* y le habló en susurros, reconfortada con la cercanía del animal, el único ser conocido en medio de un mar de extraños.

Acamparon en una gigantesca gruta subterránea, a mitad de camino entre la casa de Fuego y la fortaleza de Roen; la muchacha no había contemplado nada semejante en toda su vida. Tampoco es que se viera mucho, porque dentro dominaba la penumbra; la escasa luz penetraba a través de algunas fisuras del techo y se colaba por varias aberturas laterales. Al ponerse el sol, la oscuridad se adueñó de la cueva, y la División Primera se convirtió en un conjunto de sombras moviles desperdigadas por el empinado suelo de la gruta.

En la cueva el sonido era envolvente, musical, de tal modo que el ruido que provocaron el comandante y un grupo de doscientos hombres al marcharse del campamento, sonó como si fueran dos mil personas, y sus pasos resonaron como si tañeran las campañas. Brigan, manteniendo el semblante tan indescifrable como siempre, partió tan pronto como se cercioró de que los

127

demás se habían acomodado, pues iba en busca de una unidad de cincuenta exploradores que no habían regresado al lugar acordado ni en el plazo en que se esperaba que lo hicieran.

Fuego estaba intranquila; las sombras cambiantes de sus cinco mil compañeros la inquietaban, y aunque su escolta la mantenía apartada de la mayoría de los soldados, no era capaz de aislarse de las impresiones que su mente recopilaba. Resultaba agotador estar pendiente de tanta gente; casi todos la tenían presente con mayor o menor grado de conciencia, incluso los que se encontraban más alejados. Y eran demasiados los que deseaban algo de ella; algunos, acercarse más de la cuenta.

—Me gusta el sabor de los monstruos —le masculló un soldado que tenía la nariz rota por dos sitios.

—La amo. Es usted preciosa —le susurraron otros tres o cuatro hombres, pegándose contra la barrera que formaban los que la custodiaban, para intentar llegar hasta ella.

Brigan había dejado órdenes estrictas a los que la custodiaban de que la señora tenía que albergarse en una tienda de campaña a pesar de que el ejército estuviera a cubierto, en la caverna, y que dos mujeres de la escolta debían acompañarla permanentemente.

—¿Es que no voy a tener ni un momento de intimidad? —inquirió cuando oyó por casualidad las instrucciones que el príncipe le daba a Musa.

Él cogió un guantelete de cuero que le tendía un joven (su escudero, imaginó Fuego) y se lo puso.

—No, nunca —fue la escueta respuesta; antes de que ella tuviera ocasión de protestar, Brigan cogió el otro guantelete y mandó traer su caballo. La trápala de los cascos creció como una ola y después se desvaneció.

El olor a carne de monstruo asada penetró en la tienda; Fuego cruzó los brazos y trató de no asestar una mirada fulminante a las dos escoltas que la acompañaban en ese momento, y de cuyos nombres era incapaz de acordarse. De un tirón se quitó el pañuelo de la cabeza; suponía que en presencia de esas dos mujeres podría librarse un rato de la incómoda presión de la tela que le cubría el cabello. Ninguna de las dos esperaba nada de ella, y la emoción más destacable que percibía en ambas era el aburrimiento.

Claro que, una vez que se descubrió el cabello, dicho aburrimiento disminuyó; la contemplaron con curiosidad y ella, fatigada, les sostuvo la mirada.

—He olvidado vuestros nombres, lo siento —se disculpó.

—Yo soy Margo, señora —contestó la que tenía el rostro ancho, de aspecto agradable.

—Y yo, Mila, señora —informó la otra, de cabello rubio, estilizada y muy joven.

Musa, Margo y Mila. Fuego contuvo un suspiro; a esas alturas identificaba a casi todos los integrantes de la escolta por la percepción que tenía de cada cual, pero retener los nombres iba a costarle un poco de tiempo.

No sabía qué más decir, así que jugueteó con el estuche del violín; lo abrió y aspiró el entrañable olor del barniz; pulsó una cuerda y la respuesta acústica, como el reverbero de una campana tañida bajo el agua, la reorientó. El faldón de la entrada de la tienda estaba alzado, y la tienda en sí, instalada en un recoveco de la pared de la caverna, disponía de un saliente a modo de techo que se curvaba de forma muy parecida a la caja de resonancia de un instrumento. Fuego se colocó el violín debajo de la barbilla, lo afinó y empezó a tocar quedamente.

Era una canción de cuna, una melodía sedante para calmar su propio nerviosismo; el ejército quedó en un segundo plano, imperceptible.

Esa noche, a Fuego no le resultó fácil conciliar el sueño, pero era consciente de que era inútil buscar las estrellas, porque la lluvia se colaba por las grietas del techo y se escurría por los muros hasta el suelo. El cielo estaría negro, pero quizás una tormenta de medianoche ahuyentaría los malos sueños. La joven retiró la manta, recogió las botas, se deslizó con sigilo entre las dormidas Margo y Mila y apartó a un lado el faldón de la entrada.

Una vez que estuvo fuera, procuró no tropezar con los escoltas que dormían colocados alrededor de la tienda a modo de foso humano; cuatro de ellos estaban despiertos —Musa y tres hombres cuyos nombres no recordaba— y jugaban a las cartas a la luz de una vela. Las llamas parpadeantes de las candelas brillaban en diversos puntos por todo el suelo de la caverna, y Fuego supuso que la mayoría de las unidades tendrían establecidos turnos de guardia durante toda la noche. Se compadeció de los soldados que estuvieran de servicio en el exterior de aquel refugio, bajo la lluvia, así como del grupo de búsqueda comandado por Brigan, y de los exploradores a los que buscaban, ya que ni unos ni otros habían regresado aún.

La aparición de la dama monstruo pareció sorprender un tanto a los cuatros soldados despiertos, y ella, recordando que se había quitado el pañuelo, se llevó la mano al cabello.

—¿Pasa algo, señora? —preguntó Musa, recobrada la compostura.

—¿Hay alguna hendidura en la caverna desde la que se pueda contemplar el cielo? —inquirió—. Quiero ver la lluvia.

—Sí, la hay.

—¿Querrás indicarme el camino?

Musa dejó las cartas y despertó a los escoltas que estaban un poco más lejos del foso humano.

—¿Qué haces? —susurró Fuego—. Musa, no es necesario, por favor. Déjalos dormir —pidió, pero la oficial siguió sacudiendo por el hombro a los hombres hasta que hubo cuatro de ellos despiertos, después ordenó a dos de los jugadores de cartas que montaran guardia, e indicó por señas a los otros que se armaran.

Acrecentada la fatiga con un sentimiento de culpabilidad, Fuego regresó a la tienda a recoger el pañuelo, así como el arco y las flechas; salió de nuevo y se reunió con sus seis armados y adormilados acompañantes. Musa encendió velas y se las fue pasando a los hombres; luego, en silencio, los siete se desplazaron en fila a lo largo del perímetro de la caverna.

Poco después recorrían un sendero estrecho y empinado que conducía a un agujero abierto en la ladera de la montaña; Fuego casi no distinguía nada por la abertura, pero el instinto le advertía que no se aventurara demasiado lejos ni se soltara de los bordes rocosos que formaban una especie de vano a uno y otro lado; no quería caerse.

Hacía una noche ventosa, húmeda y fría, y la joven se decía que era una estupidez mojarse, pero dejó que la lluvia la empapara y se sumergió en la percepción indómita de la tormenta, mientras sus escoltas, apiñados al borde de la abertura, intentaban proteger las llamas de las velas.

De repente captó un cambio en su percepción del entorno: se aproximaba gente... Jinetes, muchos jinetes, aunque a esa distancia y al conocer personalmente a muy pocos de ellos, le resultaba muy difícil discernir si eran doscientos o doscientos cincuenta, así que se concentró y llegó a la conclusión de que percibía a bastantes más de doscientos; los notaba cansados, pero no en un estado de ansiedad fuera de lo normal. La misión del grupo de búsqueda debía de haber tenido éxito.

—El grupo de búsqueda regresa —informó a su escolta—. Esos soldados están cerca, y creo que los acompaña la unidad de exploradores.

El silencio que acogió sus palabras la obligó a darse la vuelta para mirar a los soldados, y se encontró ante seis pares de ojos que la observaban con distintos grados de inquietud. Entró en el pasadizo y se resguardó de la lluvia.

—Creí que os gustaría saberlo —añadió la joven en voz baja—. Sin embargo, si os incomoda, no compartiré lo que me revela mi percepción.

—No, no —exclamó Musa—. Es acertado que nos lo comunicara, señora.

—¿Se encuentra bien el comandante, señora? —preguntó uno de los escoltas.

Fuego ya estaba intentando constatar ese punto por propia iniciativa, aunque le resultaba irritantemente dificultoso disociar al príncipe de los demás. Que se encontraba en el grupo era seguro, y suponía que la constante impenetrabilidad de la mente de Brigan era en cierta medida una indicación de que se hallaba en buenas condiciones físicas.

—No puedo confirmarlo con toda certeza, pero creo que sí.

A todo esto, la cadencia de la trápala de cascos resonó a través del pasadizo cuando, por alguna hendedura de la falda de la montaña, los jinetes entraron en el túnel que conducía a la caverna en que acampaba el ejército.

Poco después, mientras bajaban lenta y trabajosamente por la estrecha galería, Fuego obtuvo una brusca respuesta a su inquietud por detectar al comandante, pues lo percibió; él subía cuesta arriba por el pasadizo, en dirección al grupo. La joven se detuvo de golpe, y de ese modo provocó que el escolta que caminaba detrás de ella mascullara entre dientes un reniego muy poco caballeroso, mientras se contorsionaba para no prender fuego al pañuelo de la cabeza con la candela que sostenía en la mano.

—¿Hay alguna otra ruta que lleve a la caverna desde aquí? —inquirió Fuego; nada más preguntarlo adivinó la respuesta y se acurrucó, mortificada, por aquella exhibición de cobardía.

—No la hay, señora —contestó Musa, espada en mano—. ¿Ha percibido algo más adelante?

—No, no —repuso Fuego con abatimiento—. Sólo al comandante.

El comandante que iba al encuentro de la monstruo que deambulaba por ahí, demostrando ser irresponsable e imprudente. A partir de ese momento, la tendría encadenada.

Él apareció pocos minutos más tarde, con una candela en la mano; cuando llegó junto al grupo, se detuvo, saludó a los soldados con un cabeceo formal y habló con Musa en voz baja. La unidad de exploradores se había recuperado sin bajas pese a tropezar con unos peligrosos bandidos de las cuevas que los doblaban en número, pero tras despedazarlos, intentaron regresar en la oscuridad; las heridas sufridas por los soldados no eran importantes, y en diez minutos todos estarían dormidos.

—Espero que usted duerma también un poco, señor —dijo Musa, y de repente, Brigan sonrió; se apartó a un lado para dejarlos pasar y, durante un instante, su mirada se cruzó con la de Fuego. Se le notaba muy cansado; llevaba barba de un día y estaba empapado.

Al parecer, no había ido a buscarla; una vez que ella y sus acompañantes pasaron de largo, él siguió caminando pasadizo arriba.

Capítulo 11

*F*uego se despertó a la mañana siguiente con agujetas y dolorida por la cabalgada del día anterior; Margo le llevó pan y queso, así como una palangana con agua para lavarse la cara; a continuación, la joven tocó una giga con su violín, despacio al principio, pero incrementando el tempo de forma paulatina para acabar de despertarse. Y la interpretación dio resultado.

—El comandante no nos mencionó esta ventaja al prestarle servicio como escoltas —comentó Mila con una sonrisa tímida.

En éstas, Musa asomó la cabeza por el faldón de la entrada de la tienda para transmitirle un mensaje:

—Señora, el comandante me pide que le informe de que pasaremos cerca de la fortaleza de la reina Roen a mediodía, más o menos. Él tiene que tratar ahí un asunto con el caballerizo mayor, y si usted quiere, dispondrá de tiempo para tomar un refrigerio con la reina.

—Lleva montada a caballo desde ayer —le dijo Roen a Fuego mientras le estrechaba las manos—, así que imagino que no se sentirá tan bien y tan encantadora como aparenta. ¡Ea!, esa sonrisa me confirma que mi suposición no es equivocada.

—Me siento tan tensa como la cuerda de un arco —admitió la joven.

—Siéntese, querida. Quítese ese pañuelo y póngase cómoda, porque no permitiré que ningún zoquete alelado entre aquí durante la próxima media hora.

Fue un gran descanso dejarse suelta la cabellera; le pesaba mucho, y tras cabalgar toda la mañana, notaba el pañuelo pegajoso y le picaba el cuero cabelludo. Agradecida, se arrellanó en una silla, se frotó la cabeza con las yemas de los dedos y aceptó que la reina le sirviera un plato colmado de estofado y hortalizas.

—¿Se ha planteado alguna vez dejárselo corto? —preguntó Roen.

Sí, había pensado en cortárselo y arrojarlo al fuego; incluso teñírselo de negro, si el pelo de monstruo hubiera admitido otra pigmentación. De pequeños, Arquero y ella llegaron al extremo de rapárselo una vez, para probar, pero el cabello volvió a sombrear el cuero cabelludo al cabo de una hora.

—Crece muy, muy deprisa. Y he descubierto que es más fácil controlarlo si lo llevo largo, porque los mechones cortos se escapan y asoman por el borde del pañuelo.

—Ya, ya. En fin, me alegro de verla. ¿Cómo están Brocker y Arquero?

Fuego le explicó que el estado de Brocker era espléndido, y que Arquero, como siempre, estaba enfadado.

134 —Sí, supongo que no podía ser de otro modo, pero eso carece de importancia —fue el contundente comentario de la reina—. A usted le vendrá bien hacer este viaje, visitar Burgo del Rey para ayudar a Nash. Creo que usted sabrá cómo manejar su cortejo, porque ya no es una niña. ¿Qué tal está el estofado?

Fuego degustó otra cucharada del guiso que, a decir verdad, estaba muy rico, al tiempo que luchaba para refrenar la expresión de incredulidad que pugnaba por plasmársele en el rostro. ¿Que ya no era una niña? Hacía bastante tiempo que había dejado de serlo.

En ese preciso momento, cómo no, Brigan apareció en la puerta para saludar a su madre e indicarle a Fuego que volviera a montar a caballo, y de inmediato ella se sintió de nuevo como una chiquilla. Había una parte de su cerebro que dejaba de funcionar cada vez que tenía cerca a ese hombre; se le paralizaba a causa de su frialdad.

—¡Briganval, vienes a robarme a mi invitada! —exclamó Roen, que se levantó y lo abrazó.

—A cambio de cuarenta soldados —contestó el comandante—. Hay doce heridos, por lo que también te dejo un sanador.

—Podemos arreglárnoslas sin él si tú lo necesitas, Brigan.

—Su familia vive en Gríseos Chicos, y le prometí que se quedaría aquí cuando fuera posible. Nos las compondremos con lo que tenemos hasta llegar a Fortaleza Central.

—De acuerdo, pues —aceptó la reina con energía—. Dime, ¿duermes lo suficiente?

—Sí, sí.

—Oh, vamos, una madre sabe cuando un hijo le miente. ¿Comes bien?

—No, hace dos meses que no pruebo bocado —respondió Brigan, muy serio—. Estoy haciendo una huelga de hambre para protestar por las inundaciones primaverales en el sur.

—Muy gracioso. —Roen acercó el frutero—. Toma, coge una manzana, querido.

Fuego y Brigan no cruzaron palabra al salir juntos de la fortaleza para reanudar el viaje a Burgo del Rey; él fue comiéndose la manzana, y ella, que se había envuelto de nuevo la cabellera con el pañuelo, se sorprendió al sentirse un poco más cómoda al lado del príncipe.

El hecho de saber que Brigan era capaz de bromear, contribuyó a ese cambio.

Pero hubo otras sorpresas a continuación: tres gestos amables.

Corto y la escolta la aguardaban casi al final de la columna de tropas, aunque conforme Brigan y la joven se acercaban allí, ella advirtió que algo iba mal; intentó enfocar la mente, cosa que no resultó fácil con tanta gente yendo de aquí para allá, y aguardó a que el príncipe acabara de conversar con un capitán que se les aproximó para preguntar sobre el itinerario del día.

—Creo que mis escoltas tienen retenido a un hombre —le informó al príncipe cuando el capitán se hubo marchado.

—¿Por qué? ¿Qué hombre? —preguntó él en voz baja.

La muchacha sólo captaba una idea general y algunos detalles puntuales de lo que sucedía.

—Lo único que sé es que me odia, pero no le ha hecho daño a mi caballo.

—No se me había ocurrido esa posibilidad. Tendré que discurrir alguna treta para que la gente no considere a su caballo como un objetivo.

Habían acelerado el paso tras la advertencia y, por fin, llegaron hasta el lugar donde se desarrollaba una desagradable escena: dos escoltas de Fuego sujetaban a un soldado que barbotaba maldiciones y escupía sangre y dientes, mientras que un tercer escolta le cruzaba la boca una y otra vez para lograr que se callara. Horrorizada, Fuego buscó el contacto con la mente del escolta para que dejara de golpearle.

Y entonces reparó en ciertos detalles que la ayudaron a comprender la escena: el estuche del violín yacía en el suelo, manchado de barro, con los restos del instrumento al lado. El violín estaba hecho añicos, destrozado hasta tal punto que casi era irreconocible; se veía el puente hincado en la caja, como si una cruel y enconada bota lo hubiera machacado.

En cierto sentido, aquel espectáculo era peor que recibir un flechazo. Fuego se tambaleó hasta llegar junto a *Corto* y hundió la cara en el hombro del animal, porque era incapaz de contener las lágrimas y no quería que Brigan la viera llorar.

Detrás de ella, el príncipe soltó una contundente maldición, mientras que alguien —Fuego creyó identificar a Musa—, también a su espalda, le ofreció un pañuelo. El cautivo seguía profiriendo juramentos y, ahora que la veía en persona, gritaba cosas horribles sobre su cuerpo y lo que le haría, palabras inteligibles a pesar de tener la boca partida e hinchada. Brigan se le aproximó a zancadas.

No lo golpee más, por favor —le transmitió Fuego, angustiada.

Y es que el crujido de huesos no la ayudaba precisamente a contener el llanto. El comandante barbotó otra maldición e impartió una seca orden; por la repentina pronunciación incomprensible del soldado, Fuego comprendió que lo habían amordazado, y a continuación se lo llevaron a rastras de allí, en dirección a la fortaleza, custodiado por Brigan y varios escoltas de la joven.

Se hizo un silencio absoluto, y al notar su agitada respiración, Fuego se esforzó en calmarse.

«Qué hombre tan horrible —se dijo, apoyada la cabeza en la crin del caballo—. ¡Qué hombre tan, tan espantoso!»

Oh, Corto, *ese hombre era terrible.*

El caballo resopló y le dejó un poco de saliva en el hombro, como un gesto reconfortante.

—Lo siento mucho, señora —dijo Musa detrás de ella—. Nos pilló por sorpresa, pero de ahora en adelante no permitiremos que se acerque nadie que no haya enviado el comandante.

Fuego se enjugó las lágrimas con el pañuelo y se giró sólo un poco hacia la capitana de su escolta, porque era incapaz de mirar el montón de astillas esparcidas en el suelo.

—No os considero culpables de lo ocurrido.

—Pero el comandante sí lo hará. Y así debe ser —manifestó Musa.

Fuego inspiró profundamente para sosegarse, y musitó:

—Debería haberme imaginado que tocar música supondría una provocación.

—Señora, no le consiento que se eche la culpa, y lo digo en serio: no lo permitiré.

Fuego sonrió ante tal comentario y le devolvió el pañuelo a la capitana, dándole las gracias.

—No es mío, señora. Es de Neel —le aclaró la mujer.

—¿De Neel? —repitió Fuego, que había identificado el nombre de uno de los escoltas masculinos.

—El comandante se lo cogió y me lo entregó a mí para que se lo diera a usted, señora. Neel no lo echará en falta, porque tiene pañuelos a cientos. Dígame, señora, ¿era un violín muy caro?

Sí, lo era; pero Fuego nunca lo valoró por el precio, sino porque transmitía un extraño y peculiar sentimiento de dulzura que ahora había desaparecido.

—Qué más da —contestó mientras contemplaba el pañuelo y, midiendo las palabras, añadió—: El comandante no golpeó a ese hombre; se lo pedí mentalmente, y no lo hizo.

Dio la impresión de que Musa aceptaba el giro de la conversación hacia otro tema, y replicó:

—Me llamó la atención ese detalle, sí. Él tiene por norma no golpear a sus soldados, ¿sabe? Pero esta vez creí que vería cómo se cumplía la excepción la regla, porque parecía que quería matarlo.

Además, se tomó la molestia de conseguir el pañuelo del es-

137

colta, y compartió con ella su preocupación por el caballo. En total, tres gestos amables.

Hechas tales consideraciones, Fuego comprendió que Brigan la había atemorizado porque le daba miedo que la perjudicara el odio de una persona que, inevitablemente, le caía bien, y también la apocaba por su aspereza y su impenetrabilidad. Sin embargo, aunque todavía la cohibía, al menos ya no lo temía.

Cabalgaron sin pausa el resto del día, y al caer la noche acamparon en un terreno de rocas lisas. Se encendieron fogatas y se levantaron tiendas alrededor de la de Fuego; eran tantas que daba la impresión de que se extendían hasta el infinito. A la joven se le ocurrió pensar que nunca había estado tan lejos de su casa; estaba convencida de que Arquero la echaría de menos, y ese convencimiento aliviaba en cierta medida su soledad. Sería terrible el estallido de cólera de su amigo si supiera lo ocurrido con el violín. Por lo general, esos ataques de furia la exasperaban, pero ahora la consolarían; si Arquero estuviera allí, ella sacaría fuerzas de su apasionamiento.

Al poco rato, las miradas de los soldados más cercanos la obligaron a retirarse a su tienda, ya que no conseguía dejar de darle vueltas a las palabras pronunciadas por el hombre que le había destrozado el violín. ¿Por qué el odio inducía tan a menudo a los hombres a pensar en la violación? Además, reconoció que existía un punto débil en el poder que poseía como monstruo, porque con la misma frecuencia con que su hermosura servía para controlar fácilmente a determinados hombres, servía también para desquiciar de tal forma a otros que se volvían incontrolables.

Un monstruo, y en especial una mujer monstruo, provocaba que emergieran los peores sentimientos de un ser humano a causa del deseo y de los infinitos y pervertidos canales para expresar la malicia. El mero hecho de contemplarla actuaba como una droga en la mente de cualquier hombre débil, ¿y qué hombre sería capaz de hacer un buen uso del amor o del odio estando drogado?

Ser consciente de la presencia de cinco mil hombres alrededor la oprimía.

Cumpliendo con su obigación, Mila y Margo habían entrado en la tienda, y se sentaron cerca de ella, sujetando la espada, silenciosas, alertas y aburridas. La joven lamentaba ser una carga tan fastidiosa para las escoltas, pero ella también debía reprimirse, pues hubiera querido salir de allí sin que la vieran e ir en busca de *Corto*; hubiera sido maravilloso poder meter al caballo en la tienda...

A todo esto, Musa se asomó por el faldón de la entrada, y dijo:

—Disculpe, señora; le comunico que un soldado de las unidades de exploradores ha venido para prestarle su violín. El comandante lo avala, pero nos ha encargado que le preguntemos a usted qué impresión le causa antes de dejarlo pasar. Está aquí mismo, señora.

—Sí, creo que es inofensivo —afirmó la joven, sorprendida de que hubiera un desconocido entre su escolta.

Inofensivo e inmenso, como comprobó al salir de la tienda; el violín parecía de juguete en las manos de aquel hombre, y Fuego imaginó que cuando blandiera la espada, daría la impresión de estar manejando un cuchillo de untar mantequilla. Sin embargo, el semblante del hombretón denotaba un talante sereno, solícito y apacible; pese a todo, el soldado bajó la vista en presencia de Fuego y le ofreció el violín.

—Tu gesto es muy generoso —dijo ella al tiempo que rechazaba el instrumento—, pero no quiero privarte de él.

—Todos sabemos lo que hizo usted hace unos meses en la fortaleza de la reina Roen, señora. —La voz del soldado era tan profunda que sonaba como si saliera de la tierra—. Le salvó la vida a nuestro comandante.

—Sí, bueno —contestó Fuego, pero sólo porque el soldado parecía esperar que dijera algo—. Pero aun así...

—Los hombres lo comentan sin cesar —prosiguió él, que inclinó la cabeza en un gesto de respeto y le puso el violín en las manos—. Además, usted es mucho mejor violinista que yo.

Fuego lo siguió con la mirada mientras se alejaba con andares torpes; estaba conmovida y tremendamente reconfortada gracias al tono de voz del soldado y a la inmensa sensación de afabilidad que emanaba de él.

139

—Ahora comprendo cómo logran nuestras unidades de exploradores hacer pedazos a bandas de malhechores que les doblan en número —comentó en voz alta.

—Es una suerte tenerlo de nuestra parte, es cierto —rio Musa.

Fuego pulsó las cuerdas del violín; estaba afinado, aunque tenía un tono agudo, estridente; no era el instrumento de un maestro, pero le serviría para tocar.

Y, por ende, constituía una declaración de principios.

La muchacha entró un momento en la tienda para coger su arco y volvió a salir enseguida; echó a andar, dando firmes zancadas por la planicie atestada de soldados, hacia un afloramiento rocoso que divisó a cierta distancia. Los escoltas salieron precipitadamente tras ella y la rodearon, mientras los soldados no le quitaban ojo al pasar entre ellos; cuando llegó al afloramiento, trepó por las rocas, y una vez que estuvo arriba, se sentó y se colocó el violín debajo de la barbilla.

Desde lo alto del montículo, al alcance del oído de todos, tocó lo primero que se le antojó interpretar.

Capítulo 12

¡*O*jalá Fuego hubiera sabido cómo inducir ese mismo valor a su yo durmiente!

Porque los ojos moribundos de su padre nunca le permitían conciliar el sueño.

La respuesta relativa a si estaba a su alcance cambiar de forma definitiva las ideas de Cansrel (pregunta que Brocker le hizo cuando ella celebró su decimocuarto cumpleaños) fue sencilla una vez que se permitió considerarla. Y esa respuesta fue: no. La mente de Cansrel era fuerte como un oso, dura como el acero de una trampa, y cada vez que Fuego salía de ella, se cerraba de golpe. No se producían cambios permanentes en la mente del monstruo, y él seguía siendo el mismo de siempre. Por ello, la muchacha se tranquilizó al comprobar que no podía hacer nada por alterarle la mente, porque eso significaba que nadie confiaría en que lo hiciera.

Ese mismo año, Nax se drogó hasta provocarse la muerte, pero como los límites del poder se habían modificado y asentado, Fuego detectó lo mismo que Brocken, Arquero y Roen percibían: un reino que se hallaba a dos pasos de diversas probabilidades de mutación; un reino capacitado para el cambio.

Ella siempre estuvo sorprendentemente bien informada; por un lado, recibía las confidencias de su padre, y por otro lado, Brocker le contaba todo lo que descubría a través de sus propios espías y los de Roen; sabía que Nash era más fuerte de lo que había sido Nax, a veces lo suficiente para frustrar a Cansrel, pero éste lo consideraba un juego en comparación con el peligro que representaba su hermano menor, el príncipe. Se decía que Brigan, el increíblemente joven comandante de dieciocho años, era firme, objetivo, ecuánime, enérgico, persuasivo y de genio pronto, la única persona influyente en Burgo del Rey en quien no hacía mella la influencia de Cansrel. Daba la impresión de que algunas mentes preclaras creían que de él dependía la única alternativa entre la continuidad del estado caótico y depravado de la situación y el cambio.

Tiempo atrás, un día de invierno en que Fuego fue a visitar a Brocker, éste le comunicó:

—El príncipe Brigan está herido; acabo de recibir una carta de Roen dándome la noticia.

—¿Cómo ha sido? —preguntó la joven, sobresaltada—. ¿Está grave?

—Todos los años, en enero, se celebra una gala en el palacio real —explicó Brocker—, en la que hay cientos de invitados, baile, mucho vino, muchas majaderías y un millar de pasillos oscuros por los que la gente puede andar escondida. Parece ser que Cansrel contrató a cuatro hombres para que acorralaran a Brigan y lo degollaran. Como al príncipe le llegó el rumor de lo que se tramaba, estaba preparado para el encuentro y acabó con los cuatro hombres…

—¿Mató él solo a los cuatro? —preguntó Fuego, angustiada y confusa, mientras se sentaba con torpeza en una silla.

—El joven Brigan es un buen espadachín —contestó el noble.

—Pero ¿está malherido?

—Vivirá, aunque al principio los cirujanos estaban preocupados porque recibió una cuchillada en un punto de la pierna por el que sangraba en abundancia. —Brocker desplazó la silla de ruedas hacia la chimenea y arrojó la carta de Roen a las crepitantes llamas del hogar—. Faltó poco para que el chico muriera, querida, y no me cabe duda de que Cansrel volverá a intentarlo.

Ese verano, en la corte de Nash, una flecha disparada con el arco de uno de los capitanes de mayor confianza de Brigan alcanzó a Cansrel en la espalda. Fuego iba camino de los quince años —es decir, acababa de celebrar su decimocuarto cumpleaños— cuando recibió noticias de Burgo del Rey informándole de que su padre estaba herido y que probablemente moriría. Ella se encerró en su cuarto y rompió a llorar sin saber muy bien el por qué del llanto; pero incapaz de contenerlo, pegó la cara contra una almohada para que nadie la oyera sollozar.

Ni que decir tiene que Burgo del Rey tenía fama por los sanadores que habitaban en la ciudad y por los avances en medicina y cirugía que en ella se daban, de tal modo, que allí la gente sobrevivía a heridas que en otros lugares les habrían provocado la muerte, sobre todo si se trataba de alguien con suficiente poder para reclamar la atención de todo un hospital.

Unas semanas después, al comunicársele que Cansrel viviría, Fuego corrió de nuevo a su cuarto y se arrastró hasta la cama, completamente paralizada; cuando el entumecimiento pasó, algo amargo se le removió en el estómago y vomitó; se le rompió un vaso sanguíneo del ojo, y el derrame le provocó un hematoma al borde de la pupila.

A veces el cuerpo de Fuego se convertía en un poderoso comunicador cuando su mente trataba de hacer caso omiso de una verdad concreta; exhausta y enferma, la muchacha entendió el mensaje que le enviaba el cuerpo: había llegado el momento de reconsiderar la pregunta de hasta dónde llegaba su poder sobre Cansrel.

143

Arrastrada de nuevo a la vigilia por los mismos sueños agobiantes, Fuego apartó las mantas a patadas, se cubrió el cabello, encontró botas y armas, y pasó entre Margo y Mila con sigilo. Fuera, casi todo el ejército dormía al abrigo de los techos de lona, pero su escolta pasaba la noche a cielo raso, distribuidos de nuevo los guardias alrededor de su tienda. Bajo el vasto firmamento, resplandeciente de estrellas, Musa y otros tres soldados jugaban a las cartas a la luz de una candela, igual que la noche anterior; Fuego se asió a la entrada de la tienda para contrarrestar el vértigo que le ocasionaba contemplar el cielo.

—Lady Fuego, ¿en qué podemos servirla? —preguntó la capitana.

—Me temo, Musa, que por desgracia tienes a tu cargo la protección de una insomne.

—¿Significa que haremos otra ascensión esta noche, señora?

—Sí, con mis más sinceras disculpas.

—Nosotros encantados, señora.

—Supongo que lo dices para que no me sienta tan culpable.

—No, señora, en serio. El comandante deambula también por las noches, y no consiente en llevar escolta, ni siquiera si lo ordena el rey, de modo que si la acompañamos a usted, ya tenemos una excusa para no perderlo de vista.

—Entiendo —dijo la joven, quizá con cierto sarcasmo—. Esta noche hay menos escoltas —añadió, pero la capitana hizo oídos sordos a su comentario y despertó al mismo número de guardias que la noche anterior.

—Son órdenes —explicó Musa mientras los hombres se sentaban, adormilados, y se ceñían las armas.

—Y si el comandante no obedece las órdenes del rey, ¿por qué he de cumplir yo las del comandante?

La pregunta sorprendió a más de uno.

—Señora, los soldados de este ejército saltarían detrás del comandante por el borde de un precipicio si él lo ordenara —contestó la capitana.

144 —¿Cuántos años tienes, Musa? —inquirió Fuego, un tanto irritada.

—Treinta y uno.

—En ese caso, deberías considerar al comandante como un chiquillo.

—Y a usted, un niño de pecho, señora —fue la seca respuesta de Musa, que detectó cómo Fuego esbozaba una sonrisa—. Vaya usted delante, por favor.

La joven se encaminó hacia el mismo montículo al que se había encaramado unas horas antes, porque la situaría más cerca del cielo y porque, de esa forma, conduciría a sus escoltas más cerca del insomne al que se suponía que no debían proteger. Él se hallaba entre aquellos peñascos, en alguna parte, pero el promontorio era lo bastante amplio para compartirlo sin encontrarse.

Se sentó en una piedra grande y plana, y la escolta se desperdigó alrededor; cerró los ojos y se abandonó para sumergirse en la percepción de la noche, con la esperanza de que le proporcionara el suficiente cansancio para poder dormir más tarde.

No se movió cuando notó que Brigan se acercaba, pero el repliegue de los guardias a un segundo plano la forzó a abrir los ojos; él estaba apoyado contra una roca, a unos cuantos pasos de ella, y contemplaba las estrellas.

—Señora —dijo a modo de saludo.

—Alteza —respondió ella.

Brigan se quedó recostado allí, mirando a lo alto, y Fuego se preguntó si la conversación se iba a reducir a esas dos palabras.

—Su caballo se llama *Corto*, ¿verdad? —dijo él al cabo de un momento, y la sobresaltó por lo inesperado del tema.

—Sí, así es.

—El nombre de mi montura es *Grande*.

—¿Se refiere a la yegua negra? —preguntó Fuego, sonriendo—. ¿Es muy grande?

—A mí no me lo parece, pero no fui yo quien le puso el nombre.

Fuego recordó el motivo por el que *Corto* se llamaba así; a decir verdad, jamás olvidaría al hombre que Cansrel maltrató por su causa.

—Un contrabandista de animales le puso el nombre al mío. Era un tipo brutal, llamado Tajador; creía que cualquier caballo que no respondiera bien al castigo de su látigo era estúpido.

—¡Ah, Tajador! —exclamó Brigan, como si conociera al contrabandista; cosa que, después de todo, no sería de sorprender ya que era probable que Cansrel y Nax compartieran proveedores—. En fin, pues, ya hemos visto lo que su caballo es capaz de hacer. Obviamente no es estúpido.

Esa amabilidad constante hacia su caballo era un truco sucio por su parte, y Fuego se concedió unos segundos para tragarse la gratitud —desproporcionada, estaba segura—, porque se sentía sola, y decidió cambiar de tema.

—¿No puede dormir? —le preguntó a Brigan.

Soltando una risita, él replicó:

—A veces, por la noche, no consigo dejar de darle vueltas a la cabeza.

—¿A causa de los sueños?

—No, no es por eso, porque en realidad no llego a dormirme. Es debido a las preocupaciones.

145

En ocasiones, en noches de insomnio, Cansrel utilizaba su poder para arrullarla y conseguir que se durmiera. Si Brigan se lo permitiera alguna vez, si la dejara dentro de un millón de años, ella le aliviaría las preocupaciones, ayudaría al comandante de la Mesnada Real a conciliar el sueño; sería una aplicación honorable de su poder, pero sabía muy bien que era mejor ni sugerírselo siquiera.

—¿Y usted? —quiso saber Brigan—. Al parecer, da paseos nocturnos a menudo.

—Tengo pesadillas.

—¿Sueños de terrores imaginarios o de cosas reales?

—De cosas reales. Siempre sueño con cosas horribles que son ciertas.

Él se quedó callado un momento y se rascó la nuca.

—No es fácil despertar de una pesadilla cuando es real —comentó sin abrirle aún la mente a Fuego sobre sus sentimientos; sin embargo, la joven notó algo parecido a la compasión en el tono de voz y en las palabras de Brigan.

—Buenas noches, señora —se despidió él al cabo de momento, y descendió hacia el campamento.

Los guardias de la escolta de Fuego se le acercaron poco a poco y se situaron a su alrededor; ella alzó de nuevo el rostro hacia la bóveda celeste cuajada de estrellas, y cerró los ojos.

Después de cabalgar con la División Primera casi una semana, Fuego se adaptó a la rutina diaria… si es que un encadenamiento de perturbadoras experiencias podía calificarse de rutinario.

¡Cuidado! —advirtió mentalmente a sus escoltas una mañana temprano, mientras éstos reducían en tierra a un hombre armado que, espada en mano, corría hacia ella—. *Otro tipo con la misma idea. Qué fatalidad* —añadió—, *percibo también una manada de lobos monstruo por el flanco occidental.*

—Informe a un capitán de las unidades de cazadores sobre los lobos, señora, por favor —jadeó Musa al tiempo que tiraba bruscamente de los pies del atacante y ordenaba a gritos a tres o cuatro escoltas que interceptaran a otro agresor y le atizaran un buen puñetazo en la nariz.

Para Fuego resultaba muy duro no estar nunca a solas; de noche, aun cuando el sueño la rondaba, seguía con sus paseos nocturnos porque era lo más parecido a encontrarse sola que tenía a su alcance. Muchas noches se cruzaba con el comandante, y ambos sostenían una plácida conversación; le sorprendía lo fácil que era hablar con él.

—Permite a propósito que algunos hombres atraviesen sus defensas mentales, señora, ¿no es cierto? —le comentó Brigan una noche.

—Algunos me pillan por sorpresa —contestó ella, que estaba apoyada contra una roca y contemplaba el cielo.

—Bueno, sí, pero cuando un soldado cruza todo el campamento con un cuchillo en la mano y la mente abierta de par en par, usted sabe que se acerca, y en la mayoría de los casos, si quisiera, estaría en su mano hacerle cambiar de opinión y que abandonara su propósito. Si ese hombre intenta atacarla, es porque usted se lo permite.

La muchacha estaba sentada en una piedra que se le ajustaba a la curvatura del cuerpo, y pensó que podría quedarse dormida allí; cerró los ojos y meditó la forma de admitir ante Brigan que tenía razón.

—Obligo a muchos hombres (y a alguna que otra mujer) a que abandonen su propósito, como ha dicho usted —contestó Fuego—. Mi escolta ni siquiera se entera de esos casos, pero se trata de gente que sólo quiere mirarme, tocarme o decirme algo, esa clase de personas que se doblegan con facilidad o que creen que me aman, pero cuyos sentimientos son apacibles. —Vaciló un instante antes de proseguir—. Los que me odian y de verdad quieren hacerme daño… Sí, tiene usted razón. A veces permito que los hombres más malévolos me ataquen; si lo consiguen, acaban en la cárcel, y estar encerrados es la única forma —a no ser que mueran— de que no representen un peligro para mí. Su ejército es demasiado grande, alteza —añadió—; lo forman tantas personas que me es imposible controlarlas a todas a la vez, y he de protegerme de un modo u otro.

—Bien, no le falta razón. Su escolta es muy competente, y mientras usted aguante el peligro que conlleva…

—Supongo que, a estas alturas, debería haberme acostum-

147

brado a la sensación de peligro, pero a veces me provoca una gran tensión.

—Tengo entendido que se cruzó en la calzada con Mydogg y Murgda cuando se marchó de la fortaleza de mi madre, en primavera. ¿Le parecieron peligrosos?

Fuego recordó la sensación inquietante que le produjo la mirada que le dirigieron los dos hermanos.

—De un modo impreciso. Si me pidiera que cuantificara su magnitud, no sería capaz de hacerlo, pero sí, me dieron sensación de peligro.

—Va a haber una guerra y, cuando acabe, no sé quién será rey —musitó él tras una breve pausa—. Aparte de ser un hombre frío y codicioso, Mydogg es un tirano; y Gentian, peor que un tirano, porque además es estúpido. Nash es el mejor de los tres, sin punto de comparación. Puede que a veces se muestre irreflexivo y desconsiderado, y es impulsivo, pero también es justo y no lo mueve el egoísmo, aparte de tener una mentalidad pacificadora y, en ocasiones, destellos de sabiduría y sensatez…

—Se interrumpió, y cuando volvió a hablar, lo hizo con desesperanza—. Repito que va a haber una guerra, señora, y el precio en vidas humanas será horroroso.

Fuego guardó silencio; no había imaginado que la conversación tomaría un derrotero tan serio, pero tampoco se sorprendió; en este reino no había nadie que se librara de pensar en cosas graves, y el que menos, ese hombre.

«Ese joven», se corrigió a sí misma, mientras Brigan bostezaba y se revolvía el pelo.

—Deberíamos dormir un poco —sugirió él—. Espero que mañana cubramos una larga distancia, hasta aproximarnos al Lago Gris.

—Estupendo, porque necesito darme un baño.

—Bien dicho, señora. —Brigan echó la cabeza hacia atrás y sonrió contemplando de nuevo el firmamento—. El mundo puede hacerse pedazos, pero al menos todos nosotros nos daremos un baño.

Bañarse en un lago de aguas heladas planteó algunos retos

imprevistos, como, por ejemplo, los pequeños peces monstruo, que se amontonaron alrededor de Fuego cuando se mojó el cabello, o los bichos monstruo, que intentaron comérsela viva, o necesitar una escolta especial de arqueros por si acaso aparecían depredadores. Aunque, a despecho de todos los inconvenientes, por estar limpia de nuevo, mereció la pena. Se envolvió con pañuelos el cabello mojado y se sentó tan cerca de la fogata como le era posible sin quemarse; después llamó a Mila y le aplicó un vendaje limpio en el corte poco profundo que la soldado tenía en el codo; se lo había hecho un hombre al que la mujer había reducido hacía tres días, un tipo hábil con el cuchillo.

Fuego ya conocía bastante bien a los miembros de su escolta, y comprendía mejor que antes a las mujeres que habían escogido enrolarse en el ejército. Mila, por ejemplo, era oriunda de las montañas meridionales, donde todos los críos —niños y niñas— aprendían a luchar, y a las chicas se les presentaban ocasiones de sobra para practicar lo que aprendían. La muchacha sólo contaba quince años, pero como escolta era veloz e intrépida; tenía una hermana mayor, madre soltera de dos pequeños, de modo que era su soldada la que los mantenía; los integrantes de la Mesnada Real estaban bien pagados.

La División Primera reanudó la marcha hacia el sudeste, en dirección a Burgo del Rey. Hacía casi dos semanas que viajaban, y cuando todavía quedaba casi una semana más de cabalgada, llegaron a Fortaleza Central, una tosca fortificación de piedra que se alzaba sobre una roca, de altas murallas y rejas en las estrechas ventanas sin cristales; en ese lugar se albergaban unos quinientos soldados de las fuerzas auxiliares de reserva. Era un sitio de aspecto sórdido y lúgubre, pero todos, incluida Fuego, se alegraron de instalarse en él; por una noche, la joven y su escolta disfrutaron de una cama y de un techo de piedra.

Al día siguiente el paisaje cambió de manera repentina; las irregulares rocas del terreno pasaron a ser redondeadas, casi como suaves colinas onduladas. A veces las rocas estaban cubiertas de musgo o se formaban grandes extensiones de hierba; en una ocasión, incluso, pasaron por un campo de hierba alta, suave y mullida bajo los pies. A Fuego, que no había visto nunca tanto verdor, le pareció el paisaje más bello y sorprendente del

149

mundo. La hierba semejaba una cabellera reluciente, como si Los Vals en sí fueran un monstruo; reconocía que era una idea absurda, pero cuando el reino se transformó gracias al deslumbrante color, se sintió como parte integrante de aquel lugar, como si estuviera en su propia casa.

Ni que decir tiene que no compartió la idea con Brigan, pero sí manifestó su impresión ante el repentino verdor del mundo; él sonrió en silencio mientras miraba el cielo nocturno, un hábito —el de contemplar el firmamento— que la joven empezaba a considerar como propio del príncipe.

—El terreno se irá haciendo más verde y suave conforme nos aproximemos a Burgo del Rey —comentó él—. Comprobará que la razón de que el reino se llame Los Vals se debe a los múltiples valles que hay en él.

—Una vez le pregunté a mi padre… —Se calló de súbito, cohibida y aterrada por referirse a Cansrel en tono afable ante el príncipe; pero cuando éste habló, su voz sonó apacible:

—Conocí a su madre, señora, ¿no ha caído en ese detalle?

En realidad ni se le había pasado por la cabeza, aunque imaginó que tendría que habérsele ocurrido porque Jessa cuidó a los niños de la familia real y, por entonces, Brigan debía de ser pequeño.

—No lo sabía, alteza.

—Jessa era la persona a la que acudía siempre cuando me portaba mal —explicó él, que añadió con picardía—: Después de que mi madre hubiera terminado de «hablar» conmigo, se entiende.

—¿Y se portaba mal a menudo? —preguntó la joven con una sonrisa que no logró refrenar.

—Una vez al día como poco, señora, si no recuerdo mal.

—¿Es que no se le daba bien obedecer órdenes? —le preguntó sonriendo aún más.

—Peor que eso… Solía ponerle trampas a Nash.

—¿Trampas?

—Mi hermano tenía cinco años más que yo, y era el reto perfecto: actuar con sigilo y astucia, para compensar mi inferioridad de estatura y de edad. Armaba redes para echárselas por encima, o lo encerraba en los armarios. —Brigan rio con ganas—.

Nash era un buenazo, pero cuando mi madre se enteraba de alguna trastada mía, se enfurecía, así que cuando acababa de reñirme, yo corría a buscar a Jessa porque el enfado de ésta era mucho más fácil de sobrellevar que el de la reina.

—¿A qué se refiere? —preguntó Fuego; le cayó una gota de agua y deseó que la lluvia se alejara.

—Su madre me decía que estaba enfadada, pero no transmitía enfado —le contestó él tras quedarse pensativo unos instantes—. Jamás alzaba la voz. Cuando me reconvenía, se sentaba y, mientras cosía o hacía lo que fuera, analizábamos mis malas acciones e, invariablemente, me quedaba dormido en la silla. Al despertarme, ya era demasiado tarde para bajar al comedor, y ella me daba de cenar en el cuarto de los niños, lo que suponía un pequeño lujo para un crío pequeño que tenía que vestirse para la cena y comportarse con seriedad, en silencio y rodeado de un montón de gente aburrida.

—Un crío revoltoso, a juzgar por lo que cuenta.

Él esbozó una sonrisa, manteniendo la cabeza echada hacia atrás, de forma que las gotas de lluvia le caían en la frente.

—Yo tenía seis años cuando Nash se cayó al tropezar con el cordel de una trampa y se rompió una mano —relató Brigan en voz baja—. Mi padre se enteró, y eso puso fin a mis travesuras durante un tiempo.

—¿Se rindió así, sin más?

Al no reaccionar el príncipe a su pregunta maliciosa, Fuego vio que se le ensombrecía el semblante y le atemorizó el tema que estaban tratando porque, una vez más, parecía que aquella conversación tenía que ver con Cansrel.

—Creo que ahora entiendo por qué perdía los nervios mi madre cada vez que yo me portaba mal —murmuró él—. Temía que Nax se enterara y se le ocurriera castigarme. No era un hombre… razonable por aquel entonces; sus castigos no lo eran.

De modo que sí se estaban refiriendo a Cansrel. Ella se sintió avergonzada; sentada y con la cabeza gacha, se preguntó qué hizo Nax o, más bien, qué le había dicho Cansrel que hiciera para castigar a un chiquillo de seis años que, a buen seguro, por entonces ya era lo bastante perspicaz para darse cuenta de la verdadera naturaleza del consejero de su padre.

151

Las gotas de lluvia le caían a Fuego en el pañuelo y en los hombros.

—Su madre tenía el cabello rojo —le dijo Brigan como sin darle importancia, o como si ninguno de los dos notara la presencia de aquellos dos hombres muertos entre las rocas—. Nada que ver con el suyo, desde luego. Y tenía talento para la música, señora, igual que su hija. Recuerdo cuando nació usted, y también recuerdo que lloró cuando la apartaron de su lado y se la llevaron lejos.

—¿De verdad?

—¿Es que mi madre no le ha contado nada sobre Jessa?

—Sí, alteza —contestó Fuego, que tuvo que tragar saliva para deshacer el nudo que le oprimía la garganta—. Pero me gusta volver a oírlo.

—Siendo así, lamento no acordarme de más cosas. —Brigan se enjugó la lluvia que le mojaba la cara—. Si supiéramos que una persona va a morir, retendríamos con más intensidad los recuerdos que nos quedan de ella.

152   —Los buenos recuerdos —le corrigió Fuego con un susurro, y se puso de pie; la conversación se había convertido en una mezcla de demasiadas cosas tristes. Además, aunque a ella no le importara mojarse con la lluvia, no le parecía justo imponer esa inconveniencia a su escolta.

Capítulo 13

*E*l último día de viaje, Fuego se despertó por la mañana con la espalda y los senos doloridos, y los músculos del cuello y de los hombros agarrotados. Nunca era predecible cómo se le presentaría el menstruo cada mes; a veces pasaba sin apenas notarlo, pero en otras ocasiones se convertía en la desdichada cautiva de su propio cuerpo.

Al menos ya estaría bajo techo, en el palacio de Nash, cuando empezara el flujo menstrual; así no tendría que sufrir la vergüenza de dar explicaciones por el incremento de ataques de los monstruos.

A lomos de *Corto*, se sentía aturdida, inquieta, nerviosa... Qué bien si estuviera en su cama y no hubiera accedido a hacer ese viaje. Notaba la sensibilidad a flor de piel, de modo que no le era posible apreciar la belleza sin que la afectara, y cuando cruzaron una alta colina cuajada de flores silvestres que crecían en cualquier grieta del rocoso terreno, tuvo que reprenderse con firmeza para evitar que las lágrimas le empañaran los ojos.

El paisaje era cada vez más verde, hasta que por fin llegaron a una garganta que se extendía ante ellos a derecha e izquierda, rebosante de árboles que crecían hasta arriba del todo desde el fondo del cañón, en cuyas paredes retumbaban las aguas arremolinadas del río Alígero. Una calzada se extendía de este a oeste por encima del río, y paralela a ésta discurría una ancha vereda, que a fuerza de pisarla había quedado marcada en la hierba. El ejército giró hacia el este y avanzó a buen paso por la zona de hierba pisoteada; la calzada estaba repleta de gente, carretas y carruajes que viajaban en ambas direcciones; muchos se detuvieron para ver pasar a la División Primera y agitaron los brazos en señal de saludo.

Fuego decidió imaginarse que había salido a cabalgar con su escolta, y que los restantes miles de soldados no existían; no había río ni calzada a la derecha, ni Burgo del Rey se hallaba más adelante, al frente. Una idea reconfortante que la tranquilizaba, y eso era lo que el cuerpo le pedía a gritos.

Cuando la División Primera se detuvo a mediodía para comer, Fuego no tenía apetito, así que se sentó en la hierba con los codos en las rodillas y la cabeza apoyada en las manos para aguantar las dolorosas punzadas.

—Señora… —sonó la voz del comandante.

La joven adoptó una expresión plácida al alzar la cara hacia él.

—¿Sí, alteza?

—¿Necesita que la atienda un sanador, señora?

—No, alteza. Estaba pensando.

Él no la creyó, y aunque lo evidenció en una mueca escéptica, lo pasó por alto y le comunicó:

—He recibido una llamada urgente del sur para que acuda allí, así que me pondré en camino tan pronto como lleguemos a la corte, pero me preguntaba si hay algo que pueda hacer por usted, señora, antes de marcharme.

Fuego dio un tirón a un puñado de hierba mientras superaba esa contrariedad. No se le ocurría nada que necesitara; al menos, nada que pudiera proporcionarle una persona, salvo la respuesta a una pregunta. Así que la hizo en voz queda:

—¿Por qué es amable conmigo?

Él se quedó en silencio y le observó las manos, que seguían tirando de la hierba; después se agachó para estar a la altura de los ojos de la muchacha.

—Porque confío en usted —respondió Brigan con contundencia.

Fue como si el mundo se paralizara alrededor de Fuego.

—¿Por qué iba usted a fiarse de mí? —inquirió sin quitar la vista de la hierba, cuyo verdor resultaba radiante a la luz del sol.

El príncipe echó una ojeada a los soldados que se hallaban cerca de ellos y negó con la cabeza.

—No es el momento adecuado para sostener esta conversación —fue todo cuanto contestó.

—Hay algo que podría hacer por mí —comentó ella—. Se me acaba de ocurrir ahora mismo.

—Adelante, dígame qué es.

—Que una escolta lo acompañe cuando salga a pasear de noche. —La reacción de sorpresa de Brigan le dio a entender que iba a negarse, así que se le anticipó—. Por favor, alteza, hay gente que desearía matarlo, y hay otras muchas personas que morirían para impedir que tal cosa ocurriera. Sea, pues, considerado con quienes tienen su vida en tan alta estima.

Él miró hacia otro lado, ceñudo.

—De acuerdo —accedió al fin, muy poco complacido.

Resuelto ese punto y, a buen seguro, lamentando haber empezado la conversación, Brigan volvió junto a su yegua.

De nuevo montada a caballo, Fuego reflexionó sobre el hecho de que el comandante confiara en ella como quien paladea un caramelo, sin decidirse a creérselo o no. No es que considerara a Brigan capaz de mentir, pero sí le parecía que no era un hombre dado a fiarse de los demás, al menos, no por completo, ni como lo demostraban Brocker o Donal, e incluso Arquero, cuando tenía uno de esos días en los que se sentía inclinado a confiar en ella.

La dificultad estribaba en que Brigan era muy introvertido. Pero ¿cuándo había juzgado ella a una persona sólo por sus palabras? Sin embargo, no disponía de pistas para entender al príncipe, porque no conocía a nadie que se le pareciera.

El río Alígero llevaba ese nombre porque sus aguas, antes de llegar al final de su recorrido, echaban a volar; en efecto, Burgo del Rey se fundó en el punto en que el río saltaba por el borde de un inmenso acantilado y se precipitaba en el mar Hibernal; por consiguiente, la ciudad creció a partir de la ribera septentrional de la corriente y se extendió a partir de ahí y hacia el sur, siguiendo el curso del río. Para conectar la ciudad vieja con la parte más moderna se tendieron puentes, en cuya construcción perdió la vida más de un infortunado ingeniero al precipitarse por las cataratas; en la orilla septentrional, un canal de profundos diques comunicaba la ciudad con Bodega del Puerto, al pie del acantilado.

Mientras cruzaba la muralla exterior de la urbe con su escolta de cinco mil soldados, Fuego se sintió como una desmañada campesina; cuánta gente había en esa ciudad, y olores, ruido y edificios pintados de vivos colores, apelotonados unos contra otros, de tejados a dos aguas y de vertientes muy pronunciadas; casas rojas de madera con adornos verdes o de color púrpura y amarillo, o azules mezclados con anaranjados... Ella jamás había visto un edificio que no estuviera construido con piedra, y ni se le había pasado por la imaginación que las casas pudieran ser de otros colores aparte del gris.

La gente se había asomado a las ventanas para ver pasar la División Primera; las mujeres que se encontraban en la calle coqueteaban con los soldados y les arrojaban flores, muchísimas, cosa que a Fuego le pareció un despilfarro; echaban más flores de las que ella había visto en su vida.

Una de ellas le dio en el pecho a uno de los espadachines de elite de Brigan que cabalgaba a la derecha de Fuego, y cuando ésta rio divertida, el soldado le dedicó una radiante sonrisa y le ofreció la flor. Durante la marcha por las calles de la ciudad, la dama monstruo no sólo iba rodeada por su escolta habitual, sino también por los mejores espadachines del comandante, incluido el propio Brigan, a su izquierda, que vestía el uniforme gris de sus tropas. El príncipe había situado al portaestandarte un poco más atrás de Fuego con la intención de que ésta no incrementara la atención que despertaba. Ella era consciente de que no cumplía con el papel que le tocaba representar en aquella comedia, pues tendría que desfilar con el semblante serio, el rostro inclinado y la vista fija en las manos, sin mirar a nadie. En cambio, se reía... Se reía y sonreía, ajena a los dolores y a las molestias, gozosa, deslumbrada por el bullicio y la peculiaridad de aquel lugar.

En éstas, como por ensalmo —la muchacha no habría sabido

decir si lo percibió primero o lo oyó—, se produjo un cambio en la gente. Fue como si un susurro se colara entre las aclamaciones y después se produjo un extraño silencio, un momento de calma. Notó asombro, admiración… Y comprendió que, a pesar de llevar tapado el cabello, del traje de montar pardo y sucio y de que, desde hacía diecisiete años, las gentes de esa ciudad no la habían visto o ni siquiera habían vuelto a pensar en ella, habían adivinado quién era por el rostro, los ojos y el cuerpo; además, el pañuelo lo confirmaba, pues ¿por qué otra razón iba a taparse el cabello? Asimismo se dio cuenta de que su alegría la hacía resaltar aún más, y, por ello, borró la sonrisa y bajó la vista.

Brigan le hizo una señal a su portaestandarte para que se adelantara y cabalgara junto a la joven, de modo que iba entre los dos hombres.

—No percibo peligro alguno —susurró Fuego.

—No obstante, si un arquero se asoma a una de esas ventanas, quiero que repare en nosotros dos. Un hombre que quiera vengarse de Cansrel no no le disparará a usted si corre el riesgo de darme a mí.

La joven pensó en bromear a costa de este razonamiento; si sus enemigos eran amigos de Brigan y viceversa, ambos podrían recorrer el mundo cogidos del brazo sin recibir más flechazos en la vida. Sin embargo, se olvidó de las chanzas cuando un sonido asombroso, escalofriante, fue emergiendo del silencio:

—¡Fuego! —llamó una mujer desde una ventana alta.

—¡Fuego! ¡Fuego! —repitió, como un eco, un grupo de chiquillos descalzos que había en el vano de una puerta.

Más voces se sumaron a aquel grito y la repetición del nombre se redobló hasta que, de repente, todos lo entonaron a coro a modo de cántico, unos con veneración, otros casi como una acusación y algunos sin otra razón que haber quedado atrapados en el fervor espontáneo y fascinado de la multitud. Ella cabalgó hacia la muralla del palacio de Nash, pasmada y desconcertada a causa de la música de su propio nombre.

Había oído decir que la fachada del palacio real era negra, pero saberlo no la preparó para la espectacular luminosidad y

157

belleza de la piedra. Era de un color negro cambiante, dependiendo del ángulo desde el que se mirara; emitía un trémulo resplandor y reverberaba cuando las cosas se reflejaban en ella, de forma que la primera impresión de la muchacha fue que contemplaba paneles negros, grises y plateados, así como el espejeo de los azules del cielo oriental y los anaranjados y rojizos del sol poniente.

Sin ser consciente de ello hasta ese momento, estaba hambrienta de los colores de Burgo del Rey. ¡Oh, su padre debió de brillar con luz propia en aquel marco!

Fuego, su escolta y Brigan se dirigieron a la rampa que conducía a las puertas de palacio, mientras los cinco mil soldados cambiaban de dirección y se separaban de ellos. Se levantó el rastrillo y las hojas de la puerta fortificada se abrieron; los caballos cruzaron la negra muralla entre los garitones del portal y salieron a un patio blanco y deslumbrante debido al reflejo de la puesta de sol en los muros de cuarzo, mientras un cielo rosáceo se extendía por encima de los centelleantes tejados de cristal. Un mayordomo se les acercó, y al verla a ella, se quedó boquiabierto.

—Mírame a mí, Welkley —ordenó Brigan mientras desmontaba.

El mayordomo, bajo, delgado e impecablemente vestido y acicalado, se aclaró la garganta y se disculpó ante el príncipe:

—Perdón, alteza. He mandado avisar de su llegada a la princesa Clara.

—¿Y Hanna?

—En la casa verde, alteza.

Brigan asintió con la cabeza y le tendió la mano a Fuego.

—Lady Fuego, éste es el mayordomo mayor del rey, Welkley.

Estaba claro que ésa era la indicación de que desmontara y diera la mano al mayordomo, pero al moverse, Fuego sufrió un doloroso espasmo que se expandió desde la zona lumbar; contuvo la respiración, apretó los dientes, pasó la pierna por encima de la silla y se dejó caer, confiando en que los reflejos de Brigan evitaran que acabara dándose una culada delante del mayordomo mayor del rey. Impasible, él la sujetó y la soltó de pie en el suelo, como si fuera una rutina que se lanzara sobre él cada vez que desmontaba; después miró ceñudo el suelo de mármol blanco, mientras ella le ofrecía la mano a Welkley.

En esto, una mujer —una fuerza de la naturaleza— salió al patio y Fuego no pudo por menos de percibirla; se dio la vuelta para localizarla y vio una exuberante mata de cabello castaño que brincaba y se mecía con vida propia, unos ojos chispeantes, una sonrisa radiante y una figura atractiva, de curvas generosas; era alta, casi tanto como Brigan. Corrió hacia el príncipe riendo gozosa, lo abrazó y le besó la nariz.

—¡Qué gran placer! —le dijo la mujer, y dirigiéndose a Fuego, se presentó—. Soy Clara, y ahora entiendo a Nash: es usted más impresionante incluso que Cansrel.

A Fuego no se le ocurrió qué contestar, y observó que la mirada de Brigan expresaba dolor; sin embargo, Clara se limitó a reír de nuevo y le dio unos cachetes cariñosos en la cara.

—¡Qué seriedad! —abundó la mujer—. Vete, hermanito, yo me ocuparé de la dama. —El príncipe asintió con la cabeza.

—Lady Fuego, la buscaré para despedirme antes de marcharme —le dijo Brigan, y después se volvió hacia la escolta, que aguardaba en silencio junto a los caballos—. Musa, todos vosotros acompañad a la señora a dondequiera que la lleve la princesa. Y tú, Clara, encárgate de que algún sanador la visite hoy. Que sea una mujer. —Besó en la mejilla a la princesa con apresuramiento—. Por si acaso no te vuelvo a ver. —Se dio la vuelta y, prácticamente corriendo, salió del patio por uno de los accesos abovedados que conducían a palacio.

—Este Brigan, parece que tenga azogue en el cuerpo, siempre con prisas —comentó Clara—. Venga conmigo, señora, le enseñaré sus aposentos. Le gustarán, porque desde allí se divisa la casa verde. El tipo que cuida de los jardines de la casita, ¿sabe?, créame si le digo, señora, que no le importaría a usted que le estacara los tomates…

Fuego se quedó muda de asombro; la princesa la agarró del brazo y tiró de ella hacia el palacio.

Era cierto que desde la sala de estar de Fuego se veía una extraña casa de madera, resguardada al fondo del recinto de palacio; era una construcción pequeña, pintada de un intenso color verde y rodeada de exuberantes jardines y árboles, de forma que daba la impresión de fundirse con el entorno, como si brotara del suelo igual que las plantas que había alrededor.

El célebre jardinero no aparecía por ninguna parte, pero mientras Fuego contemplaba las vistas desde la ventana, la puerta de la casa se abrió; una mujer joven de cabello castaño, ataviada con un vestido amarillo claro, salió y se dirigió hacia el palacio a través del huerto.

—Técnicamente la casa es de Roen —comentó Clara, que estaba de pie junto a Fuego—. La mandó construir porque creía que la esposa del rey debería disponer de un lugar al que retirarse. De hecho, ella se mudó a vivir ahí después de romper con Nax y, de momento, se la ha prestado a Brigan, hasta que Nash elija esposa.

Así que la muchacha del vestido amarillo debía de tener alguna relación con Brigan; muy interesante, por cierto, y una vista muy bonita; hasta que Fuego fue al dormitorio y, desde las ventanas, contempló un panorama que le gustó más aún: los establos. Proyectó la mente, y al encontrar a *Corto*, la reconfortó saber que el caballo se encontraba lo bastante cerca para percibirlo.

Sus aposentos eran demasiado grandes, pero cómodos, y las ventanas estaban abiertas y equipadas con mallas de alambre. Sospechaba que alguien había tenido en cuenta ese detalle pensando en su condición, para que pudiera pasearse por delante de ellas con el cabello al descubierto, sin temor a un ataque de rapaces monstruo o a una invasión de insectos monstruo.

Entonces se le ocurrió que quizás esos aposentos habían sido los de Cansrel o, al menos, las mallas de las ventanas, mas desechó tal posibilidad con la misma rapidez con que le vino a la cabeza. Cansrel debió de disponer de más habitaciones, más amplias todavía, más cercanas al rey y con vistas a uno de los blancos patios interiores, y en las que debería de haber un balcón en cada ventanal, como los que había visto entrar en el patio.

En esto, la súbita conciencia de la presencia del rey interrumpió el hilo de sus pensamientos. Desconcertada al principio y después sobresaltada, miró hacia la puerta del dormitorio cuando Nash irrumpió en la estancia.

—¡Hermano! —exclamó Clara, muy sorprendida—. ¿Es que no puedes esperar a que se lave las manos para quitarse el polvo del camino?

Los veinte soldados de la escolta de Fuego hincaron la rodilla en el suelo, pero Nash ni siquiera reparó en ellos, ni oyó lo que Clara le decía, sino que avanzó a grandes zancadas hacia la ventana donde se encontraba la joven, le rodeó el cuello con las manos e intentó besarla.

Fuego había presentido lo que iba a pasar, pero la mente del rey era veloz y escurridiza, y ella no había reaccionado con bastante rapidez para controlarla; además, en su encuentro previo, Nash estaba ebrio, cosa que no ocurría ahora, y eso marcaba la diferencia, una diferencia radical. Para evitar el beso, se puso de rodillas en un remedo de sumisión, pero Nash la sujetó con fuerza e intentó levantarla.

—¡Estás ahogándola, Nash! —exclamó Clara—. ¡Nash, basta ya!

Fuego entró en contacto con la mente del rey, se apoderó de ella, la perdió de nuevo; en un arranque de mal humor, decidió que antes prefería quedarse sin sentido que besar a ese hombre. Entonces, de forma brusca, alguien que acababa de entrar y a quien la joven identificó, le apartó del cuello las manos de Nash de un tirón. Ella respiró hondo, más sosegada, y se recostó en la malla de la ventana.

—Musa, salid del cuarto —ordenó Brigan en un tono tan tranquilo que resultaba amenazante.

Una vez que la escolta se hubo marchado, el príncipe asió a Nash por la pechera de la camisa y lo empujó con violencia contra la pared.

—¡Mira lo que haces! —le espetó—. ¡Despeja la mente!

—Le pido disculpas —dijo Nash, que parecía en verdad horrorizado—. Perdí la cabeza, señora, perdóneme.

Intentaba girar la cabeza hacia Fuego, pero el puño de su hermano le ciñó con más fuerza el cuello de la camisa y apretó para que no lograra su propósito.

—Si el palacio no va a ser un lugar seguro para ella, me la llevaré de aquí ahora mismo y me acompañará al sur, ¿lo entiendes?

161

—Está bien, está bien —aceptó Nash.

—No, no está bien. Este cuarto es su dormitorio. ¡Cielos benditos, Nash! ¿A santo de qué has venido aquí?

—Basta, está bien. —Nash tiró del puño de Brigan con las dos manos—. Soy consciente de que he hecho mal. Cuando la miré, perdí la cabeza.

El príncipe apartó la mano del cuello de su hermano, dio un paso atrás y se frotó la cara.

—Entonces no la mires —dijo con voz cansina—. Tengo asuntos que tratar contigo antes de marcharme.

—Ven a mi gabinete.

—Me reuniré contigo dentro de cinco minutos —respondió Brigan, que le indicó con un gesto de cabeza la puerta del dormitorio.

Nash salió del cuarto y desapareció; el hijo mayor de Nax, y rey de nombre, era un enigma de contradicciones, pero ¿cuál de estos hermanos era rey en realidad?

—¿Se encuentra bien, señora? —preguntó Brigan, enfurruñado.

Fuego no se encontraba bien y se ciñó con los brazos para aliviar la dolorida espalda.

—Sí, alteza —respondió, sin embargo.

—Puede confiar en Clara, señora, y en mi hermano Garan —afirmó el príncipe—. También en Welkley, y en uno o dos hombres del rey que Clara le indicará. En ausencia de lord Arquero, me gustaría escoltarla de vuelta a su casa la próxima vez que pase por la ciudad camino del norte. ¿Le parece bien?

No le parecía bien; era muchísimo tiempo, pero ella asintió aunque notaba un nudo en la garganta.

—He de irme —anunció el príncipe—. Clara sabe qué hacer para que me lleguen mensajes.

La joven asintió de nuevo y Brigan se marchó.

Fuego tomó un baño y se sometió a un masaje y a la aplicación de una cataplasma caliente, todo ello realizado por una sanadora tan diestra que no le importó que la mujer no consiguiera evitar acariciarle el cabello. Vestida con el atuendo más sencillo de los muchos que le ofreció una criada que la miraba con los ojos desorbitados, se sintió mucho mejor o, al menos, todo lo bien que podía esperar al hallarse en unos aposentos desconocidos, sin saber qué le depararía aquella extraña familia real y, para colmo, sin relajarse con la posibilidad de tocar, porque había devuelto el violín prestado a su legítimo dueño.

La División Primera disponía de una semana de permiso en Burgo del Rey, y después se pondría de nuevo en camino a las órdenes del capitán que Brigan hubiera dejado al mando. Al salir del cuarto de baño, Fuego descubrió que el príncipe había decidido asignarle de forma permanente la escolta al completo, sometida a las mismas normas de antes: seis soldados que la acompañarían a dondequiera que fuese, y dos mujeres instaladas en su dormitorio mientras dormía. Lamentaba esa decisión, ya que los soldados tendrían que seguir con el mismo cometido tedioso de custodiarla, y lo lamentaba aún más al pensar que los tendría continuamente pegados a ella. Esa carencia absoluta de intimidad y aislamiento era peor que una herida excoriada por un vendaje prieto.

Cuando llegó la hora de cenar, se excusó de asistir, alegando un fuerte dolor de espalda, para no tener que presentarse tan pronto ante Nash y su corte. El rey envió criados a sus aposentos con carritos que transportaban una comilona que habría alimentado a todos los que residían en su casa de piedra, en el norte, y también a los de la casa de Arquero. Entonces se acordó de su amigo, pero tuvo que hacer un esfuerzo para olvidarlo, porque pensar en él casi la hacía llorar.

Tras la cena, Welkley se presentó con cuatro violines, dos en cada mano, colgados entre los dedos. Eran unos instrumentos impresionantes, de relucientes tonos marrones, anaranjados y bermejos y de un estupendo olor a madera y barniz, que no tenían nada que fuera común y corriente. Welkley le explicó que eran los mejores que había conseguido encontrar en tan poco tiempo; la propuesta era que eligiera uno, como regalo de la familia real.

Fuego ya se imaginaba qué miembro de la familia real había arañado un poco de tiempo entre sus muchas ocupaciones para ordenar una batida por la ciudad en busca de los mejores violines,

163

y notó que estaba de nuevo al borde del llanto. Fue cogiendo de uno en uno los instrumentos de las manos del sirviente, cada cual más hermoso que el anterior. Welkley esperó, paciente, mientras la joven los tocaba para probar qué sensación le producía cada violín al apoyarlo en el cuello, al rasguear las cuerdas con las yemas de los dedos o al percibir la profundidad del sonido.

Probó una y otra vez uno de ellos, de un barniz rojo cobrizo y de una nitidez tan limpia y precisa como la punta de una estrella solitaria; de algún modo, le recordaba su hogar.

«Éste —se dijo—. Éste es el elegido.»

A Welkley le comentó que el único fallo de aquel violín era que se trataba de un instrumento demasiado bueno para su falta de destreza.

Esa noche, los recuerdos, las molestias y la ansiedad la mantuvieron despierta; apocada ante una corte cuyos miembros se agitaban de aquí para allá hasta bien entrada la noche, y sin conocer el camino que la condujera a algún lugar donde poder disfrutar de una tranquila contemplación de la bóveda celeste, se dirigió a los establos acompañada por seis escoltas; se apoyó en la puerta de la cuadra, cerca de su caballo que, como siempre, dormitaba recostado en la pared.

«¿Por qué habré venido? —se preguntó—. ¿En qué lío me he metido? Aquí estoy fuera de lugar.»

Oh, Corto, ¿por qué he venido aquí?

De la cálida sensación que emanaba de su cariño por el animal, Fuego recreó un impulso, frágil y mudable, que tenía visos de coraje, y confió en que le fuera suficiente con eso.

Capítulo 14

*E*l intruso capturado en el palacio del rey no era el mismo hombre cuya presencia percibió Fuego en los aposentos reales de la fortaleza de Roen, aunque daba pie a una percepción similar.

—¿Y eso qué significa? —demandó Nash al enterarse—. ¿Acaso lo envió el mismo hombre?

—No tiene por qué ser así, majestad.

—¿Quiere decir, pues, que son de la misma familia? ¿Hermanos, tal vez?

—Tampoco tienen por qué serlo, majestad. No es raro que miembros de una misma familia tengan mentes muy dispares, al igual que dos hombres con el mismo empleo. Ahora mismo, sólo estoy en condiciones de concretar que hay similitud en la actitud de ambos, así como en sus aptitudes.

—¿Y de qué nos sirve eso? No la hicimos viajar desde tan lejos para que nos dijera que ese hombre tiene una disposición y una inteligencia de tipo medio, señora.

Dadas las peculiaridades del gabinete del rey Nash —espectaculares vistas de la ciudad, estanterías que cubrían las paredes desde el suelo hasta el techo abovedado (incluida una especie de entreplanta), una suntuosa alfombra verde, lujosas lámparas doradas y, sobre todo, el apuesto e impetuoso monarca en persona—, Fuego experimentaba tal estado de estimulación mental que le resultaba difícil centrarse en el prisionero, o tomar en cuenta las apelaciones de Nash a la inteligencia. En verdad el rey era inteligente, así como fatuo, poderoso y antojadizo; y eso era lo que le impresionaba, es decir, que aquel hombre tan guapo y de tan buena planta fuera todas esas cosas a la vez: despejado como el cielo e increíblemente difícil de doblegar.

Cuando, acompañada por seis miembros de su escolta, pisó el gabinete por primera vez, el monarca la recibió malhumorado.

—Ha entrado en mi mente antes de hacerlo en esta habitación, señora —le echó en cara.

—Sí, majestad —admitió Fuego ante todos los presentes con una franqueza que era producto de la sorpresa.

—Me alegro —afirmó Nash—. Y le doy permiso para que lo haga, porque estando cerca de usted soy incapaz de guardar buenos modales.

El monarca estaba sentado frente al escritorio, fija la vista en la esmeralda del anillo que llevaba puesto, y mientras esperaban que el prisionero fuera conducido ante ellos, el gabinete se convirtió en un campo de batalla mental. Nash era muy consciente de la presencia física de Fuego y se esforzaba en no mirarla, pero también era muy consciente de la presencia femenina en su mente, y ahí radicaba el problema, porque se le aferraba de forma malsana para saborear la excitación de sentirla allí donde estaba a su alcance. Sin embargo, mantener ambas actitudes no daba resultado, porque era imposible hacer caso omiso de la joven y, a la vez, querer atraparla mentalmente.

Nash era demasiado débil y demasiado fuerte en todo lo que no debería serlo, de modo que, cuanto más empeño ponía Fuego en controlarle la mente, él se le agarraba con mayor ahínco para que el dominio de ella se convirtiera, de algún modo, en el suyo propio. Así pues, la muchacha rechazó las succiones mentales del rey, pero eso tampoco era una buena solución porque venía a ser como soltarlo y abandonarle el cuerpo al arbitrio de la volubilidad de la mente.

Fuego era incapaz de dar con el método adecuado para controlarlo; notó que se le escabullía y que la agitación de Nash crecía de forma progresiva, hasta que por fin la miró a la cara. Después se levantó y se puso a pasear por el cuarto hasta que el prisionero fue llevado a su presencia, pero las respuestas que Fuego le daba sólo consiguieron incrementarle la frustración.

—Lamento no ser de ayuda a vuestra majestad —dijo la joven—. Mi percepción tiene límites, sobre todo si se trata de un desconocido.

—Sabemos que han capturado intrusos en su propiedad, señora, hombres con una percepción mental muy particular —intervino uno de los hombres del rey—. ¿La de este hombre es igual que la de ellos?

—No, señor, no lo es. Los hombres que atrapamos parecían tener la mente en blanco, y en cambio, este hombre razona por sí mismo.

Nash dejó de caminar y se plantó delante de ella.

—Contrólele la mente —ordenó—. Oblíguele a decir quién es su amo.

El prisionero, que se sujetaba el brazo herido contra el pecho, estaba exhausto y, además, atemorizado ante la visión de la dama monstruo. Ella sabía, no obstante, que estaba en sus manos conseguir lo que el rey le ordenaba, sin tener que esforzarse mucho. Se adueñó, pues, de la conciencia de Nash con toda la firmeza de que fue capaz, y le dijo:

Lo lamento, majestad, pero sólo tomo el control de la mente de una persona cuando es en defensa propia.

Nash le cruzó la cara con un tremendo bofetón; el golpe la impulsó hacia atrás, pero pese a trastabillar se mantuvo en pie, a punto de echar a correr, luchar o hacer todo lo preciso con tal de defenderse de aquel hombre, por muy rey que fuera; sin embargo, sus escoltas la rodearon de inmediato y la situaron lejos del alcance de Nash. Por el rabillo del ojo vio que tenía sangre en el pómulo; una lágrima abrió un surco en la mancha roja, y la mejilla le escoció muchísimo; Nash le había hecho un corte con la enorme esmeralda cuadrada del anillo.

Detesto a los matones, le dijo con el pensamiento, enfurecida.

El rey se había acuclillado, con la cabeza entre las manos, y sus hombres se encontraban a su lado, desconcertados, susurrando entre ellos. Alzó la vista hacia Fuego, y ésta percibió que ahora el monarca tenía la mente despejada y era consciente de lo que había hecho. El semblante, crispado, reflejaba la vergüenza que sentía.

La ira de la joven se desvaneció con la misma rapidez con que había surgido; sentía pena por él.

Ésta es la última vez que estoy en su presencia, hasta que aprenda a guardarse de mi mente.

Tras dirigirle ese mensaje con firmeza, se encaminó hacia la puerta sin esperar que le diera permiso para marcharse.

167

Y

Fuego se preguntaba si la contusión y el corte —de forma cuadrada— la afearían, e incapaz de dominar la curiosidad, se miró en un espejo del cuarto de baño.

Una fugaz ojeada, y metió el espejo debajo de un montón de toallas; ya tenía respuesta a su pregunta. Los espejos eran cachivaches inútiles, irritantes; tendría que haber sabido de antemano lo que pasaría.

Musa estaba sentada en el borde de la tina; se mantenía ceñuda desde que el contingente de la escolta regresó con su protegida ensangrentada; Fuego sabía que a la mujer la encrespaba verse atrapada entre las órdenes de Brigan y la soberanía del rey.

—Por favor, no le cuentes esto al comandante —le rogó Fuego.

—Lo siento, señora, pero el comandante especificó que se le informara si el rey intentaba hacerle daño —respondió la soldado, con el ceño más marcado todavía.

A todo esto, la princesa Clara llamó con los nudillos en el marco de la puerta.

—Mi hermano me ha dicho que ha hecho algo inexcusable… —comentó la princesa, pero al verle la cara, exclamó—: ¡Cielos! Eso se lo ha hecho con el anillo, el muy bruto… ¿La ha visto ya la sanadora?

—La sanadora acaba de marcharse, alteza.

—Bien, pues, ¿qué planes tiene para su primer día en la corte, señora? Espero que no vaya a quedarse encerrada aquí sólo porque el rey le haya hecho esa herida.

Fuego comprendió que eso era lo que había pensado hacer, y que el corte y los moretones no eran los únicos motivos por los que deseaba permanecer en su cuarto; resultaba consoladora la idea de no salir de esos aposentos, acompañada de sus dolores y su nerviosismo, hasta que Brigan regresara y la llevara a su casa a toda velocidad.

—Pensé que quizá le gustaría recorrer el palacio —dijo Clara—. Además, mi hermano Garan desea conocerla; él es más parecido a Brigan que a Nash, y se autocontrola.

El palacio real y un hermano que se parecía a Brigan... La curiosidad pudo más que ella, y desechó sus aprensiones.

Ni que decir tiene que la gente se la quedaba mirando por dondequiera que pasara.

El palacio era gigantesco, como una ciudad interior, y sus vistas, colosales: las cataratas, el puerto, los barcos de blancas velas en el mar, la increíble longitud de los puentes de la urbe... La propia ciudad, esplendorosa y munificente, se extendía hacia los campos dorados y las colinas de rocas y flores. Y, por supuesto, el cielo era siempre visible desde cualquiera de los siete patios o desde las galerías altas de palacio, donde los tejados eran de cristal.

—No la ven —la tranquilizó Clara cuando dos rapaces monstruo se posaron en un tejado transparente, porque Fuego, sobresaltada, había dado un brinco—. El cristal es reflectante por la parte exterior. Y, por cierto, señora: todas las ventanas de palacio que se abren tienen malla de alambre, incluso las de los techos. Eso es obra de Cansrel.

No era la primera vez que Clara le mencionaba a su padre, y cada vez que pronunciaba su nombre, la joven, acostumbrada a que nadie lo hiciera, daba un respingo.

—Supongo que más vale que sea así —continuó la princesa—. El palacio está repleto de objetos —alfombras, plumas, joyas, colecciones de insectos...— hechos con partes del cuerpo de monstruos, y las damas se visten con pieles de monstruo. Pero dígame, ¿siempre lleva cubierto el cabello?

—Sí, normalmente me lo tapo si va a verme gente desconocida.

—Qué interesante. Cansrel nunca se lo tapaba.

«Porque a él le encantaba llamar la atención —se dijo Fuego, irritada—. Y, para colmo, era hombre.»

Él no tuvo los problemas que tenía ella.

La delgadez del príncipe Garan era considerable; no compartía, pues, la constitución robusta de su hermana, pero aún así era muy bien parecido. De ojos oscuros y ardientes y una mata de cabello casi negro, mostraba un algo de airado y encantador al

169

mismo tiempo, que lo convertían en una persona atrayente e interesante de observar. Se parecía mucho a su hermano, el rey.

Fuego sabía que estaba enfermo, porque de pequeño padeció las mismas fiebres que acabaron con la vida de su madre; salió vivo de la experiencia, pero con poca salud. También se hallaba al corriente —gracias a las sospechas masculladas por Cansrel y a la certidumbre de Brocker— que Garan y su gemela, Clara, eran el punto neurálgico de la red de espionaje del reino. Mientras recorría el palacio con la princesa, a la joven le costó creer que ese rumor fuera cierto, pero ahora, en presencia de Garan, el talante de Clara se transformó y adoptó una actitud seria y astuta. Fuego comprendió que aquella mujer, que charlaba con locuacidad sobre sombrillas de satén o sobre su última aventura amorosa, era ducha en guardar secretos.

En una estancia repleta de ajetreados secretarios y vigilada por una guardia muy nutrida, Garan estaba sentado ante un escritorio grande, abarrotado de documentos. Aparte del crujido de papeles, el único sonido que se oía —bastante disonante, por cierto— provenía de un rincón y lo emitía un chiquillo que jugaba a una especie de tira y afloja con un cachorro, al que empujaba con el pie. El pequeño la escudriñó un momento cuando entró, y después, muy educado, evitó observarla de nuevo con detenimiento.

Fuego percibió que Garan tenía la mente escudada contra ella, y sorprendiéndose, fue consciente de que la de Clara lo estaba también desde el principio. La personalidad de la princesa era tan abierta, que no había apreciado hasta qué punto se había cerrado mentalmente. Asimismo, el niño estaba protegido con sumo cuidado.

Además de estar escudado contra ella, Garan transmitía una hostilidad manifiesta; parecía empeñado en no formularle las preguntas normales de cortesía, como por ejemplo si el viaje le había ido bien, si le gustaban sus aposentos o si le dolía mucho la cara por el puñetazo que le había propinado su hermano; en realidad le quitó importancia a lo ocurrido.

—Brigan no debe enterarse de este incidente hasta que haya terminado lo que está haciendo —comentó el príncipe en voz baja, para que la escolta de Fuego, que rondaba un poco apartada, no oyera lo que decía.

—Estoy de acuerdo —convino Clara—. No debemos hacerle regresar a toda prisa para que zurre al rey.

—Musa le informará —apuntó Fuego.

—Los informes de la capitana pasan primero por mis manos, así que yo me encargaré de eso —respondió la princesa.

Garan revolvió unos papeles con los dedos manchados de tinta y extrajo una hoja que deslizó sobre el escritorio hacia su hermana. Mientras Clara leía, él metió la mano en un bolsillo y echó un vistazo a su reloj.

—Cariño —dijo dirigiéndose al pequeño—, no intentes hacerme creer que no sabes qué hora es…

El niño soltó un sonoro suspiro, peleó un poco con el cachorro, de pelaje moteado, para recuperar el zapato, se calzó y se marchó, cabizbajo. El cachorro aguardó un momento y después trotó en pos de su… ¿ama? Fuego creyó que sí, que se trataba de una damita, ya que en la corte real el hecho de llevar largo el oscuro cabello tenía mayor peso que vestir ropas de niño. Aparentaba unos cinco o seis años y debía de ser hija de Garan, aunque éste no estuviera casado. Fuego trató de pasar por alto su repentino acceso de resentimiento hacia la mayoría de la humanidad que daba por hecho que tener hijos era lo más natural del mundo.

—Ummmm… —murmuró Clara, mirando preocupada el documento que tenía ante sí—. No sé qué pensar de esto.

—Lo comentaremos después —indicó Garan, y desvió la vista hacia Fuego, quien lo observó con curiosidad. Él frunció el entrecejo, y ese gesto le otorgó un aire fiero que, curiosamente, lo asemejaba a Brigan.

—¿Y bien, lady Fuego? —dijo el príncipe, hablándole directamente por primera vez—. ¿Va a cumplir con lo que el rey le pidió y usará su poder mental para interrogar a nuestros prisioneros?

—No, alteza. Sólo utilizo mi poder mental en defensa propia.

—Una actitud muy noble por su parte —repuso Garan de un modo que sonaba como si quisiera decir todo lo contrario, y ella se quedó perpleja, aunque le sostuvo la mirada con calma y permaneció callada.

—En realidad, sería en defensa propia —intervino Clara con aire distraído, todavía contemplando ceñuda el papel que tenía en las manos—. Bueno, en defensa propia del reino. Y no es que no entienda su renuencia a complacer a Nash cuando él se ha comportado como un patán, señora, pero la necesitamos.

—¿De veras? Yo no estoy convencido de tener esa necesidad —afirmó Garan, que metió la pluma en el tintero, limpió con cuidado la tinta sobrante y garabateó unas cuantas frases en el papel que tenía delante. Sin mirar a Fuego, abrió un resquicio en su mente para transmitirle un sentimiento con frialdad y un control perfecto. Ella lo percibió con total claridad: sospecha. Garan no confiaba en ella y quería que lo supiera.

Esa tarde a última hora, Fuego percibió que el rey se acercaba a sus aposentos y cerró con llave la entrada; Nash, en apariencia resignado, no puso objeciones a sostener una conversación a través de la puerta de roble que comunicaba el dormitorio con la salita de estar. No tenía mucho de privada tal conversación, al menos en lo que le concernía a ella, porque los guardias de la escolta sólo podían alejarse a la distancia que limitaban las paredes de la habitación, de ahí que la joven pusiera en conocimiento del rey que era posible que alguien oyera sus palabras. Percibió la mente del monarca abierta y preocupada, pero despejada.

—Si tiene un poco de paciencia conmigo, señora, sólo he de decirle dos cosas —respondió Nash.

—Hable, majestad —accedió en voz baja Fuego, con la frente apoyada en la puerta.

—Lo primero es pedirle disculpas de todo corazón, con todo mi ser.

—No es todo su ser quien ha de disculparse, sino esa parte que desea ser dominada por mi poder.

—Eso no está en mi mano cambiarlo, señora.

—Sí que lo está. Si es usted tan fuerte que no me deja controlarlo, también lo será para controlarse a sí mismo.

—No puedo, señora, lo juro.

Querrá decir que no quiere —lo corrigió mentalmente—. *No desea renunciar a la sensación de percibirme; ésa es la cuestión.*

—Es usted un monstruo muy extraño —susurró el rey—. Se supone que los de su especie desean doblegar a los humanos.

¿Qué iba a responder ella a tal comentario? Como modelo de monstruo, no servía, y como modelo de humana, menos aún.

—Usted dijo que había dos cosas de las que quería hablarme, majestad —eludió responder al comentario de Nash.

El rey respiró hondo, como si quisiera aclararse las ideas, y cuando habló, lo hizo con más tranquilidad:

—Lo segundo es pedirle, señora, que reconsidere el asunto del prisionero. Vivimos tiempos turbulentos, pero, aunque estoy seguro de que tiene una pobre opinión de mi capacidad para razonar, le juro que en mi trono (cuando no está usted en mis pensamientos) sé discernir lo que es correcto con absoluta claridad. El reino está a punto de vivir un suceso importante; tal vez sea la victoria, o puede que sea la derrota. Su poder mental nos ayudaría muchísimo, y no sólo con un prisionero.

Fuego se puso de espaldas a la puerta y se deslizó hacia el suelo hasta quedarse acurrucada contra la hoja de madera, con la cabeza echada hacia atrás.

—No soy esa clase de monstruo —respondió sintiéndose desdichada.

—Reconsidérelo, señora. Pondríamos reglas, marcaríamos límites. Entre mis consejeros hay hombres razonables, y no le pedirían demasiado.

—Váyase y déjeme que lo piense.

—¿Lo hará? ¿De verdad lo pensará?

—Váyase —pidió de un modo más firme, pero notó que la atención del rey pasaba del asunto que lo había llevado allí a enfocarse de nuevo en sus sentimientos. Hubo un largo silencio.

—No quiero marcharme —dijo Nash.

Fuego reprimió la frustración que se apoderaba de ella.

—Váyase —repitió de nuevo.

—Cásese conmigo, señora, se lo suplico.

No estaba sometido a otra voluntad que la suya propia cuando verbalizó la petición, y era consciente de estar comportándose como un necio. La joven percibió con absoluta claridad que él no podía evitarlo, simplemente.

Márchese antes de que dé usted al traste con la buena relación que hay entre nosotros —le espetó fingiendo una dureza que no sentía.

173

Y

Una vez que el monarca se hubo marchado, Fuego se sentó en el suelo con la cara entre las manos, ansiando encontrarse sola, hasta que Musa le llevó una bebida, y Mila, tímidamente, una cataplasma caliente para la espalda. Les dio las gracias y bebió; y como no le quedaba más remedio, se relajó en la silenciosa compañía de las dos mujeres.

Capítulo 15

La habilidad de Fuego para dominar a Cansrel dependía de la confianza que éste tuviera en ella.

Como experimento, durante el invierno que siguió al accidente sufrido por su padre, la muchacha consiguió que metiera la mano en el fuego de la chimenea de su dormitorio, haciéndole creer que las llamas eran flores depositadas sobre la rejilla. Cansrel acercó la mano para cogerlas, pero retrocedió; Fuego aumentó el dominio mental y le transmitió más decisión. Él aproximó de nuevo la mano, decidido a coger las flores, y en esa ocasión sí creyó que realizaba esa acción, hasta que el dolor hizo que recobrara de golpe la conciencia y se diera cuenta de la realidad. Profiriendo un grito, corrió hacia la ventana, la abrió con brusquedad y metió la mano en la nieve apilada en el alféizar; después se volvió hacia su hija y, entre maldiciones, casi a voz en cuello, le espetó que qué diantres hacía.

No era cosa fácil de explicar, y Fuego rompió a llorar, un llanto auténtico nacido de la confusión, de las emociones encontradas, de la aflicción al ver que su padre tenía la mano ampollada y las uñas ennegrecidas, y a causa de aquel desagradable olor, que no se esperaba; y también por el terror a perder su amor, por haberlo compelido a hacerse daño, terror a perder su confianza y, con ella, su propio poder para inducirlo a hacerlo otra vez. Así que se arrojó, sollozante, sobre las almohadas del lecho de su padre.

—Quería comprobar qué se siente al hacerle daño a alguien, como siempre me animas a experimentar —barbotó—. Ahora ya lo sé y me horrorizo de nosotros dos. ¡Jamás repetiré algo así, ni se lo haré a nadie!

Entonces Cansrel se le acercó sin el menor rastro de ira en el semblante; saltaba a la vista que el llanto de su hija lo apenaba, y por ello, la muchacha no contuvo las lágrimas. Cansrel se sentó junto a ella, manteniendo la mano quemada apretada contra el costado, pero en realidad centrada la mente en Fuego y en su tristeza. Le acarició el cabello con la mano sana para intentar calmarla, y ella se la asió, se la apretó contra la mejilla y se la besó. Al cabo de un instante, él se rebulló y apartó la mano.

—Eres demasiado mayor para estas cosas.

Fuego no entendió qué quería decir, y Cansrel carraspeó, porque el dolor le enronquecía la voz.

—Debes recordar que ya eres una mujer, Fuego, y de una belleza sobrenatural. Tu contacto será irresistible para los hombres, incluso para tu padre.

Ella estaba segura de que Cansrel hablaba lisa y llanamente, sin rodeos, que no había en sus palabras amenaza ni insinuación alguna. Se limitaba a ser franco, como siempre lo era en todo lo relacionado con el poder de su hija monstruo, y con la intención de enseñarle algo importante por su propia seguridad. Sin embargo, el instinto de la muchacha detectó una oportunidad en aquella actitud, una forma de asegurarse la confianza de Cansrel al darle la vuelta al asunto: forzar que su padre sintiera la necesidad de demostrarle que podía confiar en él.

Así pues, se apartó con fingido espanto y salió corriendo del cuarto.

Esa noche, Cansrel se plantó ante la puerta cerrada de la habitación de su hija para suplicarle que comprendiera.

—Mi querida niña —dijo—, no debes tenerme miedo nunca; sabes que jamás actuaría así contigo impulsado por ese instinto, pero me preocupan los hombres que sí lo harían. Tienes que entender los peligros a los que te aboca tu propio poder; si fueras un varón, no estaría tan preocupado.

Fuego le permitió que le diera explicaciones durante un rato mientras ella, en el dormitorio, no salía de su asombro por lo fácil que le resultaba manipular al maestro de la manipulación. Estaba sorprendida y consternada, consciente de haber aprendido cómo lograrlo a su costa. Por fin salió y se plantó ante él.

—Lo comprendo —dijo—, y lo siento, padre. —Las lágrimas

le resbalaron por la cara, pero fingió que se debían al hecho de verle la mano vendada, cosa que, en parte, era cierta.

—Ojalá fueras más cruel gracias a tu poder —dijo él mientras le acariciaba el pelo y la besaba—. La crueldad es la mejor defensa.

Y así, al final del experimento, Cansrel siguió confiando en ella. Y no le faltaba razón para hacerlo, porque Fuego dudaba de ser capaz de repetir algo semejante otra vez.

Más adelante, en primavera, Cansrel empezó a decir que necesitaba un plan nuevo, un plan infalible, para acabar con Brigan.

Cuando a Fuego le empezó el menstruo, se sintió obligada a explicar a sus escoltas la razón de que las aves monstruo se hubieran ido agrupando tras las telas metálicas de sus ventanas, y que las rapaces monstruo lanzaran ataques repentinos de vez en cuando e hicieran pedazos a otras aves más pequeñas para luego apostarse en los alféizares y escudriñar el interior chillando a todo chillar. Le pareció que sus guardias lo asumían bien; Musa, por su parte, envió a los dos soldados con mejor puntería al recinto que había justo debajo de los aposentos de la muchacha para que cazaran algunas rapaces monstruo en lugar de disparar cerca de los muros de palacio, dado el peligro que conllevaba hacerlo así.

Los veranos no eran precisamente calurosos en Los Vals, pero en un palacio construido con piedra negra y tejados de cristal se alcanzaban altas temperaturas, por lo que en días despejados las ventanas de los techos se abrían con alzaprimas, de modo que cuando Fuego pasaba por un patio o un corredor durante el menstruo, las aves gorjeaban y las rapaces gritaban a través de las mallas metálicas. A veces la seguía una estela de insectos voladores, e imaginaba que tal circunstancia no favorecía precisamente la opinión que de ella se tenía en la corte, aunque, bien mirado, había pocas cosas que ejercieran un efecto positivo en su reputación. Todo el mundo estaba enterado del significado de la marca

177

cuadrada que tenía en la mejilla, y se hablaba mucho de ello; percibía el dale que dale del comadreo, que cesaba de súbito cada vez que entraba en una estancia y se reanudaba en cuanto salía.

Le había dicho al rey que reflexionaría sobre el asunto del prisionero, pero no lo hizo, a decir verdad; no era necesario, porque ya tenía formada su propia opinión al respecto. En cambio, empleaba una parte de su energía en vigilar los movimientos del monarca para conocer su paradero, y así evitar un encuentro con él, pero dedicaba bastantes más esfuerzos en soslayar la atención de los miembros de la corte, entre los que percibía curiosidad ante todo, así como admiración y cierta hostilidad, en especial de la servidumbre. Se preguntaba si los criados tendrían recuerdos claros de los detalles de la crueldad de Cansrel, y también, si su padre habría sido brutal con ellos.

A veces había gente que la seguía a distancia, tanto hombres como mujeres, criados o nobles, por lo general sin ningún tipo concreto de antagonismo; algunos intentaban hablar con ella y la llamaban. En una ocasión una mujer, de cabello canoso, se le aproximó y le dijo: «Lady Fuego, es usted como una flor delicada», y la habría abrazado si Mila no se lo hubiera impedido al interponer una mano. Fuego, que tenía el vientre inflamado, dolorido y acalambrado, y la piel ardorosa y sensible en extremo, se sentía lo menos parecido a una flor delicada, y no supo si darle una bofetada a la mujer o echarse en sus brazos para llorar. A todo esto, una rapaz monstruo arañó la malla metálica de una ventana alta, la mujer alzó la vista y los brazos, tan arrobada con el depredador como antes lo estaba con la joven.

De otras damas de la corte, percibía envidia, resentimiento y celos debido a la actitud del rey, que se preocupaba y estaba pendiente de ella a distancia, como un semental tras una valla, y se esforzaba poco o nada en ocultar su frustrado interés. Cuando la mirada de la joven se cruzaba con la de esas mujeres, algunas de las cuales lucían plumas de monstruos en el cabello o llevaban calzado hecho con la piel de lagartos monstruo, bajaba la vista y seguía caminando. La acobardaba el severo protocolo de la corte y, convencida de que nunca sería capaz de armonizar con ese ambiente, comía en sus aposentos. Además, era una forma de evitar al rey.

Υ

Un día, mientras cruzaba un resplandeciente patio blanco, Fuego presenció una pelea espectacular entre un grupo de críos y la hija del príncipe Garan, a quien ayudaba con gran entusiasmo su cachorro. Era evidente que la hija de Garan había provocado que le llovieran los puñetazos, y a juzgar por las desbordadas emociones en el corro de críos, percibió que podría ser ella la razón de la disputa.

Quietos —instó mentalmente a los niños desde el otro extremo del patio—. *Ya basta.*

Todos ellos, a excepción de la hija de Garan, se quedaron paralizados, se volvieron para mirarla, y después echaron a correr y entraron gritando en palacio. Fuego mandó a Neel a buscar a un sanador y se aproximó rápidamente a la niña con el resto de su escolta; la chiquilla tenía la cara hinchada y le salía sangre de la nariz.

—¿Te encuentras bien, pequeña?

La niña forcejeaba con su cachorro, que brincaba, soltaba gañidos y se debatía para liberarse de la mano que lo sujetaba por el collar.

—*Manchas* —dijo la pequeña con voz gangosa al tiempo que se agachaba para estar a la altura del animalito—. Tumba. ¡Tumba, he dicho! ¡Por todas las rocas monstruo! —maldijo.

El reniego se debía a que, al saltar, *Manchas* había chocado contra la cara ensangrentada de la pequeña. Fuego controló la mente del cachorro y lo tranquilizó hasta que se calmó.

—¡Oh, gracias al cielo! —dijo la niña con tristeza, y se sentó sin ceremonias en el suelo de mármol, al lado de su cachorro. Después se tanteó las mejillas y la nariz con las puntas de los dedos, hizo un gesto de dolor y se apartó el pelo pringado de la cara—. Papá se llevará una decepción.

Como la primera vez que Fuego la vio, la niña le cerraba por completo la mente, tanto que resultaba impresionante, pero la joven había entendido suficientemente los sentimientos de los otros niños para interpretar a qué se refería la chiquilla.

—Porque saliste en mi defensa, quieres decir —comentó Fuego.

179

—No, porque olvidé cubrirme el lado izquierdo. No deja de recordármelo. Me parece que tengo rota la nariz. Me castigará.

Garan no era la personificación de la amabilidad, cierto, pero pese a ello Fuego no se lo imaginaba castigando a la niña por ganar una pelea contra ocho adversarios.

—¿Te castigará porque te han roto la nariz? No puede ser.

—No, no, porque lancé el primer puñetazo —aclaró la pequeña, pesarosa—. Me dijo que no debía hacerlo. Y también porque no estoy estudiando; se supone que tendría que estar en clase.

—En fin, pequeña, he mandado llamar a un sanador —dijo Fuego, que procuró evitar un timbre divertido en la voz.

—Lo que pasa es que son demasiadas clases —prosiguió la niña con un absoluto desinterés por el tema del sanador—. Si papá no fuera un príncipe, no tendría que asistir a todas ellas. Me encantan las de equitación, pero con las de historia me podría morir. Además, ahora no me dejará montar en sus caballos nunca; me permite que les ponga nombre, pero no que los monte, y como tío Garan le contará que me he saltado clases, papá dirá que ya no podré cabalgar en ellos nunca jamás. ¿A ti te deja papá que montes sus caballos? —le preguntó a Fuego con dramatismo, como si supiera que estaba abocada a recibir la respuesta más calamitosa de todas.

Sin embargo, a Fuego le era imposible contestar porque se había quedado boquiabierta mientras hacía malabarismos mentales para encontrarle sentido a lo que le había parecido entender: una niña de ojos y cabello oscuros con la cara hecha puré, un «tío Garan», un padre principesco y una infrecuente propensión al cerramiento mental…

—Sólo he cabalgado en mi propio caballo —consiguió responder la joven.

—¿Has visto sus caballos? Tiene muchos. Le chiflan.

—Creo que sólo conozco a uno —dijo Fuego, que seguía sin dar crédito a su sospecha. Como aletargada, hizo algunos cálculos.

—¿Era *Grande*? *Grande* es una yegua —parloteó la niña—. Papá dice que casi todos los soldados prefieren sementales, pero que *Grande* es valiente y no la cambiaría por ningún semental. Dice que usted también es valiente y que le salvó la vida. Por eso la defendí. —La pequeña volvió a mostrarse compungida al re-

cordar de nuevo su principal dilema; se tanteó entonces con suavidad alrededor de la nariz—. A lo mejor no se me ha roto y sólo
está torcida. ¿Cree usted que papá se enfadará menos si sólo la
tengo torcida?

—¿Qué edad tienes, pequeña? —preguntó a su vez Fuego,
apretándose las sienes.

—Cumpliré seis en invierno.

En éstas, Neel llegó corriendo por el patio seguido por un sanador, un hombre sonriente que vestía ropajes verdes.

—Lady Fuego —saludó el sanador con una leve inclinación
de cabeza; después se agachó delante de la niña—. Princesa Hanna, creo que será mejor que venga conmigo a la enfermería.

Los dos se marcharon despacio; la niña iba hablando, todavía
con la voz gangosa. *Manchas* esperó un momento y después fue
en pos de ellos.

Fuego continuaba estupefacta; se volvió hacia los guardias de
su escolta y les preguntó:

—¿Por qué nadie me dijo que el comandante tenía una hija?

—Al parecer prefiere no hablar de ello, señora —repuso
Mila al tiempo que se encogía de hombros—. Nosotros sólo hemos oído rumores.

—¿Y la madre de la niña? —inquirió Fuego, recordando a la
mujer de cabello castaño saliendo de la casita verde.

—Se dice que murió, señora.

—¿Hace cuánto?

—Lo ignoro. Tal vez Musa lo sepa, o quizá la princesa Clara
pueda decírselo.

—Está bien —concluyó Fuego, que intentaba acordarse de
qué hacía cuando se inició el episodio—. Más vale que vayamos
a un sitio donde las rapaces no chillen.

—Íbamos camino de los establos, señora.

Sí, a los establos, para visitar a *Corto* y a sus numerosos amigos equinos, varios de los cuales —era de suponer— tendrían
nombres cortos y descriptivos.

Habría podido ir enseguida a ver a Clara y saber qué pasó
para que un príncipe de veintidós años tuviera una hija secreta

de casi seis; sin embargo, esperó hasta que el ciclo menstrual se acabara y entonces fue a ver a Garan.

—Su hermana me comenta que usted trabaja demasiado —le dijo al jefe de espías.

El príncipe alzó la cabeza de los documentos en los que trabajaba y entornó los ojos.

—¿De veras?

—¿Quiere acompañarme a dar un paseo, alteza?

—¿Qué interés tiene en que la acompañe?

—Intento averiguar qué opinión me merece usted.

—¡Oh, conque una prueba! O sea, espera que cumpla mis obligaciones con usted, ¿verdad?

—Me da igual lo que haga, pero yo voy a dar una vuelta de todos modos. Llevo cinco días encerrada bajo techo.

Ella salió del despacho, pero mientras caminaba por el pasillo, tuvo la satisfacción de percibirlo abriéndose paso entre la escolta, hasta situarse junto a ella.

—Lo hago por la misma razón que usted —dijo con una hostilidad manifiesta en la voz.

—Me parece bien. Podría tocar para usted si quiere; pasamos de camino para recoger mi violín.

—Su violín… Sí, sé todo lo ocurrido. Brigan piensa que nos sobra el dinero.

—Supongo que no hay nada que usted no sepa.

—Es mi trabajo.

—En tal caso, quizá pueda explicarme por qué nadie me ha hablado de la princesa Hanna.

Garan la miró de reojo.

—¿Qué interés tiene en la princesa Hanna?

Era una pregunta razonable, pero fue como un aguijonazo en una herida de la que Fuego aún no era del todo consciente.

—Se debe a la extrañeza de que personas como la reina Roen o lord Brocker jamás la hayan mencionado —repuso.

—¿Y por qué razón iban a hacerlo?

Fuego se frotó la nuca por encima del pañuelo que se la tapaba, y suspiró; por fin entendía el motivo de querer sostener esa conversación con Garan, nada menos.

—La reina y yo hablamos con toda confianza entre nosotras

—explicó la joven—. Y Brocker me cuenta todo cuanto llega a sus oídos. La pregunta no es por qué razón iban a mencionarla, sino por qué han puesto tanto empeño en no hacerlo.

—¡Ah! Así que esta conversación versa sobre la confianza.

—No, versa sobre... —Fuego inspiró profundamente antes de proseguir—. Versa sobre por qué mantener en secreto la existencia de Hanna. ¡No es más que una niña!

Garan guardó silencio un momento, pensativo, echándole ojeadas de vez en cuando; después la condujo por el palacio hasta el patio central. Fuego se alegraba de que fuera él quien escogiera la ruta, porque todavía se perdía en los laberintos del gigantesco edificio; por cierto que, esa misma mañana, había acabado en la lavandería cuando su intención era ir al taller del herrero.

—No es más que una niña, pero su identidad se ha encubierto desde antes de que naciera —dijo por fin el príncipe—. El propio Brigan no supo que existía hasta cuatro meses después de que naciera.

—¿Por qué? ¿Quién era su madre? ¿La esposa de un enemigo o la de un amigo?

—No era esposa de nadie, sino una moza de cuadra.

—Entonces, ¿por qué...?

—Por nacimiento, la niña era tercera en la línea de sucesión al trono —apuntó Garan en voz baja—. No es hija de Nash, ni de Clara, ni mía, sino de Brigan. Piense en aquel tiempo, señora, hace seis años. Si, como usted afirma, ha sido educada por Brocker, sabrá el peligro que afrontaba Brigan al llegar a la edad adulta. Era el único enemigo declarado de Cansrel en la corte.

Esa afirmación la hizo enmudecer y, avergonzada, escuchó a Garan referir los hechos.

—Se trataba de la moza de cuadra que cuidaba de los caballos de Brigan. Él apenas tenía dieciséis años, y ella era preciosa; se llamaba Rose. El cielo sabe que en la vida del comandante había pocas alegrías.

—Rose —repitió la joven con voz inexpresiva.

—Nadie supo lo que había entre ellos excepto cuatro personas de la familia: Nash, Clara, Roen y yo. Brigan mantenía esa relación en secreto para que ella no corriera peligro, y quería desposarla. —Garan soltó una risita—. Era un tonto romántico insoportable. Afortunadamente, no podía casarse, de modo que mantuvo la relación en secreto.

—¿Y qué había de afortunado?

—¿Cree que era posible esa unión siendo él hijo de un rey y ella una muchacha que dormía con los caballos?

A Fuego ya le parecía bastante insólito de por sí el hecho de que alguien conociera a una persona con la que deseara casarse; qué injusto, pues, encontrar a esa persona y no poder cumplir su deseo porque la cama de uno de ellos fuera de paja, en vez de plumas.

—Bien —continuó Garan—, el caso es que, más o menos por entonces, Cansrel convenció a Nax para que metiera a Brigan en el ejército y lo enviara a las fronteras, donde, es de suponer, Cansrel confiaba en que lo mataran. Brigan estaba hecho una furia, pero no tuvo más remedio que marcharse. Al poco tiempo se hizo patente para todos los que conocíamos su relación con Rose, que Brigan había dejado atrás una parte de sí mismo.

—Estaba embarazada.

—Eso es. Roen hizo todos los preparativos necesarios en secreto. Al final, a Brigan no lo mataron en la frontera, pero Rose murió al dar a luz a la niña. El mismo día en que el príncipe regresó, ya con diecisiete años cumplidos, se enteró de que Rose había muerto, que tenía una hija y que Nax lo había nombrado comandante de la Mesnada Real.

Fuego recordaba esa parte de la historia: Cansrel consiguió convencer a Nax para que ascendiera a Brigan a un cargo para el cual se suponía que no estaba preparado, con la esperanza de que el príncipe destruyera su reputación demostrando su incompetencia como militar. Recordaba también el placer y el orgullo de Brocker cuando Brigan, mediante un acto inimaginable de audacia, se convirtió en un oficial digno de crédito y, más adelante, en un comandante extraordinario. Realizó, además, una reestructuración completa de la Mesnada Real, no sólo en la caballería, sino también en la infantería y en la unidad de arqueros; subió el nivel de los entrenamientos y aumentó la paga; amplió los rangos, animó a las mujeres a que se alistaran, mandó construir torres de almenara en las montañas por todo el reino a fin de que hubiera comunicación entre lugares distantes entre sí; planeó nuevas fortificaciones dotadas con vastos campos de cereales y enormes establos para atender al mayor activo del ejército: los caballos, que le proporcionaban movilidad y rapidez. Todo ello con el propósito de complicarles la existencia a contrabandistas, saqueadores, invasores pikkianos y a señores rebeldes, como Mydogg y Gentian, que se vieron obligados a hacer un alto y reconsiderar sus reducidos ejércitos y sus engañosas ambiciones.

Pobre Brigan. Fuego no se lo imaginaba; pobre muchacho atormentado.

—Cansrel iba contra todo lo que perteneciera a Brigan, y más cuando su poder aumentó —continuó explicando Garan—. Le envenenó los caballos por puro despecho; torturó a uno de sus escuderos y lo mató. Obvia decir que quienes estábamos al corriente de la verdad sobre Hanna sabíamos que no podíamos decir ni una palabra.

—Sí, desde luego —musitó la joven.

—Entonces, Nax murió, y Brigan y Cansrel se pasaron los dos años siguientes tratando de matarse el uno al otro. Entonces Cansrel se suicidó, y mi hermano pudo por fin nombrar a la niña su heredera y segunda en la línea de sucesión al trono. No obstante, ese reconocimiento lo hizo sólo ante la familia. Tampoco es que se trate de un secreto de estado (la mayoría de los cortesanos saben que la niña es suya), pero seguimos sin hablar abiertamente de ello, en parte por costumbre y en parte para desviar la atención de ella. No todos los enemigos de Brigan murieron con Cansrel.

—Pero ¿cómo es posible que sea heredera al trono y usted no? —le preguntó Fuego—. Usted es hijo de Nax y no es más ilegítimo que ella, aparte de que es mujer, y todavía una niña.

Garan hizo una mueca y miró hacia otro lado; cuando retomó la palabra, no fue para responder a su pregunta:

—Roen confía en usted, al igual que Brocker, así que su corazón de monstruo no tiene por qué afligirse —dijo—. Si la reina no le explicó nada acerca de su nieta es porque tiene por costumbre no hablar de ella con nadie. Y si Brocker no le contó nada, seguramente es porque Roen, a su vez, jamás se lo contó a él. Y Clara también confía en usted, porque Brigan confía en usted. He de admitir que el hecho de que el comandante le haya otorgado su confianza es una recomendación convincente, aunque, claro está, ningún hombre es infalible.

—Claro está —repitió ella con sequedad.

En ese momento, uno de los escoltas de Fuego abatió a una rapaz monstruo; el ave, dorada y verde, cayó del cielo, se precipitó sobre un grupo de árboles y la perdieron de vista. En éstas, ella cobró conciencia del entorno: se encontraban en la plantación de frutales que había detrás del palacio, y más allá de los frutales se alzaba la casita verde.

Fuego contempló con estupor el árbol que había junto a la casa y se preguntó cómo era posible que no hubiera reparado en él desde su ventana; y comprendió que, al verlo desde arriba, dio por sentado que era una pequeña arboleda y ni siquiera se le pasó por la cabeza que fuera un ejemplar único. El gigantesco tronco se ramificaba en seis direcciones, y las ramas eran tan numerosas y tan enormes que algunas se doblaban hasta el suelo por su propio peso, se hundían en la hierba y volvían a alzarse hacia el cielo. Se habían instalado puntales para algunas de las ramas más pesadas a fin de aguantarlas y evitar que se rompieran.

A su lado, Garan observaba la expresión pasmada de la joven, y suspirando, se dirigió hacia un banco situado junto al camino que llevaba a la casa, se sentó y cerró los ojos. A Fuego no le pasaron inadvertidas la faz demacrada y la desmadejada postura del hombre, que parecía rendido; se le acercó y se sentó a su lado.

—Es extraordinario, sí. Ha crecido tanto que acabará destruyéndose a sí mismo —dijo Garan, abriendo los ojos—. Cada padre nombra a su heredero. Seguro que eso lo sabe, ¿verdad?

La joven desvió la vista del árbol para mirarlo a él, sobresaltada; Garan le sostuvo la mirada con frialdad.

—Mi padre no me nombró nunca a mí —prosiguió el príncipe—. A Nash y a Brigan, sí. Pero Brigan actuó de forma diferente porque Hanna será su primera heredera aun en el caso de que él se case y tenga una tropa de hijos. A mí no me importó, desde luego, porque jamás he querido ser rey.

—Y nada de eso tendrá relevancia alguna en cuanto el rey y yo nos casemos y engendremos una caterva de herederos monstruo —apuntó Fuego sin alterarse.

La salida de la muchacha pilló por sorpresa al príncipe, que permaneció inmóvil un instante, calibrando lo que había oído; luego, a su pesar, esbozó una media sonrisa al comprender que era broma.

—¿En qué ha estado ocupada este tiempo, señora? —inquirió cambiando de tema otra vez—. Lleva diez días en la corte dedicada a tocar el violín y poco más.

—¿Por qué le interesa? ¿Acaso quiere que me encargue de algo?

—No tengo ninguna ocupación para usted hasta que decida ayudarnos.

Ayudarlos… Ayudar a esa extraña familia real. La joven se sorprendió al descubrir que deseaba que no fuera tan imposible hacerlo.

—Usted dijo que no quería que los ayudara —comentó Fuego.

—No, señora, dije que no estaba convencido de que la necesitáramos. Y aún no lo estoy.

La puerta de la casa verde se abrió en ese momento, y la dama de cabello castaño se encaminó hacia ellos. De repente la sensación percibida en la mente de Garan cambió a algo más etéreo; el príncipe se puso de pie con presteza, fue hacia la mujer y le cogió la mano. La condujo, radiante, de vuelta a donde seguía Fuego, y ésta comprendió que la había conducido hacia allí a propósito, pero como ella estaba tan absorta en la conversación, no se había dado cuenta.

—Lady Fuego, le presento a Sayre —dijo Garan—. Tiene la desgracia de ser la profesora de historia de Hanna.

La mujer, mirando al príncipe, se deshizo en una sonrisa que despejó cualquier duda que pudiera quedarle a Fuego sobre lo que veía.

—No es para tanto —dijo la tutora—. Está preparada de sobra, lo que ocurre es que es muy inquieta.

Fuego le ofreció la mano y se saludaron, aunque Sayre lo hizo con extremada cortesía y un poco celosa, lo cual era comprensible. Fuego tendría que advertirle a Garan que evitara la compañía de damas monstruo cuando iba a visitar a su amada; a veces, a los hombres más inteligentes les costaba muchísimo darse cuenta de lo que era obvio.

Sayre se despidió y Garan la siguió con la mirada, mientras se pasaba la mano por la cabeza con aire ausente y canturreaba entre dientes.

¿El hijo de un rey y una tutora de palacio? —le dijo con el pensamiento, impulsada por un arranque de impertinencia—. *¡Qué escándalo!*

Garan frunció el entrecejo y trató de adoptar un aire severo.

—Si tantas ganas tiene de ocuparse de algo, señora —dijo—, vaya al cuarto de los niños y enséñeles a protegerse la mente contra animales monstruo. Consiga que los críos se pongan de su parte, porque será la única forma de que la hija de Brigan conserve algún diente en la boca cuando su padre vuelva a verla.

—Gracias por pasear conmigo, alteza. —Y se alejó bailándole una sonrisa en los labios—. Debería advertirle que no es tan fácil embaucarme. Puede que no se fíe de mí, pero sé que le caigo bien.

Y se dijo que era el aprecio de Garan lo que le había levantado el ánimo, y que su buen humor no tenía nada que ver con el hecho de haberse dado cuenta de la verdadera trascendencia de cierta mujer.

188

Capítulo 16

A decir verdad, Fuego necesitaba ocuparse de algo, porque sin nada que hacer sólo le quedaba pensar; y pensar la conducía una y otra vez a decirse que estaba desocupada y a preguntarse cuánta ayuda sería capaz de ofrecer al reino… si el corazón y la mente no se lo prohibían de forma categórica. Esta situación la atormentaba de noche cuando no podía dormir, y cuando lo hacía sufría pesadillas relacionadas con acciones que implicaban engañar y hacer daño a la gente, y también soñaba con Cansrel viéndolo cómo provocaba que Tajador se revolcara a causa de un dolor imaginario.

Clara la llevó a visitar la urbe, donde la gente se adornaba incluso con más aderezos de monstruos que los cortesanos, pero preocupándose mucho menos del resultado estético del conjunto que aquéllos. Utilizaban plumas ensartadas al tuntún en los ojales o joyas en verdad hermosas, como los collares y pendientes hechos con conchas de monstruos que lucía una panadera, cubierta de harina, mientras trabajaba la masa en un cuenco; otra mujer, por ejemplo, llevaba una peluca de sedoso pelaje, de color azul violáceo, de algún animal monstruo (probablemente, un conejo o un perro), por debajo de la cual le asomaba su propio cabello, corto e irregular; esta mujer tenía un rostro poco atractivo, de forma que su aspecto tendía a ser un pobre remedo de la propia Fuego; no obstante, era innegable que exhibía algo bello en la cabeza.

—Todo el mundo quiere presumir de alguna cosa hermosa, aunque sea mínima —comentó Clara—. Entre los poderosos cuentan las pieles y los cueros poco corrientes que se venden en el mercado negro, mientras que los demás se conforman con los animales que encuentran muertos en desagües atascados o en algún cepo. Ni que decir tiene que todo viene a ser lo mismo, aunque a la gente rica le satisface saber que ha pagado una fortuna por ello.

Desde luego esa actitud era una estupidez; Fuego se dio cuenta de que la ciudad era en parte sobria y en parte absurda, pero le gustaron los jardines, las antiguas esculturas deterioradas, las fuentes de las plazas, los museos, las bibliotecas y las hileras de deslumbrantes tiendas que Clara le enseñó. Asimismo le gustaron las bulliciosas calles empedradas donde los ciudadanos andaban tan atareados con sus ruidosos quehaceres diarios que a veces —sólo a veces— ni siquiera reparaban en la dama monstruo a la que acompañaba una escolta en su recorrido por la urbe. En cierto momento, Fuego tranquilizó con palabras quedas y palmaditas en el cuello a un tiro de caballos que se espantó cuando unos niños pasaron corriendo muy cerca de los animales; el ajetreo cesó en la calle y no se reanudó hasta que Clara y ella doblaron una esquina.

Le gustaron también los puentes, tanto que se detenía en el centro de ellos y se asomaba para experimentar el vértigo de la caída, a pesar de saber que no ocurriría tal cosa (el puente más alejado de las cataratas era uno levadizo); le gustó el repique suave, casi melódico, de las campanas, un susurro audible que superaba los otros sonidos de la ciudad; le gustaron los almacenes y los muelles a lo largo del río, los acueductos, la red de alcantarillado y las esclusas que chirriaban al abrirse o cerrarse con lentitud y conducían a los barcos de suministro arriba y abajo entre el río y el puerto. Pero lo que más le gustó fue Bodega del Puerto, donde las cataratas creaban una neblina de agua de mar ahogando todo sonido y sensación.

Incluso —con ciertas dudas— le gustaron los hospitales, y se preguntó en cuál de ellos habrían curado a su padre de la flecha que le clavaron en la espalda; confiaba en que los cirujanos también salvaran la vida a personas buenas. A la gente que, preocupada, siempre aguardaba fuera de los hospitales, los miraba y les rozaba la mente deseándoles subrepticiamente que sus cuitas tuvieran un final feliz.

—Antes había escuelas de medicina por toda la ciudad —dijo Clara—. ¿Conoce la historia del rey Arn y su consejera monstruo, lady Ella?

—Recuerdo esos nombres de mis clases de historia —contestó la joven, pensativa, pero sin lograr evocar gran cosa.

—Gobernaron hace sus buenos cien años —explicó Clara—. El rey Arn era herbolario, y lady Ella, cirujana. A decir verdad, se volvieron un poco obsesivos con esos temas... Se cuentan cosas de ellos, rumores de que hacían extraños experimentos médicos con gente que probablemente no les habría dado su consentimiento para realizarlos de no haber sido un monstruo el que lo sugería, si sabe a lo que me refiero, señora. También troceaban cadáveres para estudiarlos, si bien nunca se supo con certeza de dónde sacaban esos cuerpos. En fin —añadió la princesa, sarcástica—, sea como fuere, lo cierto es que revolucionaron los conocimientos médicos y quirúrgicos. Gracias a ellos conocemos los usos de todas las plantas raras que crecen en las grietas y cuevas existentes en los límites del reino, y las medicinas de que disponemos para detener hemorragias, evitar la infección en las heridas, eliminar tumores, soldar huesos rotos o para casi cualquier enfermedad son producto de sus experimentos. Aunque también descubrieron las drogas que destruían la mente humana —agregó con disgusto—. En cualquier caso, ahora las escuelas están cerradas porque no hay fondos para la investigación, ni para las artes o la ingeniería, en realidad. Todo el dinero se emplea en cuestiones de seguridad: mantenimiento del orden, el ejército y la guerra inminente. Supongo que la ciudad empezará a deteriorarse...

Fuego pensó que ese deterioro ya existía, aunque no lo dijo; en las márgenes meridionales del río, lindantes con los muelles, crecían de forma caótica barrios sórdidos, y en el centro de la ciudad, donde no era de esperar que ocurriera algo así, abundaban los callejones ruinosos. Y eran muchos, muchísimos los sectores de la urbe que no estaban dedicados al conocimiento ni a la belleza ni a ninguna cosa buena.

Clara la llevó una vez a comer con su madre —y madre de Garan—; la mujer vivía en una casa pequeña y agradable en una calle de floristas; estaba casada con un soldado retirado que realizaba una excelente labor en la red de espías de los gemelos, siendo uno de sus agentes de mayor confianza. Durante la comida, el hombre les hizo una confidencia:

—En la actualidad me he centrado en el contrabando. Casi

191

todas las personas acaudaladas de la ciudad se meten en el mercado negro de vez en cuando, pero si das con alguien muy implicado en negocios de contrabando, con frecuencia se trata de algún enemigo del rey, sobre todo si trafica con armas o caballos o con cualquier mercancía pikkiana. Si hay suerte, siguiendo la pista de un comprador llegamos hasta el tipo para quien compra, y si resulta que éste es alguno de los señores rebeldes, apresamos al comprador para interrogarlo, aunque no siempre podemos fiarnos de las respuestas, desde luego.

Como era de esperar, este tipo de conversación daba alas a las tácticas de Clara para presionar a Fuego.

—Gracias a su poder nos resultaría muy fácil enterarnos de quién está en un bando y quién en otro; usted nos ayudaría a descubrir si nuestros aliados lo son de verdad, o indicarnos por dónde pretende atacarnos Mydogg —sugería la princesa. Y cuando estas insinuaciones no daban resultado, añadía—: ¿Y si planean un asesinato? ¿No cree que sería horroroso que me asesinaran a mí, por ejemplo, porque usted no nos ha ayudado a descubrir esos planes? —Y ya al borde de la desesperación decía—: ¿Y si planean matarla a usted? Seguro que alguno de nuestros enemigos tiene esa intención, en especial ahora, ya que la gente contempla la posibilidad de que se case usted con Nash.

Fuego nunca contestaba a la interminable andanada de peticiones, ni admitía tener dudas o sentirse culpable, aunque empezaba a experimentar ambos sentimientos. No obstante, se limitaba a dejar en reserva todos los razonamientos de Clara para rumiarlos después junto con las argumentaciones del rey. Porque alguna que otra vez después de la cena —con la suficiente frecuencia para que Welkley hubiera instalado una silla en el pasillo—, Nash acudía a hablar con ella a través de la puerta; se comportaba con corrección, charlaba sobre el tiempo o sobre los augustos visitantes que llegaban a la corte; y siempre, siempre, intentaba convencerla para que reconsiderara su decisión respecto al prisionero.

—Señora, usted es del norte —le decía—, y ha visto el escaso respeto por la ley que impera fuera de esta ciudad. Un paso el falso, señora, y todo el reino se desmoronaría como un castillo de arena.

Después de esta perorata se quedaba callado, y la joven esperaba a continuación la propuesta de matrimonio; ella lo rechazaba y le pedía que se fuera, tras lo cual buscaba consuelo en la compañía de sus escoltas mientras se planteaba con mucha seriedad la situación de la ciudad, del reino y de su monarca. Asimismo meditaba sobre cuál debería ser su postura.

A fin de mantenerse ocupada y así paliar la sensación de no ser de ninguna utilidad, siguió el consejo de Garan y visitó la guardería de palacio; al principio entraba y, con discreción, se sentaba en silencio en una silla desde donde observaba a los pequeños mientras jugaban, leían o se peleaban; allí era donde su madre trabajó, y quería asimilar despacio ese sentimiento. Intentó imaginar en aquellas habitaciones a una mujer joven, de cabello rojizo, aconsejando con sosiego a los niños. Jessa desempeñó su trabajo en aquellas estancias ruidosas, bañadas por el sol; de algún modo, esa mera idea conseguía que Fuego se sintiera menos fuera de lugar, incluso menos sola.

Enseñar a guardarse contra animales monstruo era una tarea delicada, y Fuego hubo de vérselas con algunos padres que no querían que tuviera ningún tipo de contacto con sus hijos. No obstante, entre los niños que se convirtieron en sus pupilos los había tanto de familias nobles como de familias pertenecientes al personal de servicio.

—¿Por qué te fascinan tanto los insectos? —preguntó la joven una mañana a uno de sus alumnos más aventajados, un chico de once años llamado Cob que lograba bloquear la mente contra las rapaces monstruo, y resistirse al impulso de tocar el cabello de Fuego cuando lo veía; sin embargo, era incapaz de matar a un insecto monstruo aunque tuviera al bicho posado en la mano a punto de darse un banquete con su sangre—. Con las rapaces monstruo no tienes ningún problema.

—Las rapaces carecen de inteligencia —argumentó Cob con un tonillo agudo y desdeñoso—. Sólo lanzan una oleada de sensaciones con las que creen que me pueden hipnotizar. Son unas simples.

—Tienes razón —convino Fuego—. Pero comparadas con los insectos monstruo son verdaderos genios.

—Tal vez, pero los insectos monstruo son tan perfectos... —comentó el niño; un instante después se ponía bizco para mirar

193

la libélula monstruo que tenía cernida sobre la punta de la nariz—. Fíjese, por ejemplo, en las alas, en las patas articuladas, en los ojillos globulosos… Observe la destreza que tiene con las tenazas…

—Le encantan todos los insectos, no sólo los insectos monstruo —intervino la hermana pequeña del chico poniendo los ojos en blanco.

Fuego se dijo que quizás el problema del muchacho estribaba en que tenía una mente estructurada científicamente; así de sencillo. Y luego manifestó en voz alta:

—Está bien, puedes dejar que los insectos monstruo te piquen en deferencia a sus magníficas tenazas. Pero —añadió con seriedad— hay uno o dos de ellos que te harían daño si pudieran, y has de aprender a guardarte contra ésos. ¿Entendido?

—¿He de matarlos?

—Sí, debes hacerlo. Aunque una vez muertos, siempre queda la posibilidad de que los diseques. ¿Se te había ocurrido esa idea?

—¿De verdad? ¿Querrá ayudarme? —Cob estaba radiante de alegría.

De modo que Fuego tuvo que pedir prestados escalpelos, pinzas y bandejas a un sanador de la enfermería de palacio, y pronto se halló involucrada en un experimento bastante peculiar que quizás estaba en la línea de los que realizaron muchos años atrás el rey Arn y lady Ella, a menor escala, como es natural, y con resultados mucho menos brillantes.

Se encontraba a menudo con la princesa Hanna, y desde las ventanas de sus aposentos la veía ir a la casita verde o salir de ella corriendo; también veía a Sayre y a otros tutores, así como a Garan alguna que otra vez, e incluso al legendario jardinero de Clara, un hombre rubio, bronceado y musculoso que parecía haber salido de un romance épico, y en ocasiones, a una mujer mayor —menuda y encorvada—, de ojos de un color verde muy claro, quien, protegiéndose el vestido con un delantal, era la que frecuentemente frenaba las precipitadas carreras de Hanna. Pese a ser menuda, esa mujer era enérgica y siempre llevaba a la princesa de un lado para otro; al parecer era el ama de llaves de la casa verde. Que quería a la niña saltaba a la vista y que no sentía el menor aprecio por Fuego, también. La joven se había encontrado con ella más de una vez y notó que tenía la mente tan cerrada como la de Brigan; además, el gesto se le agriaba en cuanto veía a la dama monstruo.

El palacio contaba con pasarelas exteriores construidas en las partes de piedra del tejado; por la noche, cuando no conciliaba el sueño, Fuego paseaba por ellas con su escolta. Desde allá arriba divisaba cómo alumbraban las antorchas de los puentes, encendidas toda la noche para que las barcas que navegaban por las rápidas aguas del río supieran con exactitud a qué distancia se hallaban de las cataratas, y oía el retumbante fragor de los saltos de agua. En las noches claras, contemplaba la ciudad dormida y el destello de las estrellas en el mar; se sentía como una reina, no en su significado estricto ni como si fuera la esposa de Nash, sino como una mujer que se hallara en la cumbre del mundo, en lo más alto de una ciudad concreta, en la que comenzaba a conocer a la gente y por la que su cariño iba en aumento cada vez más.

Brigan regresó a la corte a las tres semanas exactas de haberse marchado, y Fuego lo supo en el preciso instante en que llegó. La conciencia de una persona es como un rostro que cuando se ve una vez, ya se identifica siempre; la de Brigan era serena, impenetrable, fuerte e indudablemente reservada sólo para él desde el momento en que la mente de la joven tropezaba con ella.

Dio la casualidad de que, en ese momento, Fuego se encontraba con Hanna y *Manchas* tomando el sol matinal en un tranquilo rincón del patio. La niña examinaba las cicatrices que las rapaces le habían dejado a la dama monstruo en el cuello, e intentaba engatusarla para que le contara —y no por primera vez— cómo se las habían hecho y cómo había salvado a los soldados de Brigan. Puesto que Fuego declinó hacerlo, la pequeña dirigió sus zalemas a Musa para convencerla.

—Pero si ni siquiera estabas allí —rió Fuego cuando Musa dio comienzo al relato.

—Bueno, pero si quien estaba no quiere contarlo…

—Viene hacia aquí alguien que conoce de primera mano esos hechos —anunció Fuego con aire de misterio; sus palabras dejaron a Hanna petrificada un momento, pero de inmediato se incorporó de un brinco.

—¿Es papá? —La pequeña giró como una peonza para echar un vistazo a todas las entradas—. ¿Se refiere usted a papá? ¿Dónde está?

El príncipe apareció en una de las arcadas que había al otro lado del patio; Hanna chilló y se fue a todo correr. Brigan la cogió en brazos y la condujo de nuevo al rincón donde se encontraban Fuego y la escolta, a quienes saludó con una inclinación de cabeza, sonriente por el chachareo imparable de su hija.

Fuego se preguntó qué le ocurría cada vez que veía reaparecer al príncipe, porque le entraban unas ganas incontrolables de salir disparada. Ahora eran amigos y debería haber superado ese miedo que le inspiraba. Así que se prohibió de forma tajante moverse y se centró en *Manchas*, que le ofreció las orejas para que lo acariciara y lo mimara, tan feliz.

Brigan soltó a Hanna en el suelo y se puso en cuclillas delante de ella; le tocó la mejilla con los dedos y le giró la cara hacia un lado y después hacia el otro para examinar la nariz, todavía magullada y vendada.

—A ver, dime, ¿qué ha pasado aquí? —interrumpió con suavidad el torrente de palabras de su hija.

—Pero, papá, es que estaban diciendo cosas malas sobre lady Fuego —le respondió sin darse apenas un respiro para cambiar de tema.

—¿Quiénes eran?

—Selin y Midan, y los demás.

—¿Y qué? ¿Acaso uno se te acercó y te atizó un puñetazo en la nariz?

Hanna restregó el zapato contra el suelo, y respondió:

—No, papá.

—Cuéntame qué pasó.

Otro restregón, y a continuación la pequeña explicó el incidente con desaliento:

—Pegué a Selin. ¡Se pasó de listo, papá! Alguien tenía que ponerle en su sitio.

Brigan permaneció en silencio unos segundos; Hanna apoyó las manos en las rodillas dobladas de su padre, y al agachar la cabeza, el cabello le resbaló como una cortina; suspirando muy hondo, fijó la vista en el suelo.

—Mírame, Hanna. —La niña obedeció—. ¿Crees que pegar a Selin era una forma razonable de hacerle ver su error?

—No, papá. Actué mal. ¿Vas a castigarme?

—De momento no asistirás a las clases de lucha. No accedí a que las tomaras para que después hicieras mal uso de ellas.

—¿Durante cuánto tiempo? —preguntó Hanna con otro profundo suspiro.

—Hasta que esté convencido de que entiendes cuál es el propósito de esas clases.

—¿Me prohibirás también las clases de equitación?

—¿Has cabalgado encima de alguien que no debías?

—¡Pues claro que no, papá! —La niña soltó una risita.

—En ese caso, puedes seguir con las clases de equitación.

—¿Me dejarás montar tus caballos?

—Sabes de sobra la respuesta a esa pregunta: tienes que crecer y ser más corpulenta antes de subirte a un caballo de guerra.

Hanna le acarició a Brigan la incipiente barba; lo hizo con tanta naturalidad y tanto cariño que Fuego casi no pudo aguantarlo, de modo que apartó la vista y miró ceñuda a *Manchas*, que le estaba dejando la falda llena de pelos.

—¿Cuánto tiempo vas a quedarte, papá?

—No lo sé, cariño. Me necesitan en el norte.

—Tú también tienes una herida, papá. —Hanna le cogió la mano izquierda, que llevaba vendada, y la examinó—. ¿Diste tú el primer puñetazo?

Brigan desvió la vista hacia Fuego con una sonrisa sólo contenida a medias; entonces se fijó en ella con más detenimiento. Los ojos del príncipe se tornaron fríos y la boca formó una línea prieta; el gesto la asustó y se sintió herida por su desconsideración.

Enseguida, recobró la sensatez y comprendió que la reacción del príncipe se debía a que había visto el rastro de la marca del anillo de Nash que aún se le notaba en la mejilla.

Pasó hace semanas —le transmitió con el pensamiento—. *Se comporta bien desde entonces.*

Él se puso de pie y levantó a Hanna en brazos.

—No di el primer puñetazo —le dijo a la pequeña con tranquilidad—. Y ahora mismo he de sostener una charla con tu tío el rey.

—Quiero ir contigo —dijo Hanna, abrazándolo.

197

—Puedes acompañarme hasta el vestíbulo, pero tengo que dejarte allí.

—¿Por qué? Quiero ir.

—Es una conversación privada.

—Pero...

—Hanna, ya me has oído.

—Sé caminar, no hace falta que me lleves en brazos —dijo la niña tras un silencio hosco.

La dejó en el suelo, y se produjo otro silencio huraño mientras padre e hija se miraban, el más alto de los dos con mucha más calma que la más bajita.

—¿Me llevas en brazos, papá? —preguntó la pequeña con una vocecilla muy débil.

El príncipe esbozó una sonrisa contenida, y dijo:

—Supongo que aún no eres lo suficientemente mayor.

Brigan cruzó el patio con Hanna en brazos, y Fuego escuchó el sonido musical de la voz infantil que se iba perdiendo en la distancia. *Manchas* hizo lo de siempre: sentarse y pensárselo antes de ir en pos de su amita. Consciente de que no era ético, la joven proyectó la mente hacia la del príncipe para convencerlo de que se quedara. No pudo evitarlo, lo necesitaba; pero él hizo oídos sordos.

El comandante iba sin afeitar, vestía ropas negras y las botas estaban salpicadas de barro; los ojos —tan claros— destacaban en su semblante agotado, un semblante varonil que había terminado por gustarle mucho a Fuego.

Y ahora entendía el porqué de ese impulso de querer salir corriendo hacia cualquier sitio cada vez que él aparecía; era una reacción instintiva acertada, porque de aquello no saldría nada más que tristeza.

Preferiría no haber sido testigo de la ternura con que trataba a la niña.

A Fuego se le daba muy bien no pensar en algo concreto cuando decidía no hacerlo porque resultaba doloroso o, simplemente, era una estupidez; de modo que aprehendió aquel asunto, lo golpeó, lo machacó y lo apartó de su mente, porque ¿qué se podía esperar de tal situación, considerando que el hermano de Brigan estaba enamorado de ella y habiendo sido Cansrel su padre?

Estaba ante una de esos temas en los que evitaba pensar.

Lo que sí se planteó (algo mucho más urgente en ese momento) fue qué objetivo tenía su presencia en la corte, porque si las obligaciones de Brigan lo conducían al norte, a buen seguro tendría la intención de llevársela de regreso a su hogar, pero ella aún no estaba preparada para marcharse.

Como había crecido junto a Brocker y Cansrel, no tenía nada de ingenua y se había fijado en esas partes de la ciudad en las que abundaban los edificios abandonados y el olor a suciedad; conocía el aspecto y la sensibilidad que irradiaban la gente hambrienta o adicta a alguna droga, y comprendía lo que significaba que Brigan, aun disponiendo de una gran fuerza militar como eran las cuatro divisiones, no fuera capaz de impedir que unos saqueadores despeñaran una aldea por un precipicio. Y eso sólo eran pequeñas cosas, simples tareas en el mantenimiento del orden. Pero se avecinaba una guerra, y si Mydogg y Gentian invadían la capital con sus ejércitos o si uno de ellos se proclamaba rey, ¿hasta dónde hundiría tal hecho a quienes ya tocaban fondo?

199

Fuego no quería ni imaginarse tener que volver al norte ni el largo viaje de regreso hasta su casa, donde las noticias llegaban con insoportable lentitud y la única variación en la rutina cotidiana era algún caso aislado de un estúpido intruso que nadie se explicaba por qué actuaba así. ¿Cómo iba a negarse, pues, a colaborar con la familia real cuando había tanto en juego? ¿Cómo iba a marcharse?

—Está usted desaprovechando el valioso don que posee —le dijo Clara en cierta ocasión, casi con resentimiento—. Un don que a los demás hasta nos cuesta concebir lo que supondría poseerlo; desperdiciarlo es un crimen.

Fuego no respondió, pero las palabras de la princesa le calaron más hondo de lo que ésta habría podido imaginar.

Esa noche, estando Fuego en el tejado y mientras luchaba consigo misma, Brigan apareció a su lado y se reclinó en la barandilla; ella inspiró hondo para tranquilizarse y observó el brillo de las antorchas de la ciudad, procurando no mirar al príncipe ni sentirse complacida por su compañía.

—Me han dicho que le vuelven loco los caballos —comentó a la ligera.

Él sonrió de oreja a oreja y repuso:

—Ha surgido un asunto imprevisto y me marcho mañana por la noche, siguiendo el curso del río hacia el oeste. Regresaré al cabo de dos días, pero Hanna no me perdonará. He caído en desgracia...

—Supongo que lo echa muchísimo de menos cuando se va usted —dijo ella, que recordaba bien lo que era tener cinco años.

—Sí, en efecto. Además, siempre estoy de viaje. Si las cosas fueran de otro modo... En fin, quería consultarle una cosa antes de irme. Dentro de poco viajaré al norte, esta vez sin el ejército, por lo que el trayecto será más rápido y más seguro si desea regresar a casa.

—Imagino que mi respuesta tendría que ser afirmativa.

—¿Prefiere que haga los preparativos para que la acompañe una escolta distinta? —inquirió el príncipe tras una ligera vacilación.

—¡Oh, no, no! No se trata de eso, es que todos sus hermanos no dejan de presionarme para que me quede en la corte y utilice mi poder mental para ayudar en la labor de espionaje; incluso el príncipe Garan insiste, y eso que aún no ha resuelto si debe fiarse de mí o no.

—Ah, bueno, es que Garan no se fía de nadie ¿sabe? Es innato en él, y una consecuencia de su trabajo. ¿Le hace pasar malos ratos?

—No, no, es bastante amable conmigo; como lo es todo el mundo, en realidad. Lo que quiero decir es que aquí no lo paso ni peor ni mejor que en cualquier otro sitio, pero es... diferente.

—Bien, pues, no debe permitir que la intimiden para obligarla a hacer lo que no quiere —manifestó el príncipe después de reflexionar un momento—. Ellos sólo lo ven bajo el punto de vista que les interesa: el suyo. Están tan inmersos en cuestiones del reino que ni siquiera se les pasa por la imaginación que haya otro modo de vivir.

Fuego se preguntó qué otro modo de vivir imaginaría él, o

qué clase de vida le habría gustado llevar si no hubiera nacido para la que le había tocado en suerte.

—¿Cree usted que debería quedarme y ayudarlos tal como me piden? —preguntó eligiendo con cuidado las palabras.

—Señora, no me corresponde a mí decirle cómo debería actuar. Usted ha de hacer lo que le dicte su conciencia.

Fuego captó cierto matiz defensivo al pronunciar estas palabras, si bien no sabía con certeza a cuál de los implicados defendía Brigan.

—¿Y usted no tiene opinión sobre lo que es más indicado? —volvió a presionarlo.

—No quiero influir en su decisión. —Un tanto aturullado, el príncipe dejó de mirarla—. Si se queda, me sentiré muy complacido, porque su ayuda sería inestimable, pero también lamentaría mucho pedirle determinadas cosas. Lo lamentaría muchísimo.

Extraño arranque; en primer lugar, porque él no era dado a tener arranques, y en segundo lugar, porque a nadie más se le había ocurrido lamentarlo. Fuego, que estaba completamente perdida, crispó las manos en la barandilla en la que las apoyaba.

—Apoderarse de la mente de alguien y modificársela es una intrusión, una violación. ¿Sería capaz de hacer uso de esa facultad sin sobrepasar el límite de lo que considero justo, o cómo sabría que no había llegado demasiado lejos? Estoy capacitada para hacer tantas cosas espantosas…

Brigan reflexionó sin premura, con la mirada fija en las manos, dando tironcitos al borde del vendaje, absorto.

—La comprendo —dijo finalmente—. Sé muy bien qué significa ser capaz de hacer cosas horribles. Entreno a veinticinco mil soldados para que reciban un baño de sangre, he llevado a cabo ciertos actos que desearía no haber cometido nunca y habrá otros que deberé realizar en el futuro. —Le echó una rápida mirada y después volvió a contemplarse las manos—. Estoy convencido de que mis palabras le sonarán presuntuosas, señora, pero, por si le sirve de algo y quiere tenerlo en cuenta, yo le prometería que si alguna vez me pareciera que, debido a su poder, había rebasado los límites permisibles, se lo diría. Y tanto si decide aceptar como rechazar mi promesa, me encantaría pedirle que hiciera usted lo mismo por mí.

Fuego tragó saliva; no daba crédito a que le demostrara tanta confianza.

—Para mí sería un honor —susurró—. Acepto su promesa y le ofrezco la mía a cambio.

Las luces de las casas de la ciudad se fueron apagando poco a poco. En parte, el procedimiento de evitar pensar en un asunto concreto era no dar pie a que se presentaran ocasiones para que dicho asunto cobrara protagonismo.

—Gracias por el violín —dijo la joven—; lo toco todos los días.

Acto seguido se marchó a sus aposentos acompañada por la escolta.

Fue a la mañana siguiente, cruzando el gran vestíbulo, cuando vio con toda claridad qué debía hacer.

Las paredes de la cavernosa estancia eran espejos, y mientras cruzaba el vestíbulo, se dejó llevar por un repentino impulso y se contempló en ellos.

Se quedó sin aliento, fija la mirada en el espejo, hasta que la abandonó ese primer instante perturbador de incredulidad. Cruzada de brazos y con los pies bien plantados, se miró y se miró… Entonces, recordó una cosa que la había enfurecido: tras confesar a Clara su intención de no tener hijos nunca, la princesa le habló de una medicina que la enfermaría considerablemente, pero sólo dos o tres días, y cuando se recuperara jamás tendría que preocuparse por la posibilidad de quedarse embarazada por muchos hombres que llevara a su lecho, porque ese medicamento la incapacitaría para procrear de forma permanente. El fármaco era uno de los hallazgos más útiles del rey Arn y lady Ella.

Cómo la enfureció pensar en esa medicina, una agresión contra sí misma que le impediría procrear un ser semejante a ella; mas, ¿qué propósito tenían esos ojos, ese rostro increíble, la suavidad y las curvas de ese cuerpo, la fortaleza de esa mente…? ¿De qué servía todo eso si ninguno de los hombres que la desearan le daría un hijo, si lo único que le procuraría sería dolor? ¿Qué finalidad tenía una mujer monstruo?

—¿Para qué vivo entonces? —susurró.

—¿Cómo dice, señora? —preguntó Musa.

—Nada, nada. —Se acercó un poco más al espejo y se quitó de un tirón el pañuelo; la mata de pelo le cayó sobre los hombros y la espalda, resplandeciente; uno de sus guardias lanzó una exclamación ahogada.

Era tan hermosa como Cansrel; a decir verdad, se le parecía mucho.

A su espalda, Brigan entró de repente en el gran vestíbulo y se detuvo; los ojos de ambos se encontraron en el espejo. Se notaba que el príncipe estaba en mitad de una conversación o de un pensamiento, que el inesperado encuentro con ella había interrumpido por completo.

Qué pocas veces le había sostenido la mirada a Fuego. El cúmulo de sentimientos que la joven intentaba truncar amenazó con reaparecer de forma paulatina.

A todo esto, Garan, que venía hablando con acritud, alcanzó a Brigan; se oyó la voz de Nash detrás de Garan, y entonces el propio rey apareció en el vestíbulo, la vio y se detuvo en seco junto a sus hermanos. Asaltada por el pánico, Fuego se recogió el cabello para tapárselo al tiempo que se armaba de valor para afrontar cualquier forma de conducta absurda que al monarca se le ocurriera adoptar.

Pero no pasó nada ni había peligro de que pasara, porque Nash procuraba con todas sus fuerzas cerrarle la mente.

—Bien hallada, señora —saludó con un esfuerzo tremendo. Echó los brazos por encima de los hombros de sus hermanos, y se marchó con ellos del vestíbulo, fuera de su vista.

Fuego estaba impresionada, además de sentir un gran alivio, y de nuevo arrojó los pensamientos indeseados al rincón más profundo de su mente. En ese momento, justo antes de que los hermanos desaparecieran, atisbó un destello en la cadera de Brigan.

Era la empuñadura de la espada del príncipe, la que lo identificaba como comandante de la Mesnada Real; y de súbito, lo entendió todo.

Brigan hacía cosas horribles: mataba a hombres en las montañas; entrenaba soldados para guerrear; tenía un poder destructivo enorme, igual que lo tuvo su padre, el rey Nax... Aunque él

203

no ejercía ese poder de la misma forma que el anterior rey. En realidad Brigan habría preferido no usarlo, pero decidió ejercerlo porque así, tal vez, impediría que otras personas lo aplicaran de peor manera.

El poder que tenía suponía una carga para él, una carga aceptada.

Pero no era como su padre en absoluto; como tampoco lo eran Garan ni Clara; ni, a decir verdad, Nash. No todos los hijos actuaban como sus padres; un hijo elegía qué clase de persona quería ser.

Tampoco todas las hijas eran como sus padres; una hija monstruo elegía asimismo qué clase de monstruo quería ser.

Fuego se inspeccionó la cara en el espejo, y la hermosa imagen se emborronó a causa de las lágrimas que le enturbiaban la vista; parpadeó para librarse de ellas.

—Temía ser como Cansrel, pero no soy él —le dijo en voz alta a su reflejo.

—Cualquiera de nosotros le podríamos haber dicho eso hace tiempo, señora —comentó con suavidad Musa, situada junto a ella.

Fuego miró a la capitana de su escolta y se echó a reír porque no era Cansrel… Era ella misma y nadie más. No tenía por qué seguir las huellas de nadie, sino que escogería su propio camino. Pero de pronto, se le cortó la risa porque la aterró tomar conciencia de la senda que, en aquel mismo instante, había elegido recorrer.

«No puedo hacerlo —se dijo—. Es demasiado peligroso, y sólo conseguiré empeorar las cosas… No, no —se rebatió enseguida—. Ya lo estaba olvidando: no soy Cansrel, y cada paso que dé por esa senda, será el que yo decida dar. Tal vez mi poder me parezca horrible siempre, y quizá nunca llegue a ser lo que más me gustaría, pero tengo la oportunidad de quedarme aquí e intentar convertirme en lo que debería ser. Desaprovechar mi don sería un delito, así que usaré el poder que poseo para enmendar todo lo malo que hizo mi padre. Lo utilizaré para luchar por Los Vals.»

Segunda parte

Espías

sa, pero, mientras él la buscaba con las manos y la besaba de nuevo, se percató de que lo deseaba, que necesitaba al hombre; su cuerpo requería esa fiereza que a la vez resultaba reconfortante. Se apretó, pues, contra él y lo hizo entrar en casa y subir la escalera. Y así, de la noche a la mañana, los amigos de la infancia se convirtieron en amantes. Encontraron un terreno donde estaban de acuerdo, una vía de escape para la ansiedad e infelicidad que amenazaba con superarlos. A menudo, después de hacer el amor, a Fuego solía entrarle hambre, de modo que, entre besos y sonrisas, Arquero le daba de comer en la cama los alimentos que le traía por la ventana.

Era indudable que Cansrel lo sabía, pero mientras que el dulce amor que Fuego sentía por Liddy le resultó intolerable, la necesidad por Arquero tan sólo le suscitó una divertida aceptación de lo inevitable; le traía sin cuidado, siempre y cuando ella tomara las hierbas cuando fueran menester.

—Con que haya dos individuos de nuestra especie es suficiente, hija —le dijo con suavidad. La muchacha captó la amenaza implícita que había en esas palabras hacia el bebé que no pensaba tener, y se tomó las hierbas.

224

Arquero aún no actuaba como un celoso o un dominante en aquella época. Eso vendría más tarde.

De vuelta al presente, Fuego pensó que sabía muy bien que nada permanecía inmutable; todo lo que empezaba de forma natural tenía su fin, fuera éste natural o no. Estaba impaciente por volver a ver a Arquero; más que impaciente, pero estaba segura de aquello que vendría buscando cuando llegara a Burgo del Rey, y temía que llegara el momento en que tendría que decírselo para hacerle entender que no lo iba a conseguir.

Basándose en lo que había percibido sobre el arquero desconocido, Fuego tomó por costumbre describírselo, al terminar la sesión, a toda persona a la que interrogaba, pero, de momento, no había servido de nada.

—¿Tiene alguna novedad sobre ese arquero, señora? —le preguntó Brigan un día en que se encontraban en el dormitorio de Garan.

Capítulo 17

Pese a todo lo que Fuego había aprendido gracias a Cansrel y a Brocker sobre el juego del poder en Los Vals, se daba cuenta de que el suyo era un conocimiento adquirido a grandes rasgos, ya que ahora sí tenía en la mente un mapa detallado y concreto, en el que los puntos claves eran: Burgo del Rey, el predio de Mydogg en la frontera pikkiana, y las tierras de Gentian en la cordillera meridional —más allá del río—, cercanas a Fortaleza Aluvión. Entremedias había otros lugares: las numerosas fortificaciones y puestos avanzados de Brigan; los feudos de nobles señores y damas que disponían de pequeños ejércitos y alianzas inestables; los Grandes Gríseos, al sur y al oeste; los Gríseos Chicos, en el norte; el río Alígero; el río Pikkiano, y la región llana y montañosa, al norte de Burgo del Rey, llamada Rasa de Mármol. Terrenos rocosos en los que había sectores de pobreza, chispazos de violencia, saqueos y desolación, parajes y linderos abocados a ser claves en la guerra entre Nash, Mydogg y Gentian.

El trabajo que realizaba Fuego cambiaba de un día para otro, porque nunca sabía qué clase de personas le traería la gente que estaba a las órdenes de Clara y de Garan; tal vez serían contrabandistas pikkianos, soldados corrientes de Mydogg o de Gentian, mensajeros de cualquiera de los dos señores, o sirvientes que en algún momento trabajaron para alguno de ellos. O bien podía tratarse de hombres sospechosos de actuar como espías de los señores rebeldes o de los aliados de éstos. Así pues, acabó comprendiendo que en un reino mantenido en precario equilibrio sobre un montón de alianzas inestables, la mercancía crucial era la información. En Los Vals se espiaba a amigos y enemigos por igual, es decir, se espiaba a los propios espías. Y, por descontado, todos los participantes del reino en ese juego hacían exactamente lo mismo.

El primer hombre que le llevaron para sondearlo, un viejo criado al servicio de un vecino de Mydogg, se abrió de par en par nada más verla y soltó a borbotones hasta el último pensamiento que tenía en la cabeza.

—El príncipe Brigan ha impresionado muchísimo, y con razón, tanto a lord Mydogg como a lord Gentian —le confesó el anciano, tembloroso e incapaz de quitarle los ojos de encima—. Los dos llevan unos cuantos años comprando caballos y armando a sus ejércitos, igual que el príncipe, y también han reclutado montañeses, saqueadores y soldados. Pero sienten un gran respeto por el príncipe como oponente, señora. ¿Tenía usted idea de que hay pikkianos en el ejército de lord Mydogg? Son tipos enormes de tez pálida que deambulan a hurtadillas por las tierras del vecino de mi señor.

«Va a ser un trabajo fácil —pensó Fuego—. Lo único que debo hacer es quedarme sentada aquí, y ellos soltarán todo lo que saben.»

—No nos ha contado nada que no supiéramos ya —objetó Garan, impertérrito—. ¿Le ha sondeado para sonsacarle algo más, por ejemplo, nombres, lugares o secretos? ¿Cómo tiene la seguridad que le ha dicho todo lo que sabe?

Los dos tipos siguientes no se mostraron tan abiertos; eran un par de espías convictos, resistentes al poder de la dama monstruo y mentalmente fuertes. Ambos tenían la cara magullada y estaban flacos; uno caminaba encorvado y cojeando, e hizo un gesto de dolor cuando se recostó en la silla, como si tuviera cortes o contusiones en la espalda.

—¿Cómo y dónde se hizo esas heridas? —preguntó Fuego, recelosa.

Los hombres se quedaron sentados en silencio, impasible el gesto, evitando mirarla, y no respondieron ni a ésas preguntas ni a ninguna otra de las que les formuló. Cuando acabó el interrogatorio y ambos espías volvieron a las mazmorras, Fuego se disculpó con Garan, presente en la sala durante el episodio.

—Eran demasiado fuertes para mí, alteza, no conseguí sacarles nada.

—¿Acaso lo intentó? —preguntó malhumorado Garan, que alzó la vista de un montón de papeles.

—Sí, sí lo intenté.

—¿De verdad? ¿Con cuánto empeño? —El príncipe se levantó de la silla, prietos los labios—. No tengo tiempo ni energías que malgastar, señora, de modo que cuando esté decidida a trabajar en serio, hágamelo saber.

Se metió el montón de papeles debajo del brazo, abrió la puerta con brusquedad y salió de la sala de interrogatorios, dejándola sola con su indignación. Garan tenía razón, desde luego; no lo había intentado con verdadero empeño. Al tantear las mentes de los hombres y hallarlas cerradas, no se esforzó en obligarlos a abrirlas. Ni siquiera trató de forzarlos a mirarla a la cara. ¿Y cómo iba a hacerlo? ¿De verdad se esperaba de ella que se sentara delante de hombres debilitados por los malos tratos, y abusar aún más de ellos?

Se incorporó de un brinco y corrió en pos de Garan; lo encontró sentado al escritorio de su despacho, enfrascado en garabatear letras codificadas a toda velocidad.

—Tengo unas reglas —le espetó.

El príncipe dejó de escribir, la miró inexpresivamente y esperó.

—Si me trae a un viejo sirviente que va de buena gana allí donde los hombres del rey le piden, un hombre que nunca estuvo convicto de ningún delito, a quien ni siquiera se le ha acusado de cometerlo, no debo dominarle la mente. Me limito a sentarme frente a él y le hago preguntas, y si mi presencia influye en que se muestre más locuaz, estupendo. Pero no le forzaré a que diga cosas que, en caso contrario, no habría comunicado. Y tampoco —añadió levantando la voz cada vez más— controlaré la mente de una persona a la que casi no le han dado de comer, se le han negado medicinas o se la ha pegado en las mazmorras. No pienso manipular a ningún prisionero que haya sido maltratado.

Garan se recostó en la silla y, cruzando los brazos, comentó con sorna:

—Teniendo en cuenta que su manipulación mental es un maltrato, como usted misma reconoció, no me diga que no tiene gracia la cosa.

209

—Sí, pero en mi caso la pongo en práctica con buenos propósitos, no como en el suyo...

—El maltrato no es obra mía. Yo no doy órdenes en los calabozos, y no tengo ni idea de lo que pasa en ellos.

—Pues si quiere que los interrogue, más vale que se entere.

Fuego tuvo que reconocer en favor de Garan que, tras aquella conversación, el trato a los prisioneros valenses cambió; un hombre que se mostró más que lacónico en una sesión en la que ella no averiguó nada de nada, le dio las gracias por su mediación cuando puso fin al interrogatorio.

—Son las mejores mazmorras que he visto en mi vida —confesó mientras mordisqueaba un palillo.

—Fantástico —rezongó Garan cuando el hombre se hubo marchado—. Vamos a tener fama de ser amables con los transgresores de la ley.

—No es probable que una cárcel que tiene entre sus interrogadores a una dama monstruo se haga famosa por dar un trato amable a los prisioneros —repuso Nash sin alterarse.

Algunos estaban encantados de que los condujeran ante ella, les gustaba demasiado verla para que les importara confiarle algún secreto, pero el rey tenía gran parte de razón en su comentario. Fuego vio a decenas (que progresivamente se convirtieron en centenares) de diferentes espías, contrabandistas y soldados que entraban en el cuarto con gesto hosco, a veces incluso forcejeando con los guardias, que debían meterlos a rastras. Una vez dentro, la joven les hacía preguntas mentalmente:

¿Cuándo hablaste por última vez con Mydogg? ¿Qué te dijo? Cuéntamelo todo. ¿A qué espías que están a nuestro servicio quiere convencer de que trabajen para él? —Fuego se tomaba un respiro y se obligaba a sondear, a estrujar y a machacar; a veces, incluso, a amenazar—. *No, no, vuelvas a mentir. Otra mentira más y sentirás dolor, porque me crees capaz de hacerte daño, ¿verdad que sí?*

«Todo esto lo hago por Los Vals —se repetía una y otra vez cuando su capacidad de intimidar la paralizaba de vergüenza y pánico—. Lo hago para proteger el reino de quienes quieren destruirlo.»

—En mi opinión, si se produce una guerra a tres bandas es el rey quien tiene ventaja en cuanto al número de efectivos —dijo un prisionero al que habían apresado cuando pasaba de contrabando espadas y dagas para Gentian—. ¿No opina usted lo mismo, señora? Porque ¿alguien sabe con certeza cuántos soldados sirven a las órdenes de Mydogg?

Era un tipo que, de continuo, trataba de romper el dominio mental de la dama monstruo, un tipo amable y educado que en determinado momento se quedaba obnubilado, pero al instante volvía a ser un hombre lúcido que forcejeaba con los grilletes que le ceñían muñecas y tobillos, y gimoteaba al verla.

La joven le dio un pequeño aguijonazo mental para sacarlo de sus fútiles teorías e intentar centrarlo en lo que sabía de verdad.

—Háblame de Mydogg y de Gentian —le pidió—. ¿Planean organizar un ataque este verano?

—No sé nada, señora, sólo he oído rumores.

—¿Sabes con cuántos hombres cuenta Gentian?

—No, pero me compra innumerables espadas.

—¿Cuántas son «innumerables»? Sé más específico.

—No sé cifras concretas —respondió él con sinceridad, aunque de nuevo luchaba por soltarse del dominio mental de Fuego—. No tengo nada más que decirle —anunció de repente y, mirándola con los ojos desorbitados, se echó a temblar—. Sé qué es usted; no permitiré que me utilice...

—No disfruto en absoluto haciendo esto —replicó con hastío la joven, permitiéndose decir, una vez al menos, lo que sentía. Observó entonces al hombre que tironeaba de las muñecas hasta que soltó un respingo y se recostó en la silla, exhausto y sin resuello. En esto, Fuego se cogió el pañuelo con las manos y tiró de él, de manera que la melena le cayó como una roja cascada sobre los hombros. La brillantez del cabello sorprendió al hombre y se la quedó mirando boquiabierto, sin salir de su asombro; en ese instante, ella se le metió de nuevo en la mente y la controló con facilidad—. ¿Qué rumores son ésos que has oído sobre los planes de los señores rebeldes?

—Bueno, señora —dijo, de nuevo transformado y con una sonrisa risueña—, oí decir que lord Mydogg quiere convertirse en rey de Los Vals y de Pikkia, y luego disponer de barcos pik-

211

kianos para explorar el mar y descubrir nuevas tierras que conquistar. Un contrabandista pikkiano me lo contó, señora.

«Voy mejorando —pensó Fuego—. Estoy aprendiendo todos estos truquillos baratos que dan asco.»

De modo que la mente se le desarrollaba y adquiría sutileza con la práctica, convirtiéndola en más rápida y más potente; dominar el control mental se le estaba convirtiendo en una actitud fácil y casi cómoda.

Sin embargo, lo único que descubría eran planes imprecisos sobre un ataque que tendría lugar pronto, en algún momento, o intenciones violentas y poco concretas contra Nash y Brigan, e incluso contra ella, o bien rápidos cambios de alianzas que volvían a cambiar con idéntica rapidez. Al igual que Garan, Clara y los demás, esperaba averiguar alguna noticia bien fundada, un hecho importante y traicionero que sirviera de llamada a la acción.

Todos estaban deseosos de que se produjera un gran avance, algo rompedor que cambiara el estado de las cosas; pero a veces lo único que ella deseaba con ansiedad era que le permitieran disfrutar de un momento de soledad.

212

La dama monstruo nació en verano, y en julio celebraba su cumpleaños, aunque, aquel año, el día pasó sin pena ni gloria porque no se lo dijo a nadie. Arquero y Brocker —ambos— le enviaron flores, un detalle que le arrancó una sonrisa, pues estaba segura de que le habrían mandado otro tipo de obsequio de haber sabido que eran muchos los hombres de la corte y de la ciudad que le enviaban flores de continuo, sin parar; flores y más flores desde que llegó a palacio hacía dos meses. Sus aposentos parecían siempre un invernadero, aunque no le interesaban las atenciones de esos hombres y habría tirado las orquídeas, los lirios y las delicadas rosas de largo tallo de no ser porque le encantaban; le gustaba estar rodeada de tanta belleza, y descubrió que poseía un talento natural para arreglar y combinar conjuntos florales según los colores.

El rey nunca le regalaba flores, y aunque sus sentimientos hacia ella no habían cambiado, dejó de requerirle que se casara con él. En cambio, le pidió que le enseñara a guardarse mentalmente de los monstruos, de forma que durante una serie de días, e incluso semanas, situados cada cual a uno y otro lado de la puerta de la sala de la joven, ésta le enseñó lo que él ya sabía hacer, si bien necesitaba un empujón para recordarlo: intención, enfoque y autocontrol. Con la práctica y con su recién adquirido compromiso con la disciplina, la mente de Nash se fortaleció y estuvieron en disposición de trasladar las clases al gabinete del rey. Ahora podía confiar en que no la tocaría, salvo si tomaba demasiado vino, cosa que ocurría alguna que otra vez; sus lágrimas de beodo eran irritantes, aunque, por otro lado, resultaba más fácil controlarlo cuando estaba ebrio.

En palacio, a nadie le pasaba inadvertido cada vez que estaban juntos, y las habladurías desconsideradas surgían con facilidad; en la rueda de chismes que se formó, se consideraba un radio sólido y bien fundado el rumor de que la dama monstruo acabaría casándose con el monarca.

Brigan estuvo ausente casi todo el mes de julio; iba y venía sin parar, y Fuego dedujo por fin cuál era su punto de destino. Aparte del considerable tiempo que pasaba con el ejército, también se reunía con nobles señores y damas, con hombres de negocios involucrados en el mercado negro, con amigos y enemigos, todo ello con miras a lograr diversos objetivos, ya fuera convencer a alguno de ellos de que se aviniera a forjar una alianza, o poner a prueba la lealtad de algún otro noble. En algunos casos sólo había una palabra para describir lo que hacía: espiar. A veces tenía que luchar para salir de las trampas en las que caía (o bien a sabiendas o de forma involuntaria), y regresaba con una mano vendada, los ojos amoratados o una costilla rota, como ocurrió en una ocasión en la que cualquier persona en su sano juicio no habría montado a caballo. Fuego pensó lo terribles que eran algunas situaciones comprometidas en las que Brigan se metía de cabeza. Tendría que ser cualquier otro el que se encargara de negociar con un tratante de armas, conocido por los favores que de vez en cuando le hacía a Mydogg, y también tendría que ser otro el que visitara el feudo aislado y bien protegido del hijo de Gentian, Gunner, en las montañas meridionales, para dejarle claras las consecuencias que tendría para él mantenerse leal a su padre.

—Se le dan demasiado bien estas gestiones para que otro se

213

encargue de ellas —le explicó Clara cuando Fuego puso en tela de juicio la conveniencia de celebrar tales reuniones—. Sabe cómo convencer a la gente de que desean lo mismo que él, y cuando no logra persuadir con palabras a quien sea, a menudo lo consigue con la espada.

Fuego se acordó de los dos soldados que se enzarzaron al verla el día en que emprendió viaje con la División Primera; recordaba que la brutalidad de los contrincantes se convirtió en vergüenza y remordimiento después de que Brigan les dirigiera unas palabras.

No todas las personas que inspiraban devoción eran monstruos.

Asimismo, tenía fama de manejar bien la espada; Hanna, naturalmente, hablaba de él como si fuera imbatible.

—Yo he heredado de mi padre la destreza en la lucha —manifestó la pequeña en una ocasión; desde luego, era obvio que la había sacado de alguna parte, porque Fuego tenía la impresión de que casi ningún niño de cinco años habría salido de una escaramuza contra una pandilla de chicos sólo con la nariz rota, si es que salía de ella.

El último día de julio, Hanna fue a verla con un colorido manojo de flores silvestres; la joven se imaginó que las había cogido en los pastos del acantilado que se alzaba sobre Bodega del Puerto, detrás de la casita verde.

—La abuela me cuenta en una carta que cree que usted cumple años en julio. ¿Ha sido ya? ¿Por qué nadie sabe cuándo es su cumpleaños? Tío Garan dice que a las damas les gustan las flores. —La pequeña arrugó la nariz, mueca con la que ponía en duda la veracidad de tal afirmación, y casi le metió el ramo en la cara a Fuego, como si creyera que las flores eran para comer y esperase que ella agachara la cabeza y se pusiera a masticarlas, como habría hecho *Manchas*.

Junto con los ramos de Arquero y Brocker, ése era su preferido entre todos los que había en sus aposentos.

Un agobiante día de finales de agosto, mientras Fuego se encontraba en los establos cepillando a *Corto* con la esperanza de despejarse, su escolta se retiró cuando Brigan entró allí sin prisa, llevando una colección de bridas cargadas al hombro. Él se apoyó en la puerta de la cuadra y le rascó la nariz a *Corto*. Había regresado esa mañana de su último viaje.

—Señora, bienhallada —la saludó.

—Príncipe Brigan… —saludó ella a su vez—. ¿Dónde está su dama?

—En clase de historia, a la cual ha asistido sin protestar, y yo trato de prepararme para lo que eso pueda significar, porque, una de dos: o planea sobornarme para conseguir algo, o es que está enferma.

La muchacha quería preguntarle algo, pero era una cuestión embarazosa; lo único que podía hacer era adoptar un aire digno y lanzársela, así que alzó la barbilla y dijo:

—Hanna me ha preguntado ya varias veces por qué los animales monstruo enloquecen por mí todos los meses y por qué no puedo salir del castillo durante cuatro o cinco días cada mes, a menos que lleve más guardias en la escolta. Me gustaría explicárselo, y quería pedirle permiso para hacerlo.

La reacción del príncipe fue impresionante por el dominio que mostró en controlarse y mantener el gesto impasible, quedándose donde estaba, al otro lado de la puerta de la cuadra. Mientras acariciaba el cuello a *Corto*, contestó:

—Tiene cinco años.

Fuego no replicó y se limitó a esperar. Entonces, demostrando su incertidumbre, el príncipe le preguntó:

—¿Usted qué opina? ¿No será demasiado pequeña para que lo entienda? No querría que se asustara.

—Los monstruos no le dan miedo, alteza. De hecho, habla de protegerme de ellos con su arco.

—Me refería a los cambios que sufrirá su propio cuerpo con el tiempo —aclaró Brigan en voz queda—. Lo que me preocupa es que la asuste esa información.

—Oh, ya entiendo. Pero, precisamente, quizá sea yo la más indicada para explicárselo, pues notaré si se altera, ya que no tiene la mente muy cerrada; podría adecuar la explicación según cómo reaccione.

—Sí, bueno… —dijo Brigan, todavía poco convencido por el

215

comentario—. Pero ¿no le parece que con cinco años es todavía muy pequeña?

Qué extraño le resultaba a Fuego (qué peligrosamente adorable) verlo tan varonil, tan fuera de su elemento, buscando consejo en un tema que no dominaba.

—No creo que Hanna sea demasiado pequeña para entenderlo —respondió con franqueza—. Y considero que merece una respuesta sincera a un hecho que la desconcierta.

—Me llama la atención que no me lo haya preguntado a mí —comentó él—. No le da apuro plantear preguntas.

—Quizá percibe la naturaleza del tema.

—¿De verdad puede ser tan sensible?

—Los niños tienen un talento natural para ciertas cosas.

—Sí, cierto —convino Brigan—. En fin, tiene usted permiso para hablar con ella. Y cuénteme después cómo ha ido todo.

Pero Fuego había dejado de oírle de repente, porque la perturbaba (como ya le había ocurrido varias veces a lo largo del día) la sensación de una presencia que era extraña y familiar a la vez, y que estaba fuera de lugar; una persona que no debería encontrarse allí. Apuñó la crin de *Corto* y meneó la cabeza. El caballo apartó la nariz del pecho de Brigan y giró la cabeza para mirar a su dueña.

—Señora, ¿qué le ocurre?

—Es casi como si… No, he dejado de sentirlo ya. ¡Bah, da igual, no tiene importancia! —Brigan la miraba desconcertado—. A veces tengo que dejar «reposar» una sensación hasta encontrarle sentido —explicó la joven con una sonrisa.

—Ah, ya… —Él examinó el largo hocico de *Corto*—. ¿Tenía algo que ver con mi mente?

—¿Cómo dice? ¿Está de broma?

—¿Acaso debería?

—¿Cree que la percibo lo más mínimo?

—¿No es así?

—Brigan —se dirigió a él por su nombre, olvidando los modales a causa de la sorpresa—, su conciencia es un muro sin fisuras. Ni una sola vez he percibido el menor atisbo de lo que guarda en la mente.

—¡Oh, bien! —dijo el príncipe de forma harto elocuente; se

colocó mejor las riendas que llevaba colgadas al hombro con un aire de estar muy complacido consigo mismo.

—Di por sentado que usted lo hacía a propósito.

—Y lo hacía, sólo que no es nada fácil saber si uno tiene éxito en ese tipo de cosas.

—Pues ha sido todo un éxito.

—¿Y qué tal ahora?

—¿A qué se refiere? ¿Me está preguntando si percibo sus sensaciones ahora? Le aseguro que no.

—¿Y ahora?

A Fuego le llegó como la mansa ola de un profundo océano; se quedó callada, absorbió la sensación y controló sus propios sentimientos, porque el hecho de que él le dirigiera una sensación, la primera que le transmitía algo, la hacía sentirse increíblemente feliz.

—Percibo que esta conversación le divierte —dijo la joven.

—Qué interesante —sonrió él—. Fascinante… Y ahora que mi mente está abierta, ¿lograría usted tomar el control?

—Jamás. Se ha permitido mostrar una sensación, pero ello no significa que yo esté en posición de entrar a saco y controlarla.

—Inténtelo, por favor —pidió el príncipe; aunque había un timbre amistoso en la voz y la expresión de su semblante era franca, ella tuvo miedo.

—No me apetece.

—Es sólo un experimento.

La palabra le provocó tal pánico que le cortó la respiración.

—No, no quiero. No me pida eso.

Brigan se apoyó en la puerta de la cuadra para acercársele.

—Señora, perdóneme por haberla angustiado —susurró—. No se lo pediré nunca más, lo prometo.

—No lo entiende; yo nunca lo intentaría.

—Lo entiendo, sé que jamás lo haría. Por favor, señora… ¡Oh, si pudiera retirar lo que he dicho!

Fuego cayó en la cuenta de que aferraba la crin de *Corto* con más fuerza de lo que era su intención; le soltó el pelo y lo acarició mientras pugnaba por contener el llanto. Apoyó la cara contra el cuello del caballo e inhaló su cálido olor.

217

De pronto se echó a reír, pero era una risa ahogada que más parecía un sollozo.

—En realidad hubo un tiempo en que pensé controlarle la mente si me lo pedía. Creía que lograría ayudarlo a conciliar el sueño por la noche.

Brigan abrió la boca para decir algo, pero la cerró sin pronunciar una sola palabra. La expresión se tornó cerrada un instante, y reapareció la conocida máscara indescifrable.

—Pero no sería justo —susurró él al cabo—, porque después de conseguir que me durmiera, usted seguiría despierta, sin nadie que la ayudara a conciliar el sueño.

Ella ya no tenía claro de qué hablaban ahora, y se sintió terriblemente desdichada, pues no era una conversación adecuada para distraerla de las sensaciones que ese hombre le despertaba.

A todo esto, Welkley se aproximó con el mandato de que Brigan se presentara ante el rey, y para Fuego fue un respiro verlo marcharse del establo.

De camino a sus aposentos acompañada por la escolta, la extraña y familiar conciencia le pasó como un roce fugaz por la mente: el arquero, el arquero de mente turbia.

Fuego resopló con frustración; el arquero se hallaba en palacio o en el recinto exterior o en un lugar próximo de la ciudad; o eso era lo que había pensado varias veces a lo largo del día, pero nunca se le detenía en la mente el tiempo suficiente para asirle la conciencia o para saber qué hacer. No era normal; no era normal que esos hombres rondaran por los alrededores ni que esas mentes estuvieran tan en blanco, como si estuvieran fascinadas por un monstruo. Percibir la presencia del arquero allí, al cabo de los meses, no fue algo que le complaciera.

A llegar a sus aposentos, encontró a los guardias que estaban allí apostados en un estado de ánimo muy peculiar.

—Un hombre se ha aproximado a su puerta, señora, pero lo que dijo no tenía sentido —informó Musa—. Afirmó ser un hombre del rey que venía a examinar la vista que hay desde sus ventanas, pero no lo identifiqué como tal y no me fié de él, así que no lo dejé entrar.

—¿La vista desde mis ventanas? —Fuego no salía de su asombro—. ¿Con qué propósito?

—No me ha dado buena impresión, señora —intervino Neel—. Había algo raro en él y nada de lo que decía tenía sentido.

—Pues a mí sí me ha causado buena impresión —gruñó otro de los guardias—. Al rey no le va a gustar que lo hayamos desobedecido.

—Se acabó la discusión —espetó Musa a sus soldados—. Neel tiene razón, ese hombre causaba una impresión rara.

—A mí me produjo mareo —informó Mila.

—Era un hombre respetable —argumentó otro—. Y no creo que tengamos autoridad para cerrar el paso a los hombres del rey.

Fuego seguía quieta en la entrada de su cuarto, con la mano apoyada en el marco de la puerta para sostenerse; supo con certeza qué ocurría cuando oyó discutir a los soldados de su escolta, los mismos soldados que jamás reñían delante de su señora, ni llevaban la contraria a su capitana si algo no iba bien. Y la cuestión no se limitaba a que discutieran o que ese visitante despertara desconfianza, sino que Neel había dicho que el hombre producía mala impresión; bien, pues, en ese momento, varios soldados de la escolta actuaban de forma rara. Pero estaban mucho más abiertos de lo que era habitual, para que a la dama monstruo le fuera posible penetrar en su mente, aunque la tenían envuelta en una especie de bruma que los ofuscaba. Los más afectados eran los guardias que ahora discutían con Musa.

Gracias al instinto, ya fuera de su parte humana o de su naturaleza de monstruo, Fuego estaba segura de que, si lo consideraban un hombre respetable, era porque interpretaban mal su verdadera naturaleza; y tenía la absoluta certeza de que Musa había hecho bien al no permitirle entrar.

—¿Qué aspecto tenía ese individuo?

Con un gesto dubitativo, algunos escoltas admitieron con un rezongo que no lo recordaban, y Fuego casi pudo proyectar su poder y tocar la bruma que enturbiaba las mentes de los guardias.

—Era alto, señora —informó Musa, que tenía la mente despejada—, más alto que el rey; delgado, consumido, de cabello canoso, ojos oscuros y parecía que no se encontraba bien; estaba pálido, de un color casi ceniciento, y tenía marcas en la piel, como un sarpullido.

—Un sarpullido…

—Vestía ropas sencillas y llevaba un verdadero armamento a la espalda: ballesta, arco corto, un fabuloso arco largo… También tenía una aljaba repleta de flechas, así como un cuchillo, pero no llevaba espada.

—Esas flechas de la aljaba, ¿de qué estaban hechas?

Musa hizo una mueca, y al cabo de un momento, reconoció:

—No me fijé.

—De madera blanca —apuntó Neel.

De manera que el arquero de mente turbia había llegado a la puerta de los aposentos de la joven, para comprobar las vistas que había desde ellos, dejando a varios de sus guardias con expresión perpleja y la mente confusa.

Fuego se acercó al soldado más ofuscado, el primero que inició la discusión, un tipo llamado Edler, que normalmente era bastante afable. Ella le puso la mano en la frente.

—Edler, ¿te duele la cabeza?

Al soldado le costó unos segundos discurrir la respuesta:

—No es dolor exactamente, señora, pero la verdad es que me siento raro, no soy el de siempre.

La muchacha meditó con mucho cuidado las palabras que iba a utilizar para expresar lo que quería proponerle:

—¿Me das permiso para que intente disipar ese malestar?

—Por supuesto, señora, si usted quiere…

Entró en la mente de Edler con facilidad, igual que ocurrió con la del cazador furtivo; se aventuró en la bruma, la tocó, la manejó a fin de descubrir qué era exactamente; parecía un globo que llenara de vacío la mente del soldado, desplazando la inteligencia a los márgenes.

Pinchó el globo con fuerza, y éste estalló y produjo un siseo; los pensamientos de Edler brotaron con rapidez y ocuparon de nuevo su lugar. El escolta se frotó la cabeza con las dos manos.

—Me siento mejor, señora —afirmó—. Ahora recuerdo al hombre con claridad, y no creo que fuera un hombre del rey.

—No lo era, Edler —contestó Fuego—. El rey no habría enviado a mis aposentos a un tipo enfermizo y armado con un arco largo para que disfrutara de las vistas.

—Caramba, qué cansado estoy —suspiró Edler.

Pensando que estaba ante algo mucho más ominoso que cualquier cosa de las que había descubierto en la sala de interrogatorios, Fuego se acercó al siguiente escolta de mente confusa.

Más tarde, cuando iba a acostarse, encontró una carta de Arquero en la cama; en ella le decía que cuando acabaran de recoger la cosecha del verano tenía intención de ir a visitarla. La noticia era un soplo de alegría, pero no atenuaba la situación.

Hasta esa tarde había creído ser la única persona en Los Vals capaz de manipular la mente de los demás.

Capítulo 18

*E*l año en que Fuego se dedicó a entrenarse con su padre para hacerle experimentar cosas inexistentes fue también, por suerte, el año en que su relación con Arquero le descubrió una nueva felicidad.

A Cansrel no le importaba experimentar cosas inexistentes porque, precisamente, en esa época la realidad lo deprimía. Todos los placeres de los que disfrutó le llegaron por conducto de Nax, pero éste había muerto, y Brigan, que ahora era más influyente, acababa de escapar indemne de otro atentado. El hombre monstruo encontraba sosiego en sentir sobre la piel la calidez del sol cuando lucía en medio de semanas lluviosas, o en comer carne de monstruo antes de que estuviera disponible. El roce de la mente de su hija también lo consolaba, ahora que ella se guardaba muy mucho de hacer pasar por flores lo que eran llamas.

La salud de Fuego (la otra parte implicada en el experimento) se resintió: perdió el apetito y adelgazó; se mareaba y sufría calambres en el cuello y en los hombros. Por ello, tocar el violín se convertía en un ejercicio doloroso que le provocaba fuertes jaquecas. A pesar de todo, evitaba pararse a reflexionar lo que planeaba hacer porque tenía la certeza de que si lo consideraba sin rodeos se vendría abajo.

Sin embargo, Arquero no fue la única persona que la consoló aquel año, sino también una dulce joven —Liddy—, de ojos de color avellana, que trabajaba a su servicio como doncella. Un día de primavera, esta joven encontró a Fuego hecha un ovillo en la cama, presa de un ataque de pánico arrollador.

A Liddy le caía bien su afable señorita y la apenó verla en aquel estado; se sentó junto a ella y le acarició el cabello, la frente, detrás de las orejas y siguió cuello abajo hasta llegar a la cintura. Las caricias las dictaba la bondad, y la mejoría que procuraban era la sensación más intensa y tierna del mundo. Fuego descansó la cabeza en el regazo de Liddy, mientras ésta seguía acariciándola; era un regalo ofrecido sin reservas, y ella lo aceptó.

A partir de aquel momento, surgió entre ellas algo grato, apacible; una alianza. Algunas veces se peinaban la una a la otra, se ayudaban a vestirse y a desvestirse, pasaban tiempo juntas susurrándose como niñas pequeñas que hubieran encontrado mutuamente a una amiga del alma.

Pero había ciertas acontecimientos que, estando Cansrel cerca, no ocurrían sin que él lo supiera; los monstruos percibían cosas. Así que empezó a quejarse de Liddy; no le gustaba la chica ni que las dos pasaran tanto tiempo juntas. Por último, perdida la paciencia, arregló un matrimonio para la doncella y la mandó a un predio situado un poco más lejos de la vecina villa.

Fuego se quedó abatida, consternada y desconsolada. Naturalmente, se alegraba de que Cansrel se hubiera conformado con alejar a Liddy, en lugar de matarla o de llevársela al lecho para darle una lección, pero eso no bastaba para que se sintiera inclinada a perdonarlo, porque la acción de su padre era una crueldad dictada por el resentimiento y el egoísmo.

Tal vez la soledad tras la marcha de Liddy la predispuso a favor de Arquero a pesar de que su amigo y la doncella eran, obviamente, muy distintos.

Durante esa primavera y entrado el verano en que Fuego cumplió quince años, Arquero descubrió que ella se planteaba llevar a cabo una locura, y comprendió por qué no podía comer y qué le provocaba los malestares físicos. El joven estaba desquiciado y se sentía fuera de sí por miedo a lo que pudiera pasarle. Discutieron a causa de aquel asunto; asimismo lo discutió con Brocker, quien, aunque se mostró preocupado, se negó a entrometerse. Una y otra vez, Arquero le rogó a Fuego que desistiera de su propósito; una y otra vez, ella se negó.

Una noche de agosto, durante el transcurso de una frenética pelea sostenida en susurros bajo un árbol, cerca de la casa de Fuego, Arquero la besó; sobresaltada, la muchacha se puso ten-

223

—Tiene muchos amigos que son personas —arguyó con suavidad Fuego cuando el príncipe regresó junto a ellos.

—Usted sabe que me refería a niños.

—Es precoz para los niños de su edad, y demasiado pequeña para que los chiquillos mayores la acepten en sus grupos.

—Quizá la aceptarían si fuera más tolerante con ellos. Me temo que se está volviendo una camorrista.

—No es camorrista —le contradijo la joven con firmeza—. Ella no se mete con los demás ni discrimina a nadie; no hay brutalidad en sus acciones. Sólo lucha cuando la provocan, cosa que hacen a propósito porque han decidido que no les gusta, y saben que si pelea, usted la castigará.

—Esas bestezuelas te están utilizando —masculló Garan, dirigiéndose a su hermano.

—¿Es una mera teoría, señora, o es algo que ha observado?

—Es una teoría basada en ciertas observaciones.

—¿Y por casualidad no habrá discurrido también una teoría sobre cómo conseguiría enseñarle a mi hija a endurecerse contra las pullas?

—No, pero lo pensaré.

—Menos mal que usted piensa.

—Y menos mal que yo me encuentro mejor —gruñó Garan, que se puso de pie al ver a Sayre; la joven, que llevaba un vestido azul con el que estaba preciosa, acababa de entrar en el patio—. Me largo de aquí a todo correr.

No se fue a la carrera, pero caminaba con seguridad, y eso era un gran adelanto; Fuego lo siguió con la mirada, como si no quitarle los ojos de encima bastara para mantenerlo a salvo de cualquier daño. Sayre se reunió con él, lo cogió del brazo y los dos se fueron juntos.

La reciente recaída de Garan había asustado a Fuego, y ahora que el príncipe se encontraba mejor, admitió en su interior que se había llevado un buen susto. Habría sido de agradecer que el antiguo rey Arn y su consejera monstruo hubieran descubierto unos cuantos medicamentos más y hallado el remedio para otro par de enfermedades mediante los experimentos que realizaron cien años atrás.

Hanna fue la siguiente en abandonarlos; echó a correr al ver

—Ninguna, alteza. Nadie parece reconocer su descripción.

—En fin, espero que no se desanime y siga preguntando.

La salud de Garan había empeorado, pero el príncipe se negó a ir a la enfermería y a dejar de trabajar; últimamente, sus aposentos se habían convertido en un hervidero de actividad. Le costaba trabajo respirar y no tenía fuerzas para sentarse; a pesar de ello, todavía era capaz de hacer prevaler su opinión en cualquier debate.

—Olvidaos del arquero —interrumpió Garan—. Tenemos asuntos más importantes de qué hablar, como por ejemplo el desorbitado coste de tu ejército —añadió lanzándole una mirada desaprobadora a Brigan.

Éste estaba recostado en el armario, justo delante de Fuego, así que lo vio perfectamente juguetear con una pelota, pasándosela de una mano a otra, y la reconoció porque, de vez en cuando, había presenciado cómo *Manchas* y Hanna forcejeaban para hacerse con ella.

—Es un gasto exorbitante —continuó Garan sin dejar de observarlo desde la cama—. Les pagas demasiado, y además, cuando están heridos o muertos y ya no nos son útiles, les sigues pagando.

—¿Y qué? —Brigan se mostró indiferente.

—¿Acaso crees que somos de oro?

—No les reduciré la soldada.

—Brigan, no nos lo podemos permitir —respondió cansinamente Garan.

—Pues tendremos que hacerlo. Hay una guerra en puertas, y no es un buen momento para recortar la paga al ejército. ¿Cómo crees que he conseguido reclutar a tantos soldados? ¿De verdad piensas que son tan leales a la estirpe de Nax que no se pasarían al bando de Mydogg si éste les ofreciera más?

—Que yo sepa —replicó Garan—, la mayoría de ellos pagaría por el privilegio de morir por tu causa.

Nash, sentado en el alféizar de la ventana donde era tan sólo una oscura silueta perfilada contra el luminoso cielo azul (llevaba allí un buen rato, y Fuego era consciente de que la estaba mirando), intervino en la conversación:

—Eso es porque siempre los respalda cuando un zoquete

como tú, Garan, intenta quitarles su dinero. Deberías tomarte un descanso. Por tu aspecto, se diría que estás a punto de desmayarte.

—No me vengas con paternalismos —le respondió Garan, pero no pudo seguir hablando al sobrevenirle un acceso de tos que sonó como una sierra cortando madera.

Sentada junto al lecho, Fuego se inclinó hacia el príncipe y le tocó la cara empapada en sudor. Había llegado a un acuerdo con él en vista de su dolencia: como Garan insistía en seguir trabajando, accedió a llevarle los informes de la sala de interrogatorios pero debía permitirle entrar en su mente para aliviarle la fuerte jaqueca y la sensación de ardor en los pulmones.

—Gracias —dijo suavemente Garan mientras le cogía la mano y se la ponía sobre el pecho—. Esta conversación está degenerando. Señora, deme alguna buena noticia de la sala de interrogatorios.

—Me temo que no hay ninguna, alteza.

—¿Aún surgen contradicciones?

—Desde luego. Un mensajero me comunicó ayer que Mydogg tiene planes concretos para atacar tanto al rey como a lord Gentian en noviembre. Además, otro individuo me ha dicho hoy que Mydogg ya ha hecho planes para que su ejército marche al norte, hacia Pikkia, a esperar que estalle una guerra entre Gentian y el rey antes de desenvainar una sola espada. También, hablé con un espía de Gentian que me contó que su señor mató en una emboscada a lady Murgda en agosto.

Con aire abstraído, Brigan hacía girar la pelota en la punta de un dedo, y comentó:

—Me reuní con lady Murgda el quince de septiembre. No puedo decir que fuera un modelo de simpatía, pero una cosa es cierta: muerta, no estaba.

Esa tendencia a las contradicciones y la desinformación que llegaba de todos sitios, dificultando así el conocimiento de las fuentes en qué confiar, había surgido de forma repentina en las últimas semanas. Los mensajeros y espías a los que Fuego interrogaba estaban convencidos de que su información era correcta, pero no lo era.

Todo el mundo en la corte valense conocía el significado de

ese desbarajuste: como Mydogg y Gentian estaban al corriente de que Fuego colaboraba con el bando enemigo y querían contrarrestar esa ventaja del trono de Los Vals, ambos señores rebeldes daban información errónea a algunos de sus agentes y luego los enviaban a cualquier parte para que los capturaran.

—Ha de haber gente cercana a ambos señores que conozca sus verdaderos planes —apuntó Garan—. Necesitamos dar con esa gente —un estrecho colaborador de Mydogg y otro de Gentian—, y han de ser personas de las que jamás sospecharíamos en otras circunstancias, ya que ni una ni otra deben creernos capaces de que se nos ocurra interrogarlas.

—Conque un aliado de Mydogg o uno de Gentian que aparente estar entre los más acérrimos partidarios del rey… —masculló Brigan—. En realidad no tendría que ser muy difícil conseguirlo. Si disparo una flecha por la ventana, seguro que acierto y ensarto a alguno.

—Me da la impresión —intervino Fuego con prudencia— de que sería mejor que mis interrogatorios no fueran tan directos, y en cambio, preguntara a cada persona que tenemos arrestada sobre cosas que no me he preocupado en investigar antes, como las fiestas a las que han asistido, las conversaciones que han escuchado por casualidad y no las han entendido del todo, o los caballos que han visto dirigirse al sur cuando tendrían que haber ido al norte…

—Sí, sí. Tal vez eso daría algún resultado —convino Brigan.

—¿Y dónde están las mujeres? —cuestionó Fuego—. Basta ya de hombres, tráiganme mujeres con las que Mydogg o Gentian se hayan acostado y camareras que les hayan servido vino. Cuando hay mujeres cerca, los hombres se vuelven bobos, descuidados y fanfarrones. Debe de haber un centenar de mujeres desperdigadas por ahí con información que podría venirnos bien.

—Me parece un buen consejo —opinó Nash con seriedad.

—No sé —dudó Garan—. Me desagrada —añadió, pero le sobrevino otro ataque de tos que lo hizo enmudecer. Nash se acercó a la cama de su hermano, se sentó junto a él y lo rodeó por los hombros para sujetarlo. El enfermo alargó una mano temblorosa hacía el rey, que se la estrechó.

227

A Fuego siempre le chocaba el afecto que los hermanos se mostraban entre sí, porque con igual frecuencia andaban a la greña por cualquier motivo. Pero le gustaba la forma en que los cuatro mudaban de actitud, cómo chocaban entre sí y sacaban punta a todo lo que los demás decían, para después limar asperezas y, de alguna manera, encontrar siempre la manera de encajar unos con otros.

—Y no deje de preguntar sobre ese arquero, señora —retomó Brigan el anterior tema de conversación.

—No, desde luego. Me preocupa demasiado el asunto para dejarlo a un lado —respondió ella, que, en ese preciso momento, sintió la presencia de un arquero totalmente diferente y bajó la vista al regazo para ocultar el sonrojo producido por la alegría—. Lord Arquero acaba de llegar a palacio —anunció—. Welkley lo conduce hacia aquí.

—Ése es el hombre que tenemos que reclutar para disparar flechas por la ventana —dijo Brigan.

—Cierto, cierto. Por lo que sé, su flecha siempre busca nuevos blancos —comentó Garan con malicia.

—Te daría un puñetazo si no estuvieras postrado en cama —manifestó Brigan, enfadándose de repente.

—Compórtate Garan —murmuró Nash, furioso.

Antes de que Fuego tuviera tiempo para reaccionar a pesar de que encontraba la discusión bastante divertida, Welkley y Arquero entraron en el aposento, y todo el mundo —excepto Garan— se puso en pie.

—Majestad —saludó Arquero de inmediato mientras se arrodillaba a los pies de Nash—. Altezas. —Se acercó a Brigan para estrecharle la mano y, a continuación, hizo lo mismo con Garan.

Entonces se aproximó a Fuego y, con la más exquisita corrección, le cogió las manos entre las suyas. En cuanto las miradas de ambos se encontraron, él rió y un chispeante destello travieso le brilló en los ojos. Había tanta felicidad reflejada en el rostro de su amigo y el semblante era tan... suyo, que Fuego también se echó a reír.

Arquero la alzó en el aire para darle un buen abrazo, y el olor del hombre le recordó su hogar y las lluvias norteñas en otoño.

Y

Fuego fue a dar un paseo con Arquero por los jardines de palacio; los árboles parecían estar envueltos en llamas debido a los colores otoñales. Ella se sorprendió y se emocionó ante la transformación sufrida en los últimos días por el árbol ubicado junto a la casita verde; en su vida había visto nada natural que fuera tan parecido a su cabello.

Arquero le comentó lo deslucido y gris que estaba el norte en comparación, y le habló de las actividades de Brocker, de la buena cosecha de aquel año y de su viaje al sur con diez soldados bajo una lluvia persistente.

—Te he traído a tu músico favorito, acompañado de su caramillo —le dijo.

—¿Ha venido Krell? —exclamó ella, sonriente—. ¡Gracias, Arquero!

—Oye, llevar la escolta pegada a los talones está muy bien pero, ¿cuándo nos quedaremos solos?

—Nunca estoy sola. Siempre me acompaña una escolta, incluso en mi dormitorio.

—Pero ya que estoy aquí, eso bien podría cambiar. ¿Por qué no les dices que se marchen?

—No están a mis órdenes, sino a las de Brigan. Y resulta que es un hombre bastante testarudo. No he conseguido hacerle cambiar de opinión al respecto.

—Bueno, yo lograré que la cambie —repuso él con una sonrisita—. Me da en la nariz que comprende que necesitamos tener intimidad. Además, con mi presencia, su autoridad sobre ti ha de ser menor.

«Claro. Y para remplazarla, tu autoridad ha de ser mayor», pensó ella. La cuestión colmó su paciencia pero, aunque con esfuerzo, refrenó el enfado y se tranquilizó.

—Hay algo que quiero decirte, Arquero, y no te va a gustar.

La actitud de su amigo cambió de inmediato; apretó los labios, y los ojos le relampaguearon. A la muchacha le sorprendió la rapidez con que su reencuentro había desembocado en tales extremos; angustiada, se detuvo y lo miró con intensidad.

—Arquero, no pierdas los estribos —se anticipó para evitar

que hablara él—, y no empieces a acusarme de haberme acostado con otro hombre.

—¿Con una mujer, entonces? Tampoco sería una novedad, ¿verdad?

Ella apretó los puños con tanta fuerza que se clavó las uñas en las palmas de las manos; de pronto contener la rabia dejó de importarle.

—Estaba tan emocionada por el hecho de que vinieras, tan contenta de verte… Y ahora ya me has hecho perder los nervios y querría que te marcharas. ¿Me entiendes, Arquero? Cuando te comportas así, deseo que te marches porque tomas el amor que te doy y lo utilizas en mi contra.

Se alejó a zancadas de él, y poco después regresó y se le plantó delante, furiosa, consciente de que ésta era la primera vez que le hablaba así. Debería haberlo hecho antes; había derrochado paciencia con él.

Ya no somos amantes —le habló con la mente—. *Esto era lo que tenía que decirte. Cuanto más cerca de mí llegas, me ciñes con más fuerza o tu presión es excesiva, me hace daño. Me quieres tanto que se te ha olvidado ser mi amigo. Y lo echo de menos* —le espetó, llena de rabia—. *Quiero a mi amigo, pero hemos terminado como amantes, ¿lo entiendes?*

Arquero estaba aturdido y respiraba con dificultad, pero tenía una mirada gélida, y Fuego se dio cuenta de que lo había entendido.

A todo esto, percibió y vio al mismo tiempo que Hanna se acercaba. Bajaba por la colina hacia el campo de tiro tan rápido como podía, y la joven hizo un gran esfuerzo para recobrar la compostura.

—Se acerca una niña. Si se te ocurre pagar con ella tu mala sangre, no volveré a dirigirte la palabra —le advirtió con voz ronca.

—¿Quién es?

—La hija de Brigan.

Arquero la fulminó con la mirada. Hanna llegó junto a ellos seguida de cerca por *Manchas*; Fuego se agachó para acariciar al perro. Hanna, sonriente a pesar de su falta de resuello, se detuvo ante los dos, y la joven notó una repentina confusión en la niña cuando advirtió el tenso silencio entre los dos adultos.

—¿Qué sucede, lady Fuego? —preguntó la pequeña.

—Nada, alteza; me alegro de verla. Y también a *Manchas*.

—Le está embarrando el vestido —dijo Hanna entre risas.

En efecto, *Manchas* estaba dejándole el vestido hecho un desastre y estuvo a punto de tirarla al subir y bajar de su regazo a saltos, porque, a pesar de que el perro había crecido, aún tenía mentalidad de cachorro.

—*Manchas* es mucho más importante que mi vestido —respondió Fuego, que cogió en brazos al perro lleno de barro, deseosa de disfrutar del alborozado animal. Hanna se le acercó y le susurró al oído:

—¿Ese hombre enfadado es lord Arquero?

—Sí, alteza, pero no está enfadado con usted.

—¿Cree que querría disparar para mí?

—¿Disparar para usted?

—Papá dice que es el mejor del reino, y quiero verlo.

Fuego no habría sabido explicar por qué la entristecía tanto que Arquero fuera el mejor tirador con arco del reino, y que Hanna quisiera comprobarlo. Hundió la cara en el cuerpo de *Manchas* un momento, y acto seguido, dijo:

—Lord Arquero, la princesa Hanna desearía ver cómo disparas, pues ha oído decir que eres el mejor en todo el reino de Los Vals.

Él mantenía cerrados sus sentimientos a la mente de Fuego, pero ésta sabía cómo leerle el rostro; le conocía el rictus de los ojos cuando refrenaba las lágrimas, así como el tono de voz que utilizaba si se sentía demasiado abatido para estar enfadado.

—¿Qué tipo de arco le gusta usar, alteza? —dijo, precisamente, con ese tono tras carraspear.

—Un arco largo, como el que usted lleva, aunque el suyo es mucho más largo. ¿Viene? Se lo enseñaré.

Arquero se dio media vuelta sin mirar a Fuego, y siguió a Hanna colina arriba. *Manchas* brincó tras ellos y la joven, ya de pie, los vio marcharse.

De improviso, Musa la cogió del brazo y ella posó la mano en la de la mujer, agradecida por el gesto y tremendamente contenta de que su guardia recibiera una paga muy alta.

Υ

Era una experiencia durísima romperle el corazón a un amigo y destrozarle las esperanzas.

Por la noche, incapaz de dormir, Fuego se encaminó al tejado; Brigan, que deambulaba por los pasillos, apareció al cabo de un rato y se reunió con ella. De vez en cuando, desde la conversación que sostuvieron en los establos, él le dejaba entrever una pizca de sus sentimientos, y esa noche la joven notó con claridad que el príncipe se había sorprendido al verla.

Ella estaba al tanto del porqué de su sorpresa; después de discutir con Arquero, Musa le explicó con toda naturalidad que, tal como había solicitado, se le permitía estar a solas con su amigo, pues ya desde el principio, Brigan había hecho esta excepción al darles instrucciones a los soldados de la escolta, si bien debían seguir vigilando en torno a las ventanas de los aposentos de lady Fuego, así como montar guardia en el exterior de todas las puertas. Musa se disculpó por no haber informado antes a su señora de dicha excepción, pero se debía a que no esperaba que lord Arquero apareciera tan pronto, y además, porque al ver que discutían, no quiso interrumpirlos.

Fuego se sonrojó al oír la explicación; ésa era la razón por la que Brigan defendió a Arquero en los aposentos de Garan, ya que entendió el comentario burlón de su hermano como una ofensa hacía ella al creer que ambos estaban enamorados.

—Esa excepción está de más —le dijo la joven a Musa.

—Sí, ésa es la impresión que me dio —convino la capitana. Y Mila, con su característica actitud entre tímida y comprensiva, le ofreció una copa de vino a Fuego, a quien había empezado a dolerle la cabeza; la copa le sentó bien, pero se dio cuenta de que se trataba de un síntoma premenstrual.

En estos momentos, de noche en el tejado, Fuego guardó silencio, incluso cuando Brigan la saludó. Al parecer, el príncipe aceptó su mutismo; él mismo estaba muy callado y sólo de vez en cuando rompía el silencio con algún comentario intrascendente; le contó que Hanna estaba deslumbrada con Arquero, que habían disparado tantas flechas juntos que la pequeña tenía ampollas en los dedos.

Fuego no dejaba de darle vueltas al miedo de Arquero; creía que ese temor era, precisamente, lo que provocaba que su amor fuera tan difícil de sobrellevar. Él era un hombre dominante, autoritario, celoso y desconfiado, y siempre procuraba tenerla cerca —demasiado cerca—, porque temía que muriera.

Al fin la joven rompió un largo silencio con las primeras palabras que pronunciaba esa noche; habló en un tono tan quedo que Brigan tuvo que acercársele para oír lo que decía:

—¿Cuántos años cree que vivirá usted?

—Pues, la verdad, no lo sé —rio sorprendido Brigan—. Muchas mañanas al despertar, me digo que puedo morir ese mismo día. —Tras una pausa, añadió—. ¿Por qué? ¿Qué idea le ronda por la cabeza, señora?

—Es muy probable que un día de éstos me atrape una rapaz monstruo o me atraviese una flecha a pesar de mi escolta. No es una idea morbosa, sino realista.

Brigan la escuchaba acodado en la barandilla, apoyando la cabeza en los puños.

—Confío en que no sea causa de un dolor excesivo para mis amigos —continuó ella—. Y espero que entiendan que era inevitable.

Un escalofrío la hizo estremecer; el verano había quedado atrás, y si no hubiera estado tan absorta en sus pensamientos, se habría acordado de coger un abrigo. Brigan sí había tenido la precaución de ponerse el suyo, una prenda larga y de buena calidad que le gustaba a Fuego porque él, que era ágil y fuerte, la utilizaba, y porque, vistiera lo que vistiera siempre parecía cómodo con sus ropas. El príncipe se desabrochó los botones del abrigo y se lo quitó, ya que, por mucho que ella lo intentó, fue incapaz de ocultar que tiritaba.

—No, no —se opuso—. La culpa es mía por olvidar que ya no estamos en verano.

Brigan hizo caso omiso de su protesta y la ayudó a ponérselo; le quedaba enorme, pero el tamaño y la calidez de la prenda fueron bienvenidos, al igual que su olor a lana, hogueras y caballos.

Gracias —le transmitió con la mente.

—Al parecer esta noche nos atribulan pensamientos tristes a los dos —comentó Brigan al cabo de un momento.

—¿En qué pensaba usted?

—En nada que sirva para animarla. —Volvió a reír, pero en

233

esta ocasión con desgana—. Intento encontrar alguna solución para evitar esta guerra.

Fuego soltó una queda exclamación al sacarla de su ensimismamiento semejante comentario.

—Sin embargo, no veo que haya ninguna salida, porque no hay manera de evitar una contienda teniendo dos enemigos que quieren luchar.

—No es culpa suya, y usted lo sabe.

—¿Me lee la mente, señora?

—Habré acertado de casualidad, supongo. —Ella sonrió, y el príncipe sonrió a su vez y miró al cielo.

—Me he enterado de que prefiere los perros a los vestidos, señora.

Fuego se echó a reír, y fue como un bálsamo para su corazón. Luego comentó:

—Por cierto, le expliqué a Hanna lo que hablé con usted sobre los menstruos, aunque no era un tema del todo nuevo para ella. Creo que el ama de llaves se ocupa muy bien de la niña.

—Tess ha velado por Hanna desde el día en que nació —respondió Brigan, que vaciló un instante antes de añadir—: ¿La conoce usted?

—No. —A decir verdad, el ama de llaves seguía dedicándole miradas gélidas cuando se encontraban y, a juzgar por la forma de preguntarlo Brigan, debía de estar al corriente de la situación.

—Creo que es bueno que Hanna esté con alguien mayor, alguien que pueda hablarle del pasado, de tiempos anteriores a los últimos treinta años. Además, la pequeña quiere a Tess y le encantan sus historias. —Bostezó y se pasó la mano por el cabello—. ¿Cuándo empezará usted con la nueva pauta en los interrogatorios?

—Mañana, supongo.

—Mañana —repitió Brigan, y suspiró—. Mañana me marcho.

234

Capítulo 19

*F*uego sabía más de lo que a cualquiera le interesaría saber acerca de las costumbres intrascendentes y los gustos de lord Mydogg, lord Gentian, Murgda, Gunner, sus cuerpos de servicio y todos sus invitados. Por ejemplo, averiguó que Gentian era ambicioso y, a veces, también un majadero, además de tener el estómago delicado, por lo que no ingería comidas pesadas y sólo bebía agua. Asimismo se enteró de que su hijo, Gunner —un militar de renombre y un tanto asceta en cuanto al vino y a las mujeres—, era más listo que su padre. En cambio, a Mydogg le ocurría todo lo contrario, pues no se privaba de ningún placer y era manirroto con sus favoritas, pero cicatero con el resto del mundo; Murgda era tacaña con todos, incluida ella misma, y era bien conocida su debilidad por el pudin de pan.

Pero ninguno de estos detalles servían como información; Clara y el rey tenían cosas mejores que hacer que ser testigos de semejantes hallazgos; en cuanto a Garan, seguía confinado en su lecho. De manera que Fuego se encontró sola en la sala de interrogatorios cada vez con más frecuencia; sola, se entiende, si no se contaba a Musa, Mila y Neel, porque Brigan había dado orden de que ellos tres estuvieran a disposición de la dama en cualquier asunto confidencial de la corte, de forma que pasaban gran parte del día sin despegarse de ella.

A veces Arquero se sumaba a la escolta mientras la joven trabajaba, pues pidió permiso para estar presente, y Clara se lo concedió; también se lo dio Fuego, aunque un tanto distraída; ella no tenía inconveniente en que asistiera a las sesiones, porque entendía que sintiera curiosidad.

En realidad lo único que la incomodaba era la sensación de

que Clara acudía también a los interrogatorios siempre que Arquero iba.

Últimamente, Arquero estaba muy callado, encerrado en sí mismo; parecía que guardaba sus pensamientos tras una puerta atrancada, y a veces el desasosiego se traslucía en su proceder. Fuego lo trataba con todo el miramiento posible, porque valoraba el consciente esfuerzo que, sin duda, realizaba por reprimir los estallidos de rabia a los que tenía propensión.

—¿Durante cuánto tiempo podrás quedarte en la corte? —le preguntó Fuego para que comprendiera que en realidad no quería que se marchara.

—Como la cosecha de verano ha terminado, Brocker se ocupará de dirigirlo todo. —Carraspeó, incómodo—. O sea que podría quedarme algún tiempo si se deseara mi presencia aquí.

Ella no respondió a la insinuación, pero le tocó el brazo y le preguntó si le gustaría asistir por la tarde a los interrogatorios.

La joven descubrió que Mydogg tenía predilección por un vino de contrabando procedente de un recóndito viñedo pikkiano, enclavado en una zona en que se producían escarchas prematuras, cuyas uvas se dejaban en las cepas para que se helaran; del mismo modo se enteró de que era bien sabido que Murgda y su esposo pikkiano, el navegante explorador, se amaban mucho. Y por fin descubrió algo útil: el nombre de un arquero de elevada estatura y ojos oscuros, que tenía una puntería insuperable y lo bastante mayor en la actualidad para tener el pelo cano.

—Un tal Jod —gruñó el informador—. Lo conocí hace unos veinte años, cuando compartimos celda en las mazmorras del anterior rey, Nax, hasta que salió; cumplía condena por violación. Yo no sabía que estuviera enfermo, aunque no me sorprendió si se tiene en cuenta lo amontonados que estábamos y las cosas que pasaban allí. Tú ya sabes a lo que me refiero, ¿verdad, ramera engendro de monstruo?

—¿Dónde está ahora ese tal Jod?

No estaba siendo fácil ni agradable la sesión inquisitoria con ese hombre; cada pregunta que le hacía, él se debatía para librarse del dominio mental de Fuego, pero al fin perdía la partida y sucumbía a su poder, abochornado y lleno de resentimiento.

—¿Cómo quieres que lo sepa? Espero que cazando perras comedoras de monstruos como tú. ¡Cómo me gustaría verlo!

A este exabrupto le siguió la descripción de una violación tan pormenorizada que Fuego notó, sin lograr obviarlo, el frenesí de la malevolencia del acto. Sin embargo, los prisioneros que le hablaban como ese hombre no conseguían más que ejercitara la paciencia y se sintiera extrañamente abatida; creía que tenían derecho a decir esas cosas, ya que era su única defensa contra el poder al que ella daba tan mal uso. Ni que decir tiene que eran ese tipo de hombres los que representarían un peligro para ella si alguna vez los liberaban; algunos suponían tal peligro, que se sentía tentada de recomendar que no los dejaran salir nunca de prisión, aunque albergar esa idea no ayudaba precisamente a acallar su mala conciencia. No se haría un favor a la sociedad poniendo en libertad a esos hombres, cierto; pero, tampoco hubieran tenido un comportamiento tan cruel y canallesco si ella no hubiera estado allí para provocarlo.

La actitud del hombre al que interrogaba ese día era de lo peor que había tenido que soportar hasta el momento, y Arquero se abalanzó sobre él de forma repentina y le asestó un puñetazo.

—¡Arquero, no! —exclamó Fuego. Llamó a los guardias de las mazmorras para que se llevaran al hombre, cosa que hicieron levantándolo del suelo, donde yacía aturdido y con la cara ensangrentada. Cuando salieron de la sala, Fuego miró a Arquero, primero con expresión atónita, y después con ira; estaba tan exasperada que no se fiaba de lo que diría si abría la boca.

—Lo siento —se disculpó él, sombrío, mientras se abría el cuello de la camisa de un tirón, como si lo estuviera ahogando—. Ese tipo ha colmado mi paciencia y no he podido contenerme.

—Arquero, no puedo permitir…

—He dicho que lo siento. No volverá a pasar.

Ella se lo quedó mirando con tanta intensidad que lo obligó a bajar los ojos; al cabo de unos segundos, él esbozó una sonrisa, meneó la cabeza y soltó un suspiro desesperanzado.

—A lo mejor es la promesa que guarda tu expresión de furia lo que me incita a comportarme mal —dijo él—. Estás tan hermosa cuando te enfadas…

—Basta ya, Arquero, coquetea con otra.

237

—Lo haré, si tú me lo ordenas. —A la pulla le siguió una sonrisa bobalicona que la pilló desprevenida, y tuvo que contenerse para no sonreír a su vez.

Durante un instante fue como si volvieran a ser amigos, como antes.

Mantuvo una conversación seria con Arquero unos cuantos días después, en el campo de tiro; había ido allí con el violín buscando a Krell, a quien encontró en compañía de Arquero, Hanna y el rey; los cuatro disparaban a las dianas. Animada por el estímulo de los consejos que le llegaban de todos los presentes, la niña estaba muy concentrada; había plantado muy bien los pies en el suelo, adoptando un gesto de determinación, sostenía entre las manos el arco en miniatura y, a la espalda, llevaba colgadas las flechas —también en miniatura—, pero no hablaba. Ésa era una particularidad en la que Fuego reparó enseguida: en clases de equitación, esgrima, tiro al arco o cualquier otra materia que interesara a la pequeña, la continua cháchara cesaba, demostrando con ello que poseía una capacidad de concentración asombrosa.

—Brigan también solía concentrarse así en sus clases —le contó Clara a la joven—. Cuando esto ocurría, era un gran descanso para Roen porque, en caso contrario, es que tramaba algo y no era nada bueno, seguro. Tengo entendido que provocaba a Nax a propósito, porque sabía que el rey prefería a Nash.

—¿En serio?

—¡Oh, sí, señora! Nash era más guapo, y Brigan era mejor en todo lo demás, más parecido a su madre que a su padre, lo que, a mi entender, no lo beneficiaba en absoluto. En fin, al menos no armaba peloteras, como hace Hanna.

Cierto, Hanna iniciaba peleas y era imposible que se debiera a que su padre prefiriera a otro más que a ella; sin embargo, ahora no se peleaba con nadie, y al salir un instante de su ensimismamiento en el manejo del arco y las flechas, y advertir la presencia de la dama y su violín, le pidió un concierto; y lo tuvo.

Al cabo de un rato, Fuego paseaba alrededor del campo de tiro con Arquero y Nash, seguidos por la escolta de la joven.

Compartir el paseo con los dos hombres tenía su punto de gracia, porque eran tal para cual, el vivo reflejo el uno del otro: ambos enamorados de ella, taciturnos y melancólicos, resignados a la desesperanza, coartados, y cada uno de ellos molesto por la presencia del otro. Y ninguno de los dos hacía el menor esfuerzo por disimular su estado de ánimo delante de ella, ya que los sentimientos de Nash estaban, como siempre, completamente accesibles a la joven, y el lenguaje corporal de Arquero era inequívoco.

No obstante, los modales del rey eran mejores que los de su oponente, al menos de momento, y como los asuntos de la corte le ocupaban más tiempo, se marchó cuando la conversación elegida por Arquero dejó de referirse a él.

La muchacha observó a su amigo —tan alto y tan bien plantado— junto a ella, arco en mano.

—Has provocado que se vaya con esa charla sobre tu niñez en el norte —le recriminó.

—Te desea, y no te merece.

—¿Cómo me mereces tú?

—Siempre he sabido que no te merezco. —Esbozó una sonrisa triste—. Cada gesto de afecto y de consideración que has tenido conmigo ha sido un regalo inmerecido.

Eso no es verdad —le dijo ella con el pensamiento—. *Eres mi leal amigo desde antes de que empezara a andar.*

—Pero has cambiado. ¿Eres consciente de hasta qué punto lo has hecho? Cuanto más tiempo paso aquí contigo, menos te conozco. Hay un montón de personas nuevas en tu vida, y qué felicidad sientes con esa pequeña princesa… Y con su perro, nada menos. Y el trabajo que haces a diario… Utilizas tu poder todos los días, y en cambio, yo tenía que discutir contigo para que lo usaras en tu defensa.

—A veces, mientras recorría los patios o los pasillos, me veía obligada a desviar la atención de la gente para que no se fijara en mí —explicó ella tras pensar la respuesta—. De ese modo me permito caminar por palacio sin importunar a nadie, y los demás pueden seguir con sus quehaceres sin distraerse.

—Ya no te avergüenzan tus habilidades, y en cuanto a tu aspecto… Estás radiante. En serio, no te reconozco.

239

—¿Y no te das cuenta, Arquero, de que me aterra la soltura con que he llegado a utilizar mi poder?

Él se detuvo un momento, clavada la vista con ferocidad en tres puntos oscuros que volaban en el cielo (el campo de tiro se hallaba en una zona elevada que se asomaba al mar). Un trío de rapaces monstruo volaba en círculo sobre un barco mercante, cuyos tripulantes se aprestaron a atacarlas, y las flechas salieron disparadas de sus arcos. Como era habitual en esa época del año, había marejada y soplaba un borrascoso viento otoñal, por lo que todas las flechas, una tras otra, fallaron el blanco.

Arquero, como con desgana, realizó un disparo tan asombroso, que cayó una de las aves; de inmediato Edler, el escolta de Fuego, también disparó y acertó a dar a otra, y Arquero le palmeó el hombro para felicitarle.

La joven creía que la pregunta que le había hecho a su amigo había caído en el olvido, así que se sorprendió cuando él le dijo:

—Siempre has tenido más miedo de ti misma que de cualquiera de las cosas temibles que hay en el mundo aparte de ti; si hubiera sido lo contrario, ambos estaríamos en paz.

Lo dijo con amabilidad, sin ganas de criticar; era el ansioso deseo de hacer las paces. Y ella, ahogando el sonido de las cuerdas del violín con el vestido, lo estrechó contra sí.

—Arquero, tú me conoces, sabes cómo soy… Hemos de dejar correr esa relación entre nosotros, tienes que aceptar que he cambiado. No soporto pensar que por negarme a compartir tu lecho, perderé también tu amistad. Antes éramos amigos; tenemos que encontrar la forma de volver a serlo.

—Lo sé, lo sé, cariño. Lo intento. De verdad que lo intento…

En éstas, se apartó de ella y se quedó mirando el mar, fijamente; permaneció así un rato, en silencio, y cuando volvió sobre sus pasos, ella seguía en el mismo sitio, todavía con el violín ceñido contra el pecho. Unos instantes después, un remedo de sonrisa alivió la tristeza del hombre.

—¿Cómo es que tocas ahora con otro violín? ¿Quieres contármelo? —le preguntó.

Era una buena historia que contar y estaba lo bastante distante en el tiempo para que no le hiciera daño relatar lo ocurrido; más bien la tranquilizaría.

Y

La compañía de Brigan y Garan resultó ser un gran descanso en comparación con la de Arquero y Nash; era tan fácil estar con ellos... Los silencios de los hermanos nunca estaban cargados de cosas serias que anhelaran decir, y si se mostraban meditabundos al menos no era por nada relacionado con ella.

Aquel día los tres se encontraban sentados en el soleado patio central, donde la temperatura era cálida y muy agradable, ya que al aproximarse el invierno, vivir en un palacio negro con techos de cristal tenía sus ventajas. Había sido una jornada de trabajo difícil e improductiva para Fuego, pues se circunscribía a poco más que una reiteración de la preferencia de Mydogg por el vino de uvas heladas, dato que le reveló en su día un viejo sirviente de Gentian; el criado lo sabía porque se hacía ese comentario en un par de líneas de una misiva que remitía Mydogg a su contrincante, pero quemó la carta siguiendo las instrucciones de su amo. Qué frustrante que el sirviente leyera sólo ese fragmento relacionado con el vino...

Fuego se dio una palmada en el brazo y aplastó un insecto monstruo; Garan jugueteaba con el bastón que había utilizado para llegar hasta allí caminando despacio, y Brigan, por su parte, estaba sentado con las piernas estiradas y las manos enlazadas detrás de la cabeza, sin perder de vista a su hija, que se peleaba con *Manchas* al otro lado del patio.

—Hanna no tendrá amigos que no sean animales hasta que deje de enzarzarse en riñas —sentenció Brigan.

A todo esto, el perro se puso a dar vueltas con un palo entre los dientes; acababa de encontrarlo al pie de un árbol del patio y era bastante grande (en realidad, más que un palo, se trataba de una rama de considerable tamaño con múltiples ramificaciones). Al girar sobre sí mismo, *Manchas* barría un amplio y peligroso radio.

—¡Ah, eso sí que no! —exclamó Brigan, que se incorporó de un salto y se acercó al perro; forcejeó con él para quitarle la rama y la partió en trozos, tras lo cual le devolvió un palo de proporciones mucho menos peligrosas, al parecer con el firme propósito de que Hanna conservara los dos ojos, aunque no consiguiera tener amigos humanos.

241

a Arquero cruzar el patio, llevando consigo el arco, y le agarró de la mano.

—Hanna ha anunciado su intención de casarse con Arquero —comentó Brigan mientras los seguía con la mirada.

Fuego sonrió sin alzar la vista del regazo; elaboró la respuesta con mucho cuidado, pero cuando contestó lo hizo como sin darle importancia:

—He visto mujeres de sobra que se han encaprichado de él, pero en su caso, usted no tendrá qué preocuparse tanto como la mayoría de padres, ya que es demasiado pequeña para que le rompa el corazón. Sé que decir esto de un viejo amigo puede parecer duro, pero si Hanna tuviera doce años más, yo no los dejaría solos.

Tal como la joven esperaba, Brigan mantuvo impasible el semblante cuando le dijo:

—Usted no aventaja en muchos años más a Hanna.

—Tengo mil años más, igual que usted.

—Ajá —se limitó a decir Brigan, sin preguntarle a qué se refería; mejor así, porque Fuego no estaba muy segura, ya que si ella insinuaba que era demasiado sabia, debido a su experiencia, para caer en ese tipo de encaprichamiento… En fin, la prueba de que no era así la tenía delante mismo, encarnada en un príncipe de ojos grises y de un mohín reflexivo en los labios que a ella le resultaba perturbador.

Suspiró e intentó pensar en otra cosa; notaba una sobrecarga de sensaciones. Aquel patio era uno de los más ajetreados y, evidentemente, el conjunto del palacio en sí era un hervidero de mentes; además, fuera del recinto real se encontraba la División Primera, al frente de la cual Brigan llegó el día anterior y con la que partiría dentro de dos días. Fuego detectaba las mentes con más facilidad ahora que antes, e identificó a muchos miembros de esa división a pesar de que se hallaban a cierta distancia.

Intentó rechazar la percepción de esas conciencias, porque resultaba agotador asumirlas todas a la vez y, además, se veía incapaz de decidir en qué centrar la atención, de modo que se detuvo en una mente que la incomodaba. Entonces se inclinó hacia Brigan y le susurró:

243

—Detrás de usted hay un chico que tiene los ojos muy raros; está hablando con algunos de los niños de la corte. ¿Quién es?

—Sé a qué chico se refiere —confirmó el príncipe asintiendo—. Ha venido con Tajador, el tratante de animales, ¿lo recuerda? No quiero tener nada que ver con ese tipo; es un contrabandista de monstruos y un bruto... Lo que pasa es que vende un fantástico semental que, dadas sus características, cualquiera pensaría que tendría que estar marcado con los hierros de los caballos ribereños. Lo compraría sin pensármelo dos veces si el dinero no fuera a parar a manos de Tajador, y porque sería de mal gusto que comprara un corcel que, casi con toda seguridad, ha sido robado, ¿sabe? Aunque quizás acabe comprándolo, en cuyo caso Garan montará en cólera por el gasto, y supongo que tendría razón porque no me hace falta otra montura. Aun así, tal vez me arriesgaría a afrontar la ira de mi hermano si fuera realmente un caballo ribereño. ¿Conoce usted esos tordos rodados que viven libres en la desembocadura del río, señora? Son unas criaturas maravillosas. Siempre he deseado tener uno de ésos, pero no se dejan apresar fácilmente.

Era obvio que el tema de los caballos distraía la atención tanto del padre como de la hija de cualquier otro asunto.

—Hablábamos del muchacho —le recordó Fuego.

—Sí, cierto. Ese chico es raro, y no sólo por tener un ojo rojizo. Lo descubrí merodeando cuando fui a echar una ojeada al semental y, si quiere que le sea sincero, señora, me produjo una extraña sensación.

—¿A qué se refiere?

—Pues... —Brigan entrecerró los ojos en un gesto de perplejidad—. No sabría decirle exactamente a qué me refiero. Había algo en él que resultaba... inquietante, quizás era su forma de hablar. No sé, pero no me gustaba su voz. —Enmudeció, un tanto irritado, y se frotó el pelo con tanta energía que se le quedó revuelto—. Tal como lo cuento, comprendo que no tiene sentido. No había nada concreto en el chico por lo que pudiera etiquetarlo de problemático, pero pese a ello le dije a Hanna que no se acercara a él, y mi hija me contestó que ya se había cruzado con él y que no le gustaba. Según ella, el muchacho miente. ¿Qué opinión tiene usted de él?

Fuego se concentró con empeño para encontrar respuesta a la pregunta: la mente del chico era extraña e insólita, y ella no estaba segura de cómo entrar en contacto con esa conciencia, ni siquiera tenía la seguridad de saber abarcar sus límites, porque no la «veía». A decir verdad, le producía una sensación muy extraña, y en esa rareza no había nada de bueno.

—No lo sé —admitió por fin—. No lo sé. —Un instante después, sin saber por qué, añadió—: Compre el semental, alteza, si con ello consigue que se marchen de la corte.

Brigan se fue, supuestamente, a hacer lo que Fuego le había aconsejado, y ella se quedó sola en el banco devanándose los sesos con el enigma del chico; éste tenía el ojo derecho gris, y el izquierdo, rojo (detalle en sí más que extraño), el cabello dorado como el trigo y la piel, clara; aparentaba unos diez u once años. ¿Sería de alguna región de Pikkia? Se hallaba sentado enfrente de ella, con un roedor monstruo en el regazo —su capa era de un resplandeciente color dorado— al que le estaba atando una cuerda al cuello; por alguna razón, Fuego se percató de que el animalito no era la mascota del muchacho.

El chico tiró de la cuerda con demasiada fuerza, y el ratón agitó en el aire las patas dando sacudidas

¡Para, basta ya! —ordenó Fuego, furiosa, dirigiendo el mensaje mental a la extraña presencia que era la mente de aquel muchacho.

Él aflojó la cuerda al instante, y el ratón yació en su regazo respirando entrecortadamente. Entonces, el chico le sonrió a Fuego, se puso de pie, cruzó el patio y se plantó ante ella.

—No le hago daño —afirmó—. Se trata de jugar a aguantar la respiración, y así nos divertimos.

Las palabras parecieron chirriarle en los oídos a la joven, que incluso tuvo la impresión de que le chirriaban en el cerebro de una forma tan horrible, tan penetrante, tan parecida al chillido de una rapaz, que tuvo que resistir el impulso de tapárselos. Con todo, recordaba que el timbre de la voz no era en sí mismo ni fuera de lo normal, ni desagradable.

—¿Jugar a aguantar la respiración? —le espetó, observándolo fríamente para que no advirtiera su aturdimiento—. Con ese juego sólo te diviertes tú, y además, es una diversión enfermiza.

245

El chico sonrió de nuevo, una mueca sesgada que, junto con el color rojizo del ojo, resultaba en verdad un tanto inquietante.

—¿Enfermiza? ¿Querer tener el control es enfermizo?

—¿Tener control sobre una criatura indefensa y aterrada, quieres decir? Pues claro que sí. Suéltala.

—Los demás me creyeron cuando les dije que no le dolía, pero usted, no. Además, es muy hermosa, así que la complaceré.

Se agachó, abrió la mano y soltó al ratón monstruo, que huyó, veloz como un relámpago dorado, y desapareció en un agujero de entre las raíces de un árbol.

—Tiene usted unas cicatrices en el cuello muy interesantes —dijo el chico mientras se incorporaba—. ¿Con qué se las hizo?

—No es de tu incumbencia. —Ella se arregló el pañuelo para que le tapara las marcas, porque le desagradaba sobremanera cómo la miraba.

—Me alegro de haber hablado con usted. Hace tiempo que quería hacerlo, y he de decirle que es mejor incluso de lo que esperaba.

El extraño muchacho dio media vuelta y abandonó el patio.

Qué chico tan desagradable.

Hasta ese momento, a Fuego nunca le había sido imposible hacerse idea de la naturaleza de una mente; incluso la de Brigan, en la que era incapaz de entrar, le mostraba la forma y la sensación de las barreras alzadas contra su percepción, pero al menos las percibía.

Tratar de llegar a la mente de ese chico era como caminar a través de un sinfín de espejos deformes que se reflejaban en otros espejos igualmente deformantes, de manera que todo resultaba engañoso y aberrante, además de confuso para los sentidos, sin nada que tuviera lógica o fuera comprensible; no lograba hacerse una idea clara sobre él, ni siquiera un esquema de su naturaleza en líneas generales.

Estuvo dándole vueltas un buen rato después de que aquel personaje se marchó; y ese devanarse los sesos se debía a que no entendía cómo no se había dado cuenta antes de las reacciones de los niños con los que el chico había hablado, esos pequeños que estaban en el patio y que creían lo que les decía. Ahora tenían la mente en blanco, envuelta en una especie de bruma.

No alcanzaba a discernir la naturaleza de dicha bruma, pero de lo que sí estaba segura era de haber encontrado su origen.

Para cuando tuvo conciencia de que no tendría que haber permitido que se fuera, el sol se ponía, el semental estaba comprado y el chico ya había abandonado la corte.

Capítulo 20

*E*sa misma noche recibieron cierta información que les hizo olvidar a todos el asunto del extraño chico que acompañaba a Tajador.

Fuego se encontraba en los establos a última hora de la tarde cuando percibió que Arquero llegaba a palacio, procedente de la ciudad; no era un hecho que habría notado con tanta intensidad sin buscarlo a propósito. Sin embargo, su amigo estaba deseoso de hablar con ella y abierto como un niño; y también un poco ebrio.

Ella acababa de ponerse a cepillar a *Corto*, que estaba de pie, con los ojos cerrados y babeando de gusto la puerta de la cuadra; no tenía muchas ganas de ver a Arquero si éste se mostraba ansioso y bebido, así que le envió un mensaje:

Hablaremos cuando estés sobrio.

Al cabo de unas horas, acompañada por su escolta habitual de seis guardias, Fuego recorrió el laberinto de pasillos que llevaban de sus aposentos a los de Arquero; no obstante, al llegar ante la puerta, se detuvo, perpleja, porque percibió la presencia de Mila (que libraba esa noche) en la habitación.

Buscó a ciegas alguna explicación, cualquiera, que no fuera la evidente; pero la mente de Mila también estaba abierta, como suelen estar hasta las mentes más fuertes cuando experimentaban lo que la joven escolta sentía en ese instante tras aquella puerta. Fuego recordó lo dulce y bonita que era Mila, y se dijo que Arquero había tenido sobradas ocasiones de fijarse en ella.

Se quedó plantada ante la puerta en silencio, temblando de ira; estaba segura de que su amigo jamás había hecho nada que la encolerizara tanto.

Se alejó de allí y echó a andar por el pasillo; llegó a la escalera y subió tramos y más tramos hasta que llegó a la plataforma del tejado, donde se puso a pasear de aquí para allá. Hacía frío y humedad, el viento traía olor a nieve, y ella no llevaba abrigo, pero no advirtió nada de todo eso, y aunque se hubiera dado cuenta, le habría traído sin cuidado. Los desconcertados escoltas se apartaron a un lado para que su señora no los arrollara.

Al cabo de un rato (y justo a tiempo, porque ya era tarde y Brigan subía cansinamente la escalera), ocurrió por fin lo que Fuego estaba esperando: Mila se quedó dormida. Esa noche no quería toparse con el príncipe porque sería capaz de contárselo todo, y tal vez Arquero merecía que se airearan sus trapos sucios, pero Mila, no.

Bajó por la otra escalera en lugar de hacerlo por la que subía Brigan, recorrió de nuevo el laberinto de corredores que llevaba al dormitorio de su amigo, y se detuvo frente a la puerta.

Arquero —le transmitió mentalmente—. *Sal fuera ahora mismo.*

Él apareció enseguida, descalzo, desconcertado y vestido de mala manera a causa de la precipitación; por su parte, Fuego, aprovechando por primera vez el privilegio de poder estar a solas con él, mandó a los escoltas a un extremo y otro del largo corredor. Viéndose incapaz de aparentar tranquilidad, le dirigió la palabra en un tono cáustico:

—¿Tenías que buscar presas entre mis escoltas?

La expresión desconcertada desapareció del rostro del hombre, que replicó con vehemencia:

—No soy un depredador, ¿sabes? Las mujeres vienen a mí de muy buen grado. Además, ¿qué te importa a ti lo que yo haga?

—Porque le haces daño a la gente, te traen sin cuidado los demás, Arquero. Y Mila… ¿Por qué ella? ¡Sólo tiene quince años!

—Está dormida en mi cuarto, tan feliz como un gatito tumbado al sol. Estás armando una bronca porque sí.

—Y qué sucederá dentro de una semana, Arquero —le objetó en voz baja—, cuando te canses de ella porque te has encaprichado de otra, y se sienta abatida, deprimida, desdichada o furiosa porque le has arrebatado lo que ahora la hace tan feliz… Supongo que también ella armará una bronca porque sí, ¿verdad?

249

—Lo dices como si estuviera enamorada de mí.

Su actitud era tan exasperante que Fuego le habría dado una patada.

—Siempre se enamoran de ti, Arquero, siempre. Una vez que descubren tu ardor, se enamoran, mientras que tú nunca te enamoras de ninguna, y cuando las dejas, les rompes el corazón.

—Curiosa acusación, viniendo de ti —le espetó él, como si escupiera las palabras.

La joven lo entendía, pero no estaba dispuesta a permitirle que diera la vuelta al tema conduciéndolo hacia otra dirección.

—Hablamos de mis amigas, Arquero —puntualizó Fuego—. Te lo suplico: si te empeñas en llevar a tu cama a todas las mujeres de palacio, excluye a las que son amigas mías.

—No comprendo por qué tiene que importarte ahora con quién me acuesto si siempre te ha importado un bledo.

—¡Porque nunca he tenido amigas!

—No dejas de repetir esa palabra —replicó él con acritud—. Pero Mila no es amiga tuya, sino una de tus escoltas. ¿Acaso una amiga habría hecho lo que ha hecho ella estando enterada de tu relación conmigo?

—Apenas sabe nada de lo que hubo entre tú y yo, excepto que ya ha pasado a ser historia. Olvidas que estoy en disposición de saber el aprecio y el respeto que me tiene.

—Sin embargo, ha de haber muchas cosas que te oculta, como que ha mantenido en secreto sus encuentros conmigo todo este tiempo. La gente puede albergar muchos sentimientos hacia ti que tú ignoras.

Lo miró apesadumbrada; era tan... visceral en las discusiones. Gesticulaba, se engallaba, se le ensombrecía el semblante o se le encendía, y los ojos le llameaban; además, también era así de apasionado en el amor y en el gozo, por ello todas acababan enamorándose de él, porque en un mundo que era deprimente y sombrío, Arquero rebosaba vida y pasión, y sus atenciones, mientras duraban, eran embriagadoras y estimulantes.

No le pasó inadvertida la intencionalidad de lo que él acababa de decir: la aventura con Mila duraba ya cierto tiempo. De modo que le dio la espalda y alzó la mano en un gesto admonitorio; no estaba en su poder contrarrestar la seducción que el atractivo lord Arquero ejercía en una soldado de quince años, oriunda de una empobrecida región de las montañas meridionales. Y tampoco podía perdonarse a sí misma por no haber caído en la cuenta de que existía el peligro de que ocurriera algo así, por no prestar más atención a las idas y venidas de su amigo y a las compañías que frecuentaba.

Bajó la mano, se volvió de nuevo hacia él y le dijo:

—Es obvio que alberga sentimientos hacia mí que yo desconozco, pero sean cuales sean, no contradicen el afecto que me demuestra ni la amistad en su comportamiento que va más allá de la lealtad de una escolta. No conseguirás desviar mi cólera hacia ella.

A todo esto, a Arquero se le bajaron los humos; se recostó con pesadez contra la puerta y se quedó mirándose los pies descalzos como lo haría alguien que admite la derrota.

—Ojalá volvieras a casa —musitó, decaído.

La joven experimentó un momento de pánico al pensar que su amigo iba a romper a llorar, pero él recobró el control enseguida y, mirándola, dijo en voz queda:

—Así que ahora tienes amigas… Y un corazón que se ha vuelto protector.

—Siempre lo ha sido. Pero ahora hay más personas en él que se te han unido; no es que te hayan reemplazado.

Él reflexionó unos instantes esas palabras, de nuevo con la vista fija en el suelo, y añadió:

—Por Clara no debes preocuparte, en cualquier caso. Porque puso fin a la historia casi en cuanto empezó. Pensé que era un gesto de lealtad hacia ti.

A sabiendas, Fuego decidió tomarse aquella declaración como una buena noticia; se centraría, pues, en que había terminado lo que quiera que hubiera tenido lugar, y en el hecho de que fue Clara quien le puso fin, en lugar de pensar en el pequeño detalle de que la «historia» hubiera empezado. Se produjo una pausa breve, triste.

—Cortaré con Mila —declaró él.

—Cuanto antes lo hagas, antes me tendrá apoyándola. Por cierto, por todo lo ocurrido, pierdes tus privilegios de estar presente en la sala de interrogatorios, Arquero. No quiero verte allí mortificándola con tu presencia.

Entonces él alzó la vista de forma repentina, y se irguió.

—Un giro en la conversación muy oportuno que me ha recordado la razón por la que quería hablar contigo. ¿Sabes dónde he estado hoy?

Ella, incapaz de cambiar de tema con tanta facilidad, se frotó las sienes.

No tengo ni idea, y estoy agotada, así que, sea lo que sea, habla claro y ve al grano.

—Estaba de visita en casa de un capitán retirado que fue aliado de mi padre; se llama Hart y es un hombre rico, un gran amigo de la corona. Su joven esposa me envió la invitación, aunque Hart no estaba en casa.

—Una forma muy peculiar la tuya de honrar al aliado de Brocker —le echó en cara la joven sin dejar de frotarse las sienes.

—Sí, sí, vale, pero presta atención a lo que voy a contarte: ella, la mujer de Hart, es una bebedora empedernida, y ¿sabes lo qué estaba tomando?

—No tengo ganas de jugar a las adivinanzas.

Él sonrió de oreja a oreja y le explicó:

—Un vino pikkiano muy especial elaborado con uvas heladas. Tienen escondida una caja entera de ese vino en la parte trasera de la bodega, aunque ella ignoraba de dónde procedía. Lo descubrió estando yo allí, y por lo visto le pareció raro que su marido lo tuviera oculto, pero yo opino que es una medida a tomar muy prudente por parte de un conocido aliado del rey, ¿no crees?

Nash se tomó la noticia de la traición del capitán Hart como algo muy personal, ya que sólo fue necesario encauzar los interrogatorios en otra dirección durante poco más de una semana, así como tener vigilado al capitán sin que él se percatara de que lo observaban, para descubrir no sólo que lord Mydogg le hacía de vez en cuando un regalo de su vino preferido, sino también que los mensajeros que Hart enviaba al sur, para ocuparse de sus negocios en las minas de oro, se reunían a lo largo del camino con tipos interesantes y misteriosos en posadas o garitos donde se jugaba y se bebía, tipos a quienes se había visto emprender camino hacia el norte por una ruta que era la más corta hasta el predio de Mydogg.

Eso bastó para que Clara y Garan tomaran la decisión de que había que interrogar al capitán; la cuestión era cómo hacerlo.

Una noche de luna, a mediados de noviembre, el capitán Hart emprendió viaje por la calzada del acantilado para ir a su segunda vivienda (una agradable casa de campo a orillas del mar), a la que se retiraba de vez en cuando para darse un respiro conyugal, ya que su esposa bebía más de lo que convenía al bienestar del matrimonio. Viajaba en su estupendo carruaje, y para atenderlo lo acompañaban, como era habitual, los conductores y lacayos, además de una escolta de diez hombres a caballo. Así viajaría cualquier hombre prudente que emprendiera camino por la calzada del acantilado de noche: con un séquito que lo defendería de todo a excepción de una numerosa cuadrilla de bandidos.

Por desgracia, la horda de asaltantes que se escondía detrás de las rocas esa noche era muy nutrida, y la dirigía un hombre que, de ir afeitado y vestido a la última moda o de haber sido visto a la luz del día desempeñando una función muy correcta y decente, habría guardado cierto parecido con el mayordomo mayor del rey, Welkley.

Los asaltantes cayeron sobre los viajeros profiriendo terribles gritos, muy propios de facinerosos. Y mientras la mayoría de los malhechores atacaban a los componentes del séquito, les vaciaban los bolsillos, los ataban con cuerdas y agrupaban a los excelentes caballos de Hart, Welkley y algunos otros hombres se metían en el carruaje. Dentro los esperaba el iracundo capitán Hart blandiendo espada y daga; Welkley, ejecutando un veloz quiebro a izquierda y derecha muy ágil que habría sorprendido a muchos en la corte, esquivó la arremetida y pinchó al capitán en la pierna con un dardo, cuya punta había sido impregnada con un narcótico.

Uno de los compañeros de Welkley, un tal Toddin, era un tipo de talla, constitución y porte semejantes a Hart; tras un rápido desnudarse y vuelta a vestirse dentro del carruaje, acabó llevando puestos el sombrero, la chaqueta, el tapabocas y las botas amarillas de piel de monstruo de Hart, en tanto que el capitán quedó con muchas menos prendas que las que llevaba un rato antes, y yaciendo, inconsciente, sobre el montón de ropa de Toddin. Éste empuñó la espada del capitán y salió rodando con Welkley del carruaje. Entre gruñidos y maldiciones, ambos se acometieron con las espadas y lucharon muy cerca del borde del acantilado, a plena vista de los sirvientes de Hart, quienes contemplaron horrorizados cómo el hombre que parecía ser su amo se desplomaba en el suelo aferrándose el costado. Tres bandidos lo alzaron en volandas y lo arrojaron al mar.

A continuación, la banda de asaltantes huyó con el botín compuesto por monedas de lo más variadas, catorce caballos, un carruaje y, dentro de éste, un capitán dormido como un muerto; cerca ya de la ciudad, metieron a éste en un saco y se lo confiaron a un hombre encargado de transportarlo a palacio esa misma noche, junto con la entrega de sacos de trigo. El resto del botín se llevó rápidamente a vender en el mercado negro, y por último, los bandidos regresaron a sus hogares, transformados en lecheros, tenderos, granjeros o caballeros nobles, que se acostaron para disfrutar de un corto sueño hasta el amanecer.

254 Por la mañana, los hombres de Hart fueron encontrados en la calzada atados, tiritando, y muy avergonzados por los sucesos que tenían que contar. Cuando la nueva llegó a palacio, Nash envió una escolta para investigar el incidente, en tanto que Welkley mandaba un ramo de flores a la viuda del capitán.

Por la tarde, todo el mundo respiró aliviado cuando por fin llegó un aviso de la esposa de Toddin para informar de que su marido gozaba de buena salud, porque aunque el hombre era un extraordinario nadador y resistía muy bien el frío, el bote que salió a recogerlo tardó mucho tiempo en dar con él, ya que estaba muy nublado. Y esa tardanza había sido motivo de preocupación para todos.

La primera vez que llevaron a Hart ante Fuego, la mente del capitán era como una caja cerrada, y el hombre mantuvo los ojos herméticamente cerrados todo el tiempo; pasaron varios días sin que ella consiguiera sacarle nada.

—Imagino que no debería sorprenderme que un viejo amigo y camarada de lord Brocker fuera mentalmente tan fuerte —les comentó Fuego a Musa, Mila y Neel en la sala de interrogatorios después de otra sesión infructuosa, a lo largo de la cual Hart no la había mirado ni una sola vez.

—Desde luego, mi señora —convino la capitana de la escolta—. Un hombre que consiguió tantos logros en su tiempo, como el comandante Brocker, por fuerza debió elegir unos capitanes muy recios.

Fuego siempre había reflexionado mucho más acerca de lo que Brocker tuvo que soportar en el plano personal que en sus éxitos militares y, concretamente, en el vesánico castigo impuesto por el rey Nax a causa de una misteriosa ofensa. Contempló a los tres escoltas con aire ausente, mientras sacaban una comida ligera compuesta de pan y queso; evitando mirarla, Mila le tendió un plato.

Así actuaba ahora la joven escolta; en las últimas semanas, desde que Arquero puso fin a la relación entre ellos, era como si Mila se hubiera encogido, mostrándose silenciosa y contrita en presencia de su señora. Por su parte, ésta procuró ser más amable y no someterla a la presencia de Arquero salvo lo imprescindible; entre las dos mujeres no se había cruzado ni una sola palabra del asunto, pero ambas sabían que la otra estaba enterada de todo.

Dominada por un hambre canina, Fuego agarró un trozo de pan, lo mordió y reparó en que Mila permanecía sentada en silencio, contemplando la comida que tenía en el plato, sin probarla. «Te daría de latigazos, Arquero», pensó, pero se esforzó en centrarse de nuevo en el tema del capitán Hart.

Éste había acumulado una gran fortuna después de licenciarse del ejército, y poco a poco se acostumbró a la buena vida. ¿Proporcionarle algo de comodidad lo ablandaría?

Durante los dos días siguientes, Fuego arregló las cosas para que limpiaran y mejoraran la celda de Hart en las mazmorras, se le entregaron buenas ropas de cama, alfombras, libros, luz, buenos vinos y comidas, así como agua caliente para que se aseara, y cepos para ratas, tal vez el mayor lujo de todos. Un día en que ella llevaba el cabello suelto y lucía un vestido más escotado de lo habitual, bajó a la guarida subterránea del antiguo capitán.

La escolta le abrió la puerta, y Hart alzó la vista del libro que leía para ver quién era; el semblante mostró que flaqueaba.

—Sé lo que intenta —dijo. Y quizá fuera verdad que lo sabía, pero no fue un impedimento para que se quedara mirándola, y Fuego comprendió que había encontrado la forma de colársele en la mente.

Suponía que un hombre encarcelado se sentiría solo, sobre todo si tenía una bonita esposa en casa que prefería el vino y acompañantes jóvenes antes que a su marido. De este modo, durante sus visitas, Fuego se sentaba junto a él al borde de la cama, comía la comida que el capitán le ofrecía y aceptaba los cojines para recostar la espalda; la proximidad femenina relajó a Hart, y así dio comienzo una batalla que estaba lejos de ser sencilla; incluso en los momentos de mayor debilidad, el ex capitán seguía teniendo una mente muy fuerte.

Clara, Garan y Nash absorbían las nuevas que Fuego descubría igual que la arena de Bodega del Puerto se embebía del agua de una tormenta.

256

—Todavía no soy capaz de sacarle nada sobre Mydogg que sea de utilidad, pero en realidad tenemos suerte porque sabe un montón de cosas sobre Gentian, y no es tan reacio a compartir los secretos de éste —dijo la joven.

—Es un aliado de Mydogg —intervino Clara—. Así pues, ¿por qué vamos a fiarnos de lo que él cree que sabe sobre Gentian? A lo mejor, éste envía mensajeros con información falsa para que los capture Mydogg, igual que hace con nosotros.

—Sí, es posible —admitió Fuego—, pero... No sé bien cómo explicarlo. Tal vez se deba a la certidumbre con que habla, o la seguridad de sus afirmaciones... Pero conoce los ardides que Mydogg y Gentian han utilizado con nosotros y se muestra muy seguro al afirmar que la información que tiene sobre Gentian no es de esa índole. Aunque no quiere decirme quiénes son sus informadores, me siento inclinada a dar crédito a cuanto explica.

—Está bien, está bien —aceptó Clara—. Cuéntenos qué ha descubierto y utilizaremos cualquier medio a nuestro alcance para confirmarlo.

—Asegura que Gentian y su hijo, Gunner, vienen al norte para asistir a la gala de palacio que tendrá lugar en enero.

—Eso sí que es ser osado —comentó Clara—. Estoy impresionada.

—Bueno, como sabemos que sufre malas digestiones, lo martirizaremos con una tarta —resopló Garan, desdeñoso.

—Gentian fingirá que se presenta ante la corte para pedir perdón por sus actividades sediciosas, y hablará de renovar la amistad con la corona —continuó Fuego—. Pero, entretanto, su ejército se desplazará hacia el nordeste desde sus posesiones, y se ocultará en los túneles de los Grandes Gríseos, cerca de Fortaleza Aluvión. En algún momento, durante los días siguientes a la fiesta, Gentian se propone asesinar a Nash y a Brigan; a continuación, cabalgará a galope tendido hasta donde esté situado su ejército, y atacarán Fortaleza Aluvión.

Los gemelos tenían los ojos abiertos como platos.

—Así que, después de todo, no es osadía, sino estupidez —opinó Garan—. ¿Qué clase de comandante empieza una guerra en pleno invierno?

—La clase de los que intentan sorprender al enemigo —sentenció Clara.

—Además, tendría que enviar a alguien anónimo y prescindible para llevar a cabo los asesinatos —opinó Garan—. ¿Qué ocurriría con su brillante plan si él acabara muerto?

—En fin, la estupidez de Gentian no es nada nuevo —comentó Clara—. Y gracias al cielo por la previsión de Brigan. La División Segunda ya se encuentra en Fortaleza Aluvión, y en estos momentos nuestro hermano conduce a la Primera a una posición cercana.

—¿Y dónde se hallan la Tercera y la Cuarta? —se interesó Fuego.

—Están en el norte, patrullando, pero listas para salir a toda velocidad en cuanto se las necesite —contestó la princesa—. Ahora es usted quien tendrá que informarnos de dónde se las necesitará.

—No tengo ni idea —admitió la dama monstruo—. No he conseguido que Hart me hable de los planes de Mydogg. Asegura que éste no tiene intención de intervenir, sino que se cruzará de brazos mientras Gentian y el rey se reducen entre ellos el número de efectivos, pero sé que miente. También me ha dicho que

257

Mydogg va a enviar a su hermana, Murgda, hacia el sur, a la gala de palacio, cosa que es cierta, aunque no me ha dicho para qué.

—¡También lady Murgda en la gala! —exclamó la princesa—. ¿Qué le pasa a todo el mundo?

—¿Qué más le ha contado? —le preguntó Garan—. Tiene usted que ampliar esta información.

—No sé nada más; se lo he dicho todo —respondió la joven—. Al parecer, los planes de Gentian están previstos desde hace tiempo.

—Todo esto es desolador —intervino Nash, que se apretaba la frente—. Se supone que Gentian cuenta con una fuerza de unos diez mil soldados, y nosotros disponemos de diez mil en Fortaleza Aluvión para hacerle frente. Empero, en el norte tenemos diez mil soldados dispersos por todas partes...

—Quince mil, si se recluta a las fuerzas de reserva —apuntó Fuego.

—Sí, sí, de acuerdo, tenemos quince mil soldados dispersos por todas partes, y Mydogg tiene... ¿Sabemos siquiera con qué efectivos cuenta? ¿Veinte, veintiún mil hombres para atacar donde se le antoje? Por ejemplo, el reducto de mi madre o Fortaleza Central o Fortaleza Aluvión, incluso la propia capital, si así le place, y dispondría de días, tal vez de semanas, antes de que nuestras tropas se organizaran para hacerle frente.

—Es imposible que haya escondido a veinte mil soldados, porque los hemos buscado —manifestó Clara—. Ni siquiera podría ocultarlos en los Gríseos Chicos, y le sería imposible recorrer todo el camino hasta la capital sin que se los detectara.

—Necesito a Brigan. ¡Lo quiero aquí conmigo, ya! —exigió el rey.

—Vendrá cuando pueda, Nash —terció Garan—. Además, le informamos de todo lo que pasa.

Fuego se sorprendió a sí misma proyectando su percepción mental para sosegar al monarca, que estaba asustado; él lo notó y tendió una mano para coger la de ella. En un gesto de agradecimiento (y de algo más que era incapaz de contener), el rey le besó los dedos.

Capítulo 21

*U*n acontecimiento curioso de la política de Los Vals era la fiesta anual que se celebraba en palacio y a la que se invitaba a toda persona de relevancia, por poca que tuviera. Los siete patios de palacio se transformaban en salones de baile, y aquellos que eran leales a la corona danzaban y bebían vino junto a los traidores, unos y otros simulaban ser amigos. Casi todas las personas que se encontraban en condiciones de viajar acudían, aunque Mydogg y Gentian, por lo general, no se atrevían a asistir por tener que ocultar la deslealtad bajo una fingida amistad que resultaba, como mínimo, increíble. Más o menos a lo largo de una semana, el palacio desbordaba de criados, guardias y mascotas, y al servicio se lo veía atosigado con las incesantes exigencias de los invitados; los establos estaban abarrotados y los caballos, nerviosos.

En cierta ocasión, Brocker le explicó a Fuego que los festejos siempre tenían lugar en enero para celebrar que los días se iban alargando, mientras que diciembre era el mes destinado a los preparativos. En todos los rincones de palacio había gente dedicada a tareas de reparación o acondicionamiento: unos limpiaban las techumbres de cristal colgados de los tejados de los patios, y otros trabajadores, suspendidos a su vez de los balcones, quitaban la suciedad de los ventanales y de la piedra de los muros.

Garan, Clara, Nash y Fuego también se preparaban; si Gentian planeaba asesinar a Nash y a Brigan después de los festejos, para luego cabalgar hasta Fortaleza Aluvión y dar comienzo a la guerra, había que acabar con él y con Gunner el mismo día de la fiesta, así como aniquilar a lady Murgda, siempre y cuando la tuvieran a su alcance.

Así pues, tendría que ser Brigan quien se dirigiera a Fortaleza Aluvión y empezara él la guerra, sorprendiendo de este modo al ejército de Gentian en los túneles y cuevas.

—Luchar en túneles y en invierno... —dijo Garan—. No os envidio.

—¿Y qué haremos con el norte? —reiteró Nash.

—Tal vez lady Murgda quiera contarnos algo acerca de los planes de Mydogg durante la fiesta... antes de que la matemos —respondió Garan.

—Y, exactamente, ¿qué tenéis pensado para acabar con ellos? —inquirió Nash, que paseaba de un lado para otro sin descanso, con mirada iracunda—. Siempre hay guardias escoltándolos que no permitirán que nadie se les acerque, y no debemos iniciar una guerra en plena corte. ¡No se me ocurre un momento o un sitio peor para asesinar a tres personas! ¡Y en secreto, además!

—¡Calma, hermano, calma; siéntate! —le pidió Clara—. Tenemos tiempo para solucionarlo; ya se nos ocurrirá algo.

260

Brigan prometió regresar a palacio a finales de diciembre, y despachó una misiva, desde dondequiera que se encontrara, para informar de que había enviado un destacamento al norte a fin de recoger a lord Brocker y trasladarlo al sur; al parecer, el veterano comandante le había ofrecido ayuda en caso de que estallara la guerra. Fuego no salía de su asombro; que ella supiera, era la primera vez que Brocker viajaría más allá de la villa vecina a su hogar.

Por la noche, acompañada por su escolta, Fuego contemplaba la ciudad desde el tejado e intentaba comprender lo que se avecinaba; echaba en falta la compañía de Brigan.

Mientras tanto, en el norte, tropas de la Mesnada Real peinaban las montañas, los túneles y todas aquellas zonas frecuentadas por el ejército de Mydogg; por su parte, los espías buscaban por Pikkia, así como por el sur y el oeste de Los Vals, todo ello en vano. O bien Mydogg tenía muy bien escondidos a sus hombres, o bien los había hecho desaparecer por arte de magia. Brigan envió soldados de las tropas auxiliares en reserva para reforzar las dotaciones de la fortaleza de Roen, así como las de Fortaleza

Central y las de las minas de oro meridionales, e incrementó de manera notable el número de soldados apostados en la ciudad.

Por su parte, Fuego sometió al capitán Hart a un duro interrogatorio centrado en Tajador —el tratante de caballos— y en el chico de ojos de diferente color, responsable de esa especie de bruma que ofuscaba la mente. Hart aseguró que no sabía nada al respecto, y ella no tuvo más remedio que creerle; al fin y al cabo, nada apuntaba a que ese chico tuviera algo que ver con planes de guerra, como tampoco el cazador furtivo ni el desconocido de los bosques en el norte ni el arquero que sólo quería verla. En cuanto a dónde o en qué encajaban todos ellos, a la joven sólo le quedaba la opción de hacer conjeturas.

—Lo siento, Fuego —dijo Clara, rotunda, cuando se lo comentó—. Sin duda es tan espeluznante como me cuenta usted, pero ahora no dispongo de tiempo para dedicarme a ese asunto, a menos que esté relacionado con la guerra o con los festejos. Ya nos centraremos en ello más adelante.

Al único que le importaba el asunto era a Arquero, lo que servía de poco puesto que, fiel a su naturaleza, simplificaba el problema dando por hecho que el origen de aquel galimatías era alguien que quería apartarla de él.

261

Pero resultó que había algo más que era motivo de preocupación para Clara, aparte de la guerra y los festejos: estaba embarazada.

La princesa se desplazó con Fuego a Bodega del Puerto para contárselo; así el ruido de las cataratas evitaría que nadie, ni siquiera la escolta de la dama monstruo, oyera la conversación; Clara mantuvo la compostura y no se anduvo con rodeos. Fuego se dio cuenta de que, una vez asumida, la noticia no le sorprendía demasiado.

—No tomé precauciones —confesó la princesa—. Esas hierbas no me gustaron nunca porque me producían náuseas, y hasta ahora no me había quedado embarazada. Supongo que quise creer que a mí no me podía pasar eso, y ahora tengo que pagar mi estupidez, porque todo me provoca arcadas.

En las últimas semanas, a Fuego no le había dado la impresión de que la princesa estuviera indispuesta; en todo momento parecía encontrarse bien y tranquila. La joven sabía que Clara era una buena actriz y, con toda probabilidad, la mujer más apta para afrontar esa adversidad; no le faltaba dinero ni apoyo, y seguiría con su trabajo hasta el mismo día en que diera a luz y lo retomaría de inmediato; sería una madre práctica y llena de energía.

—Arquero es el padre —añadió Clara, y Fuego se limitó a asentir con la cabeza porque ya lo suponía.

—Será generoso cuando se lo cuente usted, lo sé.

—Eso me trae sin cuidado. Lo que me preocupa es cómo se siente usted, y si le he hecho daño al meterme en el lecho de Arquero y ser tan estúpida para permitir que esto ocurriera.

—No, no me ha perjudicado —contestó con firmeza Fuego, sorprendida y conmovida por lo que acababa de oír—. Yo no tengo ninguna potestad sobre Arquero, ni siento celos por lo que él haya hecho, por lo tanto no hay razón para que se preocupe por mí.

—Es usted muy rara.

—Arquero ha sido siempre tan celoso que ha conseguido que deteste ese sentimiento.

Clara la miró a los ojos y la joven le sostuvo la mirada, sosegada y decidida a hacerle entender que hablaba en serio. Por fin, la princesa asintió con la cabeza, convencida.

—Me tranquiliza mucho —admitió Clara, y añadió—: Por favor, no se lo cuente a mis hermanos. —Por primera vez se le notó el nerviosismo—. Ninguno de ellos vacilaría en descuartizar al padre, y yo me enfurecería con todos. Esto no podría haber pasado en peor momento, con tantas cosas en las que debemos pensar… —Se interrumpió un instante, y acto seguido le dijo con franqueza—. Además, no quiero que le hagan daño; quizá no se entregara tanto como yo habría deseado, pero no puedo negar que lo que me dio fue maravilloso.

No todo el mundo estaría en condiciones de recibir un regalo así con tan buena disposición de ánimo.

Margo dormía todos los días en los aposentos de Fuego, mientras que Musa y Mila se turnaban en noches alternas; cierta madrugada, la joven se despertó con la sensación de que alguna de ellas no estaba en su puesto, y oyó cómo Mila vomitaba en el baño.

Fue corriendo hasta allí, le retiró a la muchacha el rubio cabello de la cara y le dio un masaje en la espalda y los hombros; a medida que se despertaba del todo, ató cabos y comprendió lo que sucedía.

—¡Oh, señora! —exclamó Mila, rompiendo a llorar—. Señora, ¿qué opinión tendrá usted de mí?

Desde luego, a Fuego le cruzaron por la mente muchos pensamientos, rápidos como relámpagos; rebosante de compasión, la rodeó con el brazo.

—Lo único que me inspiras es afecto, y te ayudaré en todo cuanto esté en mi mano.

Incrementando los sollozos, la joven escolta se le abrazó y aferró entre los dedos el cabello de su señora.

—Me quedé sin hierbas —explicó Mila con voz entrecortada.

—Podrías habérmelas pedido a mí o a cualquiera de las sanadoras —repuso, horrorizada.

—No habría sido capaz, señora. Me daba demasiada vergüenza.

—¡Pues habérselas pedido a Arquero!

—Señora, él es un noble. ¿Cómo iba a importunarlo? —Lloraba con tanto desconsuelo que no podía respirar—. ¡Señora, he destrozado mi vida!

Una creciente rabia se apoderó de Fuego por la despreocupación de Arquero; seguro que a él todo este episodio no le había supuesto ningún inconveniente. Mantuvo abrazada a la chica muy fuerte, le acariciaba la espalda y la arrullaba como a un niño para que se calmara; al parecer, aferrarse al cabello de su señora reconfortaba a la joven escolta.

—Hay algo que quiero que sepas y, ahora más que nunca, debes tenerlo muy presente, Mila.

—¿Qué es, señora?

—Siempre puedes pedirme lo que sea.

Al cabo de unos días, Fuego se dio cuenta de la mentira que

263

se escondía en lo que le había dicho a la princesa; aunque era cierto que no tenía celos de nada de lo que Clara y Mila habían hecho con Arquero, no quería decir que fuera inmune a ese sentimiento. Si bien de cara al exterior participaba con la familia real en la aportación masiva de ideas, sugería planes y colaboraba en todos los detalles de los festejos y de la guerra, en su interior, en los momentos de tranquilidad, estaba penosamente ausente.

Imaginaba qué sucedería si su propio cuerpo fuera un jardín de fértil tierra oscura cobijando una semilla. Cómo la abrigaría y la nutriría si fuera suya y cuán ferozmente la defendería y la amaría, incluso después de que hubiera abandonado su cuerpo y creciera lejos de ella, escogiendo por sí misma la manera de ejercer su inmenso poder.

Cuando empezó a sentir náuseas y cansancio, a notarse los senos hinchados y doloridos, llegó a pensar que estaba embarazada a pesar de saber que era imposible; el dolor le resultó gozoso. Y poco después, naturalmente, le vino el menstruo e hizo añicos su engañosa ilusión; comprendió entonces que habían sido los síntomas premenstruales y rompió a llorar con tanta amargura al constatar que no estaba preñada, como Mila lo había hecho justo por el motivo contrario.

La aflicción que la atenazaba era aterradora, porque tenía sus propios deseos, y el dolor le llenaba la mente de ideas terribles, pero a la vez reconfortantes.

A mediados de diciembre, tomó una decisión; confiaba en que fuera la correcta.

El último día de diciembre, fecha que resultaba ser el sexto cumpleaños de Hanna, la niña se presentó ante la puerta de Fuego con la ropa hecha jirones y llorando. Le sangraba la boca y, a través del agujero que tenía en cada una de las perneras del pantalón, se veía que las rodillas le sangraban también.

La joven hizo llamar a un sanador, pero cuando supo que Hanna no lloraba porque le dolieran las heridas, le ordenó que se retirara; se arrodilló frente a ella y la abrazó. Interpretó los sentimientos y los gemidos ahogados de la pequeña tan bien como le fue posible, y al fin entendió lo ocurrido: los otros chicos la habían zaherido porque su padre estaba ausente en todo momento; le dijeron que Brigan se había ido para siempre porque quería perderla de vista, que esta vez no iba a volver, y entonces fue cuando la pequeña les pegó.

Mientras la abrazaba con ternura, Fuego le repitió una y otra vez que Brigan la quería, que detestaba alejarse de ella, que lo primero que hacía siempre al regresar era ir a buscarla, y que en realidad su tema de conversación preferido era ella, y su mayor felicidad, también ella.

—Usted no me mentiría —le dijo Hanna, más tranquila y sin llorar.

La niña no se equivocaba, y por esa razón Fuego no le dijo nada respecto a la fecha que se esperaba que Brigan regresara, porque siempre se corría el riesgo de errar si se aseguraba a alguien que el príncipe estaría de vuelta en una fecha concreta, y aunque no fuera mentira, el resultado era el mismo. Ya hacía casi dos meses que se había marchado y una semana, que nadie sabía nada de él.

La joven bañó a Hanna y le puso una de sus camisas; a la princesa le hizo mucha gracia porque parecía que llevaba un camisón de manga larga. A continuación, le dio de cenar y más tarde, todavía sorbiendo por la nariz, Hanna se durmió en la cama de la dama, por lo que ésta envió a una de sus escoltas a notificarlo para que nadie se alarmara.

Cuando Fuego captó de improviso la presencia de Brigan, se concedió unos instantes para tranquilizarse y luego le dirigió un mensaje a la mente. Sin afeitar y todavía afectado por el frío, acudió de inmediato a los aposentos de la joven, que se contuvo para no tocarlo. Cuando le contó lo que los otros niños le habían dicho a Hanna, Brigan entrecerró los ojos y dio la impresión de estar muy cansado. Se sentó en la cama, acarició el cabello a su hija y se inclinó para besarle la frente. Hanna se despertó.

—Estás helado, papá —le dijo y, arrebujada en los brazos de su padre, se volvió a dormir.

Brigan la colocó mejor en su regazo y miró a Fuego; darse cuenta de lo mucho que le gustaba que ese príncipe de ojos grises y la niña estuvieran en su cama le causó tal impresión que se sentó de golpe en una silla, que, por suerte, había detrás de ella.

—Welkley me ha informado de que esta semana no ha salido usted mucho de sus aposentos, señora. Espero que no esté enferma.

—Estuve bastante indispuesta... —masculló, pero se mordió la lengua para no continuar porque no tenía intención de contárselo. Un sentimiento de preocupación invadió al príncipe de inmediato, y ella lo notó.

—¡No, no se preocupe, no fue nada de importancia! Ya me he recuperado —mintió, porque aún le dolía el cuerpo y tenía el corazón tan herido como las rodillas de Hanna. Sin embargo, confiaba en superarlo en el futuro.

—Si usted lo dice, supongo que debo creerla —respondió Brigan, nada convencido—. Pero ¿se cuida lo suficiente?

—Sí, sí. Le ruego que lo olvide.

Brigan besó la cabeza de su hija y le susurró:

—Te ofrecería un poco de tarta de cumpleaños, pero parece que tendremos que esperar hasta mañana.

266

Aquella noche las estrellas daban la impresión de ser objetos fríos y quebradizos, y la luna parecía encontrarse más lejos de lo normal; Fuego se abrigó con tanta ropa que aparentaba ser el doble de gruesa.

Cuando subió al tejado, se encontró allí con Brigan, a quien, pese a ir descubierto, no parecía hacerle mella el viento helado. Por el contrario, ella tuvo que echar el aliento sobre las manos para calentárselas, aunque llevaba manoplas.

—Así pues, ¿es verdad que su alteza es inmune al frío?

Brigan la cogió de las manos, la llevó a resguardo del viento detrás de una gran chimenea y la animó a que se apoyara contra ella. Así lo hizo y se sorprendió por la grata sensación de calidez, muy semejante a estar recostada en *Corto*. Los escoltas se quedaron en un segundo plano; el susurro del tintineo de las campanillas del puente levadizo sobrepasaba el rumor de las cascadas... Fuego cerró los ojos.

—Señora, Musa me explicó lo de Mila. ¿Querría hablarme usted de mi hermana?

Ella abrió los ojos de golpe. El príncipe, que exhalaba una nubecilla de vaho cada vez que respiraba, estaba reclinado en la barandilla, con la mirada puesta en la ciudad. Demasiado estupefacta para discurrir una buena excusa, Fuego sólo consiguió balbucear:

—¿Y qué es lo que quiere que le diga de su hermana?

—Si está embarazada o no.

—¿Por qué iba a estarlo?

Brigan giró la cabeza para mirarla a los ojos, y ella tuvo la certeza de que la impasibilidad que quiso imprimirle a su semblante no era tan indescifrable como la del rostro del príncipe.

—Porque, al contrario que en todo lo relacionado con su trabajo, le gusta demasiado jugársela —dijo con sequedad Brigan—. Está más delgada y hoy ha cenado poco. Además, se le ha mudado el semblante al ver el pastel de zanahoria, y le aseguro que es la primera vez en mi vida que observo que le ocurre eso. Así pues, o está embarazada o se está muriendo. —Desvió de nuevo la vista hacia la ciudad y adoptó un tono de voz más suave—. Y no me diga quién es el padre de las criaturas porque tendría la tentación de machacarlo, lo que sería muy inoportuno dada la inminente llegada de Brocker y con toda esa gente que lo adora rondando por aquí, ¿no cree?

—Tampoco sería un buen ejemplo para Hanna —le contestó suavemente. No tenía sentido hacerse de nuevas si él había descifrado lo ocurrido. El príncipe apoyó la barbilla en los puños, y el vaho salió expulsado en todas direcciones cuando resopló.

—Supongo que ninguna de las dos está enterada de la situación de la otra, y supongo asimismo que debo guardarlo en secreto. ¿Mila se siente tan desdichada como aparenta?

—Está destrozada.

—Sólo por eso sería capaz de matarlo.

—Creo que está demasiado enfadada o demasiado desesperada para pensar con claridad. No quiere aceptar su dinero, así que se lo estoy guardando yo; espero que cambie de parecer.

—Si ella quiere, conservará el empleo, porque no voy a licenciarla a la fuerza. Ya pensaremos una solución. ¡Ah, y esto no se lo diga a Garan! —añadió dirigiéndole una mirada socarrona, pero acto seguido su expresión se tornó adusta—. Qué malos tiempos para traer hijos al mundo, señora.

«Hijos —pensó la joven—. ¡Traer hijos al mundo!»

Sed bienvenidos, pequeños, proyectó el pensamiento al aire; con gran frustración, descubrió que estaba llorando. Últimamente, era incapaz de contener las lágrimas; ese llanto irreprimible parecía un síntoma inducido por los embarazos de sus amigas.

El aire severo de Brigan desapareció, y se llevó las manos a los bolsillos en busca de un pañuelo que no llevaba encima; se acercó a ella.

—¿Qué ocurre, señora? Por favor, dígamelo.

—Le he echado de menos estos dos últimos meses —contestó entre sollozos.

—Cuénteme qué la aflige —suplicó el príncipe mientras le cogía las manos entre las suyas.

Y entonces, como la tenía así cogida de las manos, se lo contó todo, sin rodeos: cuánto ansiaba tener hijos, el porqué había decidido no tenerlos, y que, por miedo a cambiar de parecer, con ayuda de Clara y de Musa había dispuesto en secreto tomar la medicina que evitaría para siempre que se quedara embarazada. Aún no se había recuperado, ni por asomo; tenía roto el corazón y no era capaz de contener el llanto.

Brigan escuchó en silencio, y su asombro fue en aumento a medida que ella se desahogaba; cuando dejó de hablar, él siguió callado unos instantes, observando las manoplas de la joven con gesto de impotencia.

—Me comporté de un modo horroroso con usted la noche que nos conocimos, y nunca me he perdonado por ello. —Era lo último que Fuego esperaba oír, y lo miró a los ojos, claros como la luna—. Lamento profundamente su tristeza. No sé qué decirle. Debería ir a vivir a un lugar donde hubiera muchos niños, y adoptarlos a todos. Hemos de conseguir que Arquero se quede por aquí; ese tipo es bastante útil para tal propósito, ¿verdad?

Ella sonrió y estuvo a punto de echarse a reír.

—Ha conseguido que me sienta mejor, se lo agradezco.

Brigan le soltó las manos con cuidado, como si temiera que se le cayeran al suelo y se hicieran añicos; después le sonrió dulcemente.

—Antes no me miraba nunca a los ojos, pero ahora sí —comentó ella, porque lo recordó y sentía curiosidad por saber la verdadera razón.

—Es que antes usted no era real para mí.

—¿Qué quiere decir con eso? —Estaba desconcertada.

—Bueno, es que al principio me imponía, pero ahora me he acostumbrado a su presencia.

Fuego pestañeó, enmudecida por la sorpresa al notar la estúpida complacencia que despertaban en ella las palabras del príncipe; a continuación se rio de sí misma por sentirse halagada de que la considerara una persona normal.

Capítulo 22

 $\mathcal{A}$ la mañana siguiente, Fuego se dirigió al gabinete de Nash acompañada por Musa, Mila y Neel para reunirse con los príncipes gemelos y Arquero.

Faltaban pocas semanas para los festejos, y el grado de implicación de la joven en el plan de los asesinatos era tema de debate; en su opinión, la cuestión era sencilla: debía ser ella la ejecutora de los tres asesinatos porque tenía muchas más probabilidades que cualquier otro de engatusar a cada una de las víctimas para atraerlas a un lugar solitario y sin vigilancia; además, a lo mejor conseguía obtener mucha información de ellos antes de matarlos.

Sin embargo, cuando presentó su idea, Garan se opuso argumentando que no era experta en el manejo de la espada, y si cualquiera de los tres resultaba ser mentalmente fuerte, acabaría ensartada en una hoja de acero. Por otro lado, Clara no quería que una persona sin experiencia se encargara de los asesinatos.

—Vacilaría usted —arguyó la princesa—. Cuando se diera cuenta de lo que significa realmente clavar a alguien un cuchillo en el pecho, sería incapaz de hacerlo.

Pero Fuego no era tan inexperta como la consideraban los asistentes a la reunión, a excepción de Arquero.

—Es cierto que no querría hacerlo, pero cuando llegue el momento, lo haré —repuso la joven.

Arquero estaba que echaba chispas en un rincón; Fuego hizo caso omiso de él, ya que sabía que apelar a su sentido común sería inútil, sobre todo dada su postura hacia ella durante los últimos días, una actitud que abarcaba toda una gama de sentimientos —desde la exasperación hasta la vergüenza—, porque le había tendido la mano a Mila y ambas pasaban juntas mucho tiempo; Arquero lo notaba, y le provocaba resentimiento a pesar de ser consciente de que la culpa era suya.

—No podemos enviar a una novata a matar a tres de nuestros más temibles enemigos —insistió Clara.

—Pero es obvio que ella debe involucrarse —afirmó Brigan, quien, cruzado de brazos, se apoyaba con un hombro en la pared. Por primera vez desde que se abordó el asunto, estaba presente para dar su opinión—. No creo que Gentian le oponga demasiada resistencia, y aunque Gunner es listo, a la postre, hará lo que le mande su padre. Es posible que Murgda plantee problemas, pero tenemos que descubrir lo que sabe, como sea; sobre todo dónde ha escondido Mydogg a su ejército. Lady Fuego es la persona más cualificada para este trabajo, y —continuó Brigan enarcando las cejas para acallar las objeciones de Clara— conoce bien sus límites. Si dice que es capaz de hacerlo, lo hará.

A todo esto, Arquero soltó un gruñido y se volvió hacia Brigan con brusquedad, porque por fin tenía lo que buscaba: alguien que no fuera Fuego en quien descargar la tensión acumulada.

—Cállate, Arquero —lo atajó Clara sin alzar la voz, pero en tono desabrido, antes de que empezara a hablar.

—Es demasiado peligroso —manifestó Nash desde el escritorio; el monarca no le quitaba la vista de encima a la dama monstruo, observándola con preocupación—. Tú eres un hombre de armas, Brigan. Deberías encargarte tú.

—Bien, de acuerdo. —El príncipe asintió con la cabeza—. ¿Y si lo hiciéramos entre los dos, la señora y yo? Ella se encargaría de atraerlos a un rincón discreto para interrogarlos, y yo me ocuparía de matarlos, así como de protegerla.

—Pero si usted me acompaña, me resultará mucho más difícil engatusarlos —argumentó Fuego.

—¿Y qué tal si me escondo?

Desde el otro extremo de la habitación, Arquero se fue aproximando muy despacio hacia Brigan hasta situarse frente a él; daba la impresión de no respirar casi. Por fin, lo increpó:

—Usted no tiene reparos en ponerla en peligro, sólo la ve como una herramienta. Es usted un desalmado con el corazón más duro que una piedra.

—¡Ni se te ocurra hablarle de ese modo, Arquero! —le espetó Fuego—. De todos los presentes, es el único que cree en mí.

—¡Oh, no, yo también te creo capaz de hacerlo! —respondió Arquero. Su voz llegó a todos los rincones de la habitación como un siseo—. Una mujer con suficiente presencia de ánimo para preparar el pretendido suicidio de su propio padre, bien puede matar a unos cuantos valenses que no conoce.

Fue como si el tiempo se ralentizara y las otras personas que había en la habitación desaparecieran, quedándose solos Arquero y ella. Fuego lo miró boquiabierta, al principio incrédula, y después paralizada por la certidumbre, una certeza que penetró en su conciencia como el frío que entra por las extremidades hasta llegar a la médula, de que su amigo acababa de decir realmente lo que le parecía haber oído.

Arquero, que también la miraba estupefacto y conmocionado, se desmoronó mientras intentaba contener las lágrimas.

272

—¡Perdón, perdóname, Fuego! ¿Por qué lo habré dicho?

Sumergida en aquel lento discurrir del tiempo, ella pensó que era algo irremediable porque lo dicho, dicho estaba; y no era tanto que se hubiera sacado la verdad a la luz, sino la forma de hacerlo. La había acusado él, precisamente él, que conocía sus sentimientos; le había echado en cara su propia vergüenza.

—No soy la única que ha cambiado; tú también lo has hecho. Jamás habías sido cruel conmigo.

Acto seguido, aún con la sensación de que el tiempo discurría muy lento, se dio media vuelta y salió de la habitación.

El tiempo recuperó su ritmo normal en los jardines helados de la casita verde; allí, al empezar a tiritar a causa del frío, la dama monstruo se dio cuenta de que tenía una habilidad especial para olvidarse de coger el abrigo; Musa, Mila y Neel estaban de pie a su alrededor, en silencio.

Se sentó en un banco debajo del gran árbol; unas lágrimas enormes y redondas le rodaban por las mejillas y le caían en el regazo. Neel le ofreció un pañuelo y ella lo aceptó; miró a sus escoltas a la cara de uno en uno, ya que buscaba descubrir si, pese a la serenidad que había en sus mentes, les horrorizaba lo que habían descubierto. Todos le sostuvieron la mirada, tranquilos, y la joven comprobó que ninguno de ellos estaba conmocionado, sino que le expresaban respeto.

En ese momento se dio cuenta de que era muy afortunada por la gente con la que se había topado en la vida, gente a la que no le importaba estar junto a una monstruo tan desnaturalizada que acabó con la vida de su único pariente.

Empezaron a caer grandes copos de nieve; la puerta trasera de la casita verde se abrió y, arrebujada en una capa, Tess, el ama de llaves de Brigan, se aproximó a la joven.

—¿Acaso intenta morir congelada en mis propias narices? —la increpó la anciana—. ¿Qué diantre le pasa?

Fuego alzó la vista hacia ella sin mucho interés; la mujer tenía los ojos verdes, profundos como dos balsas de agua, y demostraban enfado.

—Maté a mi padre y simulé que era un suicidio.

Tess se quedó estupefacta; cruzó los brazos y emitió unos murmullos indignados con la intención, al parecer, de reprobárselo. Sin embargo, la actitud de la mujer cambió de súbito, y su dureza aparente se deshizo como un montón de nieve que resbala del tejado y cae al suelo; movió la cabeza a uno y otro lado, desconcertada, antes de replicar:

—Supongo que eso cambia las cosas; ahora el joven príncipe reiterará: «¿No te lo dije?» ¡En fin, pequeña, mírese! ¡Está empapada! Tan bella como un atardecer, pero sin una pizca de cerebro; eso no lo heredó de su madre. Vamos, vamos, más vale que entre.

El ama de llaves le echó la capa por encima de los hombros y la condujo a la casa. Fuego, muda de asombro, la dejó hacer.

273

La casa de la reina (porque Fuego recordó que ésa casa no era de Brigan, sino de Roen) parecía un buen sitio para que un alma triste encontrara reposo. Las habitaciones —pequeñas, acogedoras y pintadas en claros tonos verdes y azules— estaban repletas de muebles; los hogares eran enormes y en ellos crepitaban los fuegos que mitigaban el intenso frío de enero. Saltaba a la vista que allí vivía una niña, pues había material escolar, mitones, pelotas y otros juguetes; esparcidas por toda la casa, se veían asimismo cosas mordisqueadas por *Manchas*, casi imposibles de identificar. Por otro lado, no era tan evidente que Brigan viviera allí, si bien una persona observadora encontraría ciertos indicios, como la manta con la que Tess había arropado a Fuego, que tenía aspecto de ser un sudadero para la silla de montar.

Tess condujo a la muchacha hasta un sofá colocado delante del hogar para que se sentara, y los escoltas se acomodaron en sillones cerca de su señora; el ama de llaves les dio a todos una copa de vino caliente, se sentó con ellos y se puso a doblar un montón de camisas muy pequeñas.

En el sofá ocupado por Fuego había dos gatitos monstruo a los que no había visto hasta ese momento; uno era de color carmesí, y el otro, cobrizo y moteado con manchas de tonalidades rojas. Dormían enroscados, de tal manera que no era fácil discernir a cuál de los dos pertenecía una u otra cabeza, y lo mismo ocurría con la cola.

A Fuego le recordaban su propio cabello, recogido ahora bajo un pañuelo húmedo y frío; se lo quitó y lo extendió a un lado del sofá para que se secara; la melena, como una llamarada luminosa, se desparramó. Uno de los mininos, atraído por el resplandor multicolor, levantó la cabeza y bostezó.

La joven cogió la copa de vino caliente con ambas manos y contempló con cansancio el vapor que salía del recipiente. Una vez que empezó a hablar, sincerarse fue un consuelo para su pobre corazón destrozado.

—Acabé con Cansrel para impedir que matara a Brigan y evitar que éste, a su vez, lo matara a él, porque eso habría acabado con cualquier posibilidad de que el príncipe tuviera que forjar una alianza con los amigos de mi padre. También lo hice por otros motivos, aunque no creo que haga falta explicar a ninguno de los presentes por qué era mejor que él muriera.

Tess interrumpió lo que hacía y, apoyando las manos sobre la ropa que tenía en el regazo, la observó; movía los labios a la vez que la joven hablaba, como si así probara el sabor de las palabras al articularlas.

—Lo engañé —continuó diciendo Fuego—. Le hice creer que el leopardo monstruo era un bebé, su propio bebé monstruo; me quedé al otro lado de la reja, vi cómo abría la puerta de la jaula y lo arrullaba como si fuera una criatura indefensa y no supusiera ningún peligro. El leopardo estaba famélico (él siempre mantenía hambrientos a sus monstruos) y... —Hizo una pequeña pausa—. Todo ocurrió muy deprisa.

Debatiéndose contra la imagen que la acosaba en sueños, guardó silencio un momento, y después siguió hablando con los ojos cerrados:

—Cuando me aseguré de que estaba muerto, disparé al leopardo en primer lugar, y luego a los restantes monstruos porque los odiaba —siempre los odié—, y no soportaba sus chillidos de ansia por la sangre de Cansrel. A continuación, avisé a los sirvientes y les dije que se había suicidado y que me había sido imposible impedirlo. Entré en sus mentes y me aseguré de que me creyeran, cosa que no resultó difícil, porque mi padre era desdichado desde la muerte de Nax y todos sabían que podía cometer cualquier locura.

El resto de la historia se lo guardó para ella... Al llegar Arquero ante las jaulas, la encontró arrodillada en un charco de sangre, mirando el cuerpo sin vida de Cansrel, sin llorar. Intentó apartarla, pero ella se resistió y gritó que la dejara en paz; durante varios días su comportamiento con su amigo fue agresivo, y también con Brocker; estaba por completo fuera de sí, pero ellos no la abandonaron y la cuidaron hasta que volvió a estar en su sano juicio. Siguieron semanas de llantos y abatimiento, durante las cuales también estuvieron junto a ella hasta que todo quedó atrás.

De vuelta al presente, sentada en el sofá frente al hogar con la mente embotada, Fuego deseó de pronto tener a Arquero a su lado para perdonarlo por haber revelado la verdad; ya era hora de que los demás se enteraran de lo ocurrido, que todo el mundo supiera cómo era realmente ella y de lo que era capaz.

No se dio cuenta de que se estaba quedando dormida, ni siquiera cuando Mila se levantó rápidamente para evitar que se le cayera la copa y se derramara el vino en el suelo.

Υ

275

Se despertó al cabo de unas horas, tumbada en el sofá y tapada con mantas; los gatitos se le habían echado a dormir encima del cabello; Tess ya no estaba, pero Musa, Mila y Neel no se habían movido de sus asientos.

Arquero se hallaba de pie frente al hogar, de espaldas a ella; Fuego se incorporó y tiró de su cabello para sacarlo de debajo de los gatos.

—Mila —se dirigió a la joven escolta—, no tienes por qué quedarte si no quieres.

—Quiero quedarme, señora, y protegerla —contestó Mila con tozudez.

—Como quieras —accedió Fuego sin dejar de observar a Arquero, que se había dado la vuelta al oírla. Observó que su amigo tenía un pómulo amoratado, y su primera reacción fue de alarma, pero luego lo consideró algo en extremo interesante—. ¿Quién te ha pegado?

—Fue Clara.

—¿Clara?

—Sí, me atizó por maltratarte. —Bajando la voz, añadió—: Al menos ésa fue la razón principal, aunque supongo que tiene unas cuantas donde elegir. —Miró a Mila, que había adoptado, de repente, la postura de un luchador al que le hubieran golpeado repetidamente en el estómago—. Qué situación tan violenta.

Tú te lo has buscado —le transmitió ella, encorajinada—. *Y con tus palabras indiscretas lo has empeorado. Ninguna de ellas sabía nada de tu relación con la otra, y no te corresponde a ti revelar sus secretos.*

—Fuego —dijo él, cabizbajo y triste—, hace tiempo que no he hecho nada bueno por nadie, y cuando llegue mi padre, no seré capaz de mirarlo a la cara. Ardo en deseos de llevar a cabo algo meritorio, algo de lo que no me tenga que avergonzar, pero parece que no soy capaz de conseguirlo si te tengo cerca, sabiendo que ya no me necesitas y que estás enamorada de otra persona.

—Vamos, Arquero. —Iba a responderle, pero enmudeció, acongojada por lo irritante que llegaba a ser. Qué curioso (y también qué lamentable) era el hecho de que él la acusara de amar a otro y que, por una vez en su vida, estuviera en lo cierto.

—Me voy al oeste a buscar a Tajador —anunció Arquero.

—¿Qué? —gritó Fuego, consternada—. ¿Ahora? ¿Tú solo?

—Nadie les da importancia al muchacho ni al arquero, y estoy convencido de que es un error. Hay que tomarse muy en serio a ese chico, y tal vez lo has olvidado pero, hace veintitantos años ese arquero estuvo preso por el cargo de violación.

—Arquero, creo que no deberías ir. —Estaba a punto de echarse a llorar—. Espera hasta que terminen los festejos y te acompañaré.

—Creo que tú eres su objetivo.

—Por favor, no vayas.

—¡Debo hacerlo! —estalló él de improviso. Le dio la espalda y levantó una mano para que la joven no se le acercara—. ¡Ni siquiera soy capaz de mirarte! Tengo que hacer algo, ¿no te das cuenta? —La voz le sonaba enronquecida por el llanto—. Tengo que irme, porque van a dejar que lo hagáis, ¿sabes?, tú y Brigan juntos, el gran equipo de asesinos. Toma. —Sacó un papel doblado del bolsillo del abrigo y lo lanzó con violencia sobre el sofá, junto a la joven.

—¿Qué es esto?

—Una carta suya —gritó Arquero, poniendo énfasis en la última palabra—. Estuvo escribiéndola en esta mesa poco antes de que te despertaras, y me dijo que, si no te la daba, me rompería los dos brazos.

Tess apareció en ese instante en la puerta y le dio golpecitos con un dedo a Arquero para que guardara silencio.

—Jovencito, en esta casa vive una niña, y usted no tiene por qué ponerse a gritar como si quisiera que se derrumbara el techo. —A continuación se dio media vuelta y salió de la sala pisando fuerte.

Él la siguió con la mirada, sin salir de su asombro. Luego se aproximó el hogar, apoyó las manos en la repisa y hundió la cabeza entre los brazos.

—Si has decidido seguir adelante con tu propósito, llévate todos los guardias que necesites, Arquero —suplicó Fuego—. Pídele una escolta a Brigan.

Él no respondió, y ella tampoco estaba segura de que la hubiera oído. Al cabo de un momento, Arquero se dio la vuelta de nuevo y se despidió:

—Adiós, Fuego. —Y salió de la habitación, dejando a la muchacha al borde de un ataque de pánico.

¡Arquero! —gritó mentalmente, sin esperanza—. *No bajes la guardia, protégete la mente y ve con cuidado. Te quiero.*

La carta de Brigan era corta:

Señora:
Tengo que confesarle algo: yo sabía que usted mató a Cansrel. Lord Brocker me lo contó el día en que fui a buscarla para escoltarla hasta aquí. Debe perdonarlo por traicionar su confianza, pero me lo explicó para que entendiera cómo era usted y la tratara en consecuencia. En otras palabras, me lo explicó para protegerla de mí.

Una vez me preguntó que por qué confiaba en usted. Lo que acabo de contarle no es la única razón de mi actitud, sino una de ellas. Creo que ha sufrido mucho por el bien de otros, y que es usted tan fuerte y tan valiente como el que más entre toda la gente que conozco o de la que haya oído hablar. También es inteligente y generosa a la hora de utilizar su poder.

Tengo que partir inmediatamente hacia Fortaleza Aluvión, pero volveré a tiempo para la fiesta. Estoy de acuerdo en que usted debe tomar parte en nuestro plan, aunque Arquero se equivoca si cree que ello me complace. Mis hermanos le informarán de todo. Mis soldados me esperan, por eso esta carta está escrita con precipitación, aunque de corazón.

Suyo, Brigan.
P.D.: No salga de esta casa hasta que Tess le cuente la verdad. Perdóneme por habérsela ocultado, pero se lo prometí a ella, aunque desde entonces este secreto me ha estado corroyendo por dentro.

Respirando de forma entrecortada y temblando, Fuego se dirigió hacia la cocina, lugar donde percibía la presencia de Tess. La anciana alzó la vista de lo que estaba haciendo.

—Cuando el príncipe Brigan dice que usted debe contarme la verdad, ¿a qué se refiere? —inquirió, asustada por el mero hecho de preguntarlo.

278

Tess dejó a un lado la masa en la que trabajaba, se limpió las manos en el delantal y comentó:

—Menudo día de sorpresas el de hoy. No lo vi venir y, ahora que ha llegado el momento, la miro y me siento intimidada. —Se encogió de hombros como si no supiera cómo continuar—. Mi hija Jessa era su madre, pequeña. Soy su abuela. ¿Le apetece quedarse a cenar conmigo?

Capítulo 23

$\mathcal{F}$uego pasó los días siguientes inmersa en un estado de asombro; descubrir que tenía abuela ya era en sí bastante pasmoso, pero percibir, desde la primera y vacilante cena compartida, que la anciana sentía curiosidad por conocerla y que estaba abierta a su compañía era casi más de lo que podría soportar una joven humana monstruo que de tan pocos momentos de dicha había disfrutado en su vida.

Cenaba todas las noches en la cocina de la casita verde con Tess y Hanna; el raudal inagotable de la cháchara de la niña llenaba los espacios vacíos en la conversación entre abuela y nieta y, de algún modo, aliviaba la incomodidad de las dos mujeres cuando intentaban encontrar la forma de relacionarse.

También ayudaba el hecho de que Tess fuera abierta y sincera, y que Fuego notara la franqueza de todas las cosas embarulladas que decía.

—Casi siempre me mantengo imperturbable —le confesó la anciana durante la primera cena, consistente en pudin de carne de rapaz monstruo estofada—. Sin embargo, usted me ponía nerviosa, mi señora nieta. Durante todos estos años me he repetido que era hija de Cansrel, pero no de Jessa; que en realidad era una monstruo, en lugar de una chica, y que estábamos mejor sin usted. Intenté convencer a Jessa de que era así, pero nunca me hizo caso, y tenía razón. En cambio ahora, al mirarla a la cara, está más claro que el agua que la veo a ella.

—¿Dónde? ¿En qué rasgos? —quiso saber Hanna.

—Tiene la frente de mi hija —contestó Tess, agitando una cuchara en dirección a Fuego—, la misma expresión en la mirada y su precioso cutis; ha heredado el color de los ojos y del cabello, aunque el suyo es cien veces más llamativo que el de ella, como es natural. El joven príncipe me dijo que confiaba en usted, pero no le creí —terminó con un hilo de voz—. Pensé que había caído presa de su embrujo, y que se casaría con el rey o, peor aún, con él, y todo volvería a empezar.

—Tranquila, no pasa nada —le susurró Fuego, inmune al resentimiento porque el reciente descubrimiento de tener abuela la enternecía.

Habría querido darle las gracias a Brigan, pero éste seguía ausente de la corte y no era probable que regresara antes de la fiesta. Pero por encima de todo, lo que más deseaba era decírselo a Arquero; a pesar del momento difícil que atravesaba su relación, su amigo compartiría con ella la alegría de su descubrimiento y reiría sin salir de su asombro al enterarse de la noticia. Sin embargo, él andaba dando tumbos por ahí, en algún punto del oeste, con una mínima escolta —según Clara sólo se llevó a cuatro hombres— y metiéndose en quién sabía qué dificultades. Entretanto, Fuego decidió hacer una lista con todas las satisfacciones y las complicaciones que suponía tener abuela para contárselo a Arquero cuando volviera.

Sin embargo, no era ella la única persona que estaba preocupada por el muchacho.

—En realidad tampoco fue para tanto que revelara su secreto —le dijo un día Clara, que olvidaba (pensó Fuego con acritud) que, en su momento, a ella le pareció tan terrible que le atizó un puñetazo—. Ahora todos estamos más conformes con la parte que le toca desempeñar en el plan que tenemos, y la admiramos por ello. En serio, señora, me asombra que no nos lo contara usted antes.

Fuego no contestó porque no iba a explicarle que, precisamente, la admiración era en parte la razón por la que no lo había contado. No era gratificante convertirse en la heroína de otras personas que odiaban a Cansrel; ella no lo había matado movida por el odio.

—Arquero es estúpido, pero espero que tenga cuidado —añadió la princesa, que se puso una mano en el abdomen con suavidad, la actitud ausente, mientras que con la otra rebuscaba entre un montón de planos de las plantas del castillo—. ¿Sabe si conoce la comarca del oeste? En esos lugares hay grandes grietas en el suelo, algunas de ellas abiertas a cuevas, pero otras no tienen fondo. Es muy capaz de caerse en una. —Dejó de revolver los papeles un momento, cerró los ojos y suspiró—. He decidido estarle agradecida por proporcionarle a mi bebé un hermano; la gratitud consume menos energías que la ira.

Cuando la verdad salió a la luz, Clara intentó aceptarla con generosa ecuanimidad; para Mila no fue tan fácil, aunque tampoco se encolerizó. Ahora, sentada en la silla que había junto a la puerta, la joven escolta daba la impresión de estar en las nubes.

—En fin —concluyó Clara con un suspiro—. ¿Ha memorizado algo más en las plantas superiores a la sexta? No tendrá miedo a las alturas, ¿verdad?

—No más que cualquier persona normal, ¿por qué?

La princesa sacó del montón de planos dos grandes páginas enrolladas, y le explicó:

282

—Aquí tiene la disposición de las plantas séptima y octava, aunque encargaré a Welkley que verifique si he etiquetado las habitaciones con los nombres correctos de los invitados que las ocupan antes de que empiece usted a memorizarlos todos. Intentamos dejarlas desocupadas para que usted investigue en ellas, pero a algunos invitados les gustan las vistas que se divisan desde esos aposentos...

Aprender de memoria la distribución de las plantas de palacio no era la misma tarea para Fuego que para las demás personas, porque ella era incapaz de concebir el palacio representado en la horizontalidad de un plano, sino que el edificio era un espacio tridimensional que se le desplegaba en la cabeza, un espacio rebosante de mentes en movimiento por los pasillos, que echaban la ropa sucia por los conductos en pendiente, o subían y bajaban escaleras que aún no percibía, unos espacios vacíos que esperaba llenar mediante la memorización de los planos trazados en unas hojas de papel. Para ella no era suficiente saber, por ejemplo, que Welkley se encontraba en el extremo oriental de la segunda planta, porque ¿en qué punto exacto se hallaba o en qué cuarto? ¿Con cuántas puertas y ventanas contaba esa estancia?

¿A qué distancia estaba la habitación en la que se encontraba el mayordomo del cuarto de servicio más próximo, o de la escalera más cercana? Las mentes que percibía a corta distancia de Welkley, ¿la acompañaban en el mismo cuarto, o estaban en el pasillo, o en la habitación contigua? Si en ese momento tuviera que darle mentalmente instrucciones al mayordomo para conducirlo hasta sus propios aposentos sin que nadie lo viera, ¿sería capaz de hacerlo? ¿Sería capaz, asimismo, de retener en la mente la información de ocho plantas, cientos de pasillos, miles de habitaciones, puertas, ventanas, balcones y la percepción de una corte rebosante de conciencias, todo ello al mismo tiempo?

La respuesta era «no», así de sencillo; sin embargo, iba a tener que aprender a hacerlo lo mejor posible porque el plan de los asesinatos durante la noche de la fiesta dependía de ello, y por ese motivo practicaba en sus aposentos, o en la cuadra, cuando iba a ver a *Corto*, o en los tejados, acompañada por su escolta; practicaba sin descanso a lo largo del día, a veces sintiéndose orgullosa de sí misma por lo mucho que había avanzado desde el día en que llegó a palacio; desde luego, nunca volvería a perderse al deambular por los pasillos.

Resultaba exasperante, sin embargo, que el éxito del plan dependiera de la habilidad de Fuego para aislar a Gentian, Gunner y Murgda —ya fuera por separado o juntos— en algún lugar de palacio sin que trascendiera; que ella llevara a buen término tal cometido era crucial porque los planes alternativos estaban prendidos con alfileres, requerían la participación de demasiados soldados y comportarían muchas reyertas, lo cual significaba que sería poco menos que imposible mantenerlos en secreto.

Una vez que estuviera sola con ellos, intentaría descubrir todo lo posible de lo que sabía cada uno de los tres; entretanto, Brigan buscaría una forma discreta de reunirse con ella, a fin de asegurarse de que el intercambio de información acabara felizmente, habiendo salvado la joven la vida y muriendo los otros tres; a continuación habría que retrasar la difusión de la noticia de las muertes el mayor tiempo posible. De ello también tendría que ocuparse Fuego, realizando una exploración mental del palacio en busca de personas que maliciaran lo que había pasado, y tomando las medidas oportunas para capturarlas de forma discreta para que no se fueran de la lengua. Porque no se permitiría que nadie contrario a la corona —sin excepción— se enterara del curso de los acontecimientos, ni de lo que Fuego había descubierto. La información que se obtuviera sólo sería valiosa mientras los adversarios ignoraran que la tenían.

Después, aquella misma noche, Brigan cabalgaría hacia Fortaleza Aluvión, y en cuanto llegara allí la guerra daría comienzo.

El día de la fiesta, Tess ayudó a Fuego a ponerse el vestido que se había encargado para la ocasión, abrochó corchetes y alisó y estiró allí donde la tela ya estaba alisada y estirada, todo ello sin cesar de musitar su complacencia. Luego entró en escena un equipo de peluqueras que desenredaron, peinaron y trenzaron el cabello de la joven hasta casi volverla loca con las exclamaciones debidas al efecto causado por la gama de colores rojos, anaranjados y dorados, así como por los mechones de color rosa, aunque escasos, y por la increíble suavidad, textura y luminosidad del cabello. Aquélla fue la primera experiencia que vivía Fuego para mejorar su aspecto, pero no tardó mucho en convertirse en un proceso cargante y aburrido.

Sin embargo, cuando éste terminó por fin, las peluqueras se marcharon y Tess insistió en llevarla hasta el espejo casi a empujones, Fuego comprobó —y entendió— que todo el mundo había hecho bien su trabajo. El vestido, de un intenso y fulgurante tono púrpura y de diseño muy sencillo, estaba tan bien cortado y se le ajustaba de tal forma al cuerpo que tuvo la impresión de ir casi desnuda. ¡Y el cabello…! Era incapaz de seguir el proceso de lo que le habían hecho: en algunos sitios estaba tejido en trenzas tan finas como cordoncillos; en otros, hecho bucles que se enroscaban alrededor de los compactos mechones que le caían sobre los hombros y por la espalda. Pero comprobó que el resultado final era la apariencia de algo salvaje bajo control y que resultaba magnífico como complemento del rostro, el cuerpo y el vestido. Entonces se dio la vuelta para observar el efecto que causaba en sus escoltas (presentes los veinte al completo, ya que todos tenían alguna tarea encomendada en el asunto de esa noche y esperaban sus órdenes), y se los encontró a todos bo-

284

quiabiertos de asombro, incluidos Musa, Mila y Neel. Tanteó las mentes de los soldados y se sintió complacida al principio, pero al punto se disgustó al hallarlas tan abiertas como las ventanas de los tejados en julio.

—Controlaos —les espetó—. Sólo es un disfraz, ¿recordáis? Los planes no saldrán bien si los que han de ayudarme son incapaces de mantener la cabeza despejada.

—Saldrán bien, nieta, ya lo verás. —Tess le ofreció dos cuchillos metidos en sus correspondientes fundas para colocárselos en los tobillos—. Conseguirás cualquier cosa que desees de quienquiera que te plazca. Esta noche, pequeña, el rey Nash te regalaría el río Alígero si se lo pidieras, y el príncipe Brigan te daría su mejor caballo de guerra.

Fuego se abrochó las fundas de los cuchillos en los tobillos sin esbozar siquiera una sonrisa por las palabras de Tess; Brigan no podría regalarle nada hasta que hubiera vuelto a la corte, cosa que, dos horas antes de que empezara la fiesta, todavía no había ocurrido.

285

Una de las áreas reservadas por los príncipes gemelos para la puesta en escena de esa noche era un conjunto de habitaciones en la cuarta planta, en la que había un balcón que se asomaba al gran patio central. Fuego se situó en ese mirador con tres de sus escoltas para desviar la atención de cientos de personas que se encontraban abajo.

Como no había asistido nunca a una fiesta, cuanto menos a un baile en la corte, quedó deslumbrada. El patio resplandecía en tonos dorados debido a la luz de miles y miles de candelas: hileras de velas encendidas detrás de las balaustradas, al borde de la pista de baile, para que a las damas no se les prendiera el vuelo de los vestidos; velas colocadas en grandes lámparas, colgadas de los techos con cadenas plateadas; velas pegadas —con la propia cera derretida— a las barandillas de todos los balcones, incluido en el que se encontraba ella… Y todas esas luces revoloteaban sobre los invitados, confiriendo un maravilloso aspecto a los vestidos, trajes y joyas que lucían, así como a las copas de plata de las que bebían. El cielo se oscureció paulatinamente; los músicos afinaron sus instrumentos, empezaron a tocar y la música fluyó superando el murmullo de las conversaciones y el repique de risas. Dio comienzo el baile, pues, y el cuadro perfecto de una fiesta de invierno quedó acabado.

Parecía mentira lo distinto que era el aspecto aparente de una cosa de la realidad que escondía; si Fuego no hubiera tenido que estar concentrada por fuerza, o si hubiera estado de humor, tal vez se habría reído, porque era consciente de hallarse sobre un microcosmos del propio reino, en medio de una red de traidores, espías y aliados, engalanados con ricos y elegantes atavíos, los representantes de los distintos bandos, que se vigilaban entre sí con cautela, intentaban escuchar las conversaciones de los otros y estaban muy al tanto de quién entraba o salía. Lord Gentian y su hijo constituían el centro de atracción del patio a pesar de haberse situado en un lugar apartado. Gunner, de talla media y aspecto anodino, tenía tal habilidad de fusionarse con el rincón donde se hallaba que resultaba asombroso; por su parte, Gentian era alto, de cabello canoso resplandeciente, y demasiado famoso como enemigo de la corte para pasar inadvertido; lo rodeaban cinco «asistentes», hombres con aspecto de perros de presa vestidos con ropas de gala. En bailes como el que se celebraba esa noche, no era costumbre llevar espada, por lo que las únicas armas visibles eran las que portaban los guardias de palacio, apostados en las puertas. Sin embargo, Fuego sabía que Gentian, Gunner y sus mal disfrazados guardaespaldas iban armados con cuchillos, y percibía una gran tensión en ellos, consecuencia de la desconfianza. Asimismo, reparó en que Gentian se tiraba del cuello del traje de forma repetida, con desasosiego, que tanto él como su hijo se volvían con brusquedad cada vez que oían un ruido inesperado, y que las sonrisas amistosas de los dos hombres eran fingidas, tan forzadas que se convertían en una mueca descompuesta. Gentian le parecía un hombre apuesto, elegante y aparentemente distinguido, a menos que se tuviera la capacidad de notar que tenía los nervios de punta; el noble lamentaba ahora haber seguido el plan que le había obligado a asistir al festejo.

A la joven le abrumaba la tarea de seguirle la pista a cada invitado que se hallaba en el patio, y tener que proyectar la mente más lejos del entorno la mareaba; pese a ello, haciéndolo lo mejor posible y valiéndose de cualesquiera conciencias que le per-

286

mitian su acceso, compilaba una lista mental de personas que había en palacio y que, a su entender, tal vez fueran simpatizantes de lord Gentian o lady Murgda, o las que no eran de fiar o, por el contrario, las que sí eran dignas de confianza. Transmitió esa lista a un secretario de la oficina de Garan, el cual anotó nombres y descripciones y los transmitió a su vez al jefe de la guardia, oficial que, entre sus muchas tareas de esa noche, tenía la responsabilidad de saber dónde estaba cada invitado en todo momento, así como prevenir cualquier aparición imprevista de armas o la ausencia repentina de alguna persona de relevancia.

Ya había anochecido, y Fuego percibió el movimiento de arqueros entre las sombras de las balconadas de alrededor; tanto Gentian como Murgda estaban alojados en la tercera planta de palacio, cuyos balcones daban a ese mismo patio central; en las habitaciones ubicadas encima, debajo, enfrente y a ambos lados de los aposentos de ambos personajes, no se alojaba ningún otro invitado, pero en ese momento sí se hallaban ocupadas por tropas del rey que reducían a insignificante la presencia de la escolta de la joven.

Que esas escasas fuerzas del rey se hallaran allí apostadas era una orden de Brigan.

Fuego no habría sabido decir qué la atemorizaba más: si las consecuencias que tendría para ella y para la familia real que el príncipe no llegara a tiempo, o cómo repercutiría en la misión de esa noche y en la guerra. Pero comprendió que lo uno y lo otro eran componentes del mismo temor: si Brigan no aparecía, querría decir que había muerto, suceso que provocaría un derrumbamiento total, ya fueran cosas importantes —como los planes de esa noche— o cosas insignificantes, como su corazón.

Pocos minutos después de hacerse estas reflexiones, se dio de bruces con la conciencia del príncipe cuando éste se materializó en el límite del alcance mental de la joven, en el puente más cercano a palacio. Casi de forma involuntaria, al percibirlo, ella le transmitió una oleada de sensaciones, empezando por la ira, a la que sustituyó de inmediato la preocupación, mezclada con el consuelo, todo ello de un modo tan descontrolado que no hubiera podido asegurar si el más profundo de sus sentimientos no se habría filtrado con los demás.

287

Él respondió transmitiéndole tranquilidad, agotamiento y disculpas, a lo que ella contestó de inmediato disculpándose a su vez; la respuesta del príncipe fue reiterar sus excusas, en esta ocasión con más empeño.

Brigan ha llegado —se apresuró a informar a los demás. La joven apartó de la mente las reacciones de alegría que recibió en respuesta, porque notó que su concentración se disgregaba, y luchó para recuperar el control de lo que ocurría en el patio.

Lady Murgda se mantenía en un segundo plano sin ser así centro de atención, como lo era Gentian. Al igual que éste, la noble había llegado a palacio acompañada por un séquito de veinte personas, como poco, unos «sirvientes» que daban la impresión de ser gente experimentada en la lucha. Varios de ellos estaban en esos momentos en el patio, y otros, desperdigados por todo el palacio, sin duda vigilando a quienquiera que su señora les hubiera ordenado espiar. Sin embargo, a su llegada, Murgda fue directa a sus aposentos y no salió de ellos; y allí seguía refugiada, en la planta inferior a las estancias de Fuego al otro lado del patio, por lo que la joven no alcanzaba a verla, pero sí le percibía la mente, incisiva e inteligente, como era de esperar; captó que la mujer era mucho más peligrosa y que estaba más protegida mentalmente que los otros dos enemigos; no obstante, bullía con un nerviosismo y una desconfianza parejos a los de sus cómplices.

Clara, Garan, Nash, Welkley y varios guardias entraron en los aposentos de Fuego; al percibirlos, pero sin dar la espalda al panorama que divisaba desde el balcón, la joven les rozó la mente con un saludo, y a través de la puerta abierta del balcón, oyó rezongar a la princesa:

—He deducido quién es el espía de Gentian que me sigue los pasos, pero no estoy segura de haber identificado al perro de Murgda. La gente de esa mujer está mejor entrenada.

—Algunos de ellos son pikkianos —aclaró Garan—. Sayre me ha dicho que vio hombres con rasgos propios de Pikkia, además de oírles hablar con el acento de esas tierras.

—¿Será posible que lord Gentian sea tan obtuso que no haya puesto a ningún perro que vigile a lady Murgda? —planteó Clara—. Salta a la vista quiénes forman parte de su séquito y no da la impresión de que tenga a ninguno de ellos pegado a los talones de esa mujer.

—No es nada fácil controlar a lady Murgda, alteza; apenas se ha dejado ver —intervino Welkley, y dirigiéndose a Nash, añadió—. Por otro lado, lord Gentian ha solicitado en tres ocasiones audiencia con usted, majestad, y las tres veces he desoído su petición. Está deseoso de exponerle personalmente todo tipo de razones inventadas por las que se encuentra aquí.

—Le daremos la oportunidad de explicarse después de que haya muerto —repuso Garan.

Fuego escuchaba la conversación con la mínima atención mientras seguía los movimientos de Brigan —en ese momento se hallaba en los establos—, y repartía el resto de su atención entre Gentian, Gunner y Murgda. Hasta entonces se había limitado a juguetear con la mente de cada uno de los tres, buscando cómo entrar en ellas, tanteándolas, pero sin dominarlas. Mientras tanto, transmitió instrucciones a una criada que se hallaba en el patio —bajo las órdenes de Welkley—, para que ofreciera vino a Gentian y a Gunner, pero los dos hombres rechazaron el ofrecimiento con un ademán brusco. Fuego suspiró; hubiera sido mejor que el mayor de los dos no tuviera tantos problemas digestivos, y el más joven fuera menos austero en sus costumbres. De hecho, Gunner estaba resultando problemático, con más voluntad de lo que a ella le habría gustado. Por otra parte, Gentian… La joven se planteó si no habría llegado el momento de entrar en la mente de este hombre, y empezar a presionarlo, pues estaba cada vez más desasosegado; le dio la impresión de que le habría gustado tomar el vino que había rechazado. Entonces sintió que Brigan entraba en la estancia.

—¡Hermano! —oyó que lo saludaba Garan—. Incluso para lo que es habitual en ti, esta vez has llegado por los pelos, ¿no te parece? ¿Todo bien por Fortaleza Aluvión?

—Pobrecillo, ¿quién te ha machacado la cara a puñetazos? —se interesó Clara.

—Nadie digno de mención —fue la concisa réplica de Brigan—. ¿Dónde está lady Fuego?

La joven le dio la espalda al patio central, cruzó la puerta del balcón y entró en la habitación; se dio de bruces con Nash, que estaba muy guapo e iba elegantemente ataviado. El monarca se quedó como petrificado al verla, la contempló con expresión desdichada y se fue a la habitación contigua. Garan y Welkley estaban boquiabiertos, y ella recordó entonces que iba arreglada para la fiesta; incluso Clara se había quedado de una pieza, embobada.

—Sí, sí, ya lo sé —dijo Fuego—. Salgan del estupor, y pongámonos a la tarea.

—¿Se encuentra todo el mundo en su puesto? —inquirió Brigan. Salpicado de barro y helado de frío, daba la impresión de que hubiera luchado a vida o muerte pocos minutos antes y hubiera estado a punto de perder; tenía los pómulos en carne viva, la mandíbula magullada, aparte de llevar los nudillos cubiertos por un vendaje ensangrentado. Le dirigió la pregunta a Fuego mientras la miraba a la cara con una expresión afable que no encajaba con el resto de su aspecto.

—Lo están —contestó ella, y, mentalmente, le preguntó: *¿Necesita un sanador, alteza?*

Él negó con la cabeza y bajó la vista a los nudillos para observarlos con un asomo de guasa.

—¿Cómo va con nuestros enemigos? ¿Ha aparecido alguien a quien no esperábamos, o alguno de esos amigos de Tajador con la mente en blanco, señora?

—No, gracias al cielo —respondió en voz alta. *¿Le duelen las heridas?*

—Muy bien, de acuerdo —intervino Clara—. Ya tenemos a nuestro espadachín, así que pongámonos en marcha. Brigan, ¿te importaría arreglarte un poco para estar más presentable? Sé que esto es una guerra, pero todos intentamos fingir que es una fiesta.

La tercera vez que Fuego dio instrucciones a la criada del grupo de Welkley para que sirviera vino a Gentian, éste cogió la copa y la vació de un par de tragos.

A partir de entonces, la dama monstruo entró sin problemas en la mente del hombre; y no era un lugar estable. Gentian no paraba de echar ojeadas al balcón de Murgda, y cuando lo hacía, toda su atractiva persona irradiaba ansiedad mezclada con un peculiar anhelo.

Fuego se preguntó por qué razón el noble no había asignado a ninguno de sus hombres la vigilancia de lady Murgda si escudriñaba con tanta ansiedad el balcón de la dama. Y Clara tenía razón al afirmar que no había ningún perro pendiente de los movimientos de Murgda. Fuego reconocía la percepción mental de todos los que formaban el séquito de Gentian y, sin apenas esfuerzo, fue capaz de localizarlos del primero al último; observaban a escondidas las puertas de varios invitados y a sus sirvientes, o andaban al acecho de los accesos vigilados en la zona donde se ubicaban el ala de la residencial real y las oficinas, pero ninguno espiaba a Murgda.

Por su parte, la noble tenía espías detrás de todo el mundo; en ese momento había dos de ellos rondando a Gentian.

Éste se tomó una segunda copa de vino y echó otra mirada al balcón desierto de Murgda; la emoción que acompañaba a esas ojeadas era tan rara… A Fuego le recordaba a un niño asustado que buscara apoyo y seguridad en un adulto.

¿Por qué buscaba Gentian seguridad en el balcón de su enemiga?

De pronto, a la joven le asaltó el deseo de descubrir qué pasaría si Murgda saliera al balcón y Gentian la viera; sin embargo, no correría el riesgo de impeler a la mujer para que se asomara al patio, porque no había forma de lograrlo sin que ella se diera cuenta, con lo cual no tardaría ni dos segundos en imaginarse por qué lo había hecho.

Entonces se le ocurrió que si no era posible manipular la mente de la mujer a hurtadillas, ¿por qué no hacerlo de forma directa?

Vamos, señora, dígame por qué está usted aquí, siendo una rebelde —le transmitió.

La reacción de Murgda no sólo fue inmediata, sino asombrosa: una intensa e irónica sensación de complacencia porque se dirigiera a ella tan a las claras; ni rastro de sorpresa ni temor, sino un deseo inequívoco de encontrarse personalmente con la dama monstruo, así como una desconfianza sin tapujos ni arrepentimiento.

Está bien, de acuerdo —le comunicó Fuego con premeditada despreocupación—. *Me reuniré con usted si se dirige al lugar que le indicaré.*

Ahora le llegó una sensación de regocijo teñida con desdén. Murgda no era tan necia para dejarse engatusar y meterse en una trampa.

Verla no me entusiasma hasta el punto de permitir que elija usted el punto de reunión, lady Murgda.

Como respuesta, una porfiada negativa a abandonar la seguridad de la imaginaria fortaleza levantada a su alrededor.

No pensará que voy a ir a sus aposentos, ¿verdad, lady Murgda? No, tengo la impresión de que, al fin y al cabo, no estamos destinadas a encontrarnos cara a cara.

A la joven le llegó una oleada de firme determinación de la dama —una necesidad perentoria— de reunirse con ella, de verla.

Una curiosa necesidad que Fuego aprovechó y la utilizó para sus fines. Así pues, respiró hondo para sosegarse, ya que el siguiente mensaje debía ser perfecto en la inflexión: divertido —incluso complacido— hasta el punto de una incipiente anuencia, y acompañado de un toque de curiosidad, aunque con la suficiente indiferencia con respecto adónde podía conducir aquella toma de contacto.

Supongo que podríamos empezar viéndonos la una a la otra. Estoy en el balcón que hay enfrente del suyo, una planta más arriba.

Desconfianza. Sospecha de un nuevo intento de engatusarla para tenderle una trampa.

Muy bien, como quiera, lady Murgda. Si cree que nuestro plan es asesinarla a la vista de todo el mundo en nuestra fiesta de invierno y dar comienzo a una guerra, entonces, evidentemente, no se aventure a salir al balcón. Comprendo que sea precavida, aunque con esa actitud invalida sus propios intereses. Adiós, pues.

En respuesta, una oleada de irritación —si bien Fuego hizo caso omiso— seguida de desdén, primero, y de una ligera decepción acto seguido, y por último, silencio. La joven esperó; pasaron los minutos, y la percepción de Murgda disminuyó, como si la mujer aislara las sensaciones y cerrara la mente a cal y canto.

Transcurrieron varios minutos más, y Fuego se disponía a improvisar un nuevo plan cuando, de súbito, percibió que la noble se desplazaba por sus aposentos en dirección a la balconada, y entonces compelió a Gentian para que se trasladara hacia un lugar del patio desde el cual no la divisara a ella, pero sí viera sin impedimentos los ventanales del balcón de lady Murgda; acto seguido, la dama monstruo avanzó un poco, y la luz de las velas de la barandilla del balcón la iluminó de lleno.

La noble señora se detuvo ante el ventanal y echó una ojeada a Fuego a través de los cristales; era tal como la joven la recordaba: una mujer baja, poco atractiva, ancha de hombros y de aspecto severo. Cosa extraña, no le agradó la apariencia fuerte y resuelta de la mujer.

Murgda no salió al balcón, ni siquiera entreabrió la puerta, pero eso era lo que Fuego esperaba que hiciera, como mucho; fue suficiente porque abajo, en el patio, lord Gentian se la quedara mirando con fijeza.

La reacción del hombre le llegó a Fuego tan clara como si le hubieran arrojado un balde de agua a la cara: el nerviosismo apaciguado como por ensalmo.

Ahora entendía que Gentian no hubiera puesto perros para vigilar a Murgda, y la razón de que el aliado de lord Mydogg —el capitán Hart— supiera tantas cosas sobre Gentian. Sí, comprendía muchas cosas, entre ellas por qué había asistido Murgda a la fiesta: para ayudar a Gentian a llevar a cabo sus planes, porque, en algún punto del camino, éste y Mydogg se habían aliado contra el rey.

Asimismo, estaba descubriendo una novedad con respecto a Murgda, aunque menos sorprendente. Tanto si Gentian lo sabía como si no, su aliada se encontraba allí por otra razón, que Fuego captó en la mirada de la mujer mientras ésta la contemplaba desde el otro extremo del patio central, y en las sensaciones que iba dejando al descubierto involuntariamente: embeleso, fascinación y deseo, aunque no del tipo al que estaba acostumbrada la dama monstruo. Esa ansia era inflexible, maquinadora y política; lo que Murgda anhelaba era secuestrarla; Mydogg y su hermana la querían para ellos, como su propia herramienta monstruo, y la querían desde que la vieron por primera vez la pasada primavera.

El conocimiento de esta trama, aunque significara haber des-

293

cubierto que los enemigos se habían aliado para superarlos en número, tuvo un efecto fortalecedor; ahora Fuego sabía con absoluta certeza lo que debía hacer; mejor dicho, lo que tal vez lograría hacer si iba con cuidado y no dejaba ningún cabo suelto.

¿Ve usted? —le transmitió a la mujer con la más encantadora inflexión—. *Ha mostrado el rostro y sigue viva.*

La mente de Murgda se endureció y se cerró; miró a la joven con los ojos entrecerrados y se puso la mano en el abdomen de un modo curioso que Fuego identificó, porque ya se lo había visto hacer con anterioridad; al punto, la mujer se retiró del balcón y se perdió de vista en el interior de la habitación, sin que en ningún momento se diera cuenta de que Gentian, echada la cabeza hacia atrás, la observaba desde el patio.

Fuego retrocedió hasta el cuarto en penumbra; en tono monocorde, sin dramatismos, informó a los demás de lo que había descubierto. Primero se sorprendieron, horrorizados, pero enseguida se sobrepusieron a la sorpresa, ansiosos de seguir adelante con los planes, y ella respondió lo mejor que supo a lo que creyó entender que le preguntaban.

Ignoro si conseguiré en algún momento sacar de sus aposentos a lady Murgda, ni sé si ella morirá esta noche. Sin embargo, lord Gentian hará todo cuanto yo le ordene, y es probable que también me vea capaz de manipular a Gunner. Vayamos a por ellos; los aliados de lord Mydogg nos podrán aclarar qué planes tiene su señoría.

Capítulo 24

*F*uego pretendía que Gentian y Gunner (en especial este último) la vieran con claridad; por ello, se encaminó hacia los aposentos del rey, situados en el segundo piso y desde los que se dominaba el patio, y salió al balcón. Desde allí, miró con intensidad a los dos deslumbrados nobles, a quienes había inducido a dirigirse a un lugar del patio desde donde la verían mejor. Dedicó una sonrisa provocativa a Gunner y coqueteó con él —un acto ridículo y embarazoso—, pero que surtió el efecto deseado. En esto, Nash irrumpió en el balcón y echó una ojeada al patio para ver con quién tonteaba; fulminó con la mirada a padre e hijo y, con un violento tirón del brazo, la obligó a entrar en la habitación.

Por suerte, el episodio no debió de durar más de diez segundos, porque la tensión mental que soportó la joven fue tremenda; había demasiadas mentes en el patio a las que controlar a la vez, si bien contó con la ayuda de los hombres de Welkley, que deambularon entre los invitados para crear distracciones y desviar de ese modo la atención sobre ella. Con todo, hubo gente que la vio; por eso, no tendría más remedio que confeccionar una lista de personas a las que ahora habría que vigilar con especial atención en caso de que encontraran interesante el hecho de que, al parecer, la dama monstruo intentaba seducir a Gentian y a Gunner, cuestión lo bastante sugestiva para comentarla o, incluso, para actuar de alguna forma al respecto.

Pero, pese a todo, dio resultado; Gentian y Gunner se habían quedado mirándola, paralizados por su belleza.

Quiero que hablemos —transmitió ese pensamiento a los dos hombres cuando Nash se la llevaba—. *Deseo aliarme con ustedes, pero no se lo digan a nadie o me pondrán en peligro.*

Se dejó caer en una silla de la sala de estar de Nash, y se llevó las manos a la cabeza, mientras hacía un seguimiento de la impaciencia de Gentian y de las sospechas y el deseo de Gunner, así como un somero reconocimiento por el patio y la totalidad del palacio en busca de cualquier detalle relevante o problemático. Nash se aproximó a una mesita auxiliar, regresó con un vaso de agua y se agachó delante de la joven para ofrecérselo.

—Gracias —lo aceptó ella, agradecida—. Lo ha hecho bien, majestad. Ahora creen que me retiene aquí por celos y que yo deseo escapar; Gentian rebosa indignación.

—Estúpidos ingenuos —resopló disgustada Clara, repantingada en el sofá.

—En realidad no es culpa de ellos —dijo sombríamente Nash, todavía en cuclillas delante de la dama monstruo. Le estaba costando un mundo levantarse y apartarse de allí, y ella notaba que lo intentaba. Quiso tocarle el brazo en señal de gratitud por no dejar de intentarlo nunca —de una forma u otra—, pero sabía que su contacto no lo ayudaría, sino todo lo contrario.

296 *¿Por qué no le lleva agua a su hermano?* —le transmitió con dulzura. Garan estaba sudando profusamente debido a uno de los accesos febriles que lo acometían en los momentos de tensión, y descansaba en el sofá con los pies encima del regazo de Clara. Nash agachó la cabeza y se levantó para hacer lo que ella le sugería.

Fuego observó entonces a Brigan, que se apoyaba en una estantería; el príncipe —cruzado de brazos y con los ojos cerrados— no prestaba atención a la discusión iniciada por sus hermanos sobre los porqués de la estupidez de Gentian. Iba bien vestido y afeitado, pero el moratón de la cara había adquirido un feo tono purpúreo. Parecía tan cansado que daba la impresión de estar a punto de fundirse con la maciza e inanimada madera.

¿Cuándo durmió por última vez? —le transmitió Fuego.

Brigan abrió los claros ojos y, mirándola, hizo un gesto de indiferencia que a ella le bastó para deducir que había sido hacía mucho tiempo.

¿Quién lo hirió?

Él volvió a negar con la cabeza y articuló en silencio una palabra: «Bandidos.»

¿Cabalgaba solo?

—Tuve que hacerlo. De lo contrario no habría llegado aquí a tiempo —musitó Brigan con tranquilidad.

No lo criticaba. Confío en que usted hace lo que debe.

Brigan le abrió la mente para mostrarle un recuerdo, el de aquel día, a principios de verano, cuando le prometió que no deambularía solo de noche; no obstante, cabalgó sin escolta la noche anterior y gran parte de ese día; en consecuencia, ella estaba en su derecho de criticarlo.

Ojalá... —Fuego empezó a trasmitirle el pensamiento, pero se detuvo. No debía decirle que ojalá no tuvieran que cumplir esa tarea, que deseaba consolarlo y ayudarlo a dormir, y que la guerra que Nash y él tenían que disputar en campos congelados —a mandobles o, si era preciso, a golpes— contra demasiados enemigos, no se disputara nunca. Estos hermanos... ¿Cómo lograrían salir con vida de semejante contienda?

El pánico se apoderó de ella, y le lanzó un pensamiento incisivo:

Cada vez me gusta más su yegua Grande. *¿Me la regala?*

Brigan se la quedó mirando con la incredulidad que merecía semejante pregunta formulada al comandante de un ejército ante una guerra inminente, y ella estalló en una inesperada carcajada que le relajó la mente.

Bien, bien, sólo comprobaba si estaba despierto y lúcido, porque verlo dando una cabezada recostado en la estantería no inspira demasiada confianza.

Brigan continuó mirándola como si estuviera medio loca, pero apoyó una mano en la empuñadura de la espada y se irguió, a punto para ir a dondequiera que ella le indicara. Señaló con la cabeza la puerta que llevaba a las otras habitaciones de Nash, donde esperaban la escolta de la joven, un grupo de mensajeros y una pequeña unidad de soldados para el caso de que se los necesitara en algún momento.

Fuego se levantó; todos dejaron de hablar y la miraron.

—Pisos séptimo y octavo —le indicó a Brigan—, el ala del norte, en las habitaciones que dan al pequeño patio. En este momento es la zona de palacio más desocupada, como lo ha estado todo el día, así que será ahí a donde conduciré a Gentian y Gun-

297

ner. Usted y Clara vayan ya ahora mismo y busquen una habitación vacía en una de esas dos plantas, a la que sea más fácil llegar sin ser vistos; yo intentaré conducir a esos dos tan cerca de ustedes como me sea posible. Si necesitan mi ayuda para recorrer los pasillos, o si les ocasionan contratiempos los perros que les ha puesto Murgda para que los sigan como su sombra, llámenme.

Brigan asintió con la cabeza y se trasladó a la habitación contigua para reunirse con sus soldados. Fuego volvió a sentarse y se tapó la cara con las manos; se requería concentración para cada nuevo paso del plan. Ahora debía estar pendiente de Brigan y de Clara, de sus soldados, de sus «sombras» y de todo aquel que reparara en cualquiera de ellos, además de mantener el seguimiento de Gentian, Gunner y Murgda; y quizás enviar de vez en cuando un vislumbre de irreprimible deseo a Gentian y a su hijo, así como conservar una imagen global del palacio, por si acaso algo —en algún lugar o en algún momento— se torciera, fuera cual fuera la razón.

Suspiró para relegar a un segundo plano el ligero dolor de cabeza que empezaba a notar en las sienes, y proyectó la mente a fin de disponer de mayor alcance.

Quince minutos después, Clara, Brigan y varios soldados llegaron a una habitación en el extremo septentrional de la octava planta; en ella hallaron a tres espías de Murgda y otros tantos de Gentian, algunos de ellos sin sentido, y los que estaban conscientes hervían de rabia debido (era de suponer) a la humillación de estar atados y amordazados dentro de los armarios.

Brigan comunicó con el pensamiento a Fuego que todo iba bien.

—Todo en orden —les dijo ella a Nash y a Garan.

Todo va bien —transmitió a los involucrados, repartidos por cualquier rincón de palacio—. *Me pongo manos a la obra.*

Todavía sentada, se echó un poco hacia delante y cerró los ojos; rozó la mente de Gentian y entró en ella, luego tocó la de Gunner y llegó a la conclusión de que no estaba lo bastante abstraído para andarse con subterfugios.

¡Gunner! —lo llamó con coqueta sensualidad, y se lanzó contra las grietas que se abrieron al experimentar el hombre un involuntario torrente de placer—. *Gunner, quiero que venga, necesito verle. ¿Puedo confiar en que se comportará bien conmigo?*

La sospecha se resistía a abandonar los márgenes de la complacida conciencia del joven, pero la dama monstruo logró disiparla y ejerció un mayor control sobre él.

Deben dirigirse hacia donde yo los conduzca y no decírselo a nadie —les comunicó a Gunner y a su padre—. *Abandonen ahora mismo el patio por la arcada principal y suban por la escalera central a la tercera planta, como si regresaran a sus aposentos. Los guiaré a un lugar seguro, lejos del rey y de sus cargantes guardias.*

Gentian se puso en movimiento, y a continuación, aunque a regañadientes, lo hizo Gunner. Sus cinco secuaces los siguieron, pero Fuego expandió el alcance de su mente y entró en las de éstos; los siete se encaminaron hacia la salida, y la joven también tocó todas las mentes presentes en el patio; daba igual quién reparara en la marcha de aquellos hombres, pero era de suma importancia ver quién iría tras ellos.

Tres conciencias abandonaron el baile como quien no quiere la cosa y fueron en pos del grupo. Fuego reconoció en ellas a dos espías de Murgda, y la tercera era la de un noble de poca categoría, al que poco antes había identificado como simpatizante de la noble dama. Les rozó la mente para tantearlos, pero se percató de que estaban demasiado alerta para poder entrar en ellas sin que se dieran cuenta; tendría que guiar a los otros y confiar en que esos tres los siguieran.

Diez hombres; la joven se dijo que era capaz de encargarse de ellos al tiempo que tenía presente el plano de la planta del castillo y controlaba mentalmente la posición de miles de personas en movimiento.

¡Cómo había crecido su poder con la práctica! No habría podido conseguir algo así un año antes, puesto que durante el viaje de la pasada primavera se sintió por completo sobrepasada por la presencia de la División Primera.

Las diez personas subieron la escalera hasta la tercera planta.

Ahora sigan recto y giren al llegar al pasillo donde se hallan sus habitaciones —indicó a Gentian y Gunner.

Fuego se adelantó mentalmente a la marcha del grupo, y descubrió que el camino que debían recorrer estaba tan abarrotado de gente que resultaba preocupante. Así pues, obligó a algunos a acelerar sus pasos, a otros a ralentizarlos, e incluso a unos cuantos a retirarse a sus habitaciones; en algunos casos (a aquellos que tenían una mente más resistente), los hizo obedecer a la fuerza porque no había tiempo para ocuparse de la situación con el debido tacto. De ese modo, cuando Gentian y Gunner —junto con sus cinco esbirros— doblaron la esquina en el pasillo donde estaban alojados, se lo encontraron completamente vacío.

El pasillo continuaba desierto cuando pasaron por delante de sus aposentos.

Deténganse.

Fuego desvió sus órdenes para tocar las mentes de los soldados que se hallaban escondidos en las habitaciones contiguas a la de Gentian, y cuando los tres hombres de Murgda llegaron al pasillo, les envió un mensaje:

¡Ahora!

Los soldados salieron al corredor y se echaron sobre los cinco secuaces y los tres espías de Murgda para capturarlos.

¡Corran! —acució Fuego a padre e hijo, tal vez sin necesidad, puesto que ambos ya corrían—. *¡Van a por ustedes! ¡Corran, corran! ¡Sigan el pasillo y doblen a la izquierda cuando lleguen al farol! ¡Busquen la puerta verde que hay a su izquierda, entren por ella y estarán a salvo! Sí, a salvo. ¡Bien, ahora, suban por la escalera con cuidado, despacio, sin hacer ruido! ¡Deténganse! Esperen un momento.*

Los dos hombres se detuvieron, desconcertados, desesperados y solos en una escalera de caracol en algún lugar entre las plantas quinta y sexta. Fuego los reconfortó y los tranquilizó, y después dirigió la mente hacia el pasillo donde había tenido lugar la reyerta.

¿Han apresado a todo el mundo? ¿Los ha visto a ustedes alguien? —preguntó al soldado al mando, y éste le respondió que todo había ido bien—. *Gracias. ¡Bien hecho! Si hubiera alguna complicación, avíseme.*

La joven respiró hondo y se preparó para volver a la escalera con Gentian y Gunner.

Lo siento —murmuró de forma tranquilizadora—. *¿Se encuentran bien? Lo siento mucho; ahora me ocuparé de ustedes.*

Gunner, de muy mal humor, se liberó un poco de su control; estaba enfadado por haber perdido a su escolta, por hallarse acorralado en un estrecho hueco de escalera y furioso consigo mismo por haber permitido que una monstruo se adueñara de su voluntad y lo hubiera puesto en peligro. Entonces Fuego le inundó la mente y se la desbordó de calidez, de sensaciones e insinuaciones destinadas a que dejara de pensar, tras lo cual le envió un mensaje frío y directo:

Ustedes mismos se pusieron en peligro al venir a palacio, pero no teman, porque los he elegido y yo soy más fuerte que el rey. Contrólense y piensen que será mucho más fácil hundirlo si yo estoy de su parte.

Al mismo tiempo hizo un reconocimiento de los pasillos cercanos a la escalera de caracol; por los corredores de la planta octava transitaban muchos invitados a la fiesta, y ahí era donde estaba apostado Brigan. En cambio, la planta séptima estaba vacía, mas, debido a la fatiga, la joven notaba la mente cada vez más torpe y más lenta a la hora de reaccionar.

Brigan —llamó al príncipe por su nombre, demasiado cansada para preocuparse de guardar las formas—, *los llevaré a la planta séptima, a los aposentos vacíos que hay debajo de ustedes. Cuando llegue el momento, quizá tenga que descolgarse por el balcón.*

La respuesta de Brigan no se hizo esperar: le parecía bien el cambio, y ella no debía preocuparse más por él ni por el balcón.

Suban, suban —les transmitió a Gentian y Gunner—. *Vayan a la siguiente planta, eso es; ahora, en silencio, salgan por la puerta y sigan pasillo adelante, sí, y doblen a la izquierda, despacio... despacio.* —Fuego tuvo que hacer un esfuerzo para recordar el plano de los alojamientos y localizar dónde se hallaba Brigan—. *Ahí, deténganse y entren en la habitación que hay a su derecha.*

Gunner no dejaba de barbotar, pero ella lo empujó mentalmente, sin contemplaciones, para que entrara.

Ya en la habitación, la ira de Gunner dejó primero paso a la perplejidad, y luego, de forma repentina, a la satisfacción. Era una reacción extraña, pero la joven no tenía fuerzas para pensar en ello.

Siéntense, caballeros, y no se acerquen a las ventanas ni al balcón. Dentro de unos minutos me reuniré con ustedes y hablaremos.

Efectuó otro barrido por pasillos y patios, y buscó a Murgda y a su gente para asegurarse de que nadie sospechaba nada y que todo iba bien. Profiriendo un hondo suspiro, enfocó de nuevo la mente hacia el cuarto donde se hallaba sentada, y vio a Mila arrodillada en el suelo frente a ella, cogiéndole la mano, así como al resto de su escolta, a Garan y a Nash, que la observaban preocupados. Fue un gran alivio comprobar que aún estaban con ella.

—En fin —dijo—, ahora me toca a mí.

Flanqueados por miembros de sus escoltas, Nash y la dama monstruo atravesaron el vestíbulo, llamando la atención de cuantos se cruzaban a su paso. La pareja subió por la escalera hasta la tercera planta, tal como había hecho Gentian, pero encaminó sus pasos en dirección contraria y recorrió varios pasillos hasta llegar a la puerta de los aposentos de ella.

—Buenas noches, señora —se despidió el rey—. Espero que se le pase el dolor de cabeza.

Nash le cogió una mano, se la llevó a los labios y le besó los dedos; después la soltó con torpeza y se marchó, taciturno.

Fuego lo contempló con verdadero cariño mientras se alejaba, si bien dicha emoción no se le reflejó en el rostro; Nash lo estaba haciendo muy bien esa noche, y ella sabía lo que le costaba, aunque el monarca, celoso y perdidamente enamorado, tampoco se lo ponía fácil a los demás.

A continuación, la dama sonrió con dulzura a los perros de Gentian y de Murgda (varios de ellos le devolvieron la sonrisa), y entró en sus aposentos. Apretándose las sienes, hizo un esfuerzo para expandir la mente e inspeccionar el recinto de palacio y luego el cielo a través de la ventana.

—No hay nadie fuera ni tampoco ninguna rapaz monstruo —informó a sus escoltas—. Vamos allá.

Musa abrió la ventana y apartó la malla con la hoja de la espada. Una corriente de aire frío inundó la habitación y varias gotas de aguanieve cayeron en la alfombra; Fuego pensó unos segundos en Brigan y en su guardia, que más tarde cabalgarían bajo esa cellisca. Musa y Mila descolgaron una escala de cuerda por la ventana.

La escala está en posición —transmitió a los soldados que se encontraban en la habitación de la planta inferior. En esto se oyó el chirrido de una ventana que se abría; Fuego volvió a inspeccionar el entorno, pero no había nadie, ni siquiera los guardias de la casita verde.

—Bien, pues, allá voy —susurró.

La joven percibió lo mucho que Musa detestaba dejarla ir sola y desprotegida.

—Te avisaré si os necesito —le prometió Fuego, estrechándole las manos con más fuerza de la necesaria. En silencio, prietos los labios, Musa la ayudó a descolgarse por la ventana.

El vestido y los zapatos que llevaba Fuego no estaban pensados, desde luego, para ser utilizados en invierno o con un clima que se le pareciera lo más mínimo. Con torpeza, se descolgó hacia la ventana inferior; una vez allí, los soldados la cogieron y la metieron en la habitación procurando no mirarla mientras se arreglaba el vestido. A continuación, la instalaron en la plataforma inferior de una mesita de ruedas, cubierta completamente por un mantel, que transportaba la comida a la séptima planta.

La mesita era estilizada pero resistente, y los suelos del palacio del rey eran sólidos y lisos; tras un par de minutos de tiritar como una azogada allí escondida, Fuego volvió a entrar en calor. Un sirviente empujó la mesita por los pasillos hacia el montacargas, el cual se elevó sin chirriar una sola vez y sin sacudidas. Al llegar a la séptima planta, otro sirviente la sacó del montacargas y, siguiendo las instrucciones mentales que recibía de la joven, la condujo a lo largo de otros pasillos y, doblando esquinas hasta el corredor situado más al norte se detuvo frente a la puerta de la habitación donde se hallaban Gentian y Gunner.

Abrió la mente hacia la planta superior para encontrar a Brigan, pero éste no estaba ahí; presa del pánico, hizo un barrido por toda la planta de arriba y se dio cuenta de lo que había hecho.

303

¡Maldición! —le comunicó furiosa—. *¡Maldita estúpida! Me he equivocado. No conduje a esos dos a la habitación que está debajo de la que ocupan ustedes, sino a la de al lado, hacia el oeste.*

Brigan le transmitió una sensación de seguridad, de no estar preocupado por eso: saltaría al balcón del cuarto contiguo.

¡Pero la habitación está ocupada!

El príncipe tenía el convencimiento de que no había invitados albergados en ella.

No me refiero a la de su piso, Brigan, sino a la del mío. He conducido a Gentian y a Gunner a habitaciones ocupadas. ¿Quizá pertenecen a un tal Quinsling o Quinsland? El nombre empieza por «Q». —El dolor de cabeza de Fuego era terrible—. *¿Intento conducirlos a otro lugar? Creo que Gunner se negaría. ¡Oh, esto es espantoso! Haré correr la voz de que, sea como sea, no permitan que el tipo cuyo nombre empieza por «Q» se acerque a sus aposentos, ni su mujer, ni sus sirvientes, ni sus guardias tampoco. Ahora no sé qué haremos con los cuerpos de Gentian y Gunner* —pensó con amargura, abrumada, casi llorando por el error cometido.

«¿Quislam, dice usted? —preguntó Brigan—. ¿Lord Quislam, del sur del reino?»

Sí, Quislam —respondió Fuego.

«Pero ¿no es un aliado de Gentian?»

Sí, sí. —Ella se esforzó en recordar—. *Quislam es un aliado de Gentian, pero eso no cambia nada. Aunque bien podría ser la explicación de que Gunner se tranquilizara al entrar en esa habitación.*

Brigan pensó que si Gunner creía estar a salvo al hallarse en la habitación de un aliado, a lo mejor le sería más fácil controlarlo, y quizás el error les vendría bien.

¡No! ¡No nos beneficiará en nada! —contestó la dama, histérica—. *Nos causará innumerables problemas.*

«Fuego...»

La concentración de la joven se desmoronaba, pero ella se aferró a un pensamiento que, de repente y sin sentido alguno, pareció cobrar importancia:

Brigan, usted posee un control mental más potente que el de cualquier otra persona que conozco. Fíjese con qué facilidad se comunica; prácticamente, es capaz de trasmitirme frases enteras. Y no hace falta que explique por qué es tan potente. No tuvo más remedio que serlo. Mi padre... —Estaba exhausta y sentía como si un puño le golpeara el cerebro—. *Mi padre lo odiaba a usted más que a nadie.*

«Fuego...»

Brigan, estoy tan cansada.

«Fuego...»

Brigan la llamaba por su nombre y le transmitía una sensación: coraje y fuerza. Y algo más también, como si estuviera junto a ella y la llevara dentro de sí, un firme pilar que la sostenía, su mente inmersa en la de él, y el corazón sumergido en el ardor del de Brigan.

El ardor del corazón del hombre era asombroso; casi sin dar crédito a sus sentidos, Fuego lo comprendió: el sentimiento que Brigan le enviaba era amor.

«Cálmese, Fuego —la exhortó él—, y entre en ese cuarto.»

Ella salió de su escondite y abrió la puerta de la habitación.

Capítulo 25

Gentian y su hijo estaban sentados de cara a la puerta. En cuanto Fuego la hubo cerrado, el joven se levantó y, pegado a la pared, se le fue acercando muy despacio.

Había un escudo con el blasón de Quislam apoyado en un escabel. Ella se fijó en que la alfombra, a semejanza de un centón, formaba un mosaico de colores teja, marrón y rojo; las cortinas eran rojas, y el sofá y las sillas, marrones; al menos, no tendrían que preocuparse por las manchas de sangre. Se sumergió en las sensaciones de aquellos dos hombres y, de inmediato, supo dónde radicaba el problema en esa habitación. Mejor dicho: en quién. Por supuesto, no se trataba de Gentian, pues éste se mostraba tan encantador, estaba tan feliz de verla y tan abierto que, a pesar de que Fuego tuviera la mente embotada, controlarlo le resultaría muy fácil. De no ser porque tenía la respuesta frente a sí misma, personificada en el ceñudo Gunner, nunca habría comprendido cómo un hombre de las características de Gentian ocupaba una posición de poder tan eminente.

Gunner le recordaba un poco al Nash de antes: demasiado impredecible y caótico para lograr dominarlo, ya que ni él era capaz de controlarse del todo. En esos momentos se dedicaba a recorrer de un lado para otro la pared sin perderla de vista. A pesar de no ser un hombre corpulento ni impresionante, había algo en su forma de andar que, de súbito, le hizo caer en la cuenta del motivo de la preocupación de la familia real: era una persona calculadora y despiadada en extremo.

—¿No va a sentarse, Gunner? —preguntó Fuego mientras se desplazaba de lado para alejarse de ellos. Se acomodó con calma en el sofá, lo cual fue un error, porque había sitio suficiente para más de una persona, y Gunner parecía tener la intención de tomar asiento junto a ella. La joven forcejeó mentalmente con él pese a estar embotada, y trató de que se acomodara en alguna de las sillas más próximas a su padre. Pero, si no se sentaba a su lado, Gunner no pensaba hacerlo en ningún otro sitio, así que se retiró de nuevo hacia la pared y reanudó su ir y venir.

—Bien, ¿qué podemos hacer por usted, querida? —preguntó Gentian, un poco embriagado e incapaz de estar quieto en la silla de puro contento.

La joven habría querido ir más despacio, pero el tiempo que pasaran en esa habitación sería un tiempo robado a lord Quislam.

—Quiero unirme a su bando —respondió Fuego—. Así que necesito su protección.

—No hay que fiarse de alguien como usted —gruñó Gunner—. ¡Sólo hay que mirarla! No se debe confiar en un monstruo.

—¡Gunner! —lo reprendió Gentian—. ¿Acaso no demostró ser de fiar cuando nos tendieron la emboscada en el pasillo? A Mydogg no le gustaría que fuéramos tan groseros.

—Lo que hagamos poco le importa, siempre que saque beneficio de ello —contestó Gunner—. Tampoco deberíamos confiar en él.

—Ya basta —lo atajó Gentian con voz autoritaria. Gunner lo miró echando chispas por los ojos, pero no replicó.

—¿Cuánto hace que están aliados con Mydogg? —preguntó Fuego observando a Gentian con ojos inocentes. Enseguida se enseñoreó de la mente del noble y lo obligó a hablar.

Unos veinte minutos más tarde la dama monstruo trasmitía al rey y a sus hermanos cuanto había descubierto, por ejemplo, que la alianza entre Mydogg y Gentian se debía en gran parte a que ella, precisamente, militaba en las filas del rey; o que Hart sólo les reveló parte de la historia al contarles que Gentian planeaba atacar Fortaleza Aluvión con un ejército de diez mil hombres cuando, en realidad, atacaría con quince mil porque, tras sellar la alianza con Mydogg, éste le envió poco a poco cinco mil de sus reclutas pikkianos que se desplazaron a través de los túneles.

No fue fácil aparentar que esa noticia la complacía, pues sig-

307

nificaba que Brigan se encontraría en Fortaleza Aluvión enfrentándose a una fuerza que lo superaría en cinco mil hombres. Aunque quizá también quería decir que el resto del ejército de Mydogg, donde fuera que se escondiera, tan sólo sumaría alrededor de quince mil hombres. Tal vez las otras dos divisiones de la Mesnada Real, junto con las tropas auxiliares de reserva, podrían enfrentarse en igualdad de condiciones a Mydogg.

—Nuestros espías nos han informado de que han estado buscando ustedes el ejército de Mydogg a lo largo y ancho del reino —dijo en ese momento Gentian con una risita, interrumpiendo los cálculos de Fuego; el noble había sacado de la bota un cuchillo y jugueteaba con él, porque lo ponía nervioso ver a su hijo pasear de un lado a otro de la habitación sin dejar de rezongar.

»Le diré a usted por qué no han dado con él: porque está en el mar.

—¿En el mar? —repitió la muchacha, sorprendida de verdad.

—Sí, sí. Mydogg cuenta con veinte mil hombres —continuó diciendo Gentian—. ¡Vaya! Veo que le impresiona esa cifra. Sí, este Mydogg no cesa de reclutar soldados; tiene veinte mil hombres embarcados en cien barcos pikkianos, mar adentro, fuera del alcance de la vista desde Rasa de Mármol. Y tiene otros cincuenta barcos más, que transportan sólo caballos. Esa gente de Pikkia entiende mucho de barcos, ¿sabe? También el marido de lady Murgda es navegante; se dedicaba a explorar los mares hasta que Mydogg despertó su interés por la guerra. ¡Siéntate de una vez, Gunner! —le ordenó con brusquedad a su hijo, y le golpeó el brazo con la parte plana de la hoja del cuchillo cuando el joven pasó junto a él.

Gunner se volvió hacia su padre y forcejeó con él hasta que le arrebató el cuchillo de la mano, tras lo cual lo lanzó al otro extremo de la habitación; el arma rebotó contra la pared y cayó en la alfombra, con la hoja partida. Fuego adoptó un gesto impasible para no dejar traslucir que estaba muy asustada.

—Has perdido la cabeza —le reprochó Gentian, indignado.

—¡Y tú no la pierdes porque no tienes! —bramó su hijo—. ¿Queda algún otro secreto que aún no le hayas contado a la mascota monstruo del rey? Sigue, explícale lo demás, y luego, cuando acabes, le retorceré el pescuezo.

—Tonterías —dijo con severidad Gentian—. No harás tal cosa.

—Venga, venga, cuéntale…

—No le diré nada más hasta que te sientes y te disculpes con ella. A ver si demuestras que sabes comportarte.

Gunner dejó escapar un sonido gutural de impaciencia y se acercó a la joven. La miró a la cara, pero luego, con toda desvergüenza, bajó la vista a los pechos.

Gunner está fuera de sí —le trasmitió la joven a Brigan—. *Ha lanzado un cuchillo contra la pared y lo ha roto.*

«¿Hay posibilidad de sonsacarles más información sobre los barcos o cuántos caballos tienen?», respondió Brigan con el pensamiento.

Antes de que Fuego tuviera ocasión de preguntar nada, Gunner le acarició con un dedo la clavícula, y ella dejó de pensar en Brigan, en Gentian y en el palacio en general, para concentrarse por completo en obstaculizar las intenciones del hombre, que ahora dirigía la atención y la mano hacia abajo. Fuego era consciente de que si permitía que le aprisionara los pechos perdería del todo el control sobre él, porque eso era lo que Gunner quería hacer; o, con más exactitud, ése sería el comienzo.

La joven consiguió que retirara la mano aunque, acto seguido, Gunner le rodeó el cuello con ella y, muy despacio, empezó a apretar; durante unos instantes fue incapaz de respirar y de reaccionar. La estaba ahogando.

—Mydogg cree que el rey enviará refuerzos al sur, hacia Fortaleza Aluvión, cuando ataquemos —susurró Gunner, que por fin aflojó los dedos y le soltó el cuello—; tal vez una división completa de la Mesnada Real, si no dos. Y cuando el norte se encuentre más desprotegido de soldados del rey, Mydogg ordenará que se enciendan las almenaras de Rasa de Mármol. ¿Lo entiendes, monstruo?

Rasa de Mármol era una eminente elevación costera situada al norte de la ciudad; y sí, Fuego lo entendía muy bien.

—Los soldados verán el humo desde los barcos pikkianos —respondió con un hilo de voz.

—Chica lista —murmuró Gunner, que le rodeó de nuevo el cuello con la mano, aunque luego cambió de parecer y le cogió un mechón de pelo y tiró de él—. El fuego será la señal que

309

esperan para fondear en la costa, desembarcar y caer sobre la ciudad.

—¡La ciudad! —susurró ella.

—Sí, esta ciudad —enfatizó Gunner—. ¿Por qué no ir directos a Burgo del Rey? Todo estará sincronizado a la perfección, y Nash habrá muerto… Brigan habrá muerto…

—Lo que quiere decir es que mañana los mataremos a los dos —lo interrumpió Gentian observando con recelo a su hijo—. Lo tenemos todo planeado. Estallará un incendio.

Gunner tiró de nuevo del cabello de Fuego con violencia, y gritó fuera de sí:

—Se lo estoy contando yo, padre. Yo decido qué tiene que saber. Yo me ocupo de ella.

Gunner la agarró otra vez por el cuello y la atrajo hacia sí con actitud grosera, repulsiva; luchando por respirar, ella recurrió a una táctica conocida de siempre: deslizó la mano hacia la entrepierna del hombre y, agarrando lo que pudo, se lo retorció tan fuerte como le fue posible. Cuando él gritó de dolor, intentó golpearle en la mente, pero tenía la cabeza como un globo, ligera y hueca, sin filos ni uñas que clavarle. Jadeando, Gunner retrocedió un paso y descargó el puño, como salido de la nada, en la cara de la muchacha.

Ella perdió el conocimiento un instante, y al recobrarlo, notó el sabor de la sangre y una aguda sensación de dolor.

«La alfombra… Estoy tendida en la alfombra», se dijo.

La cabeza y la cara le dolían de forma horrible; abrió y cerró la boca, y comprobó que la mandíbula estaba intacta; probó a mover los dedos… Podía hacerlo.

¿*Brigan?*

Y Brigan respondió.

«Bien», pensó Fuego. La mente también se mantenía intacta. Empezó a sondear el resto del palacio, pero el príncipe no había terminado de comunicarse con ella e intentaba hacerle comprender algo; se notaba que estaba preocupado, porque oía ruidos; se hallaba en el balcón de la planta de arriba, preparado para bajar en cuanto la joven se lo ordenase.

Fuego fue consciente de que también ella oía ruidos; giró la cabeza hacia un lado y vio que Gentian y Gunner se gritaban y se empujaban el uno al otro; el padre, grandilocuente e indignado, y el hijo, aterrador a causa de la mirada trastornada, que le recordó la razón por la que se encontraba en esa habitación. Se acodó en el suelo para incorporarse y se puso de rodillas; hecho esto le envió una pregunta a Brigan:

¿Necesita saber alguna cosa más sobre Mydogg?

«Nada más.»

Fuego se puso de pie y se aproximó al sofá, tambaleándose; se apoyó en él con los ojos cerrados hasta que el dolor de cabeza se hizo un poco más soportable.

Entonces, baje, porque ya no se puede sacar nada útil de esta entrevista. Se están peleando. —Vio cómo Gunner empujaba a su padre contra el ventanal—. *En este momento forcejean contra la puerta del balcón.*

Brigan iba a entrar por allí, con lo que estaría en peligro; Fuego subió las piernas —primero una y luego, la otra— para llegarse a los tobillos con las manos, porque se temía que si lo hacía al revés, si se agachaba, la cabeza se le despegaría del cuerpo y saldría rodando. Sacó las dagas de las fundas y se acercó dando tumbos a los dos hombres, que estaban demasiado enfrascados en la pelea para fijarse en ella o en los cuchillos que llevaba en las manos. Se limpió la sangre de la cara restregándosela en la manga del precioso vestido de color púrpura, se tambaleó de nuevo... Y esperó.

Pero no tuvo que esperar mucho. Percibió y vio a Brigan casi al mismo tiempo abriendo de golpe el ventanal; Gentian se precipitó por el hueco al quedar de par en par la puerta del balcón, pero reapareció a los pocos segundos cayendo desvanecido; una daga clavada en la espalda lo había convertido en un cuerpo sin vida. Brigan lo empujó con violencia a un lado para quitárselo de en medio y para provocar que Gunner tropezara con el cadáver, mientras él desenvainaba la espada y entraba en la habitación.

Fue horrible ver cómo el príncipe mataba a Gunner; primero, le estrelló la empuñadura de la espada en la cara con tanta fuerza que se la desfiguró; luego, le dio una patada que lo tumbó en el suelo, y sin alterar el gesto, concentrado en su tarea, le atravesó el corazón con la espada. Y se acabó; fue tan rápido, tan

311

brutal… En un visto y no visto, Brigan estaba junto a Fuego, preocupado; la ayudó a llegar al sofá y buscó un trozo de tela para limpiarle la cara. Todo ocurrió tan deprisa, que ella no tuvo tiempo de controlar el horror que sentía y que le trasmitía.

Brigan le notó el estado de ánimo y la comprendió, pero su semblante se convirtió en una máscara impasible mientras le inspeccionaba las heridas de la cara con ojo clínico.

—Me sobresalté, eso es todo —susurró Fuego, que había cogido de una manga a Brigan; los ojos del príncipe exteriorizaban vergüenza, y ella le asió con más fuerza la manga.

No voy a permitir que se avergüence delante de mí. Por favor, Brigan, ambos somos iguales; la diferencia está en que mis actos parecen menos horribles.

Además, a pesar de que me asusta esta faceta suya, tendrá que gustarme sin remedio porque es parte de lo que lo mantendrá con vida en la guerra —añadió ella, que sólo comprendió su razonamiento una vez que lo hubo expresado—. *Quiero que viva. Quiero que acabe con aquellos que querrían verlo muerto.*

Brigan no le contestó, pero, cuando se inclinó de nuevo para palparle los pómulos y la barbilla con sumo cuidado, ya no evitó encontrarse con su mirada, y ella supo que aceptaba lo que le había dicho. El príncipe se aclaró la garganta antes de informarle:

—Tiene la nariz rota —fue la conclusión de su examen—. Puedo arreglársela.

—Sí, de acuerdo, Brigan. Mire, al final del pasillo, hay una trampilla del conducto que va hasta la lavandería; necesitamos encontrar unas sábanas o algo por el estilo para envolver los cuerpos y luego echarlos por esa trampilla. Avisaré a Welkley para que desaloje de la zona norte de la lavandería a todos los sirvientes, y que se prepare para limpiar el estropicio. Tenemos que darnos prisa.

—Sí, es un buen plan —respondió Brigan. La asió con firmeza por la nuca con una mano, y le aconsejó—. Procure no moverse.

Sin más, le agarró la nariz e hizo algo mucho más doloroso que el puñetazo de Gunner; Fuego gritó y se resistió propinándole puñetazos.

—Ya está —jadeó Brigan, y le soltó la cara para agarrarle los brazos, aunque no sin recibir antes otro golpe en un lado de la cabeza. —Lo siento, Fuego, ya está. Siéntese y deje que yo me ocupe de los cuerpos. Necesita descansar para que nos guíe en lo que aún nos queda por hacer esta noche.

Él se incorporó con un rápido movimiento y desapareció en el dormitorio.

—Lo que aún queda por hacer —murmuró Fuego al tiempo que se recostaba en el reposabrazos del sofá. Resbalándole aún algunas lágrimas por el rostro, respiró hondo hasta que el dolor se mitigó y se estabilizó, en consonancia con las lacerantes punzadas de la cabeza. Entonces, despacio, con suavidad, forzó la mente para sondear el palacio y los patios; tanteó la mente de Murgda, así como la de su gente, las del séquito de Gentian y las de sus aliados, e hizo hincapié en la de Quislam y la de su esposa. Encontró también a Welkley y le trasmitió las órdenes.

Tenía sangre en la boca y se la tragaba; la repugnante sensación rayaba lo intolerable cuando Brigan reapareció. El príncipe llevaba varias sábanas sobre los hombros, y transportaba una palangana con agua, unas copas y paños que colocó en la mesa que la joven tenía delante; después se dedicó a envolver los cuerpos de Gentian y Gunner mientras ella se enjuagaba la boca y sondeaba de nuevo el palacio.

Durante un instante, al filo de su percepción, Fuego notó que alguien estaba fuera de lugar. ¿Dónde? ¿En los jardines o en la casita verde? ¿Quién era? La sensación desapareció, y no logró percibirla de nuevo; se quedó frustrada, inquieta y exhausta del todo. Observó cómo Brigan, que tenía la cara llena de moratones, y las manos y las mangas cubiertas con la sangre de Gunner, en ese momento envolvía con una sábana su cadáver.

—Superan en número a los nuestros, en todos los frentes —comentó Fuego.

—Se los entrena para que tengan muy presente esa idea —respondió Brigan, impertérrito—. Además, gracias a usted, tenemos el elemento sorpresa en los dos frentes. Esta noche ha hecho más por nosotros de lo que jamás hubiéramos podido esperar. Ya he enviado mensajes al norte, a la Tercera y a la Cuarta División y a la mayoría de las tropas auxiliares de reserva; pronto estarán concentradas en la costa, al norte de la ciudad, y Nash se pondrá al frente de ellas. También he enviado un batallón entero a Rasa de Mármol para que se haga con el control de las almenaras y elimine a cualquier mensajero que se dirija hacia los barcos. ¿Comprende la estrategia? Una vez que la Tercera y la Cuarta División estén en sus posiciones, nosotros mismos encenderemos las almenaras, el ejército de Mydogg desembarcará sin sospechar nada y, con el mar a sus espaldas, los atacaremos. Y si bien ellos nos superan en número, nosotros los superaremos en jinetes, porque no pueden llevar más de cuatro o cinco mil monturas en los barcos. Además, después de haber pasado semanas en el mar, los caballos no estarán en condiciones de luchar; eso jugará a nuestro favor, y quizá compensará en parte nuestra estupidez por no ocurrírsenos la posibilidad de que Mydogg estuviera formando una flota con sus amigos pikkianos.

—Murgda es un obstáculo —opinó Fuego, soltando un grito ahogado de dolor; resultaba difícil limpiarse la sangre de la nariz sin tocársela—. Al fin, alguien se dará cuenta de la ausencia de Gentian y Gunner, y ella sospechará lo que hemos hecho y sabrá que sus planes sabemos.

—Eso apenas tiene importancia, si evitamos que sus mensajeros lleguen a los barcos.

—Sí, de acuerdo, pero en la corte hay ahora mismo casi cien personas que estarían dispuestas a intentar ser ese mensajero que logra escabullirse.

—¿Cree que conseguiría sacarla de sus aposentos? —le planteó Brigan al tiempo que rasgaba una sábana por la mitad.

Ella cerró los ojos y rozó la mente de Murgda.

¿Ha cambiado de parecer, señora? Me hallo en mis aposentos, descansando. Sería bienvenida aquí —le transmitió Fuego, intentando que no se notara lo cansada que estaba.

La mente de la mujer reaccionó con desdén y con la misma obstinación que demostró con anterioridad; no tenía la más mínima intención de acercarse a los aposentos de la dama monstruo.

—Me parece que no —respondió Fuego.

—En tal caso, de momento hay que evitar, durante el tiempo que podamos, que sospeche, sea como sea. Cuánto más tarde en recelar, más tiempo tendremos para ponernos en movimiento. Ahora la iniciativa en esta guerra es nuestra, señora.

—Le hemos hecho un gran favor a Mydogg. Supongo que ahora comandará las tropas de Gentian; ya no tendrá que compartir el liderazgo.

—No creo que su intención a largo plazo fuera compartir nada con él. Mydogg ha sido la verdadera amenaza en todo momento —puntualizó Brigan. Terminó de atar la última sábana y se levantó—. Si no hubiera nadie en el pasillo, me gustaría acabar con esto de una vez.

Una buena razón para que fuera así tomó forma en la mente de Fuego, que suspiró.

—El jefe de la guardia me avisa de que un sirviente de Quislam y la esposa de éste con varios escoltas vienen hacia aquí. Sí, es mejor que acabe con eso. —La joven se levantó del sofá y vació la palangana de agua ensangrentada en una planta que había al lado de asiento—. ¡Oh! ¿En qué estaré pensando? ¿Cómo saldremos nosotros de la habitación?

Brigan se cargó al hombro uno de los cuerpos.

—De la misma forma que entré yo. No tendrá vértigo, ¿verdad?

Ya en el balcón, debido al esfuerzo que suponía distraer la atención de los posibles testigos de las ocho plantas de palacio, Fuego tenía el rostro surcado de lágrimas. Apagaron las velas y la oscuridad los envolvió.

—No la dejaré caer, ni tampoco Clara. ¿Lo entiende? —insistió Brigan con suavidad.

Sin embargo, ella estaba demasiado mareada para entenderlo; había perdido sangre y no se creía capaz de trepar por el balcón en aquel momento, aunque poco importaba su estado porque la gente de Quislam se acercaba y había que hacerlo. De modo que se puso de espaldas a Brigan siguiendo sus instrucciones; él estaba a su vez de espaldas a la barandilla. Entonces el príncipe se agachó, la sujetó por las rodillas y, antes de que Fuego se diera cuenta de lo que pasaba, la alzó en vilo. La joven tocó con las palmas de las manos la parte inferior del balcón de la planta de arriba; Brigan retrocedió un poco y ella se agarró a los barrotes del balcón. Miró hacia abajo y vio cómo se había colocado el príncipe para llevar a cabo esa maniobra: estaba sentado sobre la barandilla, con las piernas trabadas en los barrotes, sacando medio cuerpo al vacío mientras la aupaba. Sollozando, asió los barrotes y aguantó; de inmediato sintió las manos de Clara aferrándola por las muñecas.

—Ya la tengo —avisó la princesa.

Brigan desplazó las manos de las rodillas a los tobillos de la joven y la aupó de nuevo. Entonces, la barandilla —tan bella, tan segura— apareció ante Fuego y se agarró a ella con los brazos; Clara la asió por el torso y por las piernas para ayudarla en su torpe y dolorosa ascensión. Unos segundos después Fuego se desplomaba en el suelo del balcón; respirando de forma entrecortada y, con un esfuerzo monumental, se concentró y se levantó para ayudar a Brigan a subir, pero se lo encontró ya a su lado, jadeante.

—Adentro —apremió el príncipe.

Ya en la habitación, Clara y Brigan hablaron rápidamente e intercambiaron opiniones; por lo que dijeron, Fuego entendió que Brigan no iba a esperar a ver qué sucedía con Murgda, ni con los hombres de Gentian, ni con Welkley y los cadáveres en la lavandería, ni con nadie, sino que partiría de inmediato; cruzaría el pasillo hacia la habitación de enfrente y bajaría por una cuerda colgada de la ventana hasta los jardines. Allí lo esperaban su montura y sus hombres, a punto para cabalgar a Fortaleza Aluvión y dar inicio a la guerra.

—Todavía es posible que Murgda provoque el incendio del que habló Gentian —previno Brigan—, e incluso cabe la posibilidad de que intenten asesinar a Nash, así que debéis reforzar la vigilancia. Llegado el momento, tal vez sería aconsejable que empezaran a desaparecer los hombres de Murgda y Gentian, ¿me comprendes?

El príncipe se volvió hacia Fuego y le preguntó:

—¿Cuál sería la mejor manera de salir usted de aquí?

Ella reflexionó antes de contestar:

—De la misma forma que entré. Que me recojan con una mesita de ruedas y me instalen en el montacargas; después treparé por la escalera de mano hasta mi habitación.

Y luego se encargaría de las mismas tareas que había estado desempeñando hasta entonces esa noche: seguir los movimientos de Murgda y de todos los demás, indicarles a Welkley y a la guardia dónde estaba cada cual en todo momento, y a quién se tenía que detener o eliminar. De esa forma, Brigan cabalgaría hacia Fortaleza Aluvión y sus mensajeros hacia el norte, y nadie sabría lo suficiente sobre nada en concreto para intentar perseguirlos ni nadie encendería ninguna almenara.

—Está llorando, señora —observó Clara—. Se le pondrá peor la nariz si continúa así.

—No es tristeza en realidad, tan sólo cansancio.

—Pobrecilla. Iré a su habitación más tarde y me quedaré con usted esta noche —le dijo Clara—. Y ahora, Brigan, debes partir; asegúrate de que no haya nadie en el pasillo.

—Necesito un minuto, Clara, un minuto a solas con la dama.

La princesa se sorprendió de manera notoria, pero abandonó la habitación sin mediar palabra. Brigan fue hacia la puerta y la cerró tras su hermana; luego se volvió para mirar a Fuego.

—Señora, tengo que pedirle una cosa. Si yo muriera en esta guerra…

317

Ahora sí que las lágrimas de la joven eran reales, y no se esforzó en contenerlas porque no había tiempo y todo pasaba demasiado deprisa. Cruzó la habitación y se abrazó a Brigan con la cabeza girada a un lado; qué incómodo era demostrar a una persona que se la amaba teniendo la nariz rota.

Respirando entrecortadamente, el príncipe la estrechó contra sí y le acarició la sedosa melena, y ella se apretó contra él hasta que el pánico que sentía se calmó un tanto y se convirtió en algo desesperado pero soportable.

Sí —le respondió Fuego con la mente al comprender lo que quería pedirle—. *Si muere en la guerra, mantendré a Hanna en mi corazón. Le prometo que no la abandonaré.*

No fue fácil dejarlo ir, pero lo hizo, y unos segundos después Brigan se había marchado.

Oculta por la mesita y de vuelta a sus aposentos, Fuego dejó de llorar. Había llegado a tal punto de insensibilidad que, salvo un pequeño hilo mental que la unía al palacio, todo lo demás se detuvo; era casi como dormir, o como estar metida en una absurda y anonadante pesadilla.

Por ello, al salir por la ventana para trepar por la escala de cuerda y oír un lamento extraño abajo, en el jardín, afinó el oído y escuchó: un ladrido quejumbroso. Era *Manchas,* que gañía como si sintiera algún dolor. No fue el entendimiento el que la indujo a descolgarse hasta donde se hallaba el perro, en lugar de trepar hacia la seguridad de su habitación y la protección de su escolta, sino que se debió a tener la mente embotada y a la estúpida necesidad que sintió de asegurarse de que *Manchas* estaba bien.

Como el aguanieve se había convertido en una ligera nevada, los jardines de la casita verde brillaban. *Manchas* no se encontraba bien; estaba tumbado en el camino que conducía a la casa y lloraba; tenía las dos patas delanteras rotas, inertes. Del animalito irradiaba una sensación que sobrepasaba el dolor: estaba asustado e intentaba llegar al árbol —el enorme árbol del jardín— impulsándose con las patas traseras.

318

Algo iba mal, algo inquietante y desconcertante. Fuego sondeó la oscuridad que reinaba en derredor y proyectó la mente hacia la casita verde: su abuela dormía en el interior, así como los guardias. Pero algo raro pasaba allí, puesto que ningún guardia del servicio nocturno tenía por qué dormir dentro de la casa.

Entonces, Fuego gritó en la oscuridad, angustiada; había percibido a Hanna, despierta, debajo del árbol; la niña tenía frío y no estaba sola, había alguien con ella, alguien enfadado que le hacía daño, la enfurecía y la asustaba…

A trompicones, corrió hacia el árbol al tiempo que intentaba hacerse con el control de la mente de la persona que martirizaba a Hanna, con la intención de detenerla.

¡Ayudadme! —transmitió ese pensamiento exasperado a sus escoltas, que la esperaban en los aposentos—. *¡Ayudad a Hanna!*

La percepción del arquero de mente turbia le llegó como un fogonazo a la conciencia, y, en éstas, algo puntiagudo se le clavó en el pecho.

Su mente se sumergió en la oscuridad.

Tercera parte

Un graceling

Capítulo 26

*F*uego se despertó oyendo los chillidos de una rapaz monstruo seguidos de varias voces humanas gritando en señal de alarma. El suelo daba bandazos y crujía; se encontraba en un carruaje frío y húmedo.

—¡Es debido a su sangre! —chilló una voz conocida—. ¡Las rapaces la huelen, así que lavadla y tapadla; no me importa cómo lo hagáis, pero hacedlo!

Allá arriba, donde fuera, se estaba desarrollando una lucha entre hombres y rapaces que continuaban chillando; alguien casi la ahogó al echarle agua a la cara, y otra persona le limpió la nariz; el dolor era tan intenso que la cabeza le dio vueltas y la joven se hundió en un remolino de oscuridad.

¡Hanna! Hanna, ¿estás...?

Se despertó de nuevo; aún gritaba el nombre de Hanna, como si la mente se le hubiera detenido a medio lanzar la llamada, a la espera de recuperar la conciencia.

¿Estás ahí, Hanna? ¿Estás ahí?

No hubo respuesta; tampoco logró captar la presencia de la pequeña.

Le había quedado un brazo atrapado bajo el cuerpo, y el cuello, rígido y torcido por la postura; sufría unas punzadas lacerantes en el rostro, y sentía frío, un frío que lo envolvía todo a su alrededor.

Había hombres en el interior del carruaje, y les sondeó la mente para dar con alguno que fuera lo bastante amable para que le llevara una manta; seis hombres, y todos bobalicones, de mente turbia a causa de la bruma. Uno de ellos era el arquero que tenía por costumbre matar a sus compañeros; también estaba el chico —el muchacho pálido, de un ojo rojo—, el que creaba la bruma mental y tenía esa conciencia inaccesible y una voz que le dañaba el cerebro. ¿Acaso Arquero no había ido a buscar a ese chico y al arquero?

¿Arquero? ¿Arquero? ¿Estás cerca, Arquero?

El suelo se mecía, y Fuego, que tenía cada vez más frío y estaba más mojada, comprendió que se encontraba tendida en un charco de agua que se movía con las sacudidas. Oía el batir del agua por todos lados, y percibió debajo del carruaje la presencia de grandes criaturas.

¡Eran peces!

No iban en un carruaje, sino en una barca.

«Me han raptado y se me llevan a escondidas, en una barca… —se dijo, atónita—. Pero, yo no me puedo ir, tengo que regresar a palacio. He de vigilar a lady Murgda. La guerra… Brigan… ¡Brigan me necesita! Debo escaparme de esta barca.»

Un hombre que se encontraba cerca de ella masculló algo entre jadeos. Iba a los remos, estaba cansado y se quejaba de tener ampollas en las manos.

—No estás cansado —le dijo el chico con una voz carente de matices—. No te duelen las manos, y remar es divertido. —Hablaba como si estuviera aburrido y sus palabras no sonaban nada convincentes, pero aun así, Fuego notó que una ola de entusiasmo colectivo se adueñaba de los hombres. El sonido chirriante aumentó de ritmo; era el ruido de los remos al rozar en los escálamos.

Ella se sentía débil y el chico era poderoso; controlaba a esos hombres obnubilándoles la mente, así que debía alejarlos de él, pero, ¿cómo hacerlo si estaba embotada por el dolor, el frío y el aturdimiento?

Los peces… Tenía que alcanzar la mente de los enormes peces que nadaban con lentitud por debajo de ella, e incitarlos a subir a la superficie para que hicieran zozobrar la barca.

Un pez golpeó la quilla de la embarcación con el lomo; los hombres gritaron al desplazarse hacia los lados y soltaron los remos. Se produjo otro fuerte golpe y esta vez rodaron por el suelo barbotando maldiciones. Entonces se oyó la horrible voz del chico:

—Jod, ponle otra dosis. Se ha despertado, y esto es obra de esa monstruo.

Fuego notó un pinchazo en el muslo y, mientras la oscuridad volvía a invadirla, pensó que mejor así, porque no solucionaría nada ahogándolos si ella perecía también.

Volvió a despertarse y buscó a tientas la mente del remero que estaba más cerca del chico; rasgó la niebla que encontró en la conciencia del hombre, y se hizo con el control, obligándolo a levantarse, soltar el remo y darle un puñetazo en la cara al chico.

El grito de éste, horrendo, le atravesó los tímpanos y le arañó el cerebro como si fuera una zarpa.

—¡La dosis, Jod! —gritó—. ¡No, estúpido, a ella! ¡Pincha a esa monstruo ramera!

«Es al arquero a quien necesito controlar —se dijo, al tiempo que el dardo le atravesaba la piel—. No estoy lúcida. Me han enturbiado la mente para que me sea imposible pensar.»

El chico lloraba entre jadeos entrecortados por la rabia y el dolor; Fuego se desvaneció.

Cuando recobró el conocimiento otra vez, tuvo la sensación de haber sido arrastrada de vuelta a la vida de una manera atroz; el cuerpo le gritaba de dolor, hambre y náuseas.

«Hace mucho tiempo… —pensó—. Me están drogando hace mucho tiempo. Demasiado tiempo esta vez.»

Alguien le daba de comer algo parecido a un pastel de avena, una masa viscosa que se escurría como las gachas, y se atragantó.

—Está volviendo en sí —dijo el chico—. Dale otra vez.

Pero esa vez Fuego logró llegar al arquero; rasgó la niebla que lo aturdía e intentó que lanzara los dardos contra el chico, en lugar de a ella. Se oyó el ruido de una refriega y la voz estridente:

—¡Yo te protejo, idiota! ¡Yo velo por ti! ¡Es a ella a quien quieres disparar!

Un pinchazo en el brazo.

Oscuridad.

Gritó. El chico la zarandeaba; abrió los ojos y lo vio inclinado sobre ella con la mano levantada, listo para golpearla. Habían llegado a tierra, y se hallaba tumbada sobre una roca; a pesar de que lucía un buen sol, hacía frío.

—¡Despierta! —gruñó con ferocidad el chico, clavándole los ojos de diferente color—. ¡Despierta, levántate y echa a andar! Si haces cualquier cosa para interponerte en mi camino o en el de mis hombres, te golpearé tan fuerte que jamás dejará de dolerte. ¡No os fiéis de ella! —dijo dirigiéndose a sus hombres de forma tajante—. Sólo podéis confiar en mí. ¡Obedeced en todo lo que yo os diga!

El chico tenía la nariz y los pómulos azulados por los moratones. Fuego pegó las rodillas al pecho y le soltó una patada en la cara, luego se aferró a las mentes que la rodeaban e intentó levantarse mientras él gritaba; pero estaba débil y mareada, se tambaleaba como si no notara las piernas. Él, entre sollozos, gritó órdenes a sus hombres: uno de ellos la agarró y le retorció un brazo contra la espalda al tiempo que con la otra mano le aferraba el cuello.

Con la cara hecha un desastre a causa de las lágrimas y la sangre, el chico se le acercó y le cruzó la cara golpeándole la nariz; y cuando ella fue consciente del lacerante dolor, también rompió a llorar.

—¡Para ya! —le susurró él—. Deja de resistirte. Vas a comer, vas a andar y vas a hacer lo que yo te diga. Cada vez que uno de mis hombres me ataque, cada vez que un pájaro me pique o cada vez que no me guste cómo se cruza una ardilla en mi camino, te pegaré. ¿Me entiendes?

Eso no sirve conmigo. —Le trasmitió con el pensamiento Fuego, jadeante e iracunda—. *Nada de lo que dices consigue controlarme.*

El chico escupió una mucosidad ensangrentada sobre la nieve, y antes de alejarse, la miró con hosquedad y le dijo:

—En ese caso, encontraré otros medios para lograrlo.

A decir verdad, Fuego no quería que la maltrataran más, pues ya bastante le dolía el cuerpo, ni estaba dispuesta a que la volvieran a dormir a pesar de que sumirse en la inconsciencia sería mantenerse en una tranquila oscuridad, mientras que estar consciente significaba habitar un cuerpo dolorido.

Pero debía estar despierta y mantener el control de su propia mente si quería salir con bien de aquel trance; así pues, cumplió las órdenes del chico.

Caminaban por un terreno rocoso y empinado con tal cantidad de cascadas y riachuelos que Fuego pensó que, probablemente, las aguas en que el gran pez zarandeó la embarcación eran el río Alígero. Suponía que habrían remado hacia poniente, y ahora se dirigían hacia el norte, alejándose del río, encontrándose en algún lugar cercano a los Grandes Gríseos, en la frontera occidental del reino.

Al sentarse a comer el primer día, se llevó una punta de la destrozada falda púrpura a la boca. La tela no tenía gusto a limpio, desde luego, pero tampoco estaba salada; eso sustentaba su conjetura. El charco sobre el que estuvo tumbada tanto tiempo no era agua de mar, sino de río.

325

Minutos después, al vomitar el pastel de avena con el que había alimentado su pobre y destrozado estómago, no pudo evitar reírse internamente por los intentos de tratar la situación de una manera científica; era patente que la trasladaban al norte desde el río en dirección a los Grandes Gríseos; para llegar a esa conclusión no era necesario llevar a cabo una prueba de salinidad. Y con toda seguridad, se encaminaban hacia un lugar donde se reunirían con Tajador. Allí era donde el traficante de monstruos de Cansrel vivía; se trataba de un dato que ella sabía de desde siempre.

Pensar en Tajador le recordó a *Corto*, y deseó que el caballo estuviera con ella, aunque de inmediato se alegró de que no fuera así. Más valía estar sola y que nadie a quien ella quisiera se encontrara al alcance de ese chico.

Le habían proporcionado unas botas resistentes, un trapo para cubrirse el cabello y un abrigo blanco de piel de conejo —cosa extraña— muy elegante, demasiado bonito para su aspecto de pordiosera, y sobre todo, bastante inapropiado para caminar por el monte. Todas las noches, al acampar, uno de los hombres —Sammit—, de manos suaves, voz amable y ojos desmesuradamente abiertos pero inexpresivos, le examinaba la nariz y le decía qué y cuánto debía comer. Al cabo de un par de días, logró ingerir alimento sin vomitarlo, aunque no consiguió tener la mente más clara. Por lo que hablaban el chico y Sammit, dedujo que éste era un sanador y que si la habían despertado, fue gracias a que él consideró peligroso mantenerla más tiempo bajo los efectos de los sedantes.

Por consiguiente, la querían viva y relativamente sana, cosa del todo lógica teniendo en cuenta cuál era su naturaleza y que esa gente traficaba con monstruos.

Así las cosas, empezó a tantear.

En primer lugar, entró en la mente de Sammit; desgarró la bruma que la afectaba y observó que los propios pensamientos del sanador reaparecían poco a poco. Esperó, aunque no por mucho tiempo, a que el chico recordara a sus hombres que no debían fiarse de ella, y que, en cambio, él era su amigo y los cuidaba. Estas palabras provocaron que la bruma resurgiera de inmediato en la mente de Sammit y poco después la cubriera del todo… De modo que eran las palabras las que causaban tal efecto, esa voz que al parecer no dañaba el cerebro del sanador, como le pasaba a ella.

Al principio, le extrañó que el poder del chico residiera en las palabras y en la voz, en lugar de hallarse en la mente, pero cuánto más pensaba en ello, más admitía que no era tan raro. Ella también poseía la facultad de utilizar algunas partes del cuerpo para controlar a los demás; por ejemplo, era capaz de controlar a algunas personas sólo mediante la expresión del rostro, o con dicha expresión y una insinuación realizada en cierto tono de voz (el de hacer promesas falsas), o bien exhibiendo el cabello. En todos esos aspectos radicaba su poder, así que quizá no era tan distinta a él.

Por otra parte, el poder del chico se contagiaba, es decir, si él hablaba con el hombre que estuviera situado a su izquierda, y si éste, a su vez, le repetía las palabras a Sammit, le transmitía también la bruma mental. Así se explicaba que, aquel día en palacio, el arquero hubiera contagiado dicha bruma a la mitad de la escolta de Fuego.

El chico no dejaba pasar mucho tiempo sin recordar a sus hombres que ella era el enemigo, y él, su amigo. De ese modo, Fuego intuyó que el muchacho no veía el interior de las mentes, como hacía ella, y por lo tanto, no estaba en su poder saber si las mantenía controladas; en consecuencia, la joven aprovecharía esa circunstancia para sus siguientes tanteos.

Apoderándose de la mente de Sammit otra vez, le rasgó una vez más la niebla y moldeó los pensamientos del sanador para que el chico se percatara de que lo había manipulado; a continuación, provocó que Sammit se enfadara con él y quisiera vengarse en ese mismo momento, de manera violenta.

Pero, al parecer, el chico no se dio cuenta de nada, pues ni siquiera le echó un vistazo al hombre; pasó un rato, y al volver a repetir su letanía, borró la ira de Sammit y lo sumió de nuevo en el olvido y en la bruma.

El chico, pues, no era capaz de leerles la mente; su control era impresionante, pero estaba ciego, lo cual ofrecía a Fuego un gran abanico de posibilidades para actuar sobre esos hombres, sin que él se enterara y sin que ella tuviera que preocuparse por la resistencia que le opusieran, puesto que la bruma les anulaba completamente la voluntad que, en caso contrario, habría interferido en su control.

Por las noches, el chico ordenaba que le administraran una droga suave a fin de que no estuviera en condiciones de atacarlo mientras dormía. Ella lo consentía, pero se aseguraba de ocupar un rincón en la mente de Sammit para que, a la hora de entregarle al arquero la mezcla con la que éste impregnaba los dardos, la pócima fuera un bálsamo antiséptico en lugar de la solución somnífera.

Cuando acampaban para pasar la noche, mientras los demás dormían o hacían guardia bajo los blanquecinos árboles deshojados, ella fingía dormir, pero en realidad preparaba un plan. Por lo que captó de las conversaciones de los hombres, y gracias también a unas pocas preguntas certeras que realizó, llegó a la con-

327

clusión de que habían liberado a Hanna sin hacerle daño, y a ella la habían mantenido sedada casi dos semanas mientras navegaban a contracorriente por el río. También se enteró de que efectuar la lenta travesía actual no estaba planeado, puesto que llegaron a caballo a Burgo del Rey y tenían previsto escapar de la misma manera, es decir, cabalgando hacia el oeste a través de las llanuras que se extendían al norte del Alígero; sin embargo, al huir de los jardines de palacio cargándola a ella al hombro, perseguidos por la escolta de Fuego, fueron empujados hacia el río y alejados de sus monturas. Durante la huida murieron dos de los raptores, y como último recurso, los restantes hombres se apoderaron de un bote amarrado bajo uno de los puentes de la ciudad.

El lento avance por aquellas rocas negras y a través del terreno nevado era tan frustrante para Fuego como para esos hombres. Ella soportaba a duras penas estar alejada en esos momentos de la ciudad, de la guerra y de las tareas por las que la necesitaban, pero como casi habían llegado donde los esperaba Tajador, supuso que sería mejor comparecer por voluntad propia a que la llevaran a la fuerza. Sería mucho más rápido huir a lomos de uno de los caballos del contrabandista y, tal vez, lograría encontrar a Arquero y convencerlo para que regresara con ella.

En cuanto al arquero, Jod, Fuego observó que estaba demacrado y la piel tiraba a un tono grisáceo, aunque bajo esa apariencia enfermiza había un hombre de rasgos proporcionados y constitución fuerte. No obstante, tenía la voz grave y un algo en los ojos que le ponía nerviosa, un algo que, en cierta manera, le recordaba a Arquero.

Una noche, aprovechando que Sammit hacía guardia, la muchacha lo obligó a entregarle un dardo y un pequeño vial con la preparación que había utilizado para drogarla durante tanto tiempo; se guardó el vial bajo el escote y el dardo, en la manga.

Tajador había creado un pequeño reino en plena naturaleza, en los aledaños de aquel territorio agreste; el terreno era tan pedregoso que parecía que se había levantado la casa sobre un montón de escombros. El edificio, construido en algunas zonas con enormes troncos de árbol unidos entre sí, y en otras, con piedras, tenía un aspecto extraño; como lo recubría un musgo tupido, resultaba una casa de un intenso color verde, de suave pelaje, cuyas ventanas tenían el aspecto de ojos parpadeantes, provistos de carámbanos en lugar de pestañas, y una enorme boca abierta haciendo las funciones de puerta. Era un monstruo posado con precariedad sobre una colina sembrada de piedras.

Un muro de rocas, alto, extenso e inexplicablemente impecable, rodeaba la propiedad; desperdigados por el recinto había corrales y jaulas, en donde se divisaban unos puntos de color correspondientes a monstruos —rapaces, osos y leopardos—, que se chillaban unos a otros tras los barrotes. A pesar de lo extraño que resultaba el lugar, a Fuego le resultaba familiar y le traía recuerdos que se le agolparon en la memoria.

No le habría sorprendido nada que el chico la hubiera hecho entrar a la fuerza en una de las jaulas, como si fuera otra presa —un monstruo más— para el mercado negro.

En realidad no le importaba demasiado el propósito que tuviera Tajador al llevarla ahí. El contrabandista no era nada más que una pequeña molestia, un mosquito, y pronto lo desengañaría de que sus intenciones, fueran cuales fueran, revistieran relevancia alguna; ella se marcharía de allí y regresaría.

No la encerraron en una jaula, sino que la hicieron entrar en la casa y la guiaron hasta el baño de una habitación del piso superior, donde la esperaba una tina con agua caliente y un gran fuego que crepitaba lo suficiente para que no se notaran las corrientes de aire frío que entraban por las ventanas. Era un dormitorio pequeño, cuyas paredes se hallaban cubiertas por unos tapices que la impresionaron, aunque no dejó traslucir la sorpresa ni el placer que le causaban; representaban campos verdes, flores y el cielo azul; eran preciosos y realistas. Estuvo tentada de rechazar el baño, pues tenía el presentimiento de que la única razón de que se lo hubieran ofrecido era que se relajara, dejándola sin fuerzas para nada, y eso le molestaba. Sin embargo, tener la sensación de encontrarse en medio de un campo florido la impulsaba a desear estar limpia.

Cuando los hombres se marcharon, depositó el vial que contenía el somnífero y el dardo en una mesa, y se quitó el mugriento vestido que se le había pegado a la piel. Se dispuso a aguantar la dolorosa alegría de sumergirse en agua muy, muy caliente, y poco después, cerrando los ojos y relajándose, se entregó al goce del jabón que limpiaba el sudor, la sangre coagulada y la suciedad del río que le embadurnaba todo el cuerpo y el cabello. A intervalos de pocos minutos, oía gritar al chico por el hueco de la escalera para que su mensaje llegara a los hombres que hacían guardia delante de la puerta de la habitación, maniobra que repetía con los guardias que vigilaban bajo las ventanas.

—No os fiéis de esa monstruo ni la ayudéis a escapar —gritaba.

Él sabía lo que se hacía; esos hombres no cometerían ningún error si seguían a pies juntillas sus instrucciones, aunque Fuego se dijo que debía de acabar con los nervios de cualquiera manipular la mente de las personas sin saber si aún seguían bajo control. Pero las advertencias eran innecesarias, porque la joven no tanteaba la mente de ninguno de esos hombres para hacerles cambiar de parecer; al menos, de momento.

Entretanto sondeó la casa y el recinto, como había hecho ya al acercarse al lugar, y localizó a Tajador. Éste se hallaba en la planta baja, junto con el chico y varios hombres; tenía la mente obnubilada, igual que todos los demás, pero continuaba siendo tan prepotente y tan hipócrita como siempre. Por lo visto, fueran cuales fueran las alteraciones que desencadenaban en la mente de la gente las palabras del chico, cambiar el carácter no era una de ellas.

Luego proyectó la mente al máximo y notó la presencia de unos treinta hombres y varias mujeres entre la casa y el recinto, todos ellos con la mente nebulosa. Pero Arquero no estaba allí.

¿Dónde estás, Arquero? ¡Arquero! —Fuego forzó aún más su alcance, pero no obtuvo respuesta.

A decir verdad no deseaba encontrarlo en aquella casa, porque su ausencia significaría que habría recapacitado y renunciado a su heroica búsqueda; lo malo era que experimentaba la desagradable sensación de querer pasar por alto una intuición que apuntaba lo contrario. Y es que, de entre los hombres que había en el recinto, un par de ellos le resultaban familiares; tal vez eran guardias del palacio de Nash, y la explicación más lógica de que estuvieran allí era que debían de haber formado parte de la escolta de Arquero. Pero, naturalmente, esa posibilidad le planteaba una serie de preguntas como, por ejemplo, ¿qué había sucedido desde entonces, quién protegía a su amigo Arquero y dónde se encontraba éste?

A pesar de que seguía extasiada por el placer del baño caliente, se incorporó y salió de la tina, dominada por una repentina impaciencia de acabar con todo aquello lo antes posible. Se secó, pues, con una toalla y se puso un vestido casi transparente, de mangas largas, que le habían preparado; más que un vestido, parecía una bata de noche y se sentía incómoda con él. Por si fuera poco, se habían llevado las botas y el abrigo que llevaba puestos al llegar, y no había ningún trozo de tela que le sirviera para cubrirse la cabellera. Abrió entonces el armario que había en un rincón de la habitación, y rebuscó entre diversas prendas hasta dar con unos calcetines, un par de recias botas de chico, un ropón de hombre demasiado grande para ella, y una pañoleta de lana marrón que le iría bien para el cabello. Confiaba en que aquel conjunto le confiriera un aspecto tan raro como a ella le parecía, porque no necesitaba estar hermosa para controlar a las marionetas de cabeza hueca que el chico manejaba, ni estaba de humor para dar gusto a Tajador presentándose como una mujer monstruo, de grandes ojos de cierva espantada, dispuesta a que uno de sus asquerosos clientes la forzara.

Acto seguido, sondeó la mente de los centenares de criaturas retenidas en el predio: depredadores monstruo, caballos, perros de caza e incluso una colección de roedores para los que no acertaba a descubrir su utilidad. Quedó satisfecha del escrutinio de la cuadra de caballos; ninguno era tan receptivo como *Corto*, pero había varios de ellos que le servirían.

Impregnó la punta del dardo en el vial que contenía el sedante, metió el vial entre los pliegues del vestido y, gracias a lo largas que eran las mangas, no le resultó difícil guardarse el dardo en la mano.

Respiró hondo para infundirse valor y bajó la escalera.

Υ

331

La sala de estar de Tajador era pequeña y tan cálida como el dormitorio que acababa de abandonar; asimismo, unos tapices, representando campos de flores que llegaban hasta lo alto de acantilados asomados al mar, adornaban las paredes; la alfombra era de vivos colores, y a Fuego le vino a la cabeza que más de una de esas preciosidades se habría tejido con pelaje de monstruo, y también se preguntó cuántos objetos de los que lucían en esa sala, como los libros de las estanterías o el reloj de oro sobre la repisa de la chimenea, habrían sido robados.

El contrabandista se hallaba sentado al fondo de la habitación; saltaba a la vista que se tenía por el amo y señor del lugar, pero la persona que en realidad mandaba allí se apoyaba en una de las paredes laterales con aire aburrido: un chico pequeño, de ojos de distinto color, que parpadeaba en medio de campos de flores tejidos. Jod, el arquero, estaba junto a Tajador, y había un hombre apostado en cada entrada de la estancia.

Tajador apenas se fijó en el atuendo de Fuego; en cambio, no le quitó ojo de la cara mientras esbozaba una de sus típicas sonrisas y, si no se tenía en cuenta la expresión ausente, que con toda seguridad era fruto de la bruma mental generada por el chico, su aspecto era el mismo de siempre.

—No me ha resultado nada fácil hacerme contigo, pequeña; sobre todo después de que te instalaras en el palacio del rey —le dijo con la misma voz presuntuosa que ella recordaba—. Me ha costado mucho tiempo y una importante labor de espionaje, sin mencionar que tuvimos que eliminar a algunos de mis espías, tan poco cuidadosos que se dejaron apresar en el bosque por tu gente. Parece que disponemos de los espías más estúpidos del reino. ¡Qué cantidad de problemas! Pero valió la pena, ¿verdad, chico? Mírala.

—Sí, es encantadora —respondió el chico sin interés—. No deberías venderla; tendrías que dejarla aquí, con nosotros.

Tajador, perplejo, frunció el entrecejo y comentó:

—Entre mis colegas corre el rumor de que lord Mydogg pagaría una fortuna por ella, y varios de mis clientes se han mostrado muy interesados en adquirirla, pero quizá debería quedármela yo. —Se le animó el rostro—. ¡Podría cruzarla para que engendrara! ¡Pagarían una barbaridad por sus bebés!

—Lo que haremos con ella aún está por ver —dijo el chico.

—En efecto, está por ver —repitió Tajador.

—Si aprendiera a comportarse, no tendríamos que castigarla —continuó el chico—, entendería que sólo queremos ser sus amigos, y a lo mejor descubriría que le gusta estar aquí. Todo lo cual me recuerda que está demasiado callada, para mi agrado. Así que, Jod, prepara una flecha, y si te lo ordeno, dispárale en alguna parte que no la mate, pero que le duela; apunta a una rodilla, por ejemplo. A lo mejor nos conviene lisiarla.

Como ése no era el tipo de disparo que se hacía con un arco pequeño de lanzar dardos, Jod cogió el arco largo que llevaba colgado a la espalda, sacó una flecha blanca de la aljaba y la encajó con suavidad en una cuerda que la mayoría de hombres no tendrían fuerza para tensarla. Hecho esto, esperó, tranquilo y relajado, con la flecha a punto. Por su parte, Fuego tenía el estómago un poco revuelto; y no era sólo por el hecho de que una flecha de ese tamaño, disparada con aquel arco a tan corta distancia, le destrozaría la rodilla, sino por la forma que tenía Jod de moverse con el arma, una forma tan natural y grácil que el arco parecía ser un apéndice de su cuerpo. ¡Se parecía tanto a Arquero!

La joven se lanzó a hablar con el propósito de apaciguar al chico, pero también porque quería obtener respuesta a algunas preguntas:

—Un arquero disparó a un hombre encerrado en las jaulas de mi padre la primavera pasada —le dijo a Jod—. Era un disparo de gran dificultad. ¿Fuiste tú?

Que Jod no tenía ni idea de lo que Fuego le preguntaba saltaba a la vista; el hombre negó con la cabeza e hizo una mueca de dolor, como si intentara recordar todas las cosas que había realizado en su vida y no fuera capaz de acordarse de nada más allá del día anterior.

—Sí, fue él —contestó el chico con apatía—. Siempre es él quien dispara; tiene demasiado talento para no aprovecharlo, y es tan… maleable —afirmó dándose unos golpecitos con el dedo en la cabeza—. Ya sabes a qué me refiero. Fue uno de mis más afortunados hallazgos, este Jod.

—¿Y cuál es la historia de este hombre? —preguntó ella, intentando que su voz sonará igual de indiferente que la de él.

333

Al chico pareció complacerle sobremanera la pregunta; esbozó una sonrisa satisfecha, y muy, muy desagradable.

—Me parece interesante que me lo preguntes. Hace unas pocas semanas tuvimos un visitante que nos preguntó lo mismo. ¿Quién iba a imaginarse, cuando nos hicimos con los servicios de un arquero, que llegaría a ser objeto de tanto misterio y tantas conjeturas? Me gustaría satisfacer tu curiosidad, pero me temo que la memoria de Jod ya no es lo que era, y nosotros no tenemos ni idea de a qué se dedicaba hace… ¿Cuántos años? ¿Veintiuno tal vez?

Fuego dio un paso hacia el chico sin poder contenerse; aferraba el dardo con la mano.

—¿Dónde está Arquero? —inquirió.

El chico sonrió con afectación; daba la impresión de no caber en sí de gozo con el giro que había adquirido la conversación.

—Se marchó; no le gustaba nuestra compañía y regresó a su predio del norte. —Estaba muy acostumbrado a que la gente creyera todo lo que decía, pero mentía muy mal.

—¿Dónde está? —Fuego repitió la pregunta con la voz enronquecida por el pánico; la sonrisa del chico se acrecentó.

—Nos prestó un par de guardias; un detalle muy amable por su parte, de verdad. Nos explicaron algunos detalles de tu vida en palacio y de tus puntos flacos: los cachorros, las niñas indefensas…

En un visto y no visto, pasaron muchas cosas al mismo tiempo: Fuego echó a correr hacia chico, y éste le hizo un gesto a Jod, exclamando:

—¡Dispárale!

En esto, ella rasgó la niebla instalada en la mente de Jod; el hombre perdió la concentración, y la flecha salió volando hacia el techo.

—¡Dispárale, pero no la mates! —gritó de nuevo el chico, que salió corriendo para esquivar la embestida de Fuego, pero ésta se abalanzó sobre él y le alcanzó el brazo de refilón con el dardo. Él se alejó de un salto, lanzándole puñetazos y gritando, mas los ojos se le cerraron y se desplomó.

Fuego ya se había hecho con el control de todas las mentes que había en la habitación antes de que el chico tocara el suelo;

se inclinó sobre él y le quitó el cuchillo que llevaba en el cinturón. A continuación, se acercó a Tajador y le puso la punta del cuchillo en la garganta.

¿Dónde está Arquero? —inquirió mentalmente ya que le resultaba imposible hablar.

El hombre se la quedó mirando embelesado, como un estúpido.

—No le gustaba nuestra compañía y regresó a sus predios del norte.

¡No! —le gritó la joven con el pensamiento, deseosa de golpearlo para descargar la frustración—. *¡Piensa! Tú lo sabes. ¿Dónde...?*

Sumido en la confusión, el contrabandista bizqueó al mirarla con intensidad, como si no recordara quién era ella o por qué mantenían esa conversación.

—Arquero está con los caballos —contestó.

Fuego abandonó la habitación y la casa, pasando por delante de guardias que la miraban con ojos vacuos. De camino hacia la cuadra, en su afán por no afrontar la verdad, se dijo que Tajador estaba equivocado, que Arquero no se encontraba con los caballos... El contrabandista se equivocaba, se equivocaba.

Y, en efecto, así era: Tajador estaba equivocado, porque en las rocas que había detrás de la cuadra no halló a Arquero.

Sólo encontró su cuerpo.

335

Capítulo 27

*L*o que siguió fue una borrosa mezcla de conmoción y angustia, una sensación que tenía algo que ver con su naturaleza de monstruo; era incapaz de contemplar aquel cuerpo y aceptar que se trataba de Arquero, porque el fuego que ardía en el corazón y en la mente de su amigo ya no existía. El cuerpo tirado a sus pies era algo horrible, casi irreconocible; su vacío era un escarnio para ella y también para el propio Arquero.

Sin embargo, nada de eso evitó que, respirando con dificultad, cayera de hinojos y acariciara una y otra vez el frío brazo de ese cuerpo, sin saber muy bien lo que hacía. Aturdida, alzó una mano de Arquero y la apretó contra sí, mientras las lágrimas le surcaban el rostro.

Ver la flecha clavada en el abdomen del cadáver casi la sacó del estado de insensibilidad en el que se refugiaba; ese tipo de disparo era un acto cruel, ya que la herida era dolorosa y la muerte, lenta. Arquero se lo dijo tiempo ha y le advirtió que no debía apuntar nunca ahí.

Se puso de pie y se alejó de allí para huir de aquel pensamiento, pero la persiguió mientras cruzaba el patio dando tumbos. Anduvo hasta llegar a una gran hoguera encendida entre las cuadras y la casa, y se quedó plantada delante del fuego, prendida la vista en las llamas, luchando por rechazar la idea de que Arquero había tenido una muerte lenta y dolorosa… Y en completa soledad.

Por lo menos, lo último que le dijo fueron palabras de cariño. ¡Tendría que haberle dicho también cuánto lo quería! Casi nunca le mencionó lo mucho que tenía que agradecerle y cuántas cosas buenas había hecho él. Y eso no era, ni de lejos, lo que Arquero se merecía.

Alargó la mano hacia la hoguera y cogió una rama encendida.

Fuego no fue del todo consciente de estar transportando ramas prendidas hacia la casa verde de Tajador, ni de dar órdenes a los hombres para que la ayudaran, ni de las idas y venidas entre la casa y la hoguera. La gente escapaba enloquecida del edificio en llamas, y entre la desbandada, tal vez vio a Tajador y a Jod; no estaba segura y tampoco le importaba; les había ordenado que no se entrometieran. Cuando la casa desapareció engullida por el humo que salía de su interior, dejó de echarle ramas encendidas y buscó otros edificios que incendiar.

Conservó la lucidez necesaria para dejar libres a los perros y a los roedores antes de pegar fuego a los cobertizos donde estaban encerrados, y encontró los cuerpos de dos miembros de la escolta de Arquero en las rocas cercanas a las jaulas de los depredadores monstruo. Recogió uno de los arcos que había junto a los cuerpos, disparó a los monstruos y, a continuación, prendió fuego a los cuerpos de los hombres.

Cuando llegó a las cuadras, los caballos estaban aterrorizados a causa del humo, los gritos, el crepitar del incendio y el ruido de los edificios al derrumbarse; sin embargo, todos los animales, incluidos los más nerviosos y aquellos que no alcanzaban a verla, se calmaron en cuanto ella entró en los establos y obedecieron su orden de que los abandonaran; ya sin caballos en el interior, la madera y la paja ardieron como un increíble monstruo llameante.

Rodeó a trompicones el establo para aproximarse al cadáver de Arquero, y a pesar de que el humo la hacía toser, se quedó contemplándolo hasta que las llamas prendieron en el cuerpo y no se movió cuando éstas lo envolvieron y dejó de verlo. Solamente cuando el humo se tornó tan denso que la ahogaba y le ardía en la garganta, se alejó de aquel incendio que era obra suya.

Caminaba sin saber adónde iba, sin pensar en nada ni en nadie; hacía frío, y el terreno era abrupto y desarbolado. Más tar-

337

de, se topó con uno de los caballos escapados de las cuadras de Tajador, un tordo rodado, y la montura se le acercó.

El animal, que exhalaba vaho por los ollares al respirar, piafaba sobre el suelo nevado; aunque tenía la mente embotada, Fuego se fijó en que no llevaba silla ni estribos, y se dijo que sería difícil subirse a él. Pero de repente, doblando desmañadamente las patas delanteras, el tordo se agachó junto a ella.

La joven se remangó el vestido y el ropón hasta las rodillas y montó; no sin dificultad, guardó el equilibrio cuando el animal se levantó, y descubrió que montar sin silla resultaba más cálido, aunque resbalara un poco; y, sin duda, era mejor que ir andando. Se envolvió las manos en las crines y se inclinó hasta tocar con la cara y el torso el cuello, caliente y vital, de la montura. Dejando que ésta decidiera el camino, se sumergió en un letargo sin sensaciones.

El ropón de hombre que había cogido en la casa de Tajador no estaba pensado para proteger a nadie contra el frío invernal; tampoco llevaba guantes y, bajo la pañoleta, se notaba el cabello mojado. Entrada la noche, llegaron a una meseta rocosa donde, cosa extraña, hacía un tiempo cálido y seco; por los bordes discurrían regatos de nieve derretida, mientras que por las grietas del suelo escapaban nubecillas de vapor. Fuego no se lo pensó dos veces: se deslizó por el lomo del caballo hasta el suelo y encontró un sitio liso y caliente en el que se tumbó.

Duerme —le dijo al caballo—. *Es hora de dormir.*

El animal se tumbó cerca de ella, arrimándose para que se acurrucara contra él.

«Más calor —pensó—. Sobreviviremos hasta mañana.»

Ésa fue la peor noche de su vida, desgranando hora tras hora entre el sueño y la vigilia, pues se despertaba sobresaltada una y otra vez de la misma pesadilla, que comenzaba viendo a Arquero vivo, y finalizaba con el recuerdo de que estaba muerto.

Por fin rompió el alba.

Con embotado encono, Fuego comprendió que tanto ella como el caballo necesitaban comer y no sabía cómo solucionar el problema; se sentó en el suelo y se miró las manos de hito en hito.

Superada más que de sobra su capacidad de asombro y de sensaciones, no se sobresaltó cuando, al cabo de un momento, vio aparecer por una grieta del suelo a tres chiquillos, de tez más pálida que los pikkianos y de cabello oscuro; no los distinguía bien porque el resplandor del sol naciente desdibujaba los contornos, pero llevaban algo en las manos: un cuenco con agua, un saco y un pequeño paquete envuelto en tela. Uno de ellos puso el saco abierto en el suelo, cerca del caballo, ya que el animal se había alejado unos metros soltando resoplidos de nerviosismo, si bien ahora se acercó con cautela, metió el hocico en el saco y se puso a comer.

Los otros dos chiquillos dejaron el cuenco y el paquete delante de Fuego sin mediar palabra, pero mirándola con unos enormes ojos de color ámbar.

«Parecen peces en el fondo del mar —se dijo ella—, extraños e incoloros y con la vista fija.»

En el paquete había pan, queso y tasajo; el olor de la comida le revolvió el estómago. Deseaba intensamente que esos chicos que la observaban se marcharan para enfrentarse sola al desayuno. Y así fue, los chiquillos dieron media vuelta y se alejaron, desapareciendo por la misma grieta por la que habían salido.

Partió un trozo de pan y se obligó a comer; cuando le pareció que el estómago había decidido aceptar la comida que le daba, metió las manos en el cuenco y bebió un par de sorbos de agua; estaba caliente. Observó al caballo, que masticaba el forraje y metía el hocico en los rincones del saco con cuidado, y vio también que, de una de las grietas que había detrás del animal, salía un humo reluciente debido al sol matinal. ¿Era humo? ¿O vapor, quizá? El lugar olía un poco raro, como a madera quemada, pero también a algo más. Apoyó una mano en el cálido suelo rocoso y comprendió que alguien debía de vivir debajo de la roca; o sea, que estaba sentada en el techo de otras personas.

En ese momento, su estómago determinó que en realidad no quería las migajas que le habían ofrecido, y acabó de golpe con la curiosidad incipiente que despertaba en ella su reciente conclusión.

Acabada la comida del saco, así como el agua que quedaba en el cuenco, el tordo rodado se acercó a Fuego, que estaba hecha un ovillo en el suelo; le dio unos golpecitos con el hocico y se arrodilló junto a ella. Empezando por estirar el cuello, como una tortuga que sacara la cabeza de la concha, se irguió y montó a lomos del animal.

Al parecer, el caballo avanzaba a la aventura en dirección sursuroeste; cruzaron riachuelos cubiertos con una capa de hielo que crujía al pisarla, y salvaron anchas grietas abiertas en el suelo rocoso de las que no se llegaba a atisbar el fondo.

Con las primeras luces del día, Fuego percibió que un jinete se les acercaba por detrás; al principio no le dio demasiada importancia pero, muy a pesar suyo, al reconocer la mente de esa persona, no pudo evitar inquietarse: era el chico de ojos de diferente color.

Al igual que la muchacha, montaba sin silla, sólo que él lo hacía con mucha torpeza; taloneó a la pobre montura para aproximársele lo suficiente y gritarle enfadado:

—¿Adónde vas? ¿Se puede saber qué haces trasmitiendo todos tus pensamientos y sentimientos a esas rocas? Esto no es el predio de Tajador, ¿sabes?; aquí hay monstruos, además de gente salvaje y hostil. Vas a conseguir que te maten.

Pero Fuego no oyó lo que le decía, ya que al ver aquellos ojos de diferente color, desmontó y corrió hacia él, cuchillo en mano; un cuchillo que hasta ese momento no se había dado cuenta de que llevaba encima.

La montura del chico escogió ese preciso momento para desmontarlo por encima de las orejas, en dirección a Fuego; cayó al suelo como un fardo y se dio una costalada, pero se levantó de forma atropellada para huir de ella.

Fuego lo persiguió a trompicones por entre las grietas, hasta darle caza; forcejearon, pero ella estaba demasiado cansada para aguantar el esfuerzo. El cuchillo se resbaló de la mano y cayó en una ancha grieta; al fin el chico logró escabullirse y, a duras penas, se puso en pie.

—¡Te has vuelto loca! —le gritó entre jadeos. Se tocó el cuello y se miró los dedos manchados de sangre, sin salir de su asombro—. ¡Contrólate! No he cabalgado hasta aquí para enfrentarme a ti. ¡Vengo a rescatarte!

—¡Tus mentiras no funcionan conmigo! —respondió también a voz en grito Fuego, a pesar de que le dolía la garganta debido al humo y a la deshidratación—. ¡Mataste a Arquero!

—Lo mató Jod.

—¡Jod es tu marioneta!

—¡Oh, venga ya, sé razonable! —Había cierto matiz de impaciencia en su voz—. Tú, mejor que nadie, tendrías que comprenderlo. Arquero era una persona de mente muy fuerte. Menudo reino éste… La gente sabe protegerse bien la mente contra los monstruos, ¿verdad? Incluso les enseñáis a hacerlo antes que a andar.

—¡Tú no eres un monstruo!

—Tanto da. Sabes perfectamente bien la cantidad de personas a las que he tenido que matar.

—¡No, no lo sé! ¡Yo no soy como tú!

—Quizá no, pero seguro que me entiendes. Tu padre sí era como yo.

Fuego lo miró con fijeza: tenía la cara cubierta de hollín y el pelo, enmarañado y sucio; el abrigo —demasiado grande para él— estaba rasgado y manchado de sangre, como si se lo hubiera quitado a algún cuerpo sin calcinar en el recinto de la casa de Tajador. La naturaleza de la mente del chico (efervescente en su rareza, provocadora por su inaccesibilidad) chocaba contra la suya.

Fuera lo que fuera, él no era un monstruo pero, para el caso, daba igual. Porque entonces, ¿para qué mató ella a Cansrel? ¿Para que una criatura como ésa ocupara su lugar?

—¿Qué eres? —bisbiseó Fuego.

Él sonrió; incluso bajo la capa de hollín, su sonrisa resultaba encantadora, la mueca complacida de un muchacho que está orgulloso de sí mismo.

—Soy lo que se conoce como un graceling —le confesó—. Antes me llamaba Immiker, pero me cambié el nombre por el de Leck. Vengo de un reino del que no has oído hablar; allí no hay monstruos, pero en él viven personas, con un ojo de cada color, dotadas de aptitudes fuera de lo común, poderes excepcionales de cualquier tipo que puedas imaginarte: tejeduría, danza, esgrima… Y no sólo en el ámbito material, sino también en el mental. Y ningún otro graceling es tan poderoso como yo.

341

—Tus mentiras no surten efecto en mí —le repitió Fuego, que proyectó la mente hacia el tordo rodado, y éste se puso a su lado para que ella se le apoyara.

—No me lo invento, ese reino existe —contestó Leck—. A decir verdad, son siete reinos, y no hay ni un sólo monstruo que moleste a la gente; eso significa que muy pocos saben protegerse la mente, como hacen los habitantes de Los Vals. Los valenses tienen una mente más poderosa y también son mucho más exasperantes.

—Si te irrita la gente de Los Vals, vuelve al lugar del que saliste.

El chico se encogió de hombros, volvió a sonreír y dijo:

—No sé cómo regresar. Existen unos túneles, pero nunca he dado con ellos; además, aunque lo supiera, no quiero volver. Hay tanto potencial aquí, tantos avances en medicina, ingeniería y arte, tanta belleza en monstruos, en plantas… ¿Te has fijado en lo raras que son las plantas y lo maravillosas que son las medicinas? Mi sitio está aquí, en Los Vals. No creas que me satisfacía controlar a Tajador y su vulgar negocio de contrabando en este confín del reino —continuó diciendo el chico con desdén—. Lo que ansío es Burgo del Rey, sus techos de cristal, sus hospitales y sus preciosos puentes iluminados toda la noche. Y quiero al rey, sea quien sea el que salga vencedor de la guerra.

—¿Trabajas para Mydogg? ¿De qué bando estás?

—No me importa quien gane. —Agitó la mano con desinterés—. ¿Para qué involucrarme si me están haciendo un favor destruyéndose unos a otros? Pero, tú, ¿no te das cuenta del lugar que te he reservado en mis planes? Debes saber que la idea de capturarte fue mía, yo controlé a los espías y planeé el secuestro. Nunca habría permitido que Tajador te vendiera… o que te dedicara a engendrar. No quiero ser tu dueño, sino tu socio.

Fuego estaba harta de que todo el mundo quisiera utilizarla.

—No quiero utilizarte, sino trabajar contigo para controlar al rey —dijo Leck, confundiendo a la joven, porque creía que él no tenía poder para leer la mente de los demás—. Y no, no estoy en tu mente —manifestó, impaciente—. Ya te lo he dicho antes: estás proyectando pensamientos y sentimientos de forma que se perciben; estás revelando cosas que no creo que tuvieras intención de revelar y estás consiguiendo que me duela la cabeza. ¡Vamos, domínate! Vuelve conmigo; te perdono por destruir mis alfombras y mis tapices. Aún queda en pie parte de la casa, ¿sabes? Mira, te explicaré mis planes, y tú me contarás todo sobre ti; a ver, dime, ¿quién te hizo ese corte en el cuello? ¿Fue tu padre?

—No eres normal.

—Ordenaré a mis hombres que se marchen, te lo prometo. De cualquier modo, Tajador y Jod han muerto; yo mismo los maté. Estaremos tú y yo solos, no habrá más peleas; seremos amigos.

Darse cuenta de que Arquero perdió la vida para protegerla de ese estúpido loco le partió el corazón a Fuego. El dolor era casi insoportable; cerró los ojos y apoyó la cara en el cuello de su caballo.

—Esos siete reinos, ¿dónde están? —preguntó al chico en un susurro.

—No lo sé. Caí a través de las montañas y aparecí aquí.

—En esos reinos desde donde te caíste, ¿suele darse que una mujer acceda a unir sus fuerzas a las de un chico como tú, fuera de lo normal, a sabiendas de que es el asesino de su mejor amigo? ¿O ese anhelo es consustancial a tu naturaleza y a ese ínfimo corazón tuyo, si es que lo tienes?

Él no respondió, pero al abrir los ojos, Fuego vio que se le había mudado el semblante y esbozaba una mueca desagradable que intentaba hacer pasar por una sonrisa.

—En el mundo todo es natural, y si algo no lo es, no puede darse en la naturaleza. Yo existo; por lo tanto, soy normal, y todas las cosas que ambiciono también lo son: el poder de tu mente, tu belleza… Incluso cuando estuviste sedada durante dos semanas sobre el suelo de la barca, cubierta de mugre y con el rostro cárdeno y verdoso, tu belleza fuera de lo común era totalmente natural. La naturaleza es atroz.

»Y bajo mi punto de vista —continuó con una deslumbrante, a la vez que extraña, sonrisa en los labios—, nuestros corazones no son tan distintos. Yo maté a mi padre y tú, al tuyo. ¿Acaso eres tú mejor persona que yo?

Fuego se sentía confusa porque la pregunta era cruel, pero

una de las posibles respuestas era «sí», cosa que tampoco tenía sentido; estaba demasiado desquiciada y cansada para razonar. Se percataba de que todo aquello era ilógico y, sin embargo, debía ser incoherente para defenderse; tal fue su razonamiento, carente de lógica. Arquero fue siempre un ejemplo en ese sentido, a pesar de que él nunca se vio así.

Arquero...

Ella le enseñó a protegerse la mente, y desarrollar esa fortaleza mental era lo que lo había matado. No obstante, él también le había enseñado algo: a disparar una flecha más rápido y con mayor precisión de lo que habría conseguido aprender de hacerlo sola.

En ese instante, cayó en la cuenta de que aún llevaba un arco y una aljaba colgados a la espalda y, sin percatarse de que proyectaba sus pensamientos al exterior, se dispuso a disparar. Al mismo tiempo Leck hizo lo propio y fue más rápido que ella, de modo que cuando Fuego encajó la flecha, él ya la apuntaba a las rodillas; la joven se preparó para el inminente estallido de dolor.

Así las cosas, encabritado y relinchando, el tordo saltó de improviso hacia el chico, y le propinó un golpe con las patas en la cara. Leck gritó y dejó caer el arco para llevarse las manos a un ojo; huyó a trompicones, sollozante, y el caballo, más veloz que él, lo persiguió. El chico, cegado por la sangre, tropezó y cayó de cabeza sobre una placa de hielo por la que se deslizó hacia una grieta, y Fuego observó, atónita y fascinada, cómo desaparecía entre sus bordes.

Corrió tropezando hasta el lugar por el que se había precipitado Leck, y se asomó; no distinguía el fondo de la grieta, y tampoco había rastro de él.

La montaña se lo había tragado.

Tenía mucho frío. Si por lo menos el chico hubiera muerto en el incendio y no hubiera ido tras ella... Porque su presencia la obligó a ser de nuevo consciente de sensaciones como el frío, la debilidad, el hambre y lo que significaba estar perdida en algún lugar de los Grandes Gríseos.

Dio cuenta del resto de la comida que le llevaron los chiqui-

llos, sin albergar muchas esperanzas de que el estómago la acep-
tara, y bebió agua en un riachuelo medio helado, tratando de no
pensar en la noche que caería al acabar el día, pues no tenía pe-
dernal y nunca había encendido fuego sin él, ni en ningún lugar
que no fuera una chimenea. Hasta entonces, había llevado una
vida fácil.

Tiritando de frío, se quitó la pañoleta y volvió a enrollársela
de tal manera que, además de cubrirle el cabello —todavía mojado— le protegía también la cara y el cuello. Una rapaz monstruo, de color escarlata, apareció de pronto chillando y se lanzó
sobre ella; la mató antes de que la rapaz tuviera ocasión de alca-
nazarla, pero no se molestó en coger la carne del animal, porque
el olor de la sangre atraería a otros predadores monstruo.

Eso último le recordó que los festejos en palacio se celebra-
ron durante la segunda quincena de enero y, a pesar de no estar
segura de cuánto tiempo había pasado desde entonces, supuso
que ya debían de estar casi a mitad de febrero, lo cual significaba que se acercaban los días del menstruo.

Su recobrada claridad mental, tajante e inmisericorde, la indujo a comprender que iba a morir pronto, ya fuera por un motivo u otro. Pensó en ello mientras cabalgaba y se sintió reconfortada porque era una idea que le permitía darse por vencida.

«Lo siento, Brigan. Lo siento, *Corto*. Lo intenté.»

Pero, entonces, un recuerdo la sacó de su ensimismamiento.
Aquellas gentes... Tendría probabilidades de sobrevivir si recibía
ayuda de esa gente que había dejado atrás, habitantes de aquel lugar de donde salía vapor de las rocas; y donde también hacía calor.

Impulsada por un velado sentimiento de tener la obligación
de no morir a menos que fuera necesario, hizo volver grupas al
caballo, que continuaba en su decidida marcha hacia el suroeste,
a paso lento.

Y mientras desandaban el camino, se puso a nevar.

Le dolía todo el cuerpo, desde los dientes (que le castañetea-
ban sin parar) hasta los músculos agarrotados, pasando por las
entumecidas articulaciones. Fuego comenzó a reproducir cancio-
nes mentalmente, las más difíciles que había estudiado, y se es-

345

forzó en recordar los compases más complicados. No sabía por qué lo hacía, pues si bien una parte de la conciencia le decía que era necesario y no le permitía abandonar, todo su ser y el resto de la mente pugnaban por que los dejaran en paz.

De súbito, de entre los copos de nieve, una rapaz de color dorado se lanzó en picado sobre ella chillando; Fuego intentó encajar una flecha en el arco, pero le resbaló de las manos, y ella cayó del caballo y quedó tendida sobre un montón de nieve. Resultó que el tordo mató a la rapaz, si bien la joven no supo cómo lo logró.

Camino adelante, se cayó de nuevo de la montura; supuso que sería debido a la aparición de otra rapaz monstruo, por lo que se quedó tirada en la nieve, esperando con paciencia; pero, casi de inmediato, el caballo le dio golpecitos con el hocico; eso la desconcertó, y le pareció que era muy injusto. El caballo le resopló en la cara y la empujó con el hocico, hasta que al fin Fuego claudicó y se arrastró, sacudida por los temblores, hacia la montura. Fue entonces cuando comprendió por qué se caía: había perdido la sensibilidad en las manos y no lograba agarrarse a las crines del animal.

«Me estoy muriendo —se dijo con desinterés—. En fin, si he de morir, más vale hacerlo a lomos de esta preciosidad de tordo.»

Cuando volvió a resbalarse del caballo, estaba casi inconsciente y no se dio cuenta de que había caído sobre roca caliente.

Mas no estaba inconsciente del todo, pues oía las voces, cortantes, alarmadas, cargadas de urgencia; pese a ello, no consiguió levantarse cuando le pidieron que lo hiciera. La llamaron por su nombre, y comprendió que sabían quién era; se dio cuenta de que un hombre la cogía en brazos y la metía bajo la superficie rocosa. También se percató de que unas mujeres la desnudaban, y a continuación ellas hacían lo mismo y se cobijaban junto a ella, envueltas en muchas mantas.

En su vida había tenido tanto frío; la sacudían unos temblores tan fuertes que pensó que se iba a romper en pedazos; intentó beber el líquido caliente y dulce que una mujer le sostenía frente a los labios, pero tuvo la impresión de que derramaba la mayor parte de éste sobre sus compañeras de mantas.

Después de lo que le pareció una eternidad de temblores y quejidos, fue consciente de que ya no tiritaba con tanta violencia. Y entonces, rodeada por dos pares de brazos y arrebujada entre los cuerpos de dos mujeres, ocurrió algo venturoso: se quedó dormida.

347

Capítulo 28

$\mathcal{D}$espertó con la imagen del rostro de Musa inclinado sobre ella y la sensación de que le aplastaban las manos a mazazos.

—Señora —habló la escolta, muy seria—. En mi vida he sentido tanto alivio. ¿Cómo se encuentra?

—Me duelen las manos —dijo la joven con una voz que más parecía un graznido.

—Sí, señora, porque las tiene congeladas. Pero no se preocupe; estas buenas gentes se las han descongelado y vendado, y han cuidado de usted muy bien.

Fuego recobró la memoria, y los recuerdos fueron llenando los espacios vacíos; giró la cara para no ver a Musa.

—Hemos estado buscándola desde que la raptaron, señora —continuó explicando la capitana—. Perdimos algo de tiempo siguiendo rastros falsos, porque la princesa Hanna no vio en ningún momento a los secuestradores; los hombres que matamos no llevaban nada que los identificara, y a su abuela y a los guardias de la casita verde los drogaron antes de que se dieran cuenta de lo que pasaba. No teníamos ni idea de dónde buscar, señora, y el rey, el príncipe y la princesa estaban convencidos de que se trataba de una maniobra de lady Murgda, pero el comandante, en su comunicado, lo ponía en duda, y hasta que a un guardia de palacio le vino a la cabeza el vago recuerdo de un chico con un ojo rojo que merodeaba por el jardín, no empezamos a sospechar lo que había sucedido. Ayer llegamos a la propiedad de Tajador; no se imagina usted, señora, lo que nos asustamos al encontrar el lugar quemado hasta los cimientos y cadáveres calcinados que eran irreconocibles.

—Prendí una pira para Arquero. Está muerto —explicó Fuego con voz ronca.

Musa se sobresaltó al escuchar la noticia; Fuego lo notó y comprendió que la reacción de la capitana era a causa de Mila, y no por el descuidado noble que engendró al hijo de su joven subordinada. Para Musa sólo era una muerte más, la de alguien a quien sólo conocía por su mal comportamiento.

Fuego apartó de sí los sentimientos de la soldado.

—El comandante está en Fortaleza Aluvión, señora; le informaremos de que la hemos hallado, así como de la noticia de la muerte de lord Arquero. Todo el mundo se alegrará muchísimo al saber que usted se encuentra bien. ¿Quiere que le ponga al día de los progresos del comandante en la guerra, señora?

—No. —Fue la seca y escueta respuesta.

Una mujer apareció junto a Fuego, portando un cuenco de sopa, e indicó con gentileza:

—La dama tiene que comer.

Musa se levantó de la silla para cederle el asiento; la recién llegada era mayor, de rostro blanquecino, lleno de arrugas, y ojos de un curioso color entre amarillo y pardo; la expresión se tornó suave a la luz de la hoguera que ardía en el centro del suelo de piedra, cuyo humo se elevaba hasta el techo y salía a través de una grieta. Fuego reconoció la percepción que irradiaba de la anciana; esa abuela era una de las dos mujeres que le habían salvado la vida con el regalo del calor de su propio cuerpo.

La mujer le dio la sopa a cucharadas al tiempo que murmuraba en voz queda y recogía los trocitos que le resbalaban a Fuego por la barbilla; la joven aceptó el trato de amabilidad y comió la sopa porque ambas cosas provenían de una persona que no tenía interés en hablar de la guerra ni sabía quién fue Arquero, y acogía, además, su intensa pena con naturalidad y aceptación, sin más complicaciones.

El menstruo le llegó y ocasionó un retraso en el viaje; ella durmió, intentó no pensar y habló muy poco; observaba la vida que llevaban aquellas gentes que habitaban en la oscuridad de las cuevas soterradas, disponiendo de escasos recursos en invierno, pero al amor del fuego de las lumbres y de lo que llamaban el horno de la tierra, que en aquel lugar se encontraba muy cerca de la superficie y calentaba los suelos y los muros. Explicaron la naturaleza del fenómeno a la escolta de Fuego, y dieron de beber a la joven varias pociones medicinales.

—Tan pronto como esté en condiciones de viajar, la llevaremos a usted a que la visiten los sanadores del ejército, en Fortaleza Aluvión —le comunicó Musa—. La guerra en el sur no va mal, de tal modo que el comandante se mostraba esperanzado y muy resuelto cuando lo vimos la última vez. La princesa Clara y el príncipe Garan lo acompañan. La lucha también es encarnizada en el frente del norte; el rey cabalgó hacia allí unos días después de la fiesta, y la División Tercera y la Cuarta y casi todas las tropas auxiliares de reserva, junto con las de la reina Roen y lord Brocker, se reunieron con él. Lady Murgda huyó de palacio al día siguiente de la gala, señora; estalló un incendio y hubo una lucha atroz en los pasillos y, aprovechando la confusión, se escabulló. Se cree que intentó encender las almenaras de Rasa de Mármol, pero la Mesnada Real ya se había hecho con el control de las calzadas.

Fuego cerró los ojos e intentó aguantar la presión de todas esas noticias horribles y sin sentido. No quería ir a Fortaleza Aluvión, pero comprendía que no podía quedarse donde estaba para siempre, imponiendo su presencia a aquellas gentes tan hospitalarias, y suponía que no estaría de más que los sanadores del ejército le echaran un vistazo a las manos, cosa que ella no había hecho todavía, aunque era evidente que estaban hinchadas, inutilizadas y heridas bajo los vendajes, como si en los extremos de los brazos existiera sólo dolor en lugar de manos.

Trató de no darle vueltas a la idea de qué haría si los sanadores le decían que iba a perderlas.

Había otras cosas sobre las que no quería cavilar, aunque casi nunca lo conseguía, como, por ejemplo, el recuerdo de un incidente que tuvo lugar hacía meses, antes de planear la fiesta, incluso antes de que Arquero descubriera la caja de vino de Mydogg en la bodega del capitán Hart. Por entonces ella interrogaba a los prisioneros durante todo el día, a diario, y Arquero estaba presente de vez en cuando; en una de esas ocasiones, comentaron las explicaciones de aquel tipo malhablado que se refirió a un arquero de elevada estatura y de puntería excepcio-

350

nal, un violador que fue encarcelado en las mazmorras de Nax hacía unos veinte años, un tal Jod. Y ella se sintió feliz porque, por fin, sabía el nombre y la naturaleza del arquero de mente obnubilada.

Ese día, Fuego no recordó que unos veinte años atrás Nax escogió cuidadosamente a un bruto encarcelado en sus mazmorras, y lo envió al norte para que violara a la esposa de Brocker; la única consecuencia feliz de aquel abuso fue el nacimiento de Arquero.

El interrogatorio concluyó de forma repentina cuando Arquero descargó un puñetazo en la cara del informador, y ella creyó que su amigo había reaccionado de ese modo por el lenguaje soez del hombre.

Y quizá fuera así; pero ahora Fuego no sabría nunca en qué momento Arquero empezó a sospechar de la identidad de Jod; se guardó para sí mismo lo que pensaba, así como sus temores, y lo hizo porque ella le había partido el corazón.

351

Llegó el día en que estuvo en condiciones de viajar, y sus escoltas —diecinueve a causa de la ausencia de Mila— la envolvieron en muchas mantas, sujetándole los brazos a los costados de forma que las manos no perdieran contacto con el calor corporal; la subieron a la silla de Neel, y cuando éste montó detrás, la ataron a él sin apretarla mucho. El grupo avanzaba despacio, y Neel era fuerte y atento, pero pese a todo, era atemorizador confiarse por completo al equilibrio de otra persona.

Con el tiempo, el movimiento tuvo un efecto relajante, y Fuego se recostó en el escolta, abandonando toda responsabilidad en sus manos; poco después se quedaba dormida.

Debe destacarse la curiosa actitud del tordo rodado que había ayudado a Fuego, ya que al separarlo de ella y tener que enfrentarse a la gente de las rocas, a los escoltas y a diecinueve monturas militares, se comportó como un caballo salvaje: estuvo trotando de aquí para allá por la ladera rocosa durante la enfermedad de la joven; salía disparado cada vez que asomaba alguien al exterior, y se resistía a que le pusieran bridas, a que lo guarecieran bajo tierra e incluso a que nadie se le acercara. Sin embargo, no pareció dispuesto a quedarse atrás cuando vio que sacaban a Fuego, y aunque el grupo se puso en camino hacia el este, el animal los siguió, si bien con cierta vacilación y siempre a una distancia segura.

Los combates del frente meridional se libraban en campo abierto y en las cuevas comprendidas entre el predio de Gentian, Fortaleza Aluvión y el río Alígero. Fuera cual fuese el territorio que el comandante hubiera conseguido ganar o perder, la fortaleza en sí seguía en poder del rey. Encaramada en lo alto de un afloramiento rocoso y rodeada de murallas casi tan altas como los tejados del edificio, desempeñaba la función de cuartel general y hospital a la vez.

Clara se acercó corriendo a los recién llegados en cuanto los vio entrar por las puertas, y se quedó junto al caballo de Neel mientras los escoltas desataban a Fuego, la bajaban al suelo y la desenvolvían de las mantas. La princesa lloraba, y cuando la abrazó y le besó la cara, procurando no tocarle las manos todavía sujetas contra el cuerpo, la joven se recostó en ella, entumecida; le habría gustado abrazar a la mujer que lloraba por Arquero y en cuyo vientre hinchado se cobijaba el bebé de su amigo; habría querido fundirse con ella.

—¡Oh, Fuego, estábamos locos de preocupación! —consiguió decir por fin Clara—. Brigan sale esta noche hacia el frente septentrional. Será un descanso inmenso para él verte viva antes de partir.

—No, no. —La propia joven, sobresaltada por su reacción, se apartó con brusquedad de la princesa—. No quiero verlo, Clara, dile que le deseo todo lo mejor, pero no quiero verlo.

—¡Oh! —exclamó la princesa, estupefacta—. Bien, bien, de acuerdo. Pero ¿estás segura? Porque no se me ocurre cómo vamos a ser capaces de impedírselo cuando regrese de los túneles y se entere de que estás aquí.

Los túneles… Fuego experimentó un pánico creciente.

—Mis manos… —musitó centrándose en un dolor más concreto—. ¿Hay algún sanador que tenga tiempo para ocuparse de ellas?

Y

Los dedos de la mano derecha tenían un color rosáceo, estaban inflamados y cubiertos de ampollas, como tajadas de carne de pollo cruda. Fuego los miró con aprensión, hasta que percibió que la sanadora se alegraba por el aspecto que tenían.

—Es muy pronto para asegurarlo, pero hay motivos para albergar esperanzas —dijo la mujer.

Le aplicó un ungüento en la mano con muchísima delicadeza, se la envolvió con unos vendajes que no le apretaran y, canturreando, procedió a quitarle los que le protegían la otra mano.

El meñique y el anular de la mano izquierda estaban negros, con síntomas de congelación, y los tejidos desde la punta hasta el nudillo entre la primera y la segunda falange aparentemente muertos.

La sanadora, que había dejado de canturrear, le preguntó si era cierto lo que había oído decir acerca de que era una excelente violinista.

—En fin —comentó la mujer—. Lo único que podemos hacer es observar cómo evolucionan y esperar.

Le dio a la joven una píldora y un brebaje para que se la tragara, le puso un ungüento y le vendó la mano.

—Quédese aquí —le indicó antes de salir con prisas del pequeño y oscuro cuarto, en el que ardía un fuego humeante y cuyas ventanas disponían de contraventanas para conservar el calor en el interior.

Fuego guardaba un vago recuerdo de una época en que se le daba mejor pasar por alto las cosas a las que no tenía sentido darle vueltas, una época en que controlaba la situación y no se quedaba sentada en una mesa de reconocimiento sintiéndose deprimida y desdichada, mientras sus escoltas la observaban con un aire de desolada compasión.

En esto, percibió que Brigan iba hacia allí como un inmenso torbellino de emociones: preocupación, alivio, gozo… Demasiado intenso todo ello para que Fuego pudiera soportarlo; empezó a boquear como si se ahogara y, cuando él entró en el cuarto, se bajó de la mesa y corrió hacia un rincón.

No, no quiero que estés aquí, no —le transmitió.

353

—Fuego ¿qué te pasa? Dímelo, por favor.

Tienes que irte, por favor. Te lo suplico, Brigan.

—Marchaos —ordenó él en voz baja a los escoltas.

¡No, no! ¡Los necesito!

—Quedaos —rectificó Brigan en el mismo tono de voz; los escoltas, que para entonces estaban más que desconcertados, dieron media vuelta y entraron de nuevo en el cuarto.

«Fuego, ¿he hecho algo que te ha encolerizado?», le preguntó el príncipe con el pensamiento.

No, no. Bueno, sí, sí lo has hecho —respondió, desquiciada—. *Nunca te cayó bien Arquero, y no te importa que haya muerto.*

«Eso no es cierto —replicó él con firmeza—. A mi modo, le tenía estima, aparte de que eso no es tan importante, sino el hecho de que tú lo querías y yo te quiero a ti, y tu aflicción me apena. En la muerte de Arquero sólo hay tristeza.»

Por eso debes irte, porque en este sentimiento nuestro sólo hay tristeza.

Sonó un ruido en la puerta y se oyó la adusta voz de un hombre:

—¡Comandante, estamos preparados!

—Ya voy, esperadme fuera —respondió Brigan.

El hombre se marchó.

Ve, no los hagas esperar —lo apremió Fuego.

«No pienso marcharme dejándote así.»

No voy a mirarte —dijo la joven al tiempo que apretaba las manos vendadas contra la pared, con torpeza—. *No quiero ver las nuevas cicatrices que te han dejado las batallas.*

Él se acercó al rincón donde se refugiaba la joven, tan resuelto y porfiado como siempre; le posó la mano en el hombro derecho e inclinó la cabeza por encima del otro hombro hasta rozarle la mejilla con la barba incipiente y el rostro —frío—, emanando aquel sentimiento dolorosamente familiar. Incapaz de evitarlo, ella se reclinó contra el torso del hombre y, con los brazos, tiró desmañadamente del brazo izquierdo de Brigan (protegido por el duro coselete) para que la rodeara con él.

—Eres tú quien tiene nuevas cicatrices —le susurró el príncipe a fin de que sólo ella lo oyera.

—No vayas. Por favor, no te marches.

—Deseo con toda el alma no tener que irme, pero sabes que debo hacerlo.

—No quiero amarte si vas a morir —gritó la joven, que enterró el rostro en el brazo del hombre—. No te amo.

—Fuego, ¿querrás hacerme un favor? ¿Me mandarás noticias al frente septentrional para decirme cómo te va?

—No te amo.

—¿Significa eso que no me mandarás noticias?

—No. Bueno, sí —respondió aturdida—. Te mandaré noticias, pero...

—Fuego, has de sentir lo que sientes —le dijo con ternura mientras intentaba desasirse del abrazo—. Yo...

Otra voz, tajante por la impaciencia, lo interrumpió desde el vano de la puerta:

—¡Comandante, los caballos esperan...!

Brigan se giró hacia el hombre con violencia, barbotando maldiciones con una exasperación y una rabia como ella no había oído en su vida; el hombre se escabulló, alarmado.

—Te quiero —afirmó Brigan con absoluta calma detrás de ella—. Espero que en los días venideros te consuele saberlo. Lo único que te pido es que trates de comer y que duermas, aunque te sientas mal. Come y duerme. Y mándame noticias para saber cómo te encuentras. Dime si necesitas algo o a alguien que esté en mi mano mandarte.

Que no tengas percances en el viaje y llegues sano y salvo —le transmitió cuando percibió que él y su escolta salían a galope por las puertas de la fortaleza.

Qué frase tan estúpida y tan vacía de significado para decírsela a cualquiera, en cualquier circunstancia.

Capítulo 29

*F*uego imaginaba que, en Fortaleza Aluvión, una persona con las manos inutilizadas no tendría mucho que hacer, y como Clara estaba muy ocupada atendiendo a los capitanes de Brigan y al ininterrumpido ir y venir de mensajeros, y Garan rara vez se dejaba ver, y si lo hacía, mostraba el gesto ceñudo de rigor, rehuía encontrarse con ellos y también evitaba acercarse a la sala donde había hileras y más hileras de camas en las que los soldados heridos sufrían.

No le permitían salir del recinto de la fortaleza, por lo que pasaba el tiempo entre dos sitios; uno era el dormitorio que compartía con Clara, Musa y Margo, pero si entraba la princesa, fingía que dormía porque le hacía demasiadas preguntas sobre Arquero. El otro lugar que frecuentaba era el tejado de la fortificación, muy vigilado; allí pasaba el rato arrebujada en una capa con capucha y las manos metidas en las axilas para resguardarlas del frío, sumida en una comunicación muy estrecha con el tordo rodado.

Mejor dicho, la torda rodada (porque Fuego tenía ahora la mente lo bastante clara para saber que se trataba de una yegua), que vivía en los peñascos que había al norte de la fortaleza; el animal se había separado del grupo que transportaba a la joven cuando se acercaron a la fortificación y, a pesar de los intentos del maestro de cuadras, no consintió que la metieran en los establos con los otros equinos. Fuego no permitió que nadie domeñara al animal con drogas, ni quiso obligarlo a entrar en el recinto para confinarlo en él; el maestro de cuadras alzó las manos al cielo, disgustado. Saltaba a la vista que la yegua era un animal extraordinario, pero el hombre estaba hasta las cejas de trabajo debido a los caballos heridos, la forja de herraduras y la reparación de piezas rotas de los arneses, por lo que no disponía de tiempo para ocuparse de una yegua recalcitrante.

En consecuencia, la torda vivía libre en los peñascos comiendo el alimento que le dejaban o buscándolo si no lo había, y yendo a visitar a Fuego cada vez que ella la llamaba. La sensación que transmitía la yegua era extraña y salvaje, una magnífica mente sin domesticar que la joven era capaz de tantear e influenciar, pero sin comprenderla de verdad en ningún momento; tenía que estar sola en los peñascos, libre, sin restricciones; y con resabios cuando fuera menester.

Con la particularidad de que, en esa sensación transmitida por la torda, también había afecto, aunque cohibido, a su modo. Pero el animal no estaba dispuesto a abandonar a Fuego.

Pasaban ratos teniéndose mutuamente a la vista, unidos los sentimientos de ambas mediante el ronzal del poder de la joven; la yegua era preciosa, de capa rodada torda con puntos y manchas de un suave color gris, la crin y la cola espesas y largas —y enredadas—, de un oscuro tono gris pizarra, y ojos azules.

Cómo deseaba Fuego que le permitieran salir a campo abierto; habría querido reunirse con la yegua en los peñascos y, montada en su lomo, subir por ellos; y que la llevara lejos, dondequiera que deseara ir la torda.

Una mañana Garan entró con paso firme en el dormitorio de Fuego; ella estaba hecha un ovillo debajo de las mantas, tratando de adormecerse para no sentir el ardor de las manos, y simuló que dormía. El príncipe se detuvo junto a la cabecera del lecho y no se anduvo con rodeos:

—Levántate, Fuego, te necesitamos.

No habló con ira, pero tampoco era una petición; ella alzó la vista, parpadeando, y arguyó:

—Tengo inutilizadas las manos.

—Para lo que te necesitamos no te hace falta usarlas.

—Queréis que interrogue a alguien. —Cerró los ojos—. Lo siento, Garan, aún no me encuentro bien del todo.

—Te sentirías mejor si te levantaras —replicó él con contundencia—. Y, de cualquier forma, no queremos que hagas ningún interrogatorio.

—Jamás te cayó bien Arquero —barbotó, furiosa—. Te importa un bledo lo que ha ocurrido.

—Dudo que seas capaz de percibir lo que siento, porque en tal caso no habrías dicho esa estupidez. No voy a salir de este dormitorio hasta que te levantes. Ahí fuera, a tiro de piedra, se libra una guerra, y bastantes preocupaciones tengo ya para que ahora tú te metas en un rincón compadeciéndote, como una mocosa malcriada y egoísta. ¿Es que quieres que un día de éstos envíe un mensaje a Brigan, a Nash y a Brocker para comunicarles que has muerto por ninguna razón en especial? Me pones enfermo, Fuego, y te pido que si no quieres hacerlo por ti misma, lo hagas por mí, porque no me entusiasma la muerte.

Fuego se había incorporado en la cama más o menos a mitad de la asombrosa parrafada y, mostrándose muy sorprendida, observaba al príncipe: piel sudorosa, respiración agitada… Estaba (si tal cosa era posible) más delgado que antes, y un gesto de dolor asomaba de vez en cuando al demacrado semblante. Alargó las manos hacia él, angustiada, y con un ademán lo invitó a tomar asiento. Cuando él lo hizo, le alisó el pelo con una de las manos vendadas, tras lo cual lo ayudó a respirar con más lentitud.

—Has adelgazado —le dijo Garan al cabo de unos segundos, sin apartar los tristes ojos del rostro de la joven—. Y tienes esa mirada vacía que despierta en mí el deseo de zarandearte.

Fuego le acarició el pelo de nuevo y eligió las palabras con tiento para no utilizar aquellas que la harían llorar:

—No creo que esté deprimida en realidad; lo que pasa es que no me siento conectada conmigo misma, Garan.

—Pero tu poder está en plena forma, lo noto. Me tranquilizaste enseguida.

Ella se preguntó si una persona podía ser poderosa y estar destrozada por dentro y temblorosa continuamente.

Lo observó una vez más. A decir verdad, no tenía buen aspecto; soportaba una carga demasiado pesada.

—¿Qué necesitas que haga?

—¿Querrías encargarte de aliviar el dolor de los soldados que están muriendo en esta fortaleza?

Y

El trabajo de sanación se llevaba a cabo en el enorme pabellón de la planta baja, que había sido la residencia de quinientos soldados en tiempos de paz. Las ventanas no tenían cristales y los postigos estaban echados para conservar el calor que irradiaba de los hogares repartidos a lo largo de las paredes y de un hoguera encendida en el centro de la sala; el humo ascendía en volutas, un poco al tuntún, hacia un tiro de chimenea que había en el techo, luego ascendía hasta el tejado y, por último, salía a cielo abierto.

La estancia estaba oscura, los soldados gemían y gritaban, y en el ambiente flotaba el olor a sangre, a humo y a algo más empalagoso que provocó que Fuego se detuviera en seco en la puerta del pabellón; se parecía mucho a entrar en una de sus pesadillas; no podía hacerlo.

Pero entonces vio a un hombre tumbado boca arriba en el lecho, cuyas orejas y la nariz estaban negras, como los dedos de ella; apoyaba una única mano en el pecho, porque la otra le faltaba y sólo quedaba un muñón envuelto en gasa. El soldado rechinaba los dientes y temblaba de fiebre; fue hacia él porque la compasión pudo más que el miedo.

Nada más verla, la sensación de pánico que anidaba en el hombre pareció calmarse; la joven se sentó al borde de la cama y lo miró a los ojos. Captó que estaba exhausto, pero el dolor y el miedo lo agobiaban hasta el punto de no dejarlo descansar; Fuego le quitó la sensación de dolor y aplacó el miedo, ayudándolo a conciliar el sueño.

Así fue como la dama monstruo se convirtió en una presencia habitual en el pabellón de heridos, porque su poder daba mejores resultados que los sedantes de los cirujanos a la hora de quitar el dolor o cualquier tipo de padecimiento que hubiera en aquella sala. A veces sólo tenía que sentarse junto a un soldado para que éste se calmara, aunque otras veces, por ejemplo, si extraían a un hombre una flecha o al despertarse un herido después de una intervención, hacía falta un esfuerzo mayor. Había días en que la mente de la joven se repartía al mismo tiempo por varios sitios del pabellón, calmando el dolor donde más falta hacía, en tanto que caminaba entre las filas de pacientes, llevando el cabello suelto, y buscaba con la mirada a aquellos hombres y mujeres yacentes que menos se atemorizaban por el mero hecho de verla.

Le sorprendió lo fácil que le resultaba hablar con soldados moribundos o con los que no se recuperarían nunca o habían perdido a sus amigos y temían por sus familias. Estaba convencida de que su capacidad de soportar el dolor había llegado al límite, y que en su interior ya no quedaba espacio para más penalidades, pero recordó que en cierta ocasión le dijo a Arquero que el amor no era medible, y ahora comprendía que ocurría lo mismo con el dolor. Éste podía intensificarse y acrecentarse más y más hasta hacerte creer que habías alcanzado el tope de resistencia, pero llegado a ese punto, se bifurcaba y se desbordaba, de tal manera que alcanzaba a otras personas y se mezclaba con el de éstas; es decir, se agrandaba, pero, de algún modo, se volvía menos opresivo al compartirlo. Tras el episodio del secuestro, había llegado a pensar que se encontraba atrapada en un sitio aparte, aislada de las vidas y los sentimientos del resto de la gente, sin darse cuenta de que en ese lugar había muchas otras personas atrapadas con ella.

Por fin permitió que Clara accediera a ese lugar, y le contó lo que la princesa, en su aflicción, anhelaba saber: todo lo que había sucedido.

—Murió solo —musitó Fuego.

—Y murió creyendo que te había fallado, porque debió descubrir los planes de esos tipos para raptarte, ¿no crees? —susurró Clara.

—Desde luego lo sospechaba, cuando menos —corroboró Fuego, que comprendió entonces, al verbalizar la historia, que había muchas cosas del drama que ignoraba. Hablar de ello le hacía daño y a la vez la consolaba, igual que ocurría con los ungüentos que los sanadores le extendían por las manos en carne viva, en un intento de restablecer las partes afectadas. No obstante, jamás sabría lo que había significado para Arquero que le disparara su propio padre, ni si las cosas habrían sido distintas si ella le hubiera prestado más atención, o si hubiera puesto más empeño en convencerlo de que se quedara. O si, años atrás, hubiera hallado el modo de impedir que la amara tanto; o si Arquero, por muy fuerte que fuera su mente o profundos sus sentimientos hacia ella, alguna vez había sido del todo inmune a su belleza de monstruo.

—Supongo que tampoco sabremos nunca cómo fue Jod en realidad —dijo Clara después de que Fuego le comunicara todos esos pensamientos—. Sabemos que fue un delincuente, eso es obvio —continuó la princesa con entereza—, así como una persona despreciable y cruel que merecía morir, aunque fuera el abuelo de mi bebé. Y dicho sea de paso —añadió soltando un bufido—, ¡menudos abuelos le habrían tocado en suerte a este niño! En fin, a lo que me refiero es que nunca sabremos si Jod habría matado a su propio hijo si hubiera tenido control sobre su mente, en lugar de estar sometido al poder de ese chico horrendo al que arrojaste por un agujero de la montaña, y en buena hora. Espero que tuviera una muerte muy dolorosa, empalado en el pico afilado de alguna roca.

Para Fuego, compartir algunos ratos con Clara aquellos días era reconfortante. Preñada como estaba, la princesa estaba aún más hermosa que antes; había entrado en el quinto mes de embarazo, y tenía el cabello más espeso y más brillante, la piel parecía resplandecerle y una mayor vitalidad daba alas a su acostumbrada determinación. Rebosaba tanta vida que, a veces, a Fuego le resultaba doloroso estar con ella; pero la princesa también era implacable con lo que debía serlo, así como sincera en grado sumo. Y llevaba en el vientre al hijo de Arquero.

—Lord Brocker es también abuelo de tu bebé —apuntó Fuego con dulzura—. Y de las dos abuelas, no hay nada de qué avergonzarse.

—Además, si nos tuvieran que juzgar por nuestros padres y nuestros abuelos, más valdría que todos nos empaláramos en rocas aserradas.

«Eso —se dijo la dama monstruo con aspereza— no está lejos de ser verdad.»

Cuando se hallaba sola, no lograba eludir recuerdos y pensamientos sobre su casa, y cuando iba al tejado de la fortaleza para compartir un rato con la yegua, rechazaba pensar en *Corto*, que se hallaba muy lejos, en Burgo del Rey, a buen seguro preguntándose por qué se había ido su ama y si regresaría algún día.

De noche, sin lograr conciliar el sueño, Cansrel y Arquero se alternaban en sus pesadillas. A veces, su padre, desgarrada la garganta, se convertía de repente en Arquero, que la miraba de hito en hito y con tanto resentimiento como Cansrel la miraba siempre; otras veces, atraía con engaños a Arquero, en lugar de a Cansrel, hacia la muerte, o los llevaba engañados a los dos a la vez; en ocasiones, su padre mataba a Arquero, o violaba a la madre de éste, y en algún sueño, el joven lo sorprendía y lo mataba. Pero ocurriera de la forma que ocurriera, fuera cual fuese de los dos quien moría de nuevo en sus pesadillas, ella despertaba a una abrumadora e inmisericorde pena.

Del frente septentrional, llegó la noticia de que Brigan enviaba a Nash a Fortaleza Aluvión, y que Brocker y Roen lo seguirían poco después.

Garan estaba indignado.

—De acuerdo, entiendo que mande a Nash aquí para ocupar su puesto, pero ¿por qué se deshace de todo su equipo de planificación de estrategias? El siguiente paso será mandarnos la División Tercera y la Cuarta, y se encargará del ejército de Mydogg él solito.

—Debe de estar volviéndose muy peligrosa esa zona para cualquiera que no sea soldado —comentó Clara.

—Pues si es tan peligrosa, tendría que decírnoslo.

—Ya nos lo ha dicho, Garan. ¿A qué crees que se refiere cuando nos cuenta que ni siquiera en el campamento es fácil descansar una noche? ¿O es que te imaginas que el ejército de Mydogg mantiene despiertos a los nuestros proporcionándoles bebidas, juegos y bailes? ¿Acaso no leíste el último informe? En él se decía que un soldado de la División Tercera atacó a gente de su propia compañía el otro día, y mató a tres de sus compañeros antes de que acabaran con él. Y todo eso porque Mydogg le prometió que pagaría una fortuna a su familia si él traicionaba a su ejército.

Al trabajar en el pabellón de heridos, era imposible que Fuego no se enterara de qué pasaba en las batallas y en la guerra en general. Por consiguiente, sabía que, a pesar de los cuerpos destrozados que llegaban a diario a la fortaleza procedentes de los túneles, a despecho de las dificultades para suministrar víveres a los campamentos meridionales, o para transportar a los heridos desde el campo de batalla, o para reparar armas y armaduras, y pese a las piras que se encendían todas las noches para incinerar a los muertos, se consideraba que la guerra iba bien en el sur. En cambio, en Fortaleza Aluvión, la lucha era cuestión de escaramuzas a caballo y a pie, o de capturas de soldados en las cuevas; en pocas palabras: ataques rápidos y retiradas. Los soldados de Gentian, dirigidos por uno de los capitanes pikkianos de Mydogg, estaban desorganizados; los de Brigan, por su parte, estaban muy bien entrenados y sabían lo que debían hacer en cualquier situación, incluso en el caos que reinaba en los túneles. Brigan había dejado de pronosticar que sería cuestión de semanas conseguir algún avance muy importante.

Sin embargo, en el frente septentrional, los combates tenían lugar en campo abierto, en el área llana situada al norte de la ciudad, donde la estrategia y la astucia contaban poco a la hora de sacar ventaja. El terreno y la visibilidad garantizaban una batalla campal todo el día, hasta que oscurecía, y casi siempre, después de un enfrentamiento, el ejército real se batía en retirada. Los hombres de Mydogg eran fieros, y tanto el noble como su hermana, Murgda, estaban presentes junto a ellos. Por otro lado, la nieve y el hielo estaban demostrando no llevarse bien con los caballos, por lo que con frecuencia los hombres combatían a pie, y ahí fue cuando empezó a hacerse patente que el enemigo superaba ampliamente en número a la Mesnada Real. Aunque muy despacio, Mydogg avanzaba hacia la ciudad.

Y, naturalmente, en el norte era donde se hallaba Brigan, porque el príncipe siempre estaba allí donde las cosas iban peor. Fuego suponía que era necesario que estuviera en esa zona para arengar a las tropas y dirigir los ataques, o lo que fuera que hicieran los comandantes en tiempos de guerra. Pero le molestaba la capacidad del príncipe en algo tan trágico y tan sin sentido. Deseaba intensamente que él, o cualquier otro, arrojara las armas y gritara: «¡Se acabó! ¡Ésta es una forma absurda de decidir quién tiene el mando!» Pero le parecía que, por el modo en que las camas del pabellón de heridos se vaciaban y volvían a llenarse, esas batallas no iban a dejar súbditos a los que gobernar. El reino ya se hallaba fragmentado antes de estallar las hostilidades, y la

363

guerra estaba rompiendo los trozos en cachitos más pequeños.

Cansrel habría disfrutado con ello, porque la destrucción sin sentido era de su agrado; casi con toda seguridad, al chico también le habría gustado.

Arquero habría reservado para sí su opinión, al menos ante ella, conociendo lo crítica que era con respecto a situaciones de ese tipo. Pero pese a la opinión que tuviera, habría combatido valerosamente por Los Vals.

Igual que hacían Brigan y Nash.

Cuando los primeros guardias de la escolta de Nash entraron a caballo por las puertas de la fortaleza, Fuego se avergonzó al caer en la cuenta de que corría hacia el tejado a trompicones, descontrolada.

Yegua bonita, yegua bonita, soy capaz de sobrellevar la desgracia de Arquero y la de Cansrel si no queda más remedio, pero soportar otra tragedia más me sería imposible —le transmitió a su compañera—. *Haz que se marche… ¿Por qué mis amigos han de ser soldados?*

Al cabo de un rato, cuando Nash subió al tejado para reunirse con ella, en lugar de arrodillarse como hicieron su escolta y los guardias apostados allí, la joven no se arrodilló, sino que siguió mirando a la torda, dándole la espalda al rey y encorvando los hombros como si quisiera protegerse de su presencia.

—Lady Fuego —saludó él.

Majestad, no es mi intención faltarle al respeto, pero le ruego que se marche.

—Como desee, señora —respondió Nash con sosiego—. Pero antes le comunicaré, como me hicieron prometer, un centenar de mensajes del frente septentrional y de la ciudad, que me dieron mi madre, su abuela, Hanna, Brocker y Mila, para empezar.

Fuego se imaginaba el mensaje de Brocker: «Tú eres la culpable de la muerte de mi hijo». Y el de Tess: «Con tu negligencia has destrozado las manos tan bonitas que tenías, ¿verdad, nieta?» Y el de Hanna: «Me dejaste aquí sola».

De acuerdo, si no se puede evitar, transmíteme esos mensajes —accedió.

—Muy bien, pues. Dicen que le mandan su cariño, que comparten su congoja por la muerte de Arquero, y que se sienten muy reconfortados porque está usted viva. Hanna hizo mucho hincapié en que le informara de que *Manchas* se está recuperando. Señora… —Enmudeció unos instantes—. Fuego —empezó de nuevo—, ¿por qué habla con mi hermana y con mis hermanos, pero conmigo no?

Si Brigan le dijo que hablamos, no fue sincero —le espetó.

—No lo hizo. —De nuevo una pausa—. Supongo que lo di por sentado, pero a buen seguro que sí habla con Clara y con Garan.

Porque ellos no son soldados, no van a morir. —Nada más transmitírselo al rey, se dio cuenta de que aquel razonamiento fallaba, porque Garan podía morir a causa de su enfermedad, y Clara, en el parto; Tess por ser muy mayor, y Brocker y Roen por un ataque lanzado contra su séquito durante el viaje, y Hanna por una mala caída si la derribaba un caballo.

—Fuego…

Por favor, Nash, se lo suplico. No me pida que le dé razones, y déjeme sola. ¡Por favor!

Eso le escoció y se dio media vuelta para marcharse, pero se detuvo y, girándose de nuevo, le dijo:

—Sólo una cosa más: tiene su caballo en los establos.

Fuego miró hacia los peñascos y vio a la yegua pateando la nieve; no entendió a qué se refería Nash, y le transmitió su estado de confusión.

—¿No le dijo a Brigan que quería su caballo?

La muchacha se giró veloz y lo miró a la cara por primera vez; Nash ofrecía un aspecto apuesto y fiero; una pequeña cicatriz le bajaba por la mejilla hasta tocarle el labio, y llevaba echada la capa sobre la armadura de malla y cuero.

—¿Se refiere a *Corto*?

—Por supuesto que me refiero a *Corto*. En fin, Brigan creía que quería tenerlo aquí. Está abajo.

Y ella echó a correr.

Había llorado mucho y muy a menudo (hasta por las cosas más nimias) desde que encontró el cadáver de Arquero, y siem-

365

pre eran lágrimas silenciosas que se desbordaban y le corrían por las mejillas. En cambio, al ver a *Corto* —tranquilo, familiar, la crin sobre los ojos— y observar cómo empujaba la puerta de la cuadra para aproximársele, lloró de manera muy diferente. Y fue tal la violencia de los sollozos que creyó que se ahogaría o que se le rompería algo en su interior.

Musa se alarmó y entró en la cuadra con ella para acariciarle la espalda, mientras la joven se abrazaba al cuello del caballo, boqueando para respirar; Neel sacó unos pañuelos que le ofreció, pero no sirvió de nada, porque no podía dejar de llorar.

Es culpa mía —le repitió una y otra vez al caballo—. *Oh, Corto, es culpa mía. Tendría que ser yo la que hubiera muerto, en vez de Arquero. Él no tendría que haber muerto.*

Después de mucho tiempo y de mucho llorar, acabó por comprender que no fue culpa suya; y entonces rompió de nuevo a llorar, aunque ahora se debía a la pena de saber que su amigo se había ido para siempre.

366

No fue una pesadilla lo que despertó a Fuego, sino una sensación reconfortante: la de notarse envuelta en cálidas mantas y estar descansando contra el acogedor y palpitante cuerpo de *Corto*.

Musa y otros escoltas sostenían una conversación en murmullos con alguien que se hallaba fuera del establo. La mente adormilada de la joven se proyectó hacia ellos; la persona con la que hablaban era el rey.

Ya no sentía pánico, y en su lugar, anidaba ahora un extraño y tranquilo vacío; se levantó y pasó con suavidad las manos vendadas a lo largo del cuerpo maravillosamente regordete del caballo, aunque evitó tocar las zonas donde el pelaje crecía retorcido alrededor de las cicatrices producidas por las garras de las rapaces. La mente del animal dormitaba con placidez, y al respirar, movía ligeramente el forraje que tenía cerca del hocico; era un bulto oscuro en la penumbra, rota tan sólo por la luz de la antorcha. Era perfecto.

Rozó la mente de Nash, y el rey se acercó a la puerta de la cuadra y se apoyó en ella para mirarla; la indecisión y el amor eran evidentes en el rostro y en el pensamiento del hombre.

—Sonríe usted, señora —le dijo Nash.

Ni que decir tiene que a ella se le saltaron las lágrimas en respuesta a esas palabras; furiosa consigo misma, procuró contenerlas, aunque en vano.

—Lo siento —se disculpó.

Él entró en la cuadra, se puso en cuclillas en el hueco que había entre la cabeza y el pecho de *Corto*, y acarició el cuello del animal al tiempo que la observaba con atención.

—Tengo entendido que llora mucho últimamente.

—Sí, así es —admitió ella, abatida.

—Debe de estar cansada y sensible, ¿verdad?

—En efecto.

—¿Todavía le duelen mucho las manos?

El sosegado interrogatorio de Nash le procuraba a la joven un efecto reconfortante.

—Están un poco mejor.

Él asintió con la cabeza, serio el semblante, y siguió acariciando el cuello del caballo; vestía las ropas con las que llegó a la fortaleza, aunque ahora llevaba el yelmo debajo del brazo. Parecía mayor en la penumbra, bajo la tonalidad anaranjada de la antorcha; era diez años mayor que Fuego. Casi todos los amigos de la joven eran mayores que ella; incluso Brigan —el pequeño de los hermanos— le llevaba cinco años; sin embargo no creía que fuera la diferencia de edad el motivo por el cual se consideraba como una chiquilla rodeada de adultos.

—¿Cómo es que sigue todavía aquí? —le preguntó a Nash—. ¿No tendría que andar ya metido en alguna cueva dando ánimos y sirviendo de ejemplo a la gente?

—Sí, tiene mucha razón —contestó él, aceptando de buen talante el comentario sarcástico—. Vine a buscar mi caballo para cabalgar hasta los campamentos, pero ahora estoy charlando con usted.

Fuego siguió con un dedo el trazado de una larga cicatriz en el lomo de *Corto*, y se dijo que, desde un tiempo a esta parte, le resultaba más fácil comunicarse con caballos y personas moribundas que con la gente a la que creía que quería.

—No es razonable querer a personas que van a morir —sentenció.

Nash meditó esas palabras un momento, acariciando el cuello de *Corto* con concienzuda parsimonia, como si el destino de Los Vals dependiera de aquel movimiento suave y cuidadoso.

—Tengo dos respuestas a ese planteamiento —comentó por fin—. La primera es que todo el mundo acaba muriendo; la segunda, que el amor es ilógico y majadero, sin tener nada que ver con la razón. Se ama a quien se ama, y punto. Contra toda razón, yo quería a mi padre. —Le clavó una mirada penetrante—. Y usted, ¿amaba al suyo?

—Sí, lo quería —susurró ella.

Nash acarició ahora el hocico del caballo.

—Y yo la amo a usted aún sabiendo que jamás me corresponderá —musitó—. Y quiero a mi hermano más de lo que nunca habría imaginado antes de que usted apareciera en nuestras vidas. Uno no puede evitar amar a una persona, señora, ni sabe qué hace posible que tal cosa ocurra.

A todo esto, la joven relacionó algo de lo que Nash acababa de decir con un suceso ocurrido meses atrás; sorprendida, se sentó cómodamente un poco apartada de él, y le escrutó el rostro: Nash tenía el semblante tranquilo y relajado bajo el juego de luz y sombras que proyectaba la antorcha, y ella detectó un nuevo aspecto del hombre que hasta entonces le había pasado inadvertido.

—Vino a pedirme que le diera lecciones para protegerse la mente y dejó de pedirme que me casara con usted, las dos cosas al mismo tiempo. —Fuego expresó así lo que pensaba—. Lo hizo por amor a su hermano.

—Bueno, también le solté unos cuantos puñetazos, pero eso no es importante ni viene al caso —dijo con cierta timidez, bajando la vista.

—Usted sabe amar, sirve para ello —aseguró Fuego porque le parecía que era verdad—. En cambio, a mí no se me da bien, soy como una criatura espinosa; aparto a todos los que amo.

Nash se encogió de hombros y contestó:

—Pues a mí no me importa que me apartes si ello significa que me quieres, hermanita.

Capítulo 30

*E*n su fuero interno, Fuego se puso a redactar una carta para Brigan, pero no le salía bien:

> *Querido Brigan, creo que no deberías hacer lo que estás haciendo…*
> *Querido Brigan, la gente se aleja de mí y yo también me alejo…*

La hinchazón de las manos le había bajado y, aparte de los dedos ennegrecidos desde el principio, a ninguna otra zona le había sucedido lo mismo; los cirujanos afirmaban que, probablemente, al cabo de cierto tiempo, tendrían que amputarle los dos dedos de la mano izquierda afectados por la congelación.

—Con tantas medicinas como disponen, ¿de verdad no hay ninguna que sirva para mejorarle esos dedos? —les preguntó Musa a los sanadores en cierta ocasión.

—No existen medicinas para devolver la vida a algo que está muerto, señora —replicó el sanador de forma sucinta—. Hoy por hoy, lo más adecuado para lady Fuego sería que volviera a utilizar las manos con asiduidad; descubriría que una persona se maneja bien con ocho dedos.

No era como antes, pero se alegró al recibir permiso para cortarse la comida, abotonarse un vestido o recogerse el cabello; y lo practicaba, aunque los movimientos fueran torpes e infantiles al principio, a pesar de que los dedos que no estaban congelados le ardieran, y aun cuando percibiera la lástima que sentían sus amigos, que no la perdían de vista. Saber que les causaba pena sirvió para que pusiera más empeño en hacer las cosas, de modo que pidió autorización para ayudar en otros quehaceres que le resultaran factibles en el pabellón de sanadores, como vendar heridas o dar de comer a los soldados que no pudieran hacerlo por sí mismos. A ellos no les importaba si se le caía un poco de caldo en las ropas.

Su destreza mejoró, e incluso hizo sus primeros pinitos colaborando en algunas tareas sencillas de cirugía, como procurar luz a los sanadores sosteniendo lámparas, o pasar a los cirujanos el instrumental; y descubrió que aguantaba bien la vista de la sangre, las infecciones y las entrañas al descubierto de los hombres, aunque las vísceras de los humanos eran bastante más sucias y complicadas que las de los insectos monstruo. Conocía a algunos de aquellos soldados heridos porque cabalgó con ellos durante el viaje de tres semanas que realizó con la División Primera; suponía que algunos la habrían odiado en otro tiempo, pero ese sentimiento ya no los invadía en estos momentos de guerra y dolor y de tanta necesidad de consuelo.

Un día llevaron al pabellón a un soldado con una flecha clavada en el muslo; lo recordaba muy bien: era el que le prestó su violín en cierta ocasión, un hombretón enorme, de facciones pronunciadas y muy amable; le sonrió al verlo. Sostenían conversaciones en voz baja de vez en cuando; ella le aliviaba el dolor mientras la herida sanaba, y él apenas hacía referencia a los dedos muertos de la joven, pero cada vez que se los miraba, su expresión traslucía la profundidad de la compasión que sentía por ella.

Cuando Brocker llegó a la fortaleza, le cogió las manos a Fuego, se las llevó a la cara y las humedeció con sus lágrimas.

A Brocker no sólo lo acompañaba Roen, sino también Mila, ya que el noble le pidió a la joven escolta que le prestara servicio como ayudante militar, y ella aceptó. Él y la reina (viejos amigos que no se veían desde los tiempos del rey Nax) ahora eran prácticamente inseparables, y Mila estaba con ellos a menudo.

Fuego sólo veía a Nash de tarde en tarde, cuando éste iba a la fortaleza para obtener información o planear estrategias con Garan, Clara, Brocker y Roen. Iba sucio y desaliñado, y cuando sonreía, lo hacía con desgana.

—Creo que el rey Nash regresará —solía decirle Mila sosegadamente cada vez que él se marchaba de vuelta a las cuevas; y a pesar de que Fuego se decía que esa afirmación no estaba respaldada por ninguna lógica, las palabras de la muchacha la consolaban.

Mila había cambiado; trabajaba de firme junto a Brocker, serena y concentrada. Un día, como sin darle importancia, le comentó a Fuego:

—Aunque, desde luego, ya no estoy a tiempo, me he enterado de que existe una droga para poner fin a un embarazo al principio. ¿Lo sabía usted, señora?

—No, no, o te lo habría dicho y te la habría buscado —le contestó Fuego, estupefacta.

—Clara me habló de ello. Los sanadores de la corte son muy sabios, pero al parecer una tiene que pertenecer a ciertos estratos de Burgo del Rey para albergar siquiera la esperanza de saber de lo que son capaces. Cuando me enteré, me enfadé —agregó—. Mejor dicho, me puse furiosa. Pero en realidad ya no tiene sentido pensar en ello. Yo no soy diferente a cualquier otra persona, ¿verdad, señora? Todos recorremos caminos que jamás elegiríamos si hubiéramos podido evitarlos. En fin, a veces me canso de oírme protestar.

—Ese muchacho mío… —dijo Brocker, un poco más tarde ese mismo día. Lo habían sentado en una silla al lado de Fuego, en el tejado, adonde consintió que lo llevaran porque quería ver a la torda rodada. Movió la cabeza y masculló—. Mi muchacho… Imagino que tengo nietos que no conoceré nunca. No esperaba que muriera, así que, en lugar de enfurecerme por lo que hizo con Mila y con la princesa Clara, me siento reconfortado.

Observaron en silencio la danza que tenía lugar allá abajo: dos caballos que giraban el uno en torno al otro; el macho, corriente y de color marrón, alargaba el hocico de vez en cuando en un intento de plantar un lengüetazo en la grupa de la esquiva yegua gris. Fuego trataba de que los dos animales hicieran amistad, porque si la yegua tenía realmente intención de seguirla a dondequiera que fuera, iba a necesitar unos cuantos amigos más en el mundo en los que confiar. Ese día, la torda había optado por

371

dejar de intimidar a *Corto* soltando coces y encabritándose, y eso ya era un progreso.

—Es una yegua ribereña —manifestó Brocker.

—¿Que es una qué?

—Una yegua ribereña. Ya había visto anteriormente uno o dos tordos rodados como ella, procedentes de la desembocadura del río Alígero. No creo que estos caballos ribereños tengan mucha salida en el mercado corriente porque, a pesar de ser animales tan magníficos, también se venden a precios disparatados debido a que son difíciles de capturar y más difíciles aún de domar. No son tan sociables como otros caballos.

Fuego recordó que, en cierta ocasión, Brigan se refirió a los caballos ribereños con avidez, y también se acordó de que la yegua se dirigía de manera obstinada hacia el suroeste desde el predio de Tajador, hasta que ella la obligó a volver grupas. Seguro que pretendía regresar a su hogar y llevarla allí, a orillas del río; sin embargo, ahora se encontraba donde no quería estar, pero donde, a pesar de todo, había elegido ir.

«Mi querido Brigan —pensó—, las personas deseamos cosas incongruentes e imposibles, y a los caballos les ocurre lo mismo.»

—¿La conoce ya el comandante? —se interesó Brocker, al parecer divertido por su propia pregunta. Por lo visto, él también estaba enterado de la debilidad de Brigan por los caballos.

—Me trae sin cuidado el valor que tenga, y no pienso ayudarlo a domarla —susurró Fuego.

—No eres justa con él —le reprochó el noble con suavidad—. Es de sobra conocida la consideración con que el muchacho trata a los caballos; no doma a la fuerza a ningún animal que no demuestra inclinación hacia él.

—Sí, pero ¿qué caballo no la demostraría? —comentó la joven, que enmudeció de pronto porque se dio cuenta de que se comportaba como una tonta sentimental, además de hablar más de la cuenta.

Al cabo de un momento, Brocker pronunció unas palabras con un timbre extraño, desconcertante, que ella no supo bien cómo interpretar:

—He cometido algunos errores garrafales y me rueda la ca-

beza cuando intento comprender las consecuencias que desenca-
denaron. No he sido el hombre que tendría que haber sido, no.
Para nadie. —Bajó la vista al regazo—. Quizá fui justamente
castigado. ¡Oh, pequeña, lo de tus dedos me parte el corazón!
¿Hay alguna probabilidad de que aprendas a pulsar las cuerdas
del violín con la mano derecha?

Ella le cogió la mano y se la apretó con fuerza, pero no contestó; la idea de tocar el violín apoyándolo en el hombro derecho ya se la había planteado, pero era casi tanto como empezar
de cero, y unos dedos a los dieciocho años no aprenden —ni de
lejos— a volar sobre las cuerdas con la facilidad con la que lo
hacían a los cinco años. Además, sostener y manejar el arco
con una mano que sólo tenía tres dedos requeriría un esfuerzo excesivo.

Su paciente violinista le sugirió otra posibilidad: ¿Y si seguía
sujetando el violín con la mano izquierda y el arco con la derecha, como siempre, pero punteando las notas de un modo nuevo
que le permitiera tocar la melodía con sólo dos dedos? ¿Con qué
velocidad sería capaz de desplazarse por las cuerdas y con cuánta precisión? Una noche, a oscuras y sin que sus escoltas la vieran, simuló sostener el violín y mover dos dedos pisando unas
cuerdas imaginarias; el resultado había sido un ejercicio a trompicones, desatinado, inútil y deprimente. A raíz de la pregunta de
Brocker, se planteó si volvería a intentarlo otra vez.

Una semana después de la conversación sostenida con Brocker, llegó a entender las otras cosas que el noble dijo ese día.

Se había quedado hasta tarde en el pabellón de los heridos
para intentar salvar la vida de un hombre. Muy rara vez era capaz de conseguirlo y, si lo lograba, siempre se trataba de soldados poseedores de una gran fuerza de voluntad que se hallaban
al borde de la muerte, algunos de ellos sufriendo mucho o bien
estando inconscientes. En el momento en que se rendían, ella les
transmitía entereza y valor si así lo deseaban; podía ayudarlos a
aferrarse con fuerza a su yo evanescente, pero no siempre daba
resultado, porque si un hombre no dejaba de sangrar era imposible que siguiera vivo, por mucha firmeza y resolución que

mostrara en su lucha contra la muerte. No obstante, de vez en cuando les daba el impulso suficiente para que lo consiguieran.

Ni que decir tiene que este proceso la dejaba exhausta.

Esa noche estaba hambrienta y sabía que encontraría comida en el despacho en que Garan, Clara, Brocker y Roen se pasaban los días esperando con ansiedad a los mensajeros y discutiendo; pero ese día no lo hacían, y cuando ella entró con su escolta, percibió un ambiente distendido fuera de lo normal. Nash se encontraba allí, sentado al lado de Mila, charlando con una expresión en verdad risueña, como hacía mucho tiempo que Fuego no lo veía sonreír de ese modo. Garan y Clara comían tranquilamente en unos cuencos, mientras que Brocker y Roen se hallaban sentados a una mesa y trazaban líneas en un mapa topográfico de lo que parecía ser la mitad meridional del reino. A todo esto, la reina masculló algo que hizo soltar una risita divertida a Brocker.

—¿Qué ocurre? —preguntó Fuego—. ¿Qué ha pasado?

Roen alzó la vista del mapa y señaló una sopera con estofado que había en la mesa.

—Hola, Fuego, siéntate y come algo mientras te contamos por qué la guerra no está perdida. Y vosotros, Musa y Neel, ¿tenéis hambre? —Se giró en la silla para mirar a su hijo con aire crítico—. Nash, ven a servirle a Mila un poco más de estofado.

—Por lo visto todo el mundo va a comer estofado, excepto yo —comentó el rey mientras se ponía en pie.

—Te he visto comer tres cuencos —dijo Roen, severa.

Más que sentarse, Fuego se dejó caer en la silla con pesadez, porque el ambiente jocoso que reinaba en el despacho le producía un sosiego que la debilitaba, y eso que aún no estaba segura de que hubiera una razón para sentirse así.

A continuación, Roen explicó que un par de exploradores del frente meridional habían hecho dos felices hallazgos, uno tras otro. En primer lugar, descubrieron en los túneles la ruta laberíntica por la que se suministraban vituallas al enemigo, y poco después localizaron, al este del campo de batalla, una serie de cuevas que el enemigo utilizaba como establos para guardar en ellas la mayoría de sus caballos. Apoderarse de ambos escondrijos —la ruta de abastecimiento y las cuevas—

fue cosa de lanzar dos ataques bien planeados por las fuerzas del rey. Y ahora sólo sería cuestión de días que los hombres de Gentian se quedaran sin provisiones; y sin caballos con los que huir, no les quedaría otra salida que la rendición, con lo cual la mayor parte de la División Primera y de la Segunda estarían en disposición de cabalgar hacia el norte para reforzar las tropas de Brigan.

O al menos, eso era lo que las sonrientes personas que ocupaban el despacho suponían que ocurriría. Fuego tuvo que reconocer que el plan parecía factible, siempre que el ejército de Gentian no bloqueara a su vez la ruta de suministro de la Mesnada Real, y todavía sobrevivieran las tropas de la División Tercera y de la Cuarta a las que reforzar con las de la Primera y de la Segunda para cuando éstas llegaran al norte.

—Esto es obra suya. —Fuego oyó cómo Roen le decía así a Brocker en voz baja—. Brigan trazó mapas de los túneles y, antes de marcharse de aquí, él y sus exploradores coligieron los emplazamientos más probables de la ruta de suministros y, en especial, del lugar donde encerraban a los caballos. Y acertó de lleno.

—Así es —convino Brocker—. Hace mucho que me superó.

Una determinada inflexión en el tono del noble detuvo a Fuego sosteniendo la cuchara en el aire, a medio comer; lo escrutó con intensidad mientras se repetía mentalmente las palabras del viejo militar. Lo que más le chocaba era el timbre ufano en la voz de Brocker, pues aunque siempre hablaba con orgullo del jovencísimo comandante que había seguido su mismo camino de forma tan magnífica, esa noche sonaba hechizado.

A todo esto, Brocker alzó la vista y advirtió que Fuego lo observaba con fijeza; los ojos del hombre, claros y límpidos, se quedaron prendidos en los de ella y le sostuvieron la mirada.

Fuego dedujo por primera vez lo que el noble hizo veintitantos años atrás que encolerizó tanto a Nax.

Se levantó y se apartó de la mesa; la voz del inválido, cansada y con un extraño timbre de derrota, la siguió mientras salía del despacho:

—¡Fuego, espera! Fuego, cariño, déjame que te explique…

No le hizo caso; pasó entre la escolta y abrió con el hombro, de un empellón, la puerta.

Υ

Fue Roen la que se reunió con ella en el tejado.

—Fuego, nos gustaría hablar contigo, y sería mucho más fácil para lord Brocker si bajaras.

La joven accedió de buena gana a la petición de la reina porque tenía preguntas que hacer, y también unas cuantas cosas muy fuertes que, de repente, le entraron ganas de decir, de modo que se cruzó de brazos y le espetó a la capitana de su escolta:

—Musa, podrás protestar todo lo que quieras ante el comandante, pero insisto en hablar con la reina y con lord Brocker a solas, ¿queda entendido?

La escolta, sintiéndose incómoda, se aclaró la garganta y dijo:

—Nos apostaremos en la puerta, señora.

Una vez que estuvieron en los aposentos de Brocker, con la puerta cerrada y atrancada, Fuego se recostó en una pared y clavó la vista en las ruedas de la silla del inválido, en vez de mirarlo a él; de vez en cuando, les echaba a ambos una mirada de soslayo sin poder evitarlo, con la impresión de que le ocurría una cosa con mucha frecuencia en los últimos tiempos: mirar a una persona y ver a otra en sus rasgos, y así encontrar sentido a detalles sueltos del pasado que antes escapaban a su comprensión.

La reina se había peinado la negra cabellera —el mechón blanco centrado en ella— recogido hacia atrás, tirante; también se le notaba tirantez en el semblante, tirantez y preocupación. Roen se acercó a Brocker y posó con suavidad una mano en el hombro del noble; éste, a su vez, alzó la mano para rozar la de la reina; aun sabiendo lo que sabía ahora, lo insólito del gesto sobresaltó a Fuego.

—Nunca los había visto juntos a los dos antes de la guerra —comentó la joven.

—Así es, pequeña —contestó Brocker—. Sabes que nunca he viajado. La reina y yo no nos habíamos vuelto a ver ni una sola vez desde…

—Desde el día en que Nax mandó a esos brutos a mi casita verde para que te agredieran, si no me equivoco —dijo Roen en su lugar.

—¿Vio lo que le hicieron? —Fuego volvió la vista hacia ella con brusquedad.

—Me obligaron a presenciarlo —asintió Roen con gesto severo—. Creo que lo ordenó con la esperanza de que perdiera a mi niño bastardo.

La reacción de Nax había sido inhumana, y Fuego sabía con cuánta dureza la ejerció; pero, aun así, seguía sin entender por qué estaba furiosa.

—Arquero era tu hijo —le soltó a Brocker, atragantada por la indignación.

—Sí, era mi hijo; siempre lo fue —contestó él, enronquecida la voz.

—¿Llegó a saber que tenía un hermanastro? Le habría beneficiado contar con un hermano tan equilibrado como Brigan. Y él, Brigan, ¿lo sabe? No pienso ocultárselo.

—Sí, Brigan lo sabe, pequeña —contestó Brocker—, aunque para mi desdicha, Arquero no llegó a enterarse. Cuando él murió, comprendí que Brigan debía saberlo, así que se lo dijimos hace tan sólo unas pocas semanas, cuando llegó al frente septentrional.

—¿Y qué me dices de él, Brocker? Brigan podría haberte llamado padre a ti, en lugar de a un rey demente que lo odiaba porque era más listo y más fuerte que su propio hijo. Y se habría criado en el norte, lejos de Nax y de Cansrel, y nunca habría tenido que convertirse en... —Enmudeció y volvió la cara hacia otro lado para controlar el tono exaltado—. Brigan tendría que haber sido un señor del norte, propietario de una granja y un predio y un establo lleno de caballos, en lugar de un príncipe.

—Pero es que Briganval es un príncipe —intervino Roen—. Es mi hijo, y Nax era el único con poder para desheredarlo y mandarlo lejos, algo que nunca habría hecho, porque jamás habría admitido públicamente que era un cornudo.

—Y por culpa del orgullo de Nax, él tuvo que desempeñar el papel de salvador del reino —barbotó Fuego con desesperación—. No es justo. ¡No es justo! —gritó, consciente de que su argumento era inmaduro, aunque no le importaba porque el hecho de que lo fuera no lo convertía en menos cierto.

—Oh, Fuego, tú te das cuenta, tan bien como cualquiera de

377

nosotros, de que el reino necesita a Brigan en el puesto que ocupa ahora —dijo Roen—. Igual que te necesita a ti y a cada uno de nosotros, sin que importe si es justo o injusto el papel que nos toca desempeñar.

La voz de la reina estaba cargada de dolor; Fuego la miró a la cara e intentó imaginar a la mujer que fue veintitantos años atrás: una noble inteligente y tremendamente apta que se encontró casada con un rey que era la marioneta de un titiritero lunático, y que presenció cómo su matrimonio y su reino se desmoronaban en pedazos.

Entonces desvió la vista hacia Brocker, y él le sostuvo la mirada con aire desdichado.

Era a él a quien no lograba perdonar.

—Brocker, padre mío —dijo la joven—. Qué manera tan horrible de tratar a tu esposa.

—¿Habrías preferido que lo nuestro no hubiera sucedido nunca y que Arquero y Brigan no hubieran nacido? —intervino Roen.

—¡Ése es el argumento de un tramposo!

—Pero tú no eres la persona que fue traicionada, Fuego —replicó la reina—. ¿Por qué te duele tanto?

—¿Tendríamos ahora una guerra en marcha si no hubieseis provocado a Nax hasta el punto de desear perjudicar a su comandante? ¿Acaso no se nos ha traicionado a todos?

—¿Crees en serio que el camino por el que llevaban al reino quienes lo dirigían conducía a la paz? —inquirió Roen con creciente frustración.

Entonces, Fuego comprendió —a duras penas— la razón de que aquella historia le doliera tanto. No era por la guerra, ni por Arquero ni por Brigan, ni era por los castigos que los perpetradores no previeron, sino que le ofendía lo que le pasó a la mujer de Brocker, Aliss; ese detalle sin importancia a causa del cual el noble perjudicó a su esposa. Siempre había pensado que tenía dos padres que eran los polos opuestos; no obstante, aun entendiendo que su padre malo había sido capaz de mostrar afabilidad, en ningún momento se planteó la posibilidad de que su padre bueno podría ser capaz de actuar con crueldad y deshonor.

Se dio cuenta de repente de que pensar así era absurdo, in-

útil, que no todo era blanco o negro, que no había ni una persona en el mundo que fuera sólo buena o mala.

—Estoy cansada de descubrir verdades —musitó.

—Pequeña, no cuestiono tu derecho a estar enfadada —manifestó Brocker con la voz enronquecida de vergüenza, un tono
que la joven jamás le había oído emplear.

Ella lo miró a los ojos, tan parecidos a los de Brigan.

—Me he dado cuenta de que ya no lo estoy —confesó muy
bajito mientras se retiraba el cabello del rostro—. ¿Se enfadó
Brigan y por eso os echó de allí?

—Se enfadó, sí, pero no fue ésa la razón por la que nos pidió
que viniéramos.

—El norte era demasiado peligroso para una mujer de me-
diana edad, un hombre impedido en una silla de ruedas y una
ayudante militar embarazada —añadió Roen.

Era peligroso; y él se encontraba allí solo, combatiendo una
guerra, asumiendo la verdad de su ascendencia y la verdad de la
historia, sin nadie con quien comentarlo. Ella lo había apartado
de sí con palabras de un desamor que no sentía y que no habría
querido pronunciarlas; a cambio, él le envió a *Corto*, adivinando,
a saber cómo, que ella lo necesitaba.

Se sentía profundamente avergonzada de sí misma.

Supuso que si iba a seguir enamorada de un hombre que estaría siempre lejos de ella, más valía que acostumbrara a sus po-
bres dedos tullidos a sostener una pluma. Y eso fue lo primero
que escribió en la carta que mandó al príncipe esa noche.

379

Capítulo 31

*E*l deshielo primaveral llegó pronto. La nieve comenzó a derretirse y a dejar placas irregulares de hielo en el suelo el mismo día en que la División Primera y la Segunda partieron de Fortaleza Aluvión en dirección al frente septentrional. El tintineo de las gotas de agua se oía por doquier y el río bajaba con renovado ímpetu.

Acorralado en las inmediaciones de Fortaleza Aluvión y todavía liderado por uno de los, por aquel entonces, desaliñados oficiales pikkianos de Mydogg, el ejército de Gentian no se había rendido; sin comida ni caballos, tomaron una decisión a la desesperada e insensata: escapar a pie. No fue nada agradable para Nash dar la orden, pero lo hizo porque no tenía otra opción; de lo contrario, habrían encontrado la forma de reunirse con el ejército de Mydogg en Rasa de Mármol. Fue una masacre. Cuando depusieron las armas, sólo quedaban unos pocos centenares de los quince mil hombres que, unos meses antes, conformaban el ejército.

Nash se encargó de preparar el traslado de prisioneros y heridos a Fortaleza Aluvión y, una vez llegaron allí, Fuego ayudó a los sanadores de Gentian; la necesidad de su asistencia fue acuciante, abrumadora. La joven recordaba, por ejemplo, haberse arrodillado en un brillante rastro de agua, que se deslizaba entre las rocas hacia el insaciable río, para sujetar la mano de un hombre mientras moría.

Fuego, su escolta, un grupo de sanadores, los armeros y otros miembros del personal técnico, así como la yegua torda —a cierta distancia—, cabalgaron hacia el norte siguiendo de cerca a la División Primera y a la Segunda.

Pasaron lo suficientemente cerca de Burgo del Rey para ver que el nivel del río había subido tanto que casi llegaba a los puentes; Fuego proyectó la mente al máximo para percibir a Hanna o a Tess, mas a pesar de que divisaba las negras torres de palacio sobresaliendo de la imprecisa silueta de los edificios de la ciudad, debían de hallarse fuera de su alcance y no logró contactar con ellas.

Poco después avistaban los vastos campamentos levantados al norte, en los aledaños de la ciudad; el desolador panorama, que mostraba la alta planicie abarrotada de tiendas de campaña mojadas y enmohecidas (hasta había algunas estacadas en medio de los riachuelos recién formados), no invitaba al optimismo. Los soldados de la División Tercera y de la Cuarta, con aspecto de exhaustos, vagaban entre las tiendas en silencio, pero al ver acercarse a las otras dos divisiones se reanimaron, poco a poco al principio, quizá por temor a que los ojos los engañaran o por si los refuerzos a caballo, que levantaban tanta agua como si salieran de un lago, fueran sólo un espejismo. A esta sensación siguió una especie de júbilo silencioso, cansado; amigos y desconocidos se abrazaban, e incluso algunos miembros de las divisiones allí asentadas no pudieron reprimir unas lágrimas involuntarias.

Fuego le pidió a un soldado de la División Tercera que la condujera al hospital de campaña, y hacia allí se encaminó para ponerse a trabajar.

Los pabellones de heridos del frente septentrional se encontraban detrás del campamento, al sur; los barracones, que se habían construido a toda prisa, eran de madera y tenían por suelo la roca de Rasa de Mármol, con lo que, en esos momentos, el piso estaba resbaladizo por el agua que se filtraba o, en algunos lugares, debido a la sangre.

Fuego se dio cuenta enseguida de que el trabajo allí no sería diferente ni más penoso del que estaba acostumbrada a realizar. Así pues, se descubrió el cabello y caminó entre las hileras de pacientes, deteniéndose en aquellos que necesitaban algo más que su mera presencia. La esperanza y la serenidad, como ya ocurrió con la llegada de los refuerzos, animaron a los heridos igual que un soplo de brisa fresca, con la diferencia de que entre esas paredes todo era gracias a ella y sólo a ella. Qué extraño resultaba darse cuenta de sus logros; qué extraño poseer el don de despertar en otras personas emociones que ella no sentía y, a continuación, captar un vislumbre de esas sensaciones en sus mentes y pasar asimismo a experimentarlas.

A través de una aspillera del muro, atisbó a un jinete y su montura, que le resultaban familiares, cabalgando en dirección a los pabellones de heridos. Brigan sofrenó a su yegua delante de Nash, y desmontó; los dos hermanos se fundieron en un fuerte abrazo.

Mientrás esto sucedía, el príncipe entró en los barracones y se apoyó en el marco de la puerta para observarla desde allí; el hijo de Brocker, el de los cariñosos ojos grises.

Fuego abandonó toda pretensión de decoro y corrió a su encuentro.

382

Poco después, un pícaro paciente tumbado en uno de los catres cercanos exclamó a viva voz que ya no daría pábulo a los rumores que corrían de que la dama monstruo iba a casarse con el rey.

—¿Y qué te hace pensar eso? —le preguntó con guasa el paciente que ocupaba el catre de encima.

Fuego y Brigan no se soltaron en ningún momento, pero ella rompió a reír.

—Estás más delgado y no tienes buen color —le dijo al príncipe entre besos—. Estás enfermo.

—Sólo es un poco de polvo —le respondió él, besándole las lágrimas que le surcaban las mejillas.

—No bromees, percibo que estás enfermo.

—Estoy cansado, eso es todo. Oh, Fuego, me alegra mucho tenerte conmigo, pero no sé si deberías estar aquí. Esto no es una fortaleza, y si atacan, arremeterán contra el primero que se cruce en su camino.

—En tal caso, si hay un ataque debo estar aquí. Si me quedo, puedo hacer mucho bien.

El príncipe la abrazó más estrechamente y le preguntó:

—Cuando hayas terminado con tu trabajo esta noche, ¿vendrás a verme?

Lo haré.

Alguien llamó al príncipe desde fuera de los barracones, y él suspiró.

—Entra directamente en mi gabinete, sin importarte cuánta gente esté fuera haciendo cola, o nunca nos veremos si esperas a que no haya nadie —le pidió, exasperado.

Nada más marcharse, Fuego lo oyó exclamar muy sorprendido:

—Demonios, Nash, ¿aquélla no es una yegua ribereña? ¿La ves? ¿Alguna vez has contemplado una criatura más bella?

Prácticamente, los efectivos de la Mesnada Real en el frente septentrional se habían duplicado, y el plan era lanzar un ataque masivo contra Mydogg a la mañana siguiente. Todo el mundo sabía que esa batalla decidiría la guerra; la noche anterior, pues, la ansiedad se adueñó de todo el campamento, ciñéndolo como un sudario.

Acompañada por su escolta, Fuego hizo un alto en el trabajo y salió a caminar entre las tiendas; una niebla pegajosa se levantaba en algunas zonas a causa de la evaporación de las aguas del deshielo. Los hombres estaban poco habladores, aunque la seguían con la vista allá donde fuera, manteniendo los cansados ojos abiertos de par en par.

Un soldado hizo intención de agarrarla del brazo, y la escolta se adelantó para impedírselo.

—¡Quietos, no quiere hacerme daño! —gritó ella y, mirando alrededor, añadió convencida—: Aquí no hay nadie que quiera hacerme daño.

Solamente buscaban un poco de consuelo la noche previa a la batalla; quizás era una de las cosas que estaba en su mano darles.

Ya era noche cerrada cuando encontró a Nash sentado en una silla delante de las tiendas de mando, solo. Las estrellas iban ocupando su lugar en el firmamento una a una, pero el rey tenía la cara entre las manos y no las miraba; se quedó de pie junto a él

383

y, apoyando la mano ilesa en el respaldo de la silla para guardar el equilibro, echó la cabeza hacia atrás y contempló el cielo.

Nash la oyó —o quizás la notó— a su lado; el rey buscó a tientas, abstraído, la otra mano de la joven; la examinó con fijeza y siguió con la vista la cicatriz de la piel viva en la base de los dedos inutilizados.

—Te has ganado una buena reputación entre los soldados, y no sólo entre los convalecientes —le dijo—. Una reputación que se ha propagado por todo el ejército, ¿lo sabías? Dicen que tu belleza es tan poderosa y tu mente tan cálida, fuerte y perseverante, que eres capaz de conseguir que haya quien regrese entre los muertos.

—Mucha gente ha muerto —susurró ella—. Intenté que no se fueran, pero...

Nash suspiró y le soltó la mano; entonces sí alzó la vista hacia las estrellas.

—Ahora que hemos reunido a nuestro ejército vamos a ganar esta guerra, ¿lo sabes, verdad? Sin embargo, al mundo no le importa quien gane y no dejará de girar por mucha gente que pierda la vida mañana, ni si morimos tú o yo. —Hizo una pausa, y añadió—. Casi desearía que dejara de girar si no nos es dado seguir girando con él.

384

La mayoría de los soldados del campamento dormían ya cuando Fuego y su escolta abandonaron los barracones de heridos y se dirigieron de nuevo hacia las tiendas de mando; ella entró en la que hacía las veces de gabinete de Brigan y lo encontró meditabundo, frente a una mesa cubierta de mapas, mientras cinco hombres y tres mujeres discutían sobre arqueros, flechas y el comportamiento del viento en Rasa de Mármol.

Si los capitanes de Brigan no se dieron cuenta de su discreta llegada al principio, no tardaron mucho en percatarse, pues la tienda, a pesar de ser grande, no era tan espaciosa para que los siete recién llegados se situaran en un rincón sin llamar la atención; los oficiales enmudecieron y se los quedaron mirando de hito en hito.

—Capitanes —dijo Brigan con indudables signos de fatiga—,

que sea ésta la última vez que les tenga que recordar sus buenos modales.

Los ocho pares de ojos volvieron a concentrar la atención en la mesa con presteza.

—Lady Fuego... —la saludó Brigan, y luego le transmitió una pregunta—: «¿Cómo te encuentras?»

Agotada.

«¿Tanto como para irte a dormir?»

Eso creo.

«Aún tengo para un rato aquí. Tal vez será mejor que duermas ahora que puedes.»

No, te esperaré.

«Podrías quedarte a dormir aquí.»

¿Me despertarás cuando hayas terminado?

«Sí, desde luego.»

¿Lo prometes?

«Sí, sí.»

Aunque... —Hizo una pequeña pausa—. *No se me ocurre ninguna manera de pasar a la zona de tu dormitorio sin que todo el mundo me vea.*

Una fugaz sonrisa asomó al rostro de Brigan, pero desapareció al instante.

—Capitanes, ¿serían tan amables de dejarme solo un par de minutos? —solicitó el príncipe, dirigiéndose de nuevo a sus oficiales, que seguían con la vista fija en los mapas a pesar de intuir que su comandante y la dama monstruo mantenían un extraño y silencioso tipo de conversación.

Acto seguido, ordenó a casi toda la escolta de Fuego, con excepción de Musa y Margo, que abandonaran la tienda, tras lo cual acompañó a la joven y a las dos escoltas al interior de su tienda de dormir, y encendió los braseros para que no tuvieran frío.

Alumbrando una única vela, Fuego se despertó con la sensación de tener a Brigan cerca; Musa y Margo se habían marchado. Se dio la vuelta debajo de las mantas y vio al príncipe sentado en un arcón, mirándola; a la luz de la vela, sus amados rasgos eran más suaves, más francos. Fue incapaz de contener las lágrimas, embargada por la emoción de tenerlo junto a ella, vivo.

—¿Me has llamado por mi nombre? —susurró ella al recordar qué había sido lo que la había despertado.

—Sí, así es.

—¿Vienes a la cama?

—Fuego, ¿me perdonarás si te digo que tu belleza es un consuelo?

La joven se irguió apoyándose en un codo y se mostró sorprendida.

—¿Y tú me perdonarás si obtengo mi fortaleza de la tuya?

—Toma la que quiera que tenga siempre que lo desees, pero, de nosotros dos, tú eres la fuerte, Fuego. Ahora mismo, me siento débil.

—Creo que a veces no sentimos todo lo que somos, pero los demás sí lo notan. Yo percibo tu fuerza.

Entonces Fuego se dio cuenta de que el príncipe tenía las mejillas húmedas. La joven, que llevaba puesta una de las camisas de Brigan y sus propios calcetines gruesos, bajó de la cama y se le acercó de puntillas. Sin nada que le cubriera las piernas y con los pies todavía un poco húmedos, se subió al regazo de Brigan, y él, frío y tembloroso, la estrechó contra sí con todas sus fuerzas, entrecortada la respiración.

—Lo siento, Fuego. Siento mucho lo que le sucedió a Arquero.

Ella notó que había más, percibió cuántas cosas lamentaba, y la carga de angustia, dolor y agotamiento que soportaba.

—Brigan —susurró—, nada de eso es culpa tuya, ¿me oyes? No es culpa tuya.

También lo estrechó contra sí para que encontrara amparo en la suave morbidez de su cuerpo mientras lloraba.

No es culpa tuya. Esto no es culpa tuya. Te amo. Te amo, Brigan —le dijo una y otra vez, entre susurros, besos y sensaciones.

Poco después, cuando Brigan dejó de llorar, se dio cuenta de que Fuego seguía entre sus brazos y lo besaba, y él la besó a su vez. La sensación de profundo dolor del hombre se convirtió en una necesidad que la joven también experimentaba. Y Brigan se dejó llevar a la cama.

Y

Fuego se despertó debido a la intensa luz de una antorcha que sostenía sobre ella un hombre, al que la joven identificó como uno de los escuderos de Brigan. Detrás de ella, Brigan se rebulló.

—Miráme a mí, Ander —gruñó el comandante con una voz muy despierta, dejando muy claro que esperaba el cumplimiento de su orden.

—Lo siento, señor —se excusó el hombre—. Traigo una carta, señor.

—¿De quién?

—De lord Mydogg, señor. El mensajero dijo que era urgente.

—¿Qué hora es?

—Las cuatro y media.

—Ve a despertar al rey y a mis cuatro capitanes, acompáñalos a mi gabinete y esperadme ahí. Enciende alguna luz.

—¿Qué sucede? —le susurró Fuego a Brigan, mientras Ander encendía una vela antes de marcharse para cumplir las órdenes que le habían dado—. ¿Mydogg tiene costumbre de enviar cartas en plena noche?

—Ésta es la primera vez —le contestó Brigan al tiempo que recogía sus ropas—. Creo que sé de qué se trata.

Ella también cogió su ropa y la metió bajo las mantas para vestirse sin sentir el helor del ambiente.

—¿De qué se trata?

Brigan se abrochó el pantalón, y repuso:

—Cariño, no tienes que levantarte por esto. Regresaré y te contaré qué sucede.

—¿Crees que Mydogg solicita algún tipo de reunión?

Brigan la observó con interés a la luz de vela, prietos los labios.

—Así lo creo.

—En ese caso, esto también me incumbe.

Él suspiró, se ciñó el cinturón de la espada y cogió la camisa.

—Sí, tienes razón.

Y

En efecto, eso era lo que quería Mydogg: una reunión para discutir las condiciones de un acuerdo con Brigan y Nash a fin de evitar una batalla que prometía ser la más devastadora de todas las disputadas en esa guerra. O al menos, así lo decía en la carta.

—Es un ardid o una trampa —afirmó Brigan ya en su gabinete, donde la respiración de los presentes se convertía en una nube de vaho debido al frío—. No creo que Mydogg busque ningún tipo de compromiso, ni que le importe cuánta gente pueda morir.

—A estas alturas ya sabe que contamos con el mismo número de efectivos y que le superamos en jinetes —intervino Nash—, cosa que ahora sí es importante, dado que el hielo y la nieve se han derretido y el suelo está encharcado.

Uno de los capitanes, menudo y seco de carnes, cruzó los brazos para no tiritar y añadió:

—Y también está al tanto de la ventaja que supone el estado anímico de nuestros hombres, ya que su rey y su comandante los liderarán en la batalla y combatirán junto a ellos.

Brigan se pasó la mano por el cabello, frustrado.

—Por primera vez ve que le aguarda la derrota, y quiere tendernos alguna trampa con la excusa de celebrar una reunión —dijo el príncipe.

—Sí —secundó Nash—, la reunión es una encerrona, pero, ¿qué podemos hacer, Brigan? Sabes la cantidad de vidas que va a cobrarse esa batalla, y nuestro enemigo propone una alternativa. ¿Con qué fuerza moral rehusaríamos considerarla, cuando menos?

El encuentro tuvo lugar en el llano rocoso que separaba los dos campamentos. El sol salió e iluminó a lord Mydogg, su cuñado (el esposo pikkiano de lady Murgda), Brigan y Nash, y proyectó las largas sombras de los adversarios, cambiantes en el rielar del agua encharcada. A cierta distancia, detrás de Mydogg y de su cuñado, había una reducida escolta de arqueros en posición de atención y con las flechas encajadas y preparadas para disparar; a espaldas de Brigan y Nash, otro grupo de arqueros hacía lo propio, aunque la simetría se rompía con la presencia de Fuego y de seis de sus escoltas, formando un grupo situado detrás del de Brigan. Intencionadamente, los cuatro hombres se situaron cerca unos de otros, porque así cada contrincante se protegía de las flechas de los respectivos arqueros con los cuerpos de los adversarios.

Fuego se agarró al brazo de Musa con una mano y con la otra, al de Neel; estaba tan concentrada que no confiaba en ser capaz de mantener el equilibrio. No sabía qué planeaba Mydogg, ni hallaba ningún vestigio en la mente del noble ni en la de ninguno de sus hombres, aunque sí percibía, con tanta certidumbre como si una mano le estuviera apretando la garganta, que había algo en ese llano que no cuadraba.

Estaba demasiado lejos para escuchar directamente lo que decía Brigan, aunque él le trasmitía todas las frases.

—Bien, aquí nos tiene. ¿De qué se trata? —le preguntó el príncipe a Mydogg.

Detrás de Fuego, fuera del alcance de la vista de Mydogg, pero lo suficientemente cerca para que ella sintiera su presencia, la Mesnada Real, que estaba al cuidado de los caballos del rey y del príncipe, se mantenía en posición, preparada para actuar a la más mínima indicación de la joven.

—Me gustaría hacer un trato —dijo en voz alta y clara Mydogg, fuerte e impenetrable la mente; el noble se desplazó apenas unos centímetros, adrede, para avizorar a Fuego entre la barrera de guardias; al verla, entrecerró los ojos con un gesto astuto. Estaba impresionado y a la vez, no lo estaba; para colmo, ella no lograba detectar en aquellos ojos despiadados el menor indicio de por qué el enemigo se encontraba en aquel lugar.

Detrás de lord Mydogg, aunque sin quedar a la vista, su ejército también estaba preparado para actuar, pero no se hallaba lo bastante lejos para que Fuego no notara su presencia, y así se lo comunicó al príncipe. Lady Murgda encabezaba la hueste, lo que fue toda una sorpresa para la joven; ignoraba de cuántos meses estaba embarazada la noble en los festejos de enero, pero ya habían transcurrido tres meses desde entonces.

—Bien, acabemos con esto de una vez. ¿Qué propone? —inquirió Brigan.

389

—Entréguennos a la monstruo y nos rendiremos —respondió Mydogg, posando de nuevo los ojos acerados en Fuego.

Es mentira —le trasmitió ella a Brigan—. *Se lo acaba de inventar. Me quiere (seguro que me llevaría con él si se lo ofrecieras), pero ésa no es la razón por la que estamos aquí.*

«Entonces, ¿por qué es? —inquirió el príncipe—. ¿Notas algún movimiento extraño en su ejército o en su guardia?»

Ella se aferró con más fuerza al brazo de Musa con la mano lisiada y se apoyó firmemente en Neel.

No lo sé. Su ejército parece preparado para lanzar un ataque frontal, pero no consigo entrar en la mente de Murgda, así que no te lo puedo decir con seguridad. Tampoco creo que la guardia tenga intención de atacaros, a no ser que tú o Nash hagáis algún movimiento extraño. No logro descubrir qué sucede aquí, Brigan, pero… hay algo muy extraño, lo presiento. Acaba con esto antes de que nos enteremos por las malas.

—No hay trato. La dama no es parte de ninguna negociación. Ordene a sus arqueros que bajen las armas. La reunión ha terminado.

Mydogg se sorprendió, pero asintió.

—¡Descansad! —ordenó el noble rebelde a su guardia de arqueros.

Éstos acataron la orden con docilidad, y Fuego sintió pánico al ver que los arqueros obedecían a su señor sin dudarlo ni un instante. Algo no iba bien… Brigan, por su parte, alzó un poco una mano; era la señal convenida con sus arqueros para que bajaran las armas. De pronto Fuego chilló asaltada por una angustia inexplicable que le recorría el cuerpo de parte a parte —un grito que resonó espeluznante, solitario— y en ese instante uno de los arqueros de la guardia de Brigan le disparó al rey una flecha en la espalda.

Se desató el caos. Los compañeros del arquero traidor que había disparado a Nash lo derribaron, y la segunda flecha, con toda seguridad destinada a Brigan, salió desviada e impactó en uno de los miembros de la guardia de Mydogg. El príncipe, girando sobre sí mismo al tiempo que desenvainaba la espada, se abalanzó sobre el noble traidor y sobre su cuñado; la luz del sol matinal confirió a la hoja un aspecto llameante. Las flechas surcaban el aire en todas direcciones, mientras que Mydogg y su cuñado yacían en el suelo, muertos. Entonces en respuesta a la llamada de Fuego, que no era consciente de haberla emitido, la Mesnada Real llegó a galope tendido en medio de un ruido ensordecedor.

Al fin, en medio del pandemónium, ella lo vio todo nítido y definido, y su objetivo se concretó; de inmediato se arrodilló y avanzó a gatas por el suelo rocoso hasta llegar al lugar donde Nash se encontraba tendido de costado, moribundo. Al parecer, el disparo había sido certero, pues la flecha estaba alojada muy adentro; ella se tumbó junto al rey y le tocó la cara con la mano lisiada.

Nash, no vas a morir. No lo voy a permitir. ¿Me oyes? ¿Me ves?

El monarca estaba consciente apenas y a pesar de tener los ojos abiertos casi no la veía. Brigan se dejó caer junto a ellos; llorando, le acarició el cabello a Nash y le besó la frente. En ese momento llegó un grupo de sanadores vestidos de verde que se arrodillaron junto a la espalda de Nash.

391

Fuego agarró a Brigan por el hombro y lo miró directamente a los ojos, unos ojos ausentes por el dolor y la conmoción. Lo zarandeó hasta que él reaccionó y la miró.

Vete ahora y pelea esta batalla, Brigan. Ve, necesitamos alzarnos con la victoria.

El príncipe se incorporó con ferocidad, y ella le oyó pedir a gritos que le trajeran a *Grande*. La trepidante carga de los caballos, que retumbaba por todos los rincones de la pequeña meseta, se dividió al llegar donde se encontraban Fuego, Nash y los sanadores, y los rodeó como lo haría un río revuelto al chocar contra una peña en mitad de la corriente. En medio de aquel ruido ensordecedor, anegada en la trápala de cascos, agua y sangre, Fuego le sujetó la cara al rey y le aferró la mente como jamás lo había hecho.

¡Mírame, Nash! ¡Mírame! Nash, te quiero. Te quiero mucho.

El rey parpadeó y la miró fijamente a los ojos; un hilo de sangre le resbalaba por la comisura de la boca, y un espasmo de dolor le agitó con violencia los hombros y el cuello.

«Cuesta tanto seguir con vida —le susurró a la mente de la dama—. Morir es fácil. Déjame morir.»

Fuego percibió el instante de la colisión de los dos ejércitos como una onda de choque dentro de su propio ser; tanto dolor, tanto miedo y tantas mentes que se disipaban en la nada.

No, Nash, no te lo permitiré. Hermano mío, no te mueras. ¡Aguanta! ¡Quédate conmigo, hermano!

Cuarta parte

Los Vals

Capítulo 32

El río creció tanto con los deshielos de primavera que, al fin, uno de los puentes se soltó entre ensordecedores chirridos y crujidos, y se precipitó al mar; Hanna le contó a Fuego que, desde el tejado de palacio, había visto cómo ocurría, y que Tess estaba con ella y lo vio también, y que Tess dijo que la corriente del río era muy capaz de arrancar el palacio, la ciudad y el reino entero de las rocas y que entonces, por fin, habría paz en el mundo.

—Paz en el mundo —repitió Brigan con aire pensativo cuando Fuego se lo explicó—. Supongo que tiene razón, y de ese modo el mundo estaría siempre en paz. Sin embargo, no parece probable que ocurra tal cosa, por lo que imagino que siempre seguiremos dando palos de ciego y haciendo barbaridades.

—¡Bravo, así se habla! —le tomó el pelo ella—. Tendremos que pasarle un apunte al gobernador para que lo utilice en su discurso cuando inauguren el nuevo puente.

Él rio bajito la chanza; estaban en el tejado de palacio, uno al lado del otro; la luna llena y el cielo cuajado de estrellas iluminaban el conjunto de madera, piedra y agua que componía la ciudad.

—Imagino que me asusta un poco la nueva etapa que, en teoría, vamos a emprender —admitió Brigan—. En palacio se ve a todo el mundo tan animoso, tan alegre, tan confiado... Hace unas pocas semanas nos estábamos haciendo picadillo unos a otros, y como consecuencia, miles de mis soldados ya no verán este nuevo mundo.

Fuego se acordó entonces de la rapaz monstruo que la había atacado por sorpresa esa misma mañana, cayendo en picado sobre ella y sus escoltas durante el paseo que daba con *Corto* para que el caballo hiciera ejercicio; llegó tan rápida y tan cerca que el animal se aterrorizó, coceó a la rapaz, y estuvo a punto de desmontar a su amazona; Musa se enfureció consigo misma, incluso con su ama, o al menos con el pañuelo con el que ésta se cubría el pelo, porque lo llevaba flojo y se le había escapado un mechón, error que provocó el ataque.

—Es cierto que hay muchas más cosas que hacer que levantar un nuevo puente y reconstruir las partes de palacio afectadas por el fuego —convino la joven—. Pero creo que lo peor ya ha quedado atrás, Brigan.

—Hoy encontré a Nash sentado en la cama cuando fui a verlo a la enfermería —le informó el príncipe—. Estaba afeitándose, y Mila le hacía compañía, riéndose de los fallos que cometía.

Ella alzó la mano hacia el rasposo mentón de Brigan porque con sus palabras el príncipe le había recordado que era uno de los sitios que le gustaba acariciar. Se abrazaron, y durante unos minutos olvidaron los sufrimientos del reino mientras la escolta de Fuego, discreta como siempre, procuraba fundirse con las sombras.

—Lo de mi escolta es otro asunto que hay que discutir —murmuró la joven—. He de tener intimidad, estar sola a ratos, Brigan, y ha de ser cuando decida yo, no cuando lo digas tú.

Él estaba distraído y tardó un poco en responder:

—Has sobrellevado la presencia de tus guardias con paciencia.

—Sí, bueno, admito que deben acompañarme la mayor parte del tiempo, sobre todo si voy a estar tan cercana a la corona. Y confío en ellos, cariño, incluso diría que los quiero a algunos, pero...

—A veces necesitas estar sola.

—Sí, en efecto.

—Pero yo también te prometí no deambular solo por ahí.

—Los dos tenemos que comprometernos a ser juiciosos y considerados en este aspecto, ser responsables para actuar según cada caso e intentar no correr riesgos innecesarios.

—Bien, de acuerdo —aceptó Brigan—. Admito que tienes razón.

Desde el final de la guerra, un tema siempre presente y básico en las conversaciones que se desarrollaban entre los dos era el significado que tenía para ellos estar juntos.

—Dime, Brigan, ¿soportarían Los Vals la presión que supondría que yo fuera su reina?

—Yo no soy el rey, amor mío. Nash está fuera de peligro.

—Pero la probabilidad está siempre ahí.

—Sí, es cierto. Tendremos que considerar el asunto con toda seriedad.

A la luz de las estrellas, Fuego casi no distinguía las torres del puente que los trabajadores construían por encima de la fuerte corriente del río Alígero; de día los observaba de vez en cuando, mientras trabajaban colgados de cuerdas, balanceándose en andamios que daban la impresión de no ser lo bastante resistentes para aguantar el empuje de la corriente, y se quedaba sin aliento cada vez que uno de ellos salvaba de un salto el vacío.

Los reajustes en la casita verde se volvieron un tanto peculiares, porque Roen había decidido privar de la casa a Brigan y cedérsela a Fuego.

—Comprendo que se la quites a Brigan, si es tu deseo —argumentó la joven, de pie en la pequeña cocina de color verde; era la tercera o la cuarta vez que mantenía esa discusión con Roen—. Eres la reina, y ésta es tu casa. Y Brigan será capaz de conseguir cualquier cosa, pero no veo factible que llegue a ser reina nunca. Sin embargo, Nash tendrá su reina algún día, Roen, y la casa será suya por derecho.

—Pues ya le construiremos algo —respondió Roen al tiempo que desestimaba el asunto con un ademán.

—Ésta es la casa de la reina —insistió Fuego.

—Ésta es mi casa. —Roen hizo hincapié en el posesivo—. Yo mandé construirla, y puedo dársela a quien me plazca. No conozco a nadie que necesite un tranquilo retiro para alejarse de la corte más que tú, jovencita...

—Tengo uno: una casa de mi propiedad en el norte.

—Sí, a tres semanas de viaje, aislada y triste la mitad del año. Mira, si vas a instalarte en la corte, quiero que te quedes esta casa para tu tiempo de retiro diario. Compártela si quieres con Briganval y Hannaval, o sácalos de las orejas.

—Sea quien sea la mujer que se case con Nash, bastante celosa va a estar de mí para que encima...

—Tienes el porte de una reina, Fuego, tanto si quieres admitirlo como si no —la interrumpió Roen—. De cualquier modo, pasarás aquí casi todo el tiempo si le dejo la casa a Brigan. Se acabó la discusión. Además, hace juego con tus ojos.

El último comentario era tan absurdo que dejó sin palabras a la joven, y no fue de mucha ayuda que Tess, que amasaba en la mesa, asintiera con la cabeza con un gesto avisado, y añadiera a continuación:

—Por si no te habías fijado, mi señora nieta, las flores son todas de colores rojos, dorados y rosas. Y ya viste que el gran árbol se pone rojo por completo en otoño.

—Naxval intentó arrebatarme ese árbol en dos ocasiones —abundó Roen, contenta de cambiar de tema—. Quería tenerlo en su patio, así que ordenó a los jardineros que lo arrancaran de la tierra, aunque como las ramas que tocan el suelo habían echado raíces, fue imposible llevar a cabo la tarea. Aparte que era una locura. ¿Cómo se imaginaba que iba a meterlo en palacio? ¿Por los tejados, acaso? Nax y Cansrel no podían ver algo hermoso sin sentir la necesidad de poseerlo.

Fuego se rindió. El arreglo se salía de lo normal, pero para ser sincera la casita verde le encantaba, así como el jardín y el árbol; y le gustaba vivir allí, pero no quería que se marchara ninguno de los que residían hasta ahora. No importaba a quién pertenecía ni a quién se había acogido en ella; era un poco como le ocurrió a la torda rodada, que, al conducirla a través de palacio, mostrarle los jardines y el entorno de la casa verde y hacerle entender que ése era el hogar de Fuego, decidió que también era el suyo. Así pues, pastaba detrás de la casa, en el acantilado que se asomaba a Bodega del Puerto, dormía debajo del gran árbol, y a veces salía a cabalgar con la dama monstruo y con *Corto*. Era su propia dueña a pesar de que era la joven quien la sacaba y la entraba del recinto de palacio, a pesar de que Hanna le había puesto el nombre de *Jaca* y a pesar de que Brigan se sentaba a veces en un banco del jardín irradiando afabilidad y delicadeza a espuertas, a propósito, fingiendo que no se daba cuenta de que la yegua se acercaba a él poquito a poco, alargaba el hocico hasta casi rozarle el hombro y, con precaución, lo olfateaba.

Por las noches Fuego daba masajes en los pies a Tess y le cepillaba el plateado cabello que casi le llegaba a las corvas; su abuela insistía en ocuparse de las tareas de la casa, y ella lo comprendía; así que, cuando era posible, la muchacha también insistía en servir a la anciana a su modo.

Una persona con la que la dama monstruo pasaba algunos ratos no tenía nada que ofrecer. Lady Murgda, traidora y asesina frustrada, estaba encerrada en las mazmorras desde la batalla que puso fin a la guerra; su esposo había muerto, así como su hermano. El embarazo de la mujer estaba muy avanzado, y ésta había sido la única razón por la que se le permitió vivir; fustigaba a Fuego con amargas palabras de odio cuando ésta la visitaba, pero pese a ello no dejaba de ir a verla, aunque no podía decir con exactitud por qué lo hacía. ¿Tal vez por conmiseración hacia una persona fuerte que había caído tan bajo, o por respeto a una mujer embarazada? Fuera por el motivo que fuera, a Fuego no le asustaban sus comentarios corrosivos ni sus improperios.

Un día, saliendo de la celda de Murgda, se topó con Nash que caminaba ayudado por Welkley y un sanador; leyendo el mensaje que le transmitía la mirada del rey, la joven le apretó la mano al comprender que no era la única persona que sentía lástima por la penosa situación de Murgda.

Fuego y Nash apenas hablaron esos días; entre ellos se había creado algo irrompible, un vínculo de recuerdos y experiencia, un cariño enorme que no parecía necesitar palabras para expresarlo.

¡Qué maravilloso era verlo en pie!

—Siempre estaré marchándome —dijo Brigan.

—Sí, lo sé.

Era muy temprano, y estaban entrelazados en la cama de la casita verde; ella trataba de memorizar cada cicatriz del rostro y del cuerpo, el tono gris claro de los ojos del hombre, porque ese día partía hacia el norte con la División Primera para escoltar a su madre y a su padre a sus respectivos hogares.

—Brigan… —dijo, para que él hablara, y así escuchar su voz y memorizarla también.

—¿Sí, cariño?

—Explícame otra vez adónde vas.

—Hanna te ha aceptado sin reservas —comentó Brigan más tarde—. No está celosa ni confusa.

—Me ha aceptado, sí, pero está un poquito celosa.

—¿De veras? —inquirió él, sobresaltado—. ¿Crees que debería hablar con ella?

—Es sólo una pequeñez. Tiene en cuenta que me quieres.

—Ella también te quiere.

—Sí, es cierto. Para ser sincera, dudo mucho que cualquier niño vea que su padre quiere a otra mujer y no sienta celos. Bueno, es lo que supongo que pasa, porque yo no viví esa experiencia. —Como se le quebraba la voz, siguió con el pensamiento:

Fui la única persona, que yo supiera, a la que mi padre quiso realmente.

—Fuego, hiciste lo que debías —la consoló Brigan mientras le besaba la cara.

Nunca intentó dominarme, Brigan. Roen me dijo que Cansrel no podía ver algo hermoso sin desear poseerlo, pero a mí no intentó someterme, permitió que fuera mi propia dueña.

El día en que los cirujanos le cortaron los dedos a Fuego, Brigan se encontraba en el norte; en la enfermería, Hanna le agarró con fuerza la mano sana y no dejó de cotorrear todo el tiempo, hasta casi marearla; a su vez, Nash asió la mano a Hanna y alargó la otra (con cierto descaro) a Mila, que le asestó una mirada virulenta. Mila —ojos enormes y vientre enorme, radiante como quien guarda un maravilloso secreto— parecía poseer un extraño talento para atraer a hombres de rango muy superior al suyo, pero había aprendido algo de su anterior experiencia: propiedad, que era tanto como decir que aprendió a confiar sólo en sí misma hasta el·punto de no temer ser descortés con el rey cuando éste se lo buscaba.

Garan llegó en el último momento, se sentó, y durante toda la puñetera intervención habló con Mila, Nash y Hanna de los planes para su boda. Fuego se daba cuenta de que el propósito era distraerla, y les dio las gracias por su amabilidad al intentarlo con tantas ganas.

No fue una intervención quirúrgica agradable; los sedantes eran efectivos, puesto que anulaban el dolor, pero no suprimían la sensación de que le estaban cortando los dedos; y más adelante, cuando el efecto del fármaco pasó, el dolor fue espantoso.

Tuvieron que pasar días y semanas para que aparecieran los primeros signos de una progresiva disminución del dolor. Cuando Fuego estaba sola con su escolta, bregaba con el violín, y resultó sorprendente la rapidez con que esa lucha dio paso a algo más esperanzador. Era imposible que la mano mutilada consiguiera tener la misma movilidad que antes, pero aún era capaz de tocar música.

401

Fuego tenía ocupadas todas las horas del día, ya que el final de la guerra no había acabado con la traición y la anarquía, sobre todo en los confines del reino, donde tantas cosas pasaban inadvertidas. Por ese motivo, de vez en cuando, Clara y Garan le encargaban algún trabajo de espionaje, y ella hablaba con la gente que le designaban, pero su quehacer preferido era prestar sus servicios en la enfermería de palacio o, mejor aún, en los hospitales de la ciudad, adonde iba todo tipo de gente con toda clase de necesidades. Había algunas personas que no querían tratar con ella, y otras que, como solía ocurrir, la deseaban demasiado, pero todos comentaban con muchos aspavientos acerca del papel que había tenido a la hora de salvar la vida del rey, como si todo se le debiera a ella y a Nash, y en cambio, los mejores cirujanos del reino no hubieran tenido nada que ver en el resultado. Cuando la joven intentaba soslayar los elogios y desviar la conversación, la gente sacaba el tema de cómo ella había sonsacado a lord Gentian los planes de guerra de lord Mydogg, asegurando así la victoria de Los Vals. Ignoraba qué rumores corrían por la ciudad, pero no parecía posible contenerlos, y por ello, actuaba según el estado de ánimo de cada cual, con sosiego, levantando barreras contra la admiración, ayudando en todo cuanto estaba en su mano y descubriendo utilidades prácticas de la cirugía que la dejaban boquiabierta.

—Hoy ha ingresado una mujer a la que se le cayó en el pie un cuchillo de carnicero y le cortó un dedo —anunció con aire triunfal a Garan y a Clara—. Los cirujanos se lo han cosido de nuevo al pie, ¿no os parece increíble? Con el instrumental y los sedantes no me extrañaría que fueran capaces de reincorporar una pierna. Tenemos que destinar más dinero a los hospitales, ¿sabéis? Hay que preparar a más cirujanos y construir hospitales por todo el reino. ¡Y debemos construir escuelas!

—Ya me gustaría a mí que me quitaran las piernas hasta que el bebé naciera y después me las volvieran a poner —gimió la princesa—. Y la espalda, también. Y los hombros…

Fuego se le acercó para darle masajes en los hombros y sosegarle la mente quitándole todo lo posible la sensación de cansancio. Garan, que no les prestaba atención a ninguna de las dos, miraba con gesto ceñudo los papeles que tenía en el escritorio, y por fin comentó:

—Todas las minas del sur que se cerraron antes de la guerra se han reabierto. Brigan dice ahora que a los mineros no se les paga lo suficiente, y Nash, ese exasperante majadero, le da la razón.

Fuego deslizó los nudillos por los músculos agarrotados del cuello de la princesa; el metalista de palacio le había fabricado dos dedos para sujetárselos a la mano tullida mediante correas, que le facilitaban tareas como coger cosas y transportarlas, pero le estorbaban para dar masajes; así pues, se los quitó, y también se despojó del pañuelo de la cabeza para aliviar asimismo la presión que sentía en el cuero cabelludo.

—La minería es un trabajo muy duro —contestó la joven al príncipe—. Y peligroso además.

—No estamos hechos de dinero —protestó Garan al tiempo que soltaba la pluma con un fuerte golpe en el escritorio, al lado de los dedos metálicos de Fuego.

—¿No es el oro del reino lo que se extrae en esas minas? —intervino su hermana.

—Clara, ¿de qué lado estás? —le preguntó él.

—¿Y qué más da? —gimió la princesa—. No, no dejes de presionar ahí, Fuego, justo en ese punto.

Garan se quedó observando cómo la joven daba masajes a su preñadísima hermana, y cuando ésta volvió a gemir, se le suavizó la adusta expresión y esbozó un simulacro de sonrisa.

—¿Has oído como te llama la gente, Fuego?

—A ver, ¿qué me llaman ahora?

—La monstruo dadora de vida, aunque también circula la variante «la protectora monstruo de Los Vals.»

—Qué barbaridad —musitó ella entre dientes.

—Y en el puerto hay barcos que han izado nuevas velas de colores rojo, naranja, rosa y verde. ¿Las has visto?

—Todos esos colores son los del estandarte valense —argumentó la joven. «Excepto el rosa», añadió para sus adentros, haciendo caso omiso del mechón de ese color que atisbaba por el rabillo del ojo.

—¡Oh, sí, sí! Y supongo que ésa es la explicación que das también a lo que hacen en el puente —insistió Garan.

Haciendo una profunda inspiración, Fuego se preparó para lo que le iba a explicar y le preguntó:

—¿Qué hacen en el puente?

—Los constructores han decidido pintar las torres de color verde y revestir la nervadura transversal con espejos.

—¿Y eso que tiene que ver conmigo?

—Intenta imaginar el aspecto que ofrecerá al amanecer y al anochecer.

En ese momento algo raro le ocurrió a Fuego; de manera repentina dejó de oponer resistencia, se desligó de la imagen que la ciudad tenía sobre su persona, como si le fuera ajena, y lo vio todo clarísimo: era inmerecida, no se basaba en ella, sino en lo que se contaba, en opiniones; en definitiva, una exageración.

«De modo que eso es lo que soy para la gente —se dijo—. No sé qué significará, pero es lo que soy para ellos, así que habré de aceptarlo.»

Fuego conservaba cosas pequeñas que Arquero le había dado

y que utilizaba a diario sin caer en ello, como la aljaba o el protector del brazo, de cuero flexible, que se le había amoldado con los años de uso... Eran regalos que Arquero le obsequió hacía siglos. En parte hubiera deseado no utilizarlos de momento porque, cada vez que los veía, se le encogía el corazón, pero fue incapaz; le era imposible reemplazarlos por otra aljaba u otro protector.

Un día, sentada en un rincón soleado del patio central, absorta en sus pensamientos, acariciaba el suave cuero del protector cuando se quedó dormida en su asiento. Se despertó sobresaltada al notar que Hanna le daba cachetes chillando, lo que la desconcertó y la asustó hasta que se dio cuenta de que la niña había visto que tenía tres insectos monstruo en el cuello y en los brazos dándose un banquete, e intentaba rescatarla.

—Debes de tener una sangre muy sabrosa —comentó la pequeña con incertidumbre mientras le pasaba los dedos por los habones enrojecidos, contándolos.

—Sí, pero sólo para los monstruos —contestó Fuego, deprimida—. A ver, dámelos. ¿Están aplastados del todo? Tengo un estudiante al que le gustaría diseccionarlos.

—Te han picado ciento sesenta y dos veces —informó Hanna—. ¿No te escuece?

Escocía, sí, y mucho; cuando se reunió con Brigan en el dormitorio del príncipe, que acababa de regresar del largo viaje al norte, su estado de ánimo era más combativo que de costumbre.

—Siempre atraeré a los insectos —le dijo con beligerancia.

Aunque encantado de volver a verla, se sorprendió un tanto por el tono.

—Así es, en efecto. —Y se acercó a tocarle los picotazos del cuello—. Pobrecilla, ¿es muy molesto?

—Brigan —barbotó exasperada, porque él no entendía el comentario—. Siempre seré hermosa. Tengo ciento sesenta y dos picaduras de insectos; mírame y dime: ¿eso mengua mi belleza? Me han amputado dos dedos y tengo cicatrices por todo el cuerpo, pero ¿acaso eso le importa a alguien? Yo misma contestaré: ¡No! ¡Sólo me hace más interesante! Siempre será lo mismo; estaré atrapada en esta forma hermosa y tendrás que hacerte a la idea.

El príncipe debió de notar que ella esperaba una respuesta ponderada pero, de momento, no era capaz de ponerse serio.

—Supongo que es un lastre con el que habré de cargar toda la vida —contestó con una sonrisa socarrona.

—¡Brigan!

—¿Qué te pasa, Fuego? ¿Algo va mal?

—Yo no soy lo que ves. —Rompió a llorar sin poder evitarlo—. Mi apariencia es bella, apacible, encantadora, pero no es así como me siento…

—Ya lo sé —le susurró él.

—Y estaré triste muy a menudo —añadió, desafiante—. Estaré irritable y me sentiré perdida…

Brigan alzó un dedo, como si quisiera pedirle que lo esperara, y salió al rellano, donde tropezó con *Manchas* primero, y a continuación, con los dos gatos monstruo que perseguían al perro como locos. Mascullando juramentos, se asomó por la barandilla y advirtió a los escoltas que a menos que el reino estuviera a punto de desplomarse o su hija corriera peligro de muerte, más les valía no molestarlo hasta que les pidiera lo contrario. Regresó al dormitorio, cerró la puerta y dijo:

—Fuego, todo eso ya lo sé.

—Ignoro por qué pasan las cosas horribles que pasan —continuó ella, llorando con más fuerza—. No sé por qué es cruel la gente; echo de menos a Arquero y a mi padre también, fuera lo que fuera, y detesto la idea de que a Murgda haya que ajusticiarla una vez dé a luz. No voy a permitirlo, Brigan; la sacaré de las mazmorras a escondidas y no me importa si acabo encarcelada en su lugar. ¡Y ya no soporto este horrible picor!

Brigan la tenía abrazada, borrada ya la sonrisa de antes, y su voz era sosegada:

—Fuego, ¿tú crees que quiero que seas una persona atolondrada, parlanchina y sin ese cúmulo de sentimientos?

—¡Bien, pues tampoco creo que quieras que sea así!

—Empecé a amarte cuando viste tu violín destrozado en el suelo y me diste la espalda y te pusiste a llorar apoyada en tu caballo. Tu tristeza es una de las cosas que te hace más hermosa para mí, ¿no te das cuenta? Es un sentimiento que entiendo, un sentimiento que consigue que mi propia tristeza sea menos aterradora.

—¡Oh! —Fuego no captaba el sentido de cada palabra, pero sí la emoción que contenían, y comprendió de repente la diferencia entre Brigan y la gente que le construía un puente. Apoyó la mejilla en el pecho del hombre—. También yo entiendo tu tristeza.

—Lo sé, y te lo agradezco.

—A veces hay demasiada tristeza, y es como si me aplastara —susurró ella.

—¿Y ahora te está aplastando?

Incapaz de hablar, porque la pena al pensar en Arquero era abrumadora, hizo una pausa.

Sí, ahora sí.

—En ese caso, ven aquí —dijo Brigan, aunque estaba de más, ya que para entonces la había llevado hacia un sillón y la tenía acurrucada entre los brazos—. Dime qué puedo hacer para conseguir que te sientas mejor.

Fuego lo miró a los ojos, acarició el amado rostro y ponderó la pregunta.

406

Bueno, tus besos siempre consiguen que me sienta bien —respondió mentalmente.

—¿De veras?

Se te da muy bien besar.

—Pues es una suerte, porque no pienso dejar de hacerlo nunca.

Epílogo

*E*l fuego era el medio que se utilizaba en Los Vals para enviar los cuerpos de los muertos al lugar donde sus almas habían ido antes, y para recordar que todo acababa en el olvido de la nada, salvo el mundo.

Así pues, viajaron al predio de Brocker, para celebrar la ceremonia, porque lo apropiado era que tuviera lugar allí y porque llevarla a cabo en cualquier otro sitio habría sido un inconveniente para el noble quien, por supuesto, debía estar presente. Lo dispusieron todo para realizarla hacia el final del verano, antes de que llegaran las primeras lluvias, y para que asistieran Mila con Liv, su hijita recién nacida, y Clara con su hijo, Aran.

No todo el mundo pudo hacer ese viaje, aunque fueron prácticamente todos, incluso Hanna, Garan y Sayre, así como una escolta de la guardia real increíblemente numerosa. Nash se quedó en la capital, ya que alguien debía encargarse de que las cosas funcionaran; Brigan prometió hacer todo lo posible por asistir, y llegó a la propiedad de Fuego la noche antes de la ceremonia, acompañado por un contingente del ejército. No habían pasado ni quince minutos de su llegada cuando Garan y él discutían sobre la posibilidad de destinar parte de los recursos del reino a una exploración por el oeste. Si al otro lado de las montañas existía una tierra habitada por personas a las que llamaban graceling que fueran como el chico aquel, argüía Brigan, lo sensato sería organizar una observación pacífica y discreta —es decir, espiar— antes de que en los graceling se despertara un interés por Los Vals que fuera cualquier cosa menos pacífico. Por su parte, Garan se oponía a gastar más dinero.

Brocker, que se puso de parte de Brigan en la discusión, estaba que no cabía en sí de gozo por la creciente familia que invadía su casa, y habló —al igual que Roen— de mudarse a Burgo del Rey y dejar el predio (del que ahora era heredero Brigan) al cuidado de Donal, que siempre había cuidado de la propiedad de Fuego de forma competente. A los gemelos se les había revelado —sin aspavientos— la verdadera ascendencia de Brigan. En cuanto a Hanna, de repente atacada por la timidez, hay que decir que pasaba ratos con su recién descubierto abuelo; le encantaban las grandes ruedas de la silla de inválido.

Clara le tomaba el pelo a Brigan diciendo que, por un lado, no tenía ninguna relación directa con ella, pero por otro lado, era tío de su hijo por partida doble, ya que, en el sentido más liberal, Brigan era su hermano, así como del padre del niño.

—En fin, al menos así es como prefiero enfocar el asunto —dijo la princesa.

Fuego escuchaba aquellas conversaciones con una sonrisa y cogía en brazos a los bebés en cuanto alguna de las madres se lo permitía, cosa que solía pasar muy a menudo. Tenía un don especial (quizás innato a su naturaleza) para los niños; cuando lloraban, por lo general sabía el porqué.

Fuego se encontraba sentada en el dormitorio de su casa de piedra y pensaba en todas las cosas ocurridas en aquel cuarto.

—¿Puedo entrar, señora? —preguntó Mila desde la puerta, sacándola de su abstracción.

—Pasa, pasa, Mila, adelante.

Mila llevaba en brazos a la pequeña Liv, que estaba dormida; el bebé emitía suaves gorjeos y olía a espliego.

—Señora, una vez me dijo que podía pedirle lo que quisiera.

—Sí, lo dije —respondió Fuego, mirando a la joven madre.

—Quiero pedirle consejo.

—Te lo daré, por si te sirve de algo.

Mila bajó la vista y contempló unos segundos la pálida carita y el pelo fosco de Liv; parecía que tuviera miedo de hablar.

—Señora, ¿cree usted que en su trato con las mujeres el rey es un hombre como lord Arquero?

—¡Ay, no! No puedo imaginarme al rey actuando de forma

despreocupada con los sentimientos de una mujer. Sería más justo compararlo con sus hermanos.

—¿Cree usted…? —Mila enmudeció y, de improviso, se sentó de golpe en la cama; estaba temblando—. ¿Cree usted que sería una locura que una soldado de los Gríseos Chicos meridionales, una chica de dieciséis años y con una hija, tomara en consideración…?

De nuevo la muchacha se interrumpió y agachó la cabeza sobre su hijita; por su parte, Fuego sintió que una inmensa felicidad crecía dentro de ella, cálida como una bella melodía.

—Se nota que los dos estáis muy a gusto juntos —insinuó con cuidado, procurando no revelar sus sentimientos.

—Sí, es verdad. Siendo yo la ayudante militar de lord Brocker estuvimos juntos en la guerra, en el frente septentrional. Después lo visité muy a menudo mientras se recuperaba de la herida y yo me preparaba para el inminente parto. Cuando Liv nació, fue él quien me visitó con igual frecuencia, a pesar de sus múltiples obligaciones, y me ayudó a elegir el nombre de la niña.

—¿Te ha dicho él algo?

Con la vista fija en los flecos de la mantilla del bebé que acunaba, entre cuyos pliegues asomó de pronto un pequeño pie gordezuelo, Mila comentó:

—Dijo que le gustaría pasar más tiempo en mi compañía, señora. Tanto como estuviera dispuesta a darle.

Todavía conteniendo la sonrisa, Fuego le respondió con afecto:

—Mi opinión es que se trata de un asunto muy importante, Mila, una petición a la que debes responder sin precipitarte. Podrías hacer lo que te pide y pasar más tiempo con él, simplemente, para ver cómo te sientes con esa relación. Hazle un millón de preguntas si es preciso. Pero no, no me parece una locura. La familia real es muy… flexible.

Mila asintió con la cabeza, absorta en sus pensamientos; al parecer meditaba muy en serio lo que Fuego le había dicho. Al cabo de un momento, le puso a Liv en los brazos y preguntó:

—¿Querría quedarse un rato con ella, señora?

Acurrucada en las almohadas de su antigua cama con la hijita de Arquero suspirando y bostezando contra su pecho, Fuego se sintió feliz a más no poder durante un ratito.

409

Y

La vista desde la parte trasera de la casa que fuera de Arquero era una vasta y gris extensión rocosa; esperaron hasta que el ocaso tiñó el cielo de rojo.

No tenían un cuerpo que incinerar, pero Arquero poseía arcos largos, tan altos como él, ballestas, arcos cortos, arcos de la infancia que se le quedaron pequeños, pero que había querido conservar. Brocker no era un hombre que desperdiciara las cosas y tampoco deseaba destruir las pertenencias de su hijo. No obstante, salió de la casa con uno de los arcos predilectos del muchacho, junto con otro que le regaló Aliss siendo niño, y le pidió a Fuego que los pusiera encima de la leña apilada.

La joven hizo lo que el inválido le pedía y también dejó al lado de los arcos algo que llevaba ella, una cosa que tenía guardada en el fondo de una alforja desde hacía más de un año: el puente de su violín destrozado. Ya había encendido una gran hoguera para Arquero meses atrás, pero nunca había encendido ni siquiera una vela por Cansrel.

Ahora entendía que, si bien hizo mal matando a su padre, también hizo bien; el chico de ojos raros, el chico que mató a Arquero, la ayudó a ver lo positivo de aquel acto. Algunas personas tenían demasiado poder y eran demasiado crueles para que siguieran vivas; ciertas personas eran demasiado terribles, por mucho que las amaras, y por eso no importaba si uno mismo tenía que volverse terrible también con tal de detener sus pasos. Había cosas que se debían hacer.

«Me perdono —pensó Fuego—. Hoy me concedo el perdón.»

Brigan y Roen encendieron la pira y todo el grupo se acercó para rodearla. En Los Vals se tocaba una elegía para lamentar la pérdida de una vida, de modo que Fuego cogió el violín y el arco que le ofrecía Musa.

Era una melodía evocadora e inquietante en la que no había lugar para la resignación, un grito que salía del corazón por todo lo que se destruía en el mundo. Mientras las cenizas se elevaban al cielo, negras en contraste con el brillante rojo del ocaso, el violín de Fuego lloró por los muertos... Y por los vivos que quedaban atrás y les decían adiós.

Agradecimientos

*H*ay tanta gente a la que dar las gracias…

A mi hermana Catherine, mi audaz primera lectora (ayudada por los chicos); a mi «intrépido equipo de lectura», formado por mi hermana Dac, Deborah Kaplan, Rebecca Rabinowitz y Joan Leonard, que lo leyó a continuación; no hay nada comparable a la inestimable ayuda de un grupo de inteligentes lectoras dispuestas a decirte la pura verdad sobre tu libro. Besitos y achuchones para todas.

A Kelly Eismann, diseñadora de mis portadas, porque si los correos electrónicos que recibo son un indicio, ¡ella es la responsable de atraer a un montón de mis lectores! A mi correctora de manuscritos, Lara Stelmaszyk, por ser la paciencia personificada. Lora Fountain se merece las gracias por encontrar editoriales en Europa para mis libros. A Gillian Redfearn, que me ayudó con la peliaguda tarea de efectuar la primera revisión. También a Sandra McDonald, por ofrecerme un lugar tranquilo donde repasar; y a mis padres, que me proporcionaron un lugar tranquilo en su casa siempre que me hizo falta. A Daniel Burbach, por acudir a rescatarme cada vez que necesité una foto de la autora, cosa que sólo parecía ocurrir cuando estaba metido en mitad de las finales. Asimismo, a Emelie Carter, violinista, por sus explicaciones sobre la utilización del violín cuando se tiene una lesión en la mano; y a mi tía Mary Willihnganz, flautista, que hizo lo mismo, aunque con la flauta. A mi tío Walter Willihnganz, cirujano y especialista en heridas, que siempre respondió sin perder la calma a preguntas del tipo: «Tío Walter, si a alguien le dieran una patada en un ojo y no hubiera ningún lugar al que acudir para curarlo, ¿podría ser que todo el globo ocular se le pusiera morado y se quedara así para el resto de su vida?» (A propósito, la respuesta es que sí).

En este apartado de agradecimientos quiero hacer una especial mención a Jen Haller, Sarah Shealy, Barbara Fisch, Laura Sinton, Paul von Drasek, Michael Hill, Andy Snyder, Lisa DiSarro, Linda Magram, Karen Walsh y Adah Nuchi; la fe, el cariño, el afecto y el buen humor de todos ellos me ayudaron mientras escribía el libro. Un millón de gracias también a Lauri Hornik y a Don Weisberg; vuestro apoyo me conmovió.

Casi al final, pero no por ello menos importantes, les doy las gracias a mi editora, Kathy Dawson, y a mi agente, Faye Bender; señoras, me faltan las palabras para encontrar adjetivos que os hagan justicia. Nací con buena estrella.

Por último, hablando de nacer con buena estrella, quiero enviar un mensaje a mi familia: no habría logrado hacer lo que he hecho sin vosotros.

Este libro utiliza el tipo Aldus, que toma su nombre
del vanguardista impresor del Renacimiento
italiano Aldus Manutius. Hermann Zapf
diseñó el tipo Aldus para la imprenta
Stempel en 1954, como una réplica
más ligera y elegante del
popular tipo
Palatino

* * *

* *

*

Fuego se acabó de imprimir
en un día de invierno de 2010,
en los talleres de Brosmac, S. L.
carretera Villaviciosa — Móstoles, km 1
Villaviciosa de Odón
(Madrid)

* * *

* *

*